HEYNE <

PIERRE GRIMBERT
im Wilhelm Heyne Verlag:

Einst reisten Vertreter aller Nationen auf die geheimnisvolle Insel Ji. In den Tiefen der Insel, so erzählt man sich, gerieten sie in ein Felslabyrinth – und verschwanden spurlos. Jahr für Jahr treffen sich nun ihre Nachkommen am Eingang des Labyrinths, um dem Rätsel auf die Spur zu kommen. Denn was hat es mit der Insel Ji wirklich auf sich? Als schließlich ein Nachkomme nach dem anderen grausamen Mördern zum Opfer fällt, machen sich die letzten Erben auf, um das Geheimnis von Ji zu lüften.

DIE MAGIER
Erster Roman: Gefährten des Lichts
Zweiter Roman: Krieger der Dämmerung
Dritter Roman: Götter der Nacht
Vierter Roman: Kinder der Ewigkeit

DIE KRIEGER
Erster Roman: Das Erbe der Magier
Zweiter Roman: Der Verrat der Königin
Dritter Roman: Die Stimme der Ahnen
Vierter Roman: Das Geheimnis der Pforte
Fünfter Roman: Das Labyrinth der Götter

Mehr über Autor und Werk unter:
www.heyne-magische-bestseller.de

PIERRE GRIMBERT

DIE KRIEGER

DER VERRAT DER KÖNIGIN

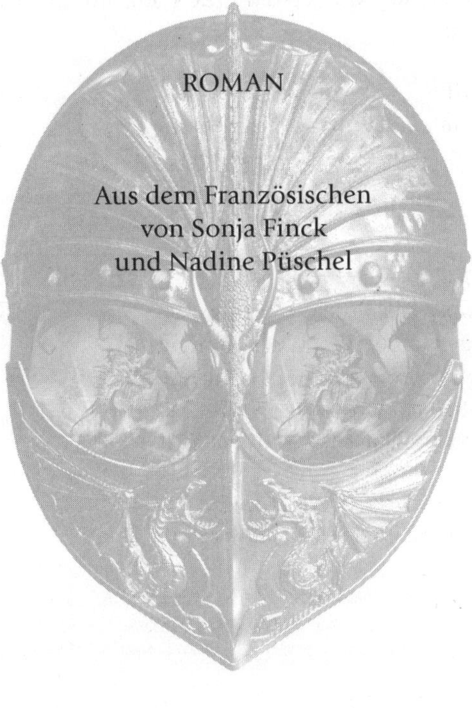

ROMAN

Aus dem Französischen
von Sonja Finck
und Nadine Püschel

WILHELM HEYNE VERLAG
MÜNCHEN

Titel der französischen Originalausgabe
Les enfants de Ji: La Veuve barbare

Deutsche Übersetzung von Sonja Finck und Nadine Püschel

FSC
Mix
Produktgruppe aus vorbildlich bewirtschafteten Wäldern und anderen kontrollierten Herkünften
Zert.-Nr. SGS-COC-1940
www.fsc.org
© 1996 Forest Stewardship Council

Verlagsgruppe Random House FSC-DEU-0100
Das für dieses Buch verwendete FSC-zertifizierte Papier
Holmen Book Cream
liefert Holmen Paper, Hallstavik, Schweden.

Deutsche Erstausgabe 09/2009
Redaktion: Catherine Beck

Printed in Germany 2009
Umschlaggestaltung: Nele Schütz Design, München
Umschlagillustration: Lee Gibbons / Paolo Barbieri
Karte: Andreas Hancock
Satz: Buch-Werkstatt GmbH, Bad Aibling
Druck und Bindung: GGP Media GmbH, Pößneck

ISBN: 978-3-453-52546-7

www.heyne-magische-bestseller.de
www.heyne.de

Meinem Klan.
Noch einmal, für immer.

Ich bin Königin Che'b'ree Lu Wallos, Tochter von Tol'b'ree Lu Wallos und sechsundzwanzigste Herrscherin in der Ahnenlinie der B'ree, deren Territorium vom Gull-Gebirge im Norden bis zu den Ufern der Miroise im Osten und den Hügeln des Sandmeers im Süden reicht.

Noch vor zwanzig Jahren war mein Königreich doppelt so groß, und alle wallattischen Länder zusammen nahmen das Zehnfache ihrer heutigen Fläche ein. Doch dann kam Saat, verflucht sei sein Name, und wir folgten dem Hexer in einen Krieg, der mit einem blutigen Massaker endete. Einem Massaker an meinen Kriegern. Für Saats Machtgier zahlte mein Volk einen hohen Preis.

Solener und Thalitten überquerten unsere Grenzen, rückten immer weiter vor und drängten uns an den Fuß der Berge zurück. Unsere einstigen Sklaven sind nun unsere Kerkermeister, und wir müssen unablässig kämpfen, um nicht ausgelöscht zu werden. Ich verteidige uns mit der ganzen Kraft, die ich habe, und ich muss es allein tun. Ich bin die einzige wallattische Herrscherin, die noch am Leben ist.

Nach der Schlacht versammelten sich die letzten Angehörigen der wallattischen Klans unter meinem Banner, hauptsächlich Frauen und Kinder, aber auch gut fünfzig Männer, die Saat die Treue verweigert hatten. Die wenigen Krieger, die das Massaker in der Heiligen Stadt überlebt hatten, schlossen sich mir ebenfalls an. Die ersten Jahre meiner Herrschaft waren schwer, doch mittlerweile sind unsere Kinder herangewachsen, und wir sind wieder ein stolzes, unabhängiges Volk. Auf unseren Feldern wächst Getreide, in unseren Kellern lagert Fleisch, und an unseren Lowas klebt das Blut unserer Feinde.

Dennoch schweben wir in ständiger Gefahr. Die Thalitten müssten sich nur mit den Solenen verbünden, um uns von der Landkarte zu tilgen und aus der Erinnerung der bekannten Welt zu verbannen. Würden sich die Anführer dieser Barbarenhorden nicht inbrünstig hassen, wären wir innerhalb einer Dekade vernichtet. Auch wenn sie alle nach den wenigen Ländereien gieren, die noch in unserem Besitz sind, belauern sie sich gegenseitig voller Argwohn. Meine Spitzel informieren mich regelmäßig über ihre Verhandlungen. Doch sollten sie irgendwann beschließen, gemeinsam anzugreifen, wäre ich machtlos. Ich kann nur hoffen, dass es nie dazu kommt.

Seit zwei Jahrzehnten ist jeder Tag, an dem Wallatt verschont bleibt, ein gnädiger Aufschub. Die Bedrohung schnürt mir die Kehle zu und raubt mir den Schlaf – gleichwohl weigere ich mich, darin ein Zeichen zu sehen, dass ich vor der Zeit gealtert bin. Mit zweiundfünfzig Jahren führe ich das Schwert oder die Lowa immer noch ebenso geschickt wie jeder Krieger, und so nehme ich keinen Mann in meine Leibwache auf, wenn er mich nicht zuvor im Zweikampf besiegt hat. Die meisten unterliegen mir.

Hass stärkt meine Entschlossenheit und schürt meinen Zorn. Ich habe Saat unzählige Male verflucht, und ich werde es bis an mein Lebensende tun. Die Erinnerung an seine kalte, runzelige Haut, sein schauerliches Gerippe und diesen Geruch nach Moder und Tod lässt mich nicht los. Ich teilte das Lager mit einem Unmenschen, um ein Königreich zu gewinnen, und muss nun darum kämpfen, nicht auch noch die Ländereien meiner Vorfahren zu verlieren.

Der Hexer nahm mir alles: meine Ehre, mein Glück und mein Begehren. Seit ich wieder und wieder meinen Ekel überwand, um ihm zu Willen zu sein, kann ich mich keinem Mann mehr hingeben. Manche sehen das als Zeichen der Treue, denn alle wissen, dass ich die Geliebte des hohen Dyarchen war. Sie halten mich für eine ergebene Witwe. Nur meine Vertrauten kennen die Wahrheit: Körperliche Liebe stößt mich ab. Die Vorstellung, jemand könnte mich besitzen, ertrage ich nicht mehr. Ich gehöre niemandem.

Der Letzte, der meine Beweggründe falsch einschätzte, war ein Hauptmann, den ich für eine strategische Besprechung zu mir gerufen hatte und der versuchte, mich zu küssen. Er sollte seine Dreistigkeit bitter bereuen. Wir Wallatten sind nicht gerade für unser weiches Herz bekannt. Ich ließ den Lustmolch auf das Dornenrad spannen, auf dem er drei Tage lang dahinsiechte, und warf seine Überreste meinen Hunden vor. Seither schlagen fast alle Krieger die Augen nieder, wenn sie mir begegnen, und wagen kaum noch, das Wort an mich zu richten. Doch das ist mir nur recht. Gespräche fesseln mich ohnehin nur selten. Meine Gedanken kreisen um das Wesentliche.

Um die Zukunft meines Königreichs.

Um das Amulett, das ich niemals ablege, und die Alpträume, die damit verbunden sind.

Und um meinen Sohn, Keb. Er ist der einzige Lichtblick in meinem Leben. Ich würde vermutlich nicht so verbissen für Wallatt kämpfen, wenn ich nicht eines Tages ihm das Reich übergeben wollte. Keb ist der einzige Mensch, der mich liebt, aufrichtig liebt. Der Einzige, dem ich voll und ganz vertraue.

Zu meinem Unglück ist er auch Saats Sohn.

Seit fünfzehn langen Jahren war Gilas nun schon Leuchtturmwärter. Diese Arbeit tat er keinesfalls aus Leidenschaft. Als Junge war er bei einem Fassbinder in die Lehre gegangen, aber nachdem die Werkstatt seines Meisters niedergebrannt war, hatte er sich einen anderen Broterwerb suchen müssen. Als ihm der Posten an der Felsküste vor Lorelia angeboten worden war, hatte Gilas keinen Augenblick gezögert, denn er war froh gewesen, nicht wie so viele als Bettler in der Hauptstadt zu enden.

Die Arbeit war nicht besonders anstrengend, und die meiste Zeit rührte er kaum einen Finger. Seine Amtsbrüder, die elf anderen Wärter der Leuchttürme von Zelanos, die entlang der lorelischen Küste verteilt waren, verachteten ihn deswegen. Doch das war Gilas egal, denn er traf sie ohnehin nur selten. Das war der größte Nachteil seines Berufs: Man langweilte sich zu Tode. Die anderen verbrachten ihre Zeit damit, zu lesen, zu malen oder sich um ihre Familien zu kümmern. Er hingegen hatte noch nie länger mit einer Frau zusammengelebt und konnte sich für keine Tätigkeit begeistern. Auch der Fassbinderei war er bald überdrüssig geworden, obwohl er sie sich selbst zum Beruf erwählt hatte.

So stützte sich Gilas tagein, tagaus auf das Geländer seines Ausgucks gut hundert Schritte über dem Wasser und starrte aufs Mittenmeer hinaus. Kein Schiff, das vorbeisegelte, entging ihm, und an diesem Küstenabschnitt kamen viele Schiffe vorbei. Der Leuchtturm war einer von dreien in der Nähe von Lorelia, und jedes Schiff, das in Richtung Ith, Yérim oder Mythr auslief, passierte zwangsläufig den Felsen, auf dem er stand.

Von seinem ersten Lohn hatte er sich ein teures Fernrohr gekauft, das er kaum noch aus der Hand legte. So war es sein einziger Zeitvertreib, den Besatzungen der Schiffe hinterherzuspionieren, und sein einziger Traum, eines Tages selbst in See zu stechen. Doch dazu war er viel zu träge. Nur wenn es nicht anders ging, stieg er in sein Boot und ruderte zum Festland hinüber, um neue Lebensmittelvorräte zu kaufen oder dem Hafenmeister einen Schiffbruch zu melden. Am liebsten wäre er immerzu in seinem von Wellen und Gischt umtosten Turm geblieben und hätte mit dem Schicksal gehadert, das ihn hierher geführt hatte.

Aber heute war alles anders. Heute beobachtete er etwas Außergewöhnliches, etwas, das in den letzten fünfzehn Jahren nicht vorgekommen war und ihm das Gefühl gab, das Glück habe sich gewendet. Er stand lange da und verfolgte die Gabiere durch das Fernglas, bevor er die vierhundert Stufen seines Leuchtturms hinuntereilte und mit kräftigen Ruderschlägen nach Lorelia übersetzte.

Innerhalb eines Dekants war er zurück, und einen weiteren Dekant später wusste er, dass er sich nicht geirrt hatte: Die Sache war von größter Bedeutung.

Eine Schaluppe steuerte von der Stadt her auf seine winzige Felseninsel zu. Seit fast vier Jahren hatte er keinen Besuch mehr gehabt!

Ebenso neugierig wie ungeduldig starrte Gilas durch das Fernrohr auf den Mann, der von zwei Ruderern begleitet wurde. Er trug teure, aufwendig bestickte Kleidung und sah aus wie ein Vertrauter des Königs. Zumindest schien er ein reicher Mann zu sein. Der Leuchtturmwärter beschloss, aus dem ungewohnten Interesse an seiner Person Kapital zu schlagen, sank in seinen Lieblingssessel und wartete darauf, dass der Unbekannte die Stufen zu seinem Ausguck erklomm.

Der Leibesfülle und seinem fortgeschrittenen Alter zum

Trotz brachte der Mann den mühseligen Aufstieg in bemerkenswert kurzer Zeit hinter sich. Als er vor Gilas stand, kam der Wärter sich plötzlich wieder klein und unbedeutend vor. Er hatte sich ausgemalt, sein Wissen nur stückweise und gegen eine angemessene Belohnung preiszugeben, doch unter dem missmutigen Blick seines Gegenübers wurde ihm mulmig zumute. Selbst als einfacher Leuchtturmwärter, der fernab der Welt lebte, sah er auf Anhieb, dass der Fremde widerspruchslosen Gehorsam gewohnt war. Die Hände mit den schweren Diamantringen hatten vermutlich Macht genug, unliebsame Zeitgenossen mit einem kleinen Wink an den Galgen zu bringen, und der Mann schien durchaus in der Stimmung, von seinem Privileg Gebrauch zu machen.

»Du bist also derjenige, der die Gabiere beobachtet hat?«, vergewisserte sich der Besucher, den der Aufstieg kaum aus der Puste gebracht hatte.

Gilas nickte hastig und bereute plötzlich, sich in die Sache eingemischt zu haben.

»Du hast dem Hafenmeister Bericht erstattet. Deine Geschichte kam mir zu Ohren. Erzähl mir genau, was du gesehen hast.«

Der Wärter leckte sich über die Lippen und schluckte. Er hatte das ungute Gefühl, dass er bei einer falschen Antwort viel mehr als nur seinen Posten verlieren würde.

»Nun ja … Es war kurz nach dem heftigen Gewitter, im vierten Dekant. Auf dem Meer war nicht viel los. Wenn ein Unwetter heraufzieht, kehren die meisten Schiffe in den Hafen zurück oder laufen erst gar nicht aus. Nach dem Regen sah ich dann diese Gabiere, die mit vollen Segeln durch die Wellen brach, und beobachtete durch mein

Fernrohr, wie ein paar Kerle an Deck Leichen ins Wasser warfen! Mindestens zehn Leichen!«

»Das weiß ich doch längst«, sagte der Fremde unwirsch. »Wie viele Männer waren es? Waren sie verletzt? Und waren unter den Toten Frauen?«

»Also Frauen habe ich keine gesehen. Da war so ein großer Kerl, ein richtiger Hüne. Und ein jüngerer, ganz in Schwarz. Verletzt sahen sie nicht aus. Jedenfalls hatten sie keine Mühe, die Leichen über die Reling zu werfen.«

Das Gesicht des Besuchers verfinsterte sich.

Plötzlich wurde Gilas klar, dass er weder Name noch Stand seines Gastes kannte und eigentlich auch nicht wusste, mit welchem Recht er ihn verhörte. Dennoch hätte er nicht einmal gewagt, ihn nach der Farbe des Himmels zu fragen, so eingeschüchtert war er. Da fiel ihm etwas ein. »Ich kenne den Namen des Schiffes«, sagte er und hoffte, sein Gegenüber damit etwas versöhnlicher zu stimmen. »Es hieß *Rubikant* und segelte unter lorelischer Flagge.«

»Auch das weiß ich bereits«, antwortete der Mann schroff. »Kannst du mir wenigstens sagen, in welche Richtung sie unterwegs waren?«

Gilas fand seine Zuversicht wieder – endlich konnte er sich als nützlich erweisen. »Besser noch«, sagte er mit stolzgeschwellter Brust. »Ich kann herausfinden, welchen Hafen sie ansteuern.«

Der Fremde beäugte ihn skeptisch. Zum ersten Mal schien er ganz genau zuzuhören.

»Darin bin ich richtig gut«, fuhr Gilas fort. »Hier kommen so viele Schiffe vorbei … Wenn man die Anhaltspunkte beachtet, also die anderen Leuchttürme und Inseln, braucht man nur zu schätzen, in welcher Entfernung das Schiff daran vorbeifährt, und dann auf der Karte eine Linie ziehen.«

»Erinnerst du dich denn überhaupt an den Kurs der Gabiere?«, fragte der Besucher zweifelnd.

»Na sicher. Ich habe ihr nachgesehen, bis sie nur noch ein winziger Punkt am Horizont war. Auf Anhieb würde ich sagen, dass sie nach Yérim oder Tal Raset unterwegs ist, aber das lässt sich rasch überprüfen.«

Er holte ein paar Pergamentrollen hervor, fegte mit dem Arm Brotkrumen und Essensreste vom Tisch und breitete dann eine große Seekarte aus, die noch aus der Zeit stammen musste, in der der Leuchtturm errichtet worden war.

»Seht Ihr?«, fragte er aufgeregt, während der Fremde ihm über die Schulter sah. »Sie sind in dreihundert Schritt Entfernung am Hühnerfelsen vorbeigefahren und eine gute Meile an Zelanos. Wenn man die Linie weiterführt, landet man …«

Als sein schwarzer Fingernagel über die Karte glitt, verflog seine Begeisterung.

»Ich muss mich geirrt haben«, murmelte er verlegen. »Diese Insel kann es nicht sein, da gibt es nichts, nicht mal eine armselige Fischerhütte. Vielleicht müssen wir etwas tiefer ansetzen.«

Der Besucher beugte sich über die Karte und starrte gedankenverloren auf die Insel. Dann sah er hoch und bedachte Gilas mit einem forschenden Blick. »Als du Meldung machtest, wolltest du unbedingt mit einem gewissen Guéry sprechen. Warum?«

»Na ja … Er arbeitet wie die anderen in der Hafenmeisterei, aber … Es heißt, er sei mit Leuten von der Grauen Legion bekannt. Schließlich sind Leichen ins Wasser geworfen worden. Ich dachte, es sei vielleicht irgendwie wichtig.«

»Du hast richtig gehandelt«, beschied ihm der Fremde. »Du wirst belohnt werden.«

Ohne ein weiteres Wort griff er nach der Seekarte und verließ den Raum. Als Gilas wieder allein war, beglückwünschte er sich zu seiner Gerissenheit. Bald würde er ein besseres Leben führen, so viel war sicher!

In Hochstimmung ging er zurück auf den Ausguck und presste das Auge ans Fernrohr, um sich wieder seiner Lieblingsbeschäftigung zu widmen.

Zwei thalittische Seherinnen hatten die itharischen Würfel befragt und mir prophezeit, dass ich ein Kind von Saat unter dem Herzen tragen würde. Damals war das meine größte Sehnsucht. Mehr als alles auf der Welt wünschte sich der Hexer einen Sohn, und wenn ich ihm einen Erben schenkte, würde ich für alle Zeiten an seiner Seite herrschen, so dachte ich.

Als meine Blutungen ausblieben, sagte ich ihm zunächst nichts davon, und auch als die Ahnung immer mehr zur Gewissheit wurde, schwieg ich. Irgendetwas hielt mich zurück. Ich glaube mittlerweile, dass ich ganz einfach nicht wollte, dass ein solcher Mann mein Kind großzog.

Trotzdem bin ich überzeugt, dass Saat es wusste. Er, der Hohn und Spott liebte wie andere Menschen ihre Götter, fragte mich plötzlich ständig, ob ich zugenommen habe. Sein schrilles Lachen klingt mir noch in den Ohren. Es war unmöglich, ihm etwas zu verheimlichen. Saat erriet die geheimsten Gedanken,

Ängste und Sehnsüchte der Menschen, die ihn umgaben, und ergötzte sich daran mit einer Mischung aus Grausamkeit und Gleichmut. Auch wenn er wusste, dass er Vater werden würde, brachte er mir deshalb noch lange keine besondere Aufmerksamkeit entgegen. Statt Dank erntete ich nur Verachtung, und das steigerte meine Wut auf ihn.

In der Nacht, als die Schlacht die Heilige Stadt verwüstete, verriet mich der Hexer ein zweites Mal. Zwei Gefangene wurden ihm vorgeführt. Eine war eine gewisse Maz Lana, eine Itharerin von großer Schönheit, die ich auf Anhieb hasste. Als ich sie töten wollte, hinderte Saat mich daran und verletzte so meinen Stolz. Er behauptete, die Priesterin seinem Harem hinzufügen zu wollen, einer Schar Sklavinnen, mit denen er sich zu vergnügen pflegte. Aber er vermochte mich nicht zu täuschen. Das Einzige, was ihn interessierte, war das Kind, das die Gefangene im Leib trug. In diesem Augenblick begriff ich, dass es nicht reichte, Saat einen Sohn zu schenken, um mir seine Gunst zu sichern.

Ich musste auch die Erste und Einzige sein, die ihm diesen Wunsch erfüllte.

Entschlossen, die Fremde zu töten, stahl ich einen der Steine, die Saat als seine wertvollste Beute betrachtete. Er wurde mein Talisman. Ich trage ihn noch heute und würde ihn um nichts in der Welt ablegen. Damals begriff ich, dass er mich vor der schwarzen Magie des Hexers und vor seiner Kreatur schützte. Nichts und niemand konnte mich nun mehr daran hindern, meine Rivalin aus dem Weg zu räumen.

Aber das Schicksal wollte es anders. Lana gelang die Flucht, und ich verfolgte sie. Irgendwann gerieten wir in ein Lagerhaus. In der Eile strauchelte ich und stieß gegen einen Stapel Gerümpel, das mich unter sich begrub. Mein Bein wurde unter einem schweren Tisch eingeklemmt, und ich wünschte mir nur noch, dass meine Feindin mir einen raschen Tod vergönnen würde.

Stattdessen sprach Lana mir Trost zu und ermutigte mich, Saat zu verlassen. Als Antwort verfluchte ich sie, und nach einer Weile stellte ich verblüfft fest, dass ich allein war und sie mich tatsächlich verschont hatte.

Diese Nacht war die längste meines Lebens. Obwohl ich all meine Kräfte aufbot, gelang es mir nicht, den Tisch zu bewegen. Indes wurden draußen Kampfgeräusche laut und kamen immer näher, was mich verwirrte, denn eigentlich sollte die Schlacht jenseits des Gebirges geschlagen werden.

Kurz vor dem Morgengrauen fand mich eine Schar arkischer Krieger. Während ich ihnen grausame Strafen androhte, wenn sie mir etwas antaten, befreiten sie mich und ließen mich ziehen. Draußen erblickte ich das Ausmaß der Katastrophe. Saats Plan war gescheitert. Unser Heer war bezwungen und in den Tunnel zurückgedrängt worden, den wir unter dem Rideau hindurch gegraben hatten. Die überlebenden wallattischen Krieger hatten sich in den umliegenden Wäldern versteckt, um der Rache ihrer einstigen Sklaven zu entgehen, und ich selbst musste meine königlichen Gewänder ablegen und mir Dreck ins Gesicht reiben, um unerkannt zum Palast des Hexers zurückkehren zu können.

Ein Feuer hatte seine Mauern geschwärzt. Die Tore standen weit offen, aber niemand schien sich über die Schwelle zu wagen. Offenkundig hatten Saats Feinde Ölflaschen und Fackeln ins Innere geworfen, um das Gebäude niederzubrennen. Nur die Angst vor Saat hatte seinen Palast vor der völligen Zerstörung bewahrt. Ich trat ein und war überzeugt, dass meine einstigen Verbündeten verschwunden sein würden.

Das war ein Irrtum. Im großen Audienzsaal stieß ich auf meinen grausamen Geliebten. Er war tot. Zusammengesunken saß er auf dem Thron, und sein eigenes Schwert steckte ihm im Herzen. Um ihn herum hatte sich eine schwarze Blutlache gebildet, die längst getrocknet war.

Einige Schritte entfernt lag der massige Körper von Gors'a'min, der in der Rangordnung der wallattischen Klans direkt über mir stand. Der König und Oberbefehlshaber unseres Heers stöhnte schwach, aber er war nicht mehr bei Bewusstsein. Sein Brustkorb war ein einziger Bluterguss, und er musste mehrere gebrochene Rippen haben, die ihm die Lunge durchbohrt hatten. Ohne zu zögern, zog ich das Schwert aus Saats Leiche und schlug Gors den Kopf ab.

Ich tat es nicht, um seinem Leiden ein Ende zu setzen. Den Treueschwur, der mich an Gors band, hatte ich immer gehasst.

Danach überwand ich meinen Ekel und durchsuchte die Leiche des Hexers – vergebens. Mehr Glück hatte ich bei dem Wallattenkönig. Seine Mörder hatten vergessen, ihm etwas Wichtiges abzunehmen: den Gegenstand, den ich gesucht hatte.

Ein zweites Amulett. Einen weiteren Dara-Stein. So hatte Saat ihn immer genannt. Der zweite Stein sollte für mein Kind bestimmt sein.

Mit dem Schatz in der Hand verließ ich eilig den zerstörten Palast. Ich musste fliehen, meine restlichen Krieger um mich scharen und ein Königreich wiederaufbauen, in dem ich einen Sohn großziehen konnte.

Ich hoffte inständig, dass der Dämon, der Saat gedient hatte und dessen Hohepriesterin ich gewesen war, für immer verschwunden bleiben würde.

Die Fahrt zum Leuchtturm hatte Prinz Alcide von Benelia eine Menge Zeit gekostet, kostbare Zeit, aber zum Glück hatte sich der Aufwand gelohnt. Er hatte sich höchstpersönlich um die Sache kümmern müssen, um das Versagen seiner Schergen wiedergutzumachen. Jetzt musste er sich nur noch dem Zorn seiner Befehlshaberin stellen, der Einzigen, die in der Rangordnung der Grauen Legion über ihm stand, der unangefochtenen Herrscherin über den mächtigsten Geheimdienst der bekannten Welt: Erzherzogin Agénor von Lorelia.

Wer sie nur flüchtig kannte, betrachtete sie als betuliche alte Dame mit ehrenwerten Ansichten, der man sich gern anvertraute. Ein paar Eingeweihte wussten von ihrer Stellung in der Grauen Legion, doch nur einige wenige erlebten ihre wahre Natur: Sie war ehrgeizig und durchtrieben, ließ ihre Schergen skrupellos morden und opferte unbedeutende Handlanger, ohne mit der Wimper zu zucken. Nichts durfte der Macht des lorelischen Königreichs im Weg stehen.

An diesem Abend hatte sie Alcide in ihre Winterresidenz bestellt, die sie in diesem Jahr ausnahmsweise etwas früher bezogen hatte. Der Palast und seine Nebengebäude säumten gut ein Drittel der Allee von Lermian, und der neue Kutscher des Prinzen hatte Schwierigkeiten, die richtige Einfahrt zu finden, was ihm beinahe Stockschläge eingetragen hätte, denn die Nerven seines Herrn lagen blank.

Seiner altgedienten Leibgarde musste Alcide nicht extra befehlen, in der Kutsche auf ihn zu warten. Die Legionäre kannten die Gepflogenheiten des Palasts und wussten, dass die Erzherzogin es hasste, wenn Spione und Auftragsmörder in ihren Fluren oder vor ihrer Tür herumlungerten. So blieben Alcides Männer in der Kutsche, während er den Hof überquerte, um sich der reichen Witwe ankündigen zu lassen.

Im Heer der Dienstboten herrschte ein gewisser Aufruhr. Alcide schrieb sie dem überraschend frühen Umzug in das Winterquartier zu. Nach wenigen Dezillen wurde er aufgefordert, Dame Agénor im Musikzimmer Gesellschaft zu leisten, und durch mehrere Säle geleitet, die von Kammerzofen auf Hochglanz poliert wurden. Dann betrat er den Salon der Erzherzogin.

Die Hausherrin saß mit geschlossenen Augen in einem Sessel und lauschte den Klängen eines Trios, das auf Leier, Frottel und Tympanon spielte. Sie genoss noch für einen Moment die Stille nach den letzten Tönen, schlug dann gnädig die Augen auf und entließ die Musiker mit einer anmutigen Handbewegung.

Sie blieb stumm, bis sie mit ihren Instrumenten den Raum verlassen hatten, aber ihr finsterer, vorwurfsvoller Blick sprach Bände.

»Ich nehme an, Ihr wisst Bescheid«, sagte Alcide. »Die Mission ist gescheitert.«

»So hat man mir berichtet«, antwortete die Herzogin herablassend. »Ihr habt die Lage offenbar falsch eingeschätzt, werter Freund.«

»Niemand konnte ahnen, dass sie so zäh sein würden«, verteidigte sich der Prinz. »Es waren nicht viele, und ich habe zwanzig Männer auf sie angesetzt.«

»Zwanzig *K'lurier*«, verbesserte ihn die alte Dame schroff. »Ergebene Gläubige, die uns nun Euretwegen nicht mehr zur Verfügung stehen. Ihre Opferbereitschaft ist gewiss von Vorteil, aber für diese Mission hättet Ihr sie nicht auswählen dürfen. Die Rauschmittel schränken ihre Fähigkeiten zu sehr ein.«

Während Alcide die Vorwürfe stumm über sich ergehen ließ, spürte er ein Stechen im Magen. Die Erzherzogin hatte ihm nicht einmal angeboten, sich zu setzen. Da er sich nicht erniedrigen lassen wollte, begann er, im Zimmer auf und ab zu laufen. »Unsere Männer konnte ich nicht nehmen«, rechtfertigte er sich. »Ich kann schlecht zwanzig Legionäre losschicken, um fünf Schwachköpfe und zwei Kinder aus dem Weg zu räumen. Die Kommandanten hätten zu viele Fragen gestellt!«

»Dann wäre es Eure Aufgabe gewesen, diese Fragen zu beantworten«, herrschte sie ihn an. »Und diese ›Schwachköpfe‹, wie Ihr sie nennt, habt Ihr offenbar unterschätzt. Dabei hatte Er uns vor ihnen gewarnt.«

Er. Immer wieder Er. Jedes Mal, wenn von Ihm die Rede war, überlief es den Prinzen eiskalt. Am liebsten hätte er sich umgedreht, um sich zu vergewissern, dass nichts Böses in seinem Rücken lauerte.

»Ich wüsste nicht, was an diesen Leuten so besonders ist«, beharrte er. »Und es will mir nicht in den Sinn, warum Er sie sich nicht selbst vom Hals schafft.«

»Er wird schon seine Gründe haben«, fuhr ihm die Herzogin über den Mund. »Jedenfalls sollen *wir* uns um diese ›Schwachköpfe und Kinder‹ kümmern. Wenn wir Ihm nicht einmal ein paar Köpfe auf dem Silbertablett servieren können, welchen Platz wird Er uns dann in Zukunft zugestehen? Er könnte argwöhnen, dass wir für die Gegenseite arbeiten. Begreift Ihr das nicht?«

Bei dieser Vorstellung zuckte Alcide zusammen. Er versuchte seine Angst zu überspielen, indem er die Fäuste ballte.

»Ich werde sie finden«, versprach er. »Anscheinend steuern sie eine kleine Insel vor der Küste an. Ich weiß zwar noch nicht, was sie dort wollen, aber ich werde alles Nötige in die Wege leiten.«

»Ich verlasse mich auf Euch«, sagte die Hausherrin mit Nachdruck und sah ihm dabei fest in die Augen. »Ihr wisst, dass ich andere Aufgaben zu erledigen habe, die nicht minder wichtig sind. Ich kann Euch nicht ständig auf die Finger schauen.«

Der Prinz nickte stumm. Er fühlte sich gedemütigt und fürchtete zugleich, erneut zu versagen. »Möglicherweise habe ich einen neuen Gefolgsmann gefunden«, murmelte er. »Einen Leuchtturmwärter. Er wirkte verzweifelt genug, um jedem zu gehorchen, der ihm etwas Bedeutung verleiht.«

»Wir gehen vor wie immer«, sagte die Herzogin. »Er wird ihn aufsuchen und mit ihm sprechen, und dann schickt Ihr einen Eurer Männer, um ihn zu rekrutieren. Sollte er sich weigern ...«

Sie musste den Satz nicht beenden. An die hundert Lorelier und andere standhafte Männer hatten sich in der Vergangenheit geweigert, sich den Grauen Legionären oder den K'luriern anzuschließen. Ihre hehren Ideale hatten sie mit dem Leben bezahlt.

Alcide hatte keinen Moment gezögert, Moral und Anstand zu vergessen, als er vor die Wahl gestellt worden war. Ihm war es gleich, welcher Seite er diente, Hauptsache, er überlebte.

Laute Schritte im Nebenraum unterbrachen das Gespräch. Die Tür zum Musikzimmer wurde aufgestoßen, und ein geschniegelter Lakai trat ein. »Dame Agénor, der König ist eingetroffen!«, verkündete er pompös.

Der Prinz von Benelia warf der Herzogin einen fragenden Blick zu. Er wusste nichts von diesem Besuch und wunderte sich, dass der alte Bondrian überhaupt noch in der Lage war, seinen Palast zu verlassen.

»Zieht nicht so ein Gesicht, Alcide!«, sagte die Herzogin belustigt. »Geht lieber den König begrüßen, der mir die Ehre erweist, mich in der Stadt willkommen zu heißen. Vielleicht erlebt mein armer Bruder seinen letzten Winter«, fügte sie vielsagend hinzu.

Etwas unwillig machte sich Alcide auf die Suche nach seinem Cousin. Agénor hatte Recht. In den nächsten Monden würde sich einiges ändern, und wer auf der Seite der Sieger bleiben wollte, musste sich anpassen.

Keb kam ohne einen Laut zur Welt, während ich vor Schmerzen brüllte. Es dauerte mehrere Dezillen, bis er zu schreien begann. Ich interpretierte das als Charakterstärke. Als er gierig an meiner Brust saugte, vergaß ich meine Sorge. Er war ein kräftiger Junge, der acht Pfund auf die Waage brachte.

Die Vorstellung, er könnte Saats abstoßendes Äußeres erben, hatte mich mondelang um den Schlaf gebracht. Doch mein Sohn wuchs zu einem starken, stattlichen Mann heran, ganz anders als der Hexer mit seinen dürren Gliedmaßen.

Ich ließ ihm die traditionelle wallattische Erziehung zuteilwerden. Unsere Könige können ihre Krone nur verteidigen, wenn ihnen die rohe Art unseres Landes vertraut ist. Kein B'ree hat jemals vor seinem Volk Schwäche gezeigt, und Keb war ein mustergültiger Thronfolger, der jede Bürde bereitwillig auf sich nahm.

Schon als Kind arbeitete er auf den Feldern. Er scheute keine Mühe, und keine Aufgabe war ihm zu schwer. Lieber wäre er vor Erschöpfung gestorben, als Hilfe anzunehmen oder zuzulassen, dass man ihn bevorzugt behandelte. So ist er noch heute.

Mit zehn Jahren hielt man ihn für vierzehn. Beim traditionellen Schweinestechen in der Arena war er der jüngste Sieger, den es je gegeben hatte. Das Wildschwein, das er nur mit einem Dolch bezwang, wog über zweihundertzwanzig Pfund. Es hatte ihm den Oberschenkel aufgerissen und ihn mehrmals gerammt, aber mein Sohn verzog nicht einmal das Gesicht. Für ihn zählten nur der Jubel und Beifall seiner Landsleute.

Als Nächstes suchte ich ihm einen Waffenmeister. Mit sechzehn wusste Keb alles über die Handhabung der Lowa. Es wurde immer schwerer, Gegner für ihn zu finden, denn alle fürchteten sich vor dem Jähzorn, der ihn manchmal während der Übungen packte. Gegen meinen Willen schloss er sich schließlich einer der Patrouillen an, die unsere Grenzen bewachen. Aus mehreren Scharmützeln ging er als Sieger hervor und erwarb sich schon bald den Ruf, ein tapferer Krieger zu sein. Ich bot ihm das Kommando über eine Einheit an, aber Keb interessiert sich nicht für Strategie und Taktik. Er möchte seinen Waffenbrüdern beweisen, dass er es wert ist, an ihrer Seite zu kämpfen. Tag für Tag, Schlacht für Schlacht.

Schuld an diesem Drang nach Bestätigung bin ich. Seit Keb alt genug ist, mir zuzuhören, habe ich gehässig über Saat geredet. Keb weiß sehr wohl, wer sein Vater ist, obwohl ich es nie ausgesprochen habe, und dieses Erbe belastet ihn. Er würde es niemals zugeben, aber er leidet unter dem Gefühl, ein Bastard zu sein. Ich habe einen brennenden Hass an ihn weitergegeben, der ihn dazu verleitet, immer größere Gefahren einzugehen. Obwohl ich weiß, dass er stark ist, sorge ich mich um ihn. Doch er liebt seine Freiheit viel zu sehr, um meinen Mahnungen Gehör zu schenken.

Dabei wäre Vorsicht dringend geboten – vor allem, seit die Alte Religion wieder aufflammt und neue Anhänger findet.

In den Dekaden nach der Niederlage unserer Armee sprachen die Wallatten viel von Sombre. Alle fragten sich, was aus dem Dämon geworden war, der uns zum Sieg hätte führen sollen. Ich hingegen hoffte, ihm nie wieder begegnen zu müssen. Ich hatte das Amt der Hohepriesterin übernommen, um Saat einen Gefallen zu tun. Wie hätte ich ahnen sollen, dass die Kreatur unter uns weilte, als Wesen aus Fleisch und Blut? Es kam schlimmer als in meinen schwärzesten Albträumen. Ich hatte geglaubt, Macht über Zehntausende Gläubige zu erlangen, und war nun stattdessen gezwungen, einer Bestie Sklaven zum Fraß vorzuwerfen. Sombres finstere Blicke, sein Schweigen und sein Jähzorn waren unerträglich. So sehr ich mich auch bemühte, ihm aus dem Weg zu gehen, er schien mir immer in irgendeiner dunklen Ecke aufzulauern. Manchmal hatte ich sogar das Gefühl, er lese meine Gedanken.

Nur wenige wussten, dass Sombre und der junge Dyarch, den Saat als seinen Sohn bezeichnete, ein und derselbe waren. Lange Zeit fürchtete ich, ihn eines Tages wiederzusehen. In den ersten Jahren meiner Herrschaft verbat ich meinen Untertanen, seinen Namen auszusprechen oder seine Religion auch nur zu erwähnen. Dabei hatte ich sie selbst erschaffen! Meine Krieger glaubten, ich handele aus Rache und wolle ihn nicht länger anbeten, weil er uns nicht zum Sieg verholfen hatte.

In Wahrheit wurde ich von nackter Angst getrieben. Jedes

an Sombre gerichtete Gebet ließ ihn stärker werden, das hatte ich mit eigenen Augen gesehen. Ich wollte ihn auf keinen Fall noch mächtiger machen und hoffte, dass er mich und die Wallatten vergessen würde. Ich setzte alles daran, dass mein Sohn niemals für die Untaten seines Vaters würde büßen müssen – nicht für die Untaten seines Vaters und nicht für meine.

Die Jahre vergingen, ohne dass der Dämon ein Lebenszeichen von sich gab. Die Pyramide, die Saat zu Ehren seiner Kreatur errichten ließ, steht immer noch. Niemand wagt es, sie zu betreten. Zumindest brüstet sich niemand damit, es getan zu haben.

Vielleicht kauerte Sombre die vergangenen zwei Jahrzehnte in dieser Pyramide wie ein wildes Tier und wartete mit wachsendem Zorn darauf, dass wir ihm neue Opfer in sein Labyrinth schicken. Vielleicht kehrte er auch dorthin zurück, wo Saat ihn einst gefunden hatte. Oder er fiel in einen tiefen Schlaf, den Schlaf der Götter, der mehrere Jahrhunderte währen kann. Das glaubte ich jedenfalls lange Zeit. Ich wollte es glauben.

Doch was auch immer er in all den Jahren getrieben hat, er ist wieder aufgetaucht.

Das erste Anzeichen seiner Rückkehr war das Erstarken der Alten Religion. Man berichtete mir von geheimen Zusammenkünften, bei denen schwarze Messen gefeiert und Eroberungspläne geschmiedet wurden. Sie fanden zumeist in den Feldlagern der Solenen und Thalitten statt, aber vermutlich gab es so etwas auch bei uns. Meine Spitzel taten mir kund, ein Mann mit dunklen Augen gehe in den Lagern unserer Feinde von Zelt zu Zelt und spreche mit den Kriegern. Einige von ihnen tötete er, woraufhin die anderen ihm ewige Treue schworen. Es hieß, der Fremde könne sich an mehreren Orten zu-

gleich aufhalten und sich mit der Geschwindigkeit eines Blitzes fortbewegen.

Meine Spitzel erzählten mir noch allerlei, aber mit der Zeit begann ich ihnen zu misstrauen. Sie konnten längst selbst zu Sombre übergelaufen sein. Ich blieb mit meinen Zweifeln allein, denn ich weigerte mich, Keb in meine Sorgen einzuweihen. Solange es ging, sollte mein Sohn nichts von dem Dämon erfahren.

In den nächsten Monden wurden die Berichte immer erschreckender und haarsträubender. Der Mann mit den schwarzen Augen näherte sich offenbar unserer Grenze, und manche behaupteten, ihn bereits am Ufer der Miroise gesehen zu haben, wo er wie ein Wolf auf der Suche nach Beute umherstreife. Zwanzigmal am Tag schloss ich die Finger um meinen Dara-Stein, denn nur er hinderte Sombre daran, mich über meine Gedanken aufzuspüren. Aber er machte mich nicht unsichtbar. Wenn er direkt vor mir stand, konnte ich dem Dämon nicht entkommen.

Das wurde mir klar, als ich am Fußende meines Bettes einen jungen Mann erblickte, mitten in einer Nacht voller Albträume.

Mühsam erstickte ich einen Schrei. Vor diesem Moment hatte ich mich gefürchtet. Ich musste dem Dämon mit Würde begegnen. Schlotternd vor Angst richtete ich mich auf und musterte Sombres Gesicht im fahlen Licht der Nachtlampe.

Er hatte sich überhaupt nicht verändert. Wie auch? Die Götter sind von makelloser, unsterblicher und ewig gleicher Schönheit. Bei Dämonen wie ihm ist es nicht anders. Nur ein mir unbekanntes Schimmern in seinen Augen, ein hartes, entschlossenes Funkeln, zeugte von der Zeit, die vergangen war. Es sprach von unermesslichem Leid und brennendem Hass.

Er sprach lange zu mir, so wie er zu den Kriegern sprach, die er aufsuchte. Irgendwann verschwand er, vermutlich, um weitere Anhänger um sich zu scharen.

Nach mehreren Dekanten, in denen ich unaussprechliche Ängste ausstand, dämmerte der Morgen, und ich begrüßte ihn mit heißen Tränen. Doch ich hatte keine Zeit für Selbstmitleid. Ich musste so schnell wie möglich nach Goran aufbrechen und Keb auf die Suche nach Maz Lana schicken.

Zumindest ein Leben verdiente es, gerettet zu werden.

ERSTES BUCH

ALIANDRA
DIE SONNIGE

Ein lautes Platschen durchbrach die Stille, als der Anker ins Wasser rasselte und auf den Meeresboden sank. Dann wurde die Nacht abermals nur vom Knarren der Schiffsplanken und den trägen Wellen begleitet, die gegen den Rumpf schwappten. Amanón hakte die Winde ein und sah zu der dunklen Felsmasse hinüber, die sich vor ihnen aus den Fluten erhob. Die Insel Ji. So unscheinbar und doch so schicksalsträchtig.

Er hatte diesen Moment herbeigesehnt, auch wenn er sich vor dem fürchtete, was sie auf der Insel erwartete. Feinde, eine Enttäuschung, vielleicht gar der Tod? Oder würde es ein freudiges Wiedersehen geben, ein glückliches Ende nach einer Dekade voller schwerer Prüfungen? Er wollte sich zur Zuversicht zwingen, doch es gelang ihm nicht. Seinen Eltern und ihren Vorfahren hatte dieser Ort nichts als Schmerz und Unheil eingebracht.

Wenn überhaupt würden sie erst morgen Antworten auf ihre Fragen erhalten – Keb und Cael waren immer noch bewusstlos, obwohl sie ihre Wunden versorgt hatten. Insgeheim bangten sie um ihr Leben, wollten die Insel aber auf keinen Fall ohne die beiden auskundschaften.

Nach dem Kampf gegen die K'lurier im Hafen von Lorelia waren sie ausgelaufen, obwohl das Gewitter immer noch mit voller Kraft getobt hatte. Die Gabiere hatte sich durch zwölf Schritte hohe Wellen kämpfen müssen, aber immerhin hatte das Wasser das Blut vom Deck gespült. Nach dem Unwetter war es Bowbaq und Amanón gelungen, das Hauptsegel zu setzen. Glücklicherweise erinnerte sich Bowbaq noch gut an die Reise mit der *Othenor* zwanzig Jahre zuvor und machte damit ihren Mangel an Erfahrung wett. Aus Angst, vom Kurs abzukommen, blieben sie dennoch wachsam, bis endlich die Insel in Sicht kam und sie vor der Küste vor Anker gingen.

Eryne und Nolan wechselten sich am Lager der Verletzten ab. Jedes Mal, wenn Amanón unter Deck ging, um nach Cael zu sehen, saßen die Lorelier schweigend da. Auch Niss hatte seit dem Ende der Kämpfe keine Regung gezeigt. Dabei mussten sie dringend miteinander reden. Es war, als warteten die Gefährten auf ein Zeichen, vielleicht von Amanón selbst, der irgendwie zum Anführer ihrer kleinen Schar geworden war. Ganz wohl war ihm bei dieser Vorstellung nicht.

Während er gedankenverloren auf den dunklen Umriss der Insel starrte, dachte er an seine Eltern. Was hätte er dafür gegeben, einen von beiden an seiner Seite zu wissen. Corenn war so unendlich viel erfahrener und weiser als er selbst, und Grigán konnte zehnmal besser kämpfen. Dass er bislang überlebt hatte, verdankte er vor allem seinen guten Reflexen und einer gehörigen Portion Glück. Trotzdem hatte er sich eine tiefe Wunde am Unterarm zugezogen, die in der salzigen Meeresluft höllisch brannte.

Er war nun mal kein Krieger. Sein Gebiet war die Diplomatie, und er beherrschte zahlreiche Sprachen, aber mit Waffen und strategischen Überlegungen kannte er sich nicht aus.

Dennoch hatte er auf seinen Reisen gelernt, sich allein in der Fremde zurechtzufinden und entschlossen und tatkräftig zu handeln. Irgendjemand musste schließlich bestimmen, wie es weiterging. Der Einzige, dem er diese Aufgabe hätte überlassen können, war Bowbaq, aber der fügte sich aus »Höflichkeit«, wie er es zu nennen pflegte, stets dem Willen der anderen. Seufzend kehrte Amanón der Nacht den Rücken und stieg in die Kombüse hinunter. Er würde sich mit dem Gedanken abfinden müssen, dass er die Verantwortung für seine Gefährten trug.

Es gab viel zu besprechen. Entscheidungen mussten getroffen werden, und er konnte nur hoffen, dass sie nicht zu neuen Katastrophen führten. Sie hatten schon genug durchgemacht.

Zuallererst mussten sie beurteilen, ob Nolan weiterhin ihr Vertrauen verdiente – ob er immer noch zu ihnen gehörte.

Wenn sie sich dagegen entschieden, würde Amanón vor nichts zurückschrecken, so schwer es ihm auch fiele.

Nachdem sie lange Zeit von Weinkrämpfen geschüttelt worden war, fühlte sich Eryne stumpf und leer. Dass sie todmüde war, machte die Sache nicht besser. Der neunte Dekant neigte sich seinem Ende zu, und sie hatte die ganze Nacht kein Auge zugetan. Der blutige Kampf im Hafen von Lorelia und Nolans erschreckendes Geständnis gingen ihr einfach nicht aus dem Kopf. Sie hatte geglaubt, ihren kleinen Bruder besser zu kennen als jeden anderen. Wenn sie die Lider auch nur für einen Moment schloss, wurde sie von albtraumhaften Bildern heimgesucht, die ihren Bruder, Cael oder die k'lurischen Mörder in immer grauenhafteren Szenen zeigten, die sie zum Teil tatsächlich mit angesehen hatte.

Ohnehin wollte sie sich keinen Schlaf gönnen. Zwei von

ihnen waren im Kampf verwundet worden, und sie würde so lange wie nötig an ihrem Bett wachen. Das war eine Frage der Ehre und die einzige Möglichkeit, ihre Untätigkeit in der Schlacht wiedergutzumachen. Alle hatten etwas für das Überleben der anderen getan, selbst Niss mit ihren dreizehn Jahren, während Eryne sogar noch versucht hatte, sie zurückzuhalten. Und selbst daran war sie gescheitert.

Für Eryne war dieses Gefühl der Ohnmacht neu. Sie war es von klein auf gewohnt, dass ihr eine Schar Diener jeden Wunsch von den Augen ablas. Nun musste sie ihr Schicksal plötzlich selbst in die Hand nehmen und empfand nur noch Scham und Verzweiflung. Scham, weil sie den anderen zur Last fiel und keine nützliche Fähigkeit hatte.

Und Verzweiflung, weil sie nichts dagegen unternehmen konnte.

Eins war nun wenigstens sicher: *Sie* konnte nicht dieser Erzfeind sein, der der Prophezeiung zufolge dazu auserkoren war, den Dämon zu besiegen. Schließlich war sie schon in einem Kampf gegen gewöhnliche Sterbliche völlig hilflos gewesen!

Sie wusste nicht einmal, wie man Wunden verarztete. So übernahm Nolan diese Aufgabe, denn Heilkunde gehörte zur Ausbildung der eurydischen Novizen. Eryne konnte nichts tun, als den Verletzten mit einem feuchten Tuch die Stirn zu kühlen und das Heben und Senken ihres Brustkorbs zu überwachen, voller Angst, einer von ihnen könnte plötzlich aufhören zu atmen.

Sie hatten die Verletzten in Caels Kajüte nebeneinander gebettet. Die beiden jämmerlichen Gestalten hätten nicht unterschiedlicher sein können, auch wenn ihre Gesichter gleichermaßen schmerzverzerrt waren. Keb war schwerer verwundet als Cael. Als sie ihn entkleideten und wuschen, entdeckten sie einen tiefen Schnitt in seiner Brust, der vermutlich von einem der Zackendolche der K'lurier stammte. Er hatte so viel Blut verloren, dass er immer noch bewusstlos und totenblass dalag. Gegen das Fieber und den Schüttelfrost, die ihn abwechselnd quälten, waren sie machtlos. Eryne deckte ihn ständig zu und wieder ab und hoffte, das Richtige zu tun.

Alle staunten über die zahlreichen, zum Teil mehrere Hand breiten Narben auf Kebs Körper. Trug er deshalb immer so viele Schichten Kleidung? Eryne konnte nur vermuten, welches Leid der wallattische Prinz erfahren, welche Schlachten er geschlagen und welch hartes Leben er jenseits des Rideau geführt hatte. Sie waren zwar im gleichen Alter, aber Keb war schon jetzt stärker vom Leben gezeichnet, als sie es je sein würde.

Neben ihm wirkte Cael vollkommen unschuldig. Er war in einen rätselhaften Schlaf gefallen, und seine Züge verrieten eine noch nahe Kindheit, eine unbekümmerte, arglose Zeit. Was für ein Gegensatz zu der hasserfüllten, beinahe dämonischen Fratze, die während des Kampfes sein Gesicht entstellt hatte!

Sie konnte sich nicht erklären, was passiert war, und vielleicht würde sie es nie erfahren. Allem Anschein nach war Cael einem Wahn verfallen, nachdem sein Gegner ihn verwundet hatte. Er hatte eine unglaubliche Kraft und Beweglichkeit entwickelt und seine beiden Widersacher grausam niedergemetzelt. Dann war Niss zu ihm gestürzt, und einen Augenblick lang hatte Eryne befürchtet, er würde sein Schwert gegen das Mädchen richten. Stattdessen war der Junge in sich zusammengesackt wie eine Marionette, der man die Fäden durchgeschnitten hatte, vermutlich aus Erschöpfung. Jedenfalls hatte sie es Bowbaq und Amanón so erzählt. Die Enthüllung ihres Bruders hatte sie ohnehin so erschüttert, dass sie sich über Caels merkwürdiges Verhalten nicht groß den Kopf zerbrach. Nolan hatte ihrem Bericht nichts hinzugefügt, und Niss war wieder völlig teilnahmslos und stumm. Nun schien sie zu allem Überfluss Cael mit ihrer Apathie angesteckt zu haben. Vielleicht brauchte er nach der Aufregung der letzten Tage aber auch einfach nur viel Schlaf.

Ein leises Klopfen riss sie aus ihren Gedanken, dann steckte Amanón den Kopf durch die Tür.

»Würdet Ihr Euch zu uns gesellen?«, fragte er leise. »Ich möchte, dass alle dabei sind.«

Eryne nickte, warf einen letzten Blick auf die Verletzten und begab sich dann zu den anderen in die Kombüse. Sie musste nicht erst fragen, worum es ging.

Sie war neugierig auf die Erklärung ihres Bruders, hatte aber auch Angst davor.

Nolan hatte die ganze Nacht auf diesen Moment gewartet, doch als sich Eryne nun ihm gegenüber auf die Bank setzte, sank ihm der Mut. Sie hatte die Tür zur Kajüte, in der die Verletzten lagen, einen Spalt offen gelassen und sah immer wieder besorgt hinüber. Vielleicht wollte sie auch nur seinem Blick ausweichen. Seit ihrer Flucht aus Lorelia hatten sie kaum miteinander gesprochen. Er hoffte, dass sie nur überrascht von seinem Geständnis war und sich nicht für ihn schämte oder ihn gar verachtete. Nun, womöglich hatte er nichts anderes verdient.

Bowbaq gesellte sich ebenfalls zu ihnen, nachdem er sich vergewissert hatte, dass Niss friedlich in Erynes Bett schlummerte. Wie sie alle hatte er tiefe Ringe unter den Augen – vermutlich fürchtete er sich vor dem, was sie auf der Insel erwartete. Auch Nolan hatte ein ungutes Gefühl, aber im Moment hatte er vor allem Angst davor, wie die anderen seinen Bericht aufnehmen würden.

Als Bowbaq Platz genommen hatte, löste sich Amanón von der Wand und kam mit unglücklichem Gesicht zu ihnen herüber. Nolan wartete nicht auf die erste Frage, sondern ergriff von sich aus das Wort. Schon viel zu lange sehnte er sich danach, sich jemandem anzuvertrauen.

»Eins möchte ich euch versichern«, sagte er mit brüchiger Stimme. »Seit über sechs Monden habe ich nichts mehr mit den K'luriern zu tun. Und ich kenne keinen von denen, die uns angegriffen haben. Ich gehörte einer anderen Gruppe an. In Ith.«

»Weißt du, warum sie uns töten wollten?«, fragte Amanón.

Er bemühte sich um einen neutralen Tonfall, wofür Nolan ihm dankbar war. Er hätte sehr viel vorwurfsvoller, misstrauischer oder wütender sein können. Aber vielleicht kam das ja noch …

»Vor ein paar Tagen hätte ich die Frage verneint«, antwortete er. »Aber nach unseren Gesprächen und der Lektüre von Corenns Tagebuch verstehe ich nun vieles besser. Ich sehe nur eine Möglichkeit: Sie wollen den Erzfeind töten.«

Seine Worte schienen noch eine Weile im Raum zu hängen. Die anderen wirkten plötzlich noch niedergeschlagener als zuvor, dabei hätten sie längst selbst zu diesem

Schluss kommen müssen. Welche andere Erklärung konnte es geben? Aus demselben Grund hatten die Züu vor zwei Jahrzehnten ihre Eltern gejagt. Ihre Familien waren vom Schicksal gezeichnet.

»Wenn man dich so hört, könnte man meinen, du hättest mit dem Angriff gerechnet«, warf Amanón ein.

Nolan sah ihn traurig an und nickte dann knapp.

»Du wusstest, dass sie kommen würden?«, rief Eryne entsetzt. »Woher? Und warum hast du uns nicht gewarnt?«

»Das wollte ich ja«, sagte Nolan beschwörend. »Ich wollte es wirklich, aber es fiel mir so schwer … Außerdem war ich selbst nicht ganz sicher. Ich glaube, ich … Ich hoffte ganz einfach das Beste. Ich wollte das alles am liebsten vergessen.«

»Wie bist du überhaupt in diese Sekte hineingeraten?«

Amanón hatte recht, am besten erzählte er alles von Anfang an. Nolan schloss kurz die Augen und ließ Erinnerungen in sich aufsteigen, die er seit Monden zu unterdrücken versuchte: Katakomben, Wasserpfeifen und nächtliche Orgien. Und das Gesicht einer Frau.

»Es begann vor fast zwei Jahren«, sagte er leise. »Damals hatte ich die Freude am Lernen verloren und war der Gesellschaft der Maz und der anderen Novizen überdrüssig geworden. Ich fragte mich sogar, ob die Entscheidung, dem Großen Tempel beizutreten, nicht ein Fehler gewesen war.«

Bei diesen Worten sah er Eryne an, die trotz ihrer Müdigkeit die Augen weit aufriss. Ihm war klar, dass viele seiner Verwandten und Freunde ebenso reagiert hätten. Was? Der brave Nolan, der immer so fleißig und strebsam gewesen war, hatte an seiner Berufung gezweifelt? Unfassbar!

»Ich langweilte mich zu Tode«, fuhr er fort. »Ich war ständig traurig und hatte Sehnsucht nach euch, nach Mutter, Vater und dir. Gerade, als ich kurz davorstand, alles aufzugeben und nach Lorelia zurückzukehren, lernte ich eine Frau kennen. Maugane.«

»Ein kaulanischer Name«, bemerkte Amanón.

»Ja, aber sie stammte aus Benelia. Wir waren im gleichen Alter und hatten manchmal gemeinsam Unterricht im Tempel. Über Lorelien und unser Leben jenseits der Heiligen Stadt zu sprechen, tat mir gut. Wir schlossen rasch Freundschaft. Und dann verliebten wir uns ineinander.«

Seine Schwester schnappte nach Luft und entschuldigte sich mit einer Handbewegung für die Unterbrechung. »Hast du sie geliebt?«, fragte sie.

Nolan dachte eine Weile über die Frage nach. »Ich glaube schon. Na ja … Es war seltsam. Dort hatte ich nur sie. In Ith war sie mir sehr wichtig. Und sie liebte mich von ganzem Herzen.«

»Aber sie hat dich zu den K'luriern mitgenommen«, sagte Amanón hart. »So war es doch, nicht wahr?«

Nolan nickte langsam, während die anderen betroffene Blicke wechselten.

»Anfangs wusste ich nicht, wer sie waren«, rechtfertigte er sich. »Maugane stellte mir einfach ein paar ihrer Freunde vor. Auch sie waren Novizen des Tempels, und ich fühlte mich bei ihnen wohl. Wir diskutierten über Religion, und zwar auf eine ganz neue Art. Ich fand das alles ungeheuer spannend. Oft redeten wir die ganze Nacht hindurch. Vor allem, weil … weil wir dabei Wasserpfeife rauchten. Darüber vergaßen wir alles andere.«

»Du Ärmster, sie haben dir Rauschmittel eingeflößt!«, sagte Bowbaq teilnahmsvoll.

»Niemand hat mich dazu gezwungen, weder Maugane noch die anderen«, entgegnete Nolan. »Die Schuld trage ich ganz allein.«

»Aber das alles ist doch ziemlich harmlos«, wandte Amanón ein. »Ich kenne viele, die Wasserpfeife rauchen.«

»Bei den K'luriern ist es etwas anders«, erklärte Nolan. »Ihre Tabakmischung ist zehnmal stärker. Die k'lurischen Alchimisten verstehen ihr Handwerk. Das habe ich erst viel später begriffen. Sie ändern die Rezeptur je nach erwünschter Wirkung. Wenn sie ein neues Mitglied rekrutieren wollen, verwenden sie zum Beispiel euphorisierende Pflanzen. Nachdem ich meine erste Wasserpfeife geraucht hatte, erschien mir nichts wichtiger als die Freundschaft, die uns einte. So begann ich, das schwarze Stirnband mit den Dornenranken zu tragen. Nachts stahl ich mich heimlich davon, um zu unseren Treffen zu gehen.«

»Aber du musst doch gemerkt haben, dass deine neuen Freunde K'lurier waren«, sagte Eryne. »Anhänger eines Dämons!«

»Das stimmt, ich wusste es«, gestand Nolan. »Aber das war für mich bedeutungslos. Sie wollten kein Gold von mir, und ich musste keine Gebete sprechen. Ich genoss es ganz einfach, mich mit Maugane und einigen etwas verrückten jungen Leuten zu treffen, Wasserpfeife zu rauchen und auf alles zu schimpfen, was wir den Tag über gelernt hatten.«

»Trugst du auch einen dieser Zackendolche?«, fragte Amanón.

Nolan errötete. »Sie gaben ihn mir erst nach mehreren

Monden. Anfangs versammelten wir uns bei Maugane, und da war so ein Kerl, der uns immer die Wasserpfeife brachte. Nach einer Weile nahm er uns mit in die Katakomben der Stadt, und dort lernte ich andere Männer kennen, von denen einige völlig fanatisch waren. Irgendwann merkte ich, dass die Rauschmittel nun eine andere Wirkung hatten. Sie machten uns aggressiv und wiegelten uns gegen die Maz auf, gegen unsere Lehrer und sogar gegen unsere Eltern. Manche der älteren Mitglieder stachelten uns mit Hetzpredigten auf. Eines Nachts schickten sie uns schließlich los – wir sollten jemandem einen Denkzettel verpassen. Und ich ging mit.«

Er senkte den kahl geschorenen Schädel, als die anderen ihn ungläubig anstarrten.

»Wer war das Opfer?«, wollte Amanón wissen.

»Hast du den Mann getötet?«, fragte Eryne mit tonloser Stimme.

»Nein!«, versicherte Nolan hastig. »Wir hatten nur den Auftrag, ihm eine Lehre zu erteilen. Mehr nicht. Am nächsten Tag wusste ich nicht einmal mehr, was der Arme angestellt haben sollte, und wurde von schrecklichen Gewissensbissen geplagt. Drei Nächte später ging es wieder los. Unsere Anführer schickten uns zum nächsten Opfer. Ich war nur eine Schachfigur, ohne eigenen Willen. Ich gehorchte K'lurs Priestern blind.«

»Und alles wegen dieser Frau«, brummte Bowbaq.

Nolan seufzte schwer. Konnte er den anderen überhaupt erklären, wie ihm damals zumute gewesen war? Wie sollten sie nachvollziehen können, was er erlebt hatte? »Ich trage ihr nichts nach«, sagte er leise und hob den Kopf. »Sie hat mich zwar zu den K'luriern mitgenommen, aber ich weiß, dass sie keine bösen Absichten hatte. Genau wie ich hatte sie sich verführen lassen. Wenn ich die Gruppe eher verlassen hätte, dann … dann wäre sie mir vielleicht gefolgt. Vielleicht wäre sie jetzt noch am Leben!«

Seine letzten Worte gingen in einem Schluchzen unter. Zornig wischte er die Tränen fort und vergrub das Gesicht in den Armen. Aus Rücksicht auf seinen Kummer ließen ihn seine Freunde eine Weile in Ruhe, obwohl sie vor Neugier fast platzten. Irgendwann blickte Nolan auf und sah, dass Eryne ebenfalls stumm weinte. Als sie den Arm über den Tisch streckte und nach seiner Hand griff, wurde ihm warm ums Herz.

»Nachdem ich mehrere Dekaden zu den nächtlichen Treffen gegangen war, wurde mir der Zackendolch überreicht«, fuhr er fort. »Meine Gedanken waren vielleicht von den Rauschmitteln vernebelt, aber ich ahnte, dass man mir befehlen würde, ihn auch zu gebrauchen. Da fielen mir die Züu und die Warnungen unserer Eltern ein, und das öffnete mir die Augen. Plötzlich wurde mir klar, was aus mir geworden war. Ich ging weiterhin in die Katakomben, aber nur, um meinen Ausstieg vorzubereiten. Denn wäre ich unvermittelt nicht mehr aufgetaucht, hätten sie ein paar Männer vorbeigeschickt, um mich zu bestrafen.«

»Hast du auch aufgehört, Wasserpfeife zu rauchen?«, fragte Amanón.

»Nicht ganz, aber ich rauchte so wenig wie möglich, gerade genug, um nicht aufzufallen. Außerdem schloss ich mich einer gemäßigteren Gruppe an. Für Maugane war es leider zu spät. Ich versuchte immer wieder, sie davon zu überzeugen, der Sekte den Rücken zu kehren, aber sie lehnte empört ab. Schließlich suchte sie sich einen neuen Geliebten und brach den Kontakt zu mir ab. Von diesem Tag an hatte ich keinen Grund mehr, weiter mit den K'luriern zu verkehren, und zog mich klammheimlich zurück. Ich bin und bleibe eben ein Feigling.«

»Sag das nicht«, widersprach Amanón. »Du hast getan, was du konntest.«

»Das ist nicht wahr. Ich hätte hartnäckiger versuchen sollen, Maugane zu retten. Vielleicht hätte ich sie irgendwie zwingen müssen, die Sekte zu verlassen. Stattdessen nahm ich mein früheres Leben wieder auf, als wäre nichts geschehen. Als wäre ich ein gewöhnlicher Priesterschüler, und die Straßen von Ith würden nachts nicht von verlorenen Seelen heimgesucht, die einen Dämon verehren.«

»Du konntest nicht wissen, was passieren würde«, sagte Eryne streng.

Er lächelte seiner Schwester traurig zu. Kein tröstendes Wort konnte seine Schuldgefühle lindern, aber er war froh über das Verständnis seiner Freunde. Er hatte mit Vorwürfen gerechnet, doch stattdessen brachten sie ihm vor allem Mitgefühl entgegen. Bisher jedenfalls – denn das Schlimmste hatte er noch nicht erzählt.

»Sechs Monde vergingen, bevor ich wieder etwas von den K'luriern hörte. Vor einem halben Mond kam Maugane im Morgengrauen zu mir. Sie war totenbleich, wirkte fiebrig und schien Angst zu haben. Sie hatte Wasserpfeife geraucht, das roch ich, und der Geruch war stärker als sonst. Ich verstand nur die Hälfte von dem, was sie sagte, denn sie redete wirr und behauptete, ich und meine Familie seien in Gefahr. Sie sprach von einem Bund der K'lurier mit anderen Sekten, der sogenannten Dunklen

Bruderschaft, von einer neuen Ära, in der Dämonen die Welt beherrschen würden, und von Eurydis' Untergang. Außerdem stammelte sie immer wieder etwas von einer Alten Religion.«

Er hatte damit gerechnet, dass Amanón, Eryne oder Bowbaq etwas sagen würden, aber alle drei schwiegen und schienen gebannt auf die Fortsetzung zu warten.

»Ich konnte ihr kaum folgen und redete mir ein, sie habe zu viel Wasserpfeife geraucht, und das alles seien nur Bruchstücke von Predigten zu K'lurs Ehren. Ich versuchte sie zu beruhigen, aber sie geriet immer mehr in Panik, als sie merkte, dass ich ihr nicht glaubte. Schließlich rannte sie davon, und ich hielt sie nicht zurück.«

Er schluckte schwer, überwältigt von Schuldgefühlen.

»Trotzdem erschütterten mich ihre Worte. Am selben Morgen stopfte ich ein paar Kleidungsstücke in einen Beutel und floh aus meinem Zimmer, um nach Lorelia zurückzukehren. Ich reservierte einen Platz in einer Kutsche, wollte Maugane aber vor der Abreise ein letztes Mal sehen. Ich hoffte immer noch, sie überreden zu können, mich zu begleiten. Ich ging zu ihrem Zimmer, und dort lag sie in einer Blutlache, entstellt von unzähligen Dolchstichen. Sie musste sterben, weil sie versucht hatte, mich zu warnen«, schloss er traurig.

»Aber vielleicht hatte der Mord gar nichts mit dir zu tun«, protestierte Eryne. »Vielleicht waren die Täter keine K'lurier.«

»Das redete ich mir zunächst auch ein. Obwohl alles dagegen sprach, klammerte ich mich an den Gedanken, dass es ein schrecklicher Zufall war. Doch als uns dann in Lorelia die Grauen Legionäre verfolgten und ich in Corenns Tagebuch von Sombre, den Züu und der Alten Religion las, wurde mir klar, dass die Sekte versuchen würde, uns zu finden.«

Er holte tief Luft, trotz allem erleichtert, es hinter sich gebracht zu haben. »Ich bereue sehr, euch nicht früher davon erzählt zu haben. Ich habe euch etwas verheimlicht, das uns allen viel Leid erspart hätte, vor allem Keb und Cael. Ich bin schuld an ihren Verletzungen und würde es verstehen, wenn ihr mir nun nicht mehr vertraut. Bitte verzeiht mir.«

Seine Worte waren an alle gerichtet, aber sein flehender Blick galt Eryne, die er über eine Dekade lang angelogen hatte. Sie war alles, was ihm von seiner Familie geblieben war, und mehr denn je sehnte er sich nach ihrem Beistand. Als sie seine Hand losließ, die sie seit einer Weile gehalten hatte, setzte sein Herz einen Schlag aus – bis sie aufstand, um den Tisch herumkam und ihn in die Arme schloss.

»Auch so haben wir in Lorelia allen Fremden misstraut«, sagte Bowbaq gelassen. »Selbst wenn du uns eher davon erzählt hättest, hätten uns die Männer im Hafen überrascht. Ich mache dir jedenfalls keine Vorwürfe, Freund Nolan. Du musst sehr unglücklich gewesen sein.«

Nolan war so gerührt, dass er ihm nur mit einem Nicken danken konnte. Nun wandten sich alle Amanón zu, der während des ganzen Gesprächs stehen geblieben war. Er hatte bislang nicht erkennen lassen, was er von der Sache hielt, und lediglich Fragen gestellt, wenn Nolan ins Stocken geraten war.

»Schwörst du, dass du uns jetzt alles gesagt hast?«, fragte er nach langem Schweigen.

»Amanón!«, rief Eryne empört.

»Ich schwöre es«, sagte Nolan rasch. »Auch wenn mein Wort nicht mehr viel gilt. Nachdem ich wusste, wer in der Heiligen Stadt sein Unwesen treibt, verlor ich … verlor ich meinen Glauben. Selbst wenn es die Götter, wie Corenn behauptet, tatsächlich geben sollte, sind sie mir mittlerweile gleichgültig.«

Seine Stimme zitterte leicht. Nun hatte er es zum ersten Mal laut ausgesprochen. Seiner Mutter, die in ihm einen künftigen eurydischen Hohepriester sah, würde es das Herz brechen. Der ach so begabte Nolan hatte alle enttäuscht.

»Ich glaube dir«, sagte Amanón schließlich. »Und ich bin sehr erleichtert.« Endlich konnte er wieder lächeln. »Wir brauchen dich.« Er breitete die Arme aus.

Mit so viel Entgegenkommen hatte Nolan nicht gerechnet. Dankbar ließ er sich von Amanón umarmen und begann fast zu weinen.

»*Ich* brauche dich«, flüsterte der Kaulaner ihm ins Ohr. »Ich schaffe es nicht allein. Du musst mir helfen, unser aller Leben zu retten. Du musst mir helfen, unsere Eltern wiederzufinden. Schwör es mir, mein Freund. Bei unseren Vätern.«

Bowbaq und Eryne hörten nicht, was er sagte. Deshalb wunderten sie sich, warum Nolan den Schwur, den er wenige Dezillen zuvor abgelegt hatte, voller Inbrunst und unter Tränen wiederholte. Zum ersten Mal seit langem konnte er seine Gefühle offen zeigen.

Nolans Geständnis warf viele neue Fragen auf, aber die Erben brauchten unbedingt etwas Schlaf. Bis zum Sonnenaufgang war es nur noch ein knapper Dekant. Da Nolan viel zu aufgewühlt war, um ein Auge zuzutun, bot er an, bei den Verletzten zu wachen. Eryne protestierte halbherzig, obwohl sie vor Müdigkeit fast umfiel, und ließ sich dann von ihrem Bruder zu ihrer Kajüte führen, wo sie sich neben Niss ausstreckte und sofort tief und fest einschlief.

Auch Amanón hielt sich kaum noch auf den Beinen. Erschöpft vom Kampf gegen die K'lurier und der stürmischen Überfahrt sank er auf seine Koje, ohne auch nur die Stiefel abzustreifen, und legte sein Krummschwert mit letzter Kraft neben das Kopfkissen. Bowbaq, der ihn beobachtet hatte, wurde bei dem Gedanken an die leidvollen Prüfungen, die den Kindern seiner Freunde auferlegt wurden, schwer ums Herz.

Auch er war hundemüde, und so versuchte er, sich in eine der schmalen Kojen in der Kombüse zu zwängen. Wenn er die Beine anwinkelte, einen der Arme über den Rand baumeln ließ und sich nicht mehr rührte, schaffte er es, nicht gleich wieder aus dem Bett zu fallen. Während er in dieser unbequemen Haltung dalag, wünschte er sich in seine gemütliche Blockhütte zurück, und das rief unweigerlich die Erinnerung an seine Frau wach. Seit acht langen Tagen war Ispen nun verschwunden. Es verging kaum ein Moment, in dem Bowbaq nicht an sie, Prad, Iulane und seine Enkelkinder dachte.

Das Schiff ächzte und stöhnte wie damals vor dreiundzwanzig Jahren, als er mit den Eltern seiner Gefährten nach Ji gesegelt war. Wieder wurden sie von fanatischen Mördern gejagt. Wieder musste eine Handvoll Unschuldiger ein Geheimnis lüften, das über ihr Leben bestimmte. Doch diese Generation würde einen hohen Preis zahlen müssen.

Einer von ihnen musste einem Dämon die Stirn bieten.

Im Eroberten Schloss von Junin hatte Bowbaq schon einmal gegen Sombre gekämpft. Damals war er sicher gewesen, nicht mit dem Leben davonzukommen. Wie sollte ein Mensch ein unsterbliches Wesen besiegen, das Gedanken lesen, die Gestalt verändern und sich nach Belieben Arme, Krallen und Fangzähne wachsen lassen konnte? Wer von ihnen würde dem Angriff einer solchen Kreatur auch nur eine Dezille lang standhalten? Amanón, Eryne, Nolan, Cael, Kebree oder Niss? Seine Gedanken kreisten immerzu um diese Frage, ohne dass er eine Antwort fand. Noch gestern Abend hatte er gehofft, dass der unerschütterliche Glaube des Priesterschülers Nolan ihnen helfen würde. Doch die Götter schienen dem jungen Mann nicht länger wohlgesinnt zu sein.

Nach einer Weile bekam Bowbaq einen Krampf im Arm und versuchte vergeblich, sich auf die Seite zu drehen. Während er mit offenen Augen dalag, stellte er sich vor, Corenn, Grigán, Yan, Léti, Rey und Lana würden irgendwo beisammensitzen und Pläne schmieden, um ihren Kindern zu Hilfe zu eilen.

Aber das war natürlich nur ein frommer Wunsch.

Zejabel brannten immer noch tausend Fragen auf der Zunge, aber der Göttin schien nicht der Sinn danach zu stehen, ihre Neugier zu befriedigen. Sie hatten lange geredet, fast die ganze Nacht hindurch. Nachdem sie das Feuer mit Sand bedeckt hatten, glomm die Asche nur noch schwach vor sich hin. Ihr Gespräch endete abrupt, als Zuïa zu meditieren begann, um sich in den Zustand der Entsinnung zu versetzen. Zejabel begriff, dass sie in dieser Nacht keine Antworten mehr erhalten würde. Sie stand auf und lief los. Ein Sprint am Strand entlang würde ihr helfen, ihre Gedanken zu ordnen.

Als sie Zuïa am Abend zuvor berichtet hatte, dass sich ein Schiff der Insel näherte, hatte sie nicht mit einer solchen Flut an Enthüllungen gerechnet. Die Göttin hatte bis zum letzten Moment gewartet, um ihr den Grund ihrer Reise zu offenbaren. Als sie endlich zu erzählen begonnen hatte, war Zejabel aus dem Staunen nicht mehr herausgekommen, und dabei wusste sie vermutlich immer noch nicht alles. Aber das war nicht einmal das Schlimmste.

Wie konnte es sein, dass ihr das alles jahrelang verheimlicht worden war? Die Kahati war dazu auserwählt, eines Tages das Erbe der Göttin anzutreten und Zuïa für die kommende Generation zu verkörpern. Sie hatte ihre Jugend geopfert, tausend Qualen auf sich genommen und zahlreiche Prüfungen bestanden, sie hatte an die hundert Rivalinnen besiegt – all das für die Ehre, Zuïa eines Tages ihren Leib zur Verfügung stellen zu dürfen. Und nun, da sie geglaubt hatte, endlich den ersten Abschnitt ihrer Ausbildung beendet zu haben, erfuhr sie plötzlich von den seltsamen Gesetzen, die in der Welt der Götter herrschten. Von den zwei Seiten des Jal. Den Bündnissen und dem ewigen Zwist der Unsterblichen. Das alles hatte nicht viel mit der einfachen Schönheit der Religion zu tun, die Zejabel seit ihrer frühsten Kindheit bewundert hatte und die sich in einem Satz zusammenfassen ließ: *Verdorbene Seelen werden einer gerechten Strafe zugeführt.*

Denn Zuïa war eine Rachegöttin, die ehrenhafteste von

allen Göttern. Selbst wenn manche ihrer Priester oder Boten ihren Namen befleckten, indem sie sich Gewaltexzessen hingaben oder ein Urteil voreilig vollstreckten, gab es für Zejabel kein höheres Ideal als das der Strafenden.

Zumindest bis zu dieser Nacht.

Als wollte sie vor ihren Zweifeln davonlaufen, rannte sie noch etwas schneller den Sandweg entlang, der im hellen Mondlicht lag. Sie hatte sich die Insel längst zu eigen gemacht und sprang von Fels zu Fels, um sich durch körperliche Anstrengung abzulenken. Ihre Welt war in den Grundfesten erschüttert worden. Sie, die dazu erzogen worden war, dem kleinsten Wink Zuïas blind zu gehorchen, hatte soeben herausgefunden, dass auch die Göttin Schwächen hatte. Und die größte dieser Schwächen war Angst.

Verwirrt von dem ungeheuerlichen Gedanken an eine Zukunft, die nicht allein in der Hand der Göttin lag, lief Zejabel unter dem Sternenhimmel zum Strand hinunter. Während der Sand unter ihren weichen Lederstiefeln knirschte, ihr die kalte Luft über das Gesicht strich und sie schneller atmete, versuchte sie sich an eine Welt zu klammern, die sie kannte und in der sich Götter nicht mit Dämonen verbünden mussten.

Ihr Blick wandte sich unweigerlich dem Meer zu und fiel auf das Schiff, das in einigen hundert Schritt Entfernung vor Anker lag. Reglos stand sie bis zum Morgengrauen da und betrachtete die einsame Laterne, die das Deck der Gabiere beleuchtete, bevor sie sich geschmeidig wie eine Katze zur Mitte der Insel zurückzog.

Wer auch immer auf diesem Schiff war, würde bald zu ihnen kommen. Sie durfte sich nicht zu früh zeigen.

Im ersten Moment wusste Cael nicht, wo er sich befand, konnte nicht einmal sagen, ob es Tag oder Nacht war. Vage Angst stieg in ihm auf, als seine Verwirrung anhielt. Was war das für ein enges Zimmer, das er durch die halb geöffneten Lider sah? Wie war er hierher gekommen? Seit wann lag er schon so da?

Der stechende Schmerz in seinem Oberkörper weckte ihn endgültig. Unwillkürlich griff er sich an die Seite und stellte fest, dass ihm jemand einen Verband um die Brust gewickelt hatte. Gleich darauf erkannte er seine Kajüte auf der *Rubikant* wieder und nahm das fahle Morgenlicht wahr, das zu ihm hereinsickerte. Im nächsten Moment hörte er Nolans Stimme. »Bleib einfach still liegen.«

Dennoch stützte sich Cael auf die Ellbogen. Der Schmerz schoss ihm in die gesamte rechte Körperhälfte, und er verzog das Gesicht. Trotzdem gelang es ihm irgendwie, den Oberkörper ein Stück aufzurichten und sich am Kopfende an die Wand zu lehnen. Er würde sich noch eine ganze Weile mit großer Vorsicht bewegen und seine Kräfte schonen müssen. Der Zackendolch mit den scharf geschliffenen Zähnen hatte eine klaffende Wunde in seine Brust gerissen.

»Ich hole Manó«, flüsterte Nolan.

Der Junge nickte abwesend. Er war immer noch benommen, vermutlich, weil er so lange geschlafen hatte. Wann hatte er sich hingelegt? Als er Keb neben sich entdeckte, vergaß er diesen Gedanken gleich wieder. Der Krieger trug ebenfalls einen dicken Verband um die Brust, und sein Gesicht war bleich wie der Tod. Was war geschehen? Und wo waren die anderen?

Als die Erinnerung an den Kampf schlagartig zurückkehrte, war es wie ein Sprung in eiskaltes Wasser. Der Angriff der K'lurier, sein Zweikampf, die Wunde und die Rückkehr der Stimme, so mächtig wie nie zuvor. Aber was war dann passiert?

Ein schrecklicher Gedanke schnürte ihm die Luft ab. Womöglich war etwas Grauenvolles geschehen, das sich nicht wiedergutmachen ließ. Vielleicht hatte er sogar einem seiner Freunde etwas angetan! Die Angst schlug in blanke Panik um, je länger er darüber nachdachte. Zu welchen Untaten hatte die Stimme ihn getrieben?

Als Nolan mit Amanón durch die Tür trat, ging Caels Atem stoßweise. Sie stürzten zu ihm, um ihm die Stirn mit einem feuchten Tuch zu kühlen und ihm etwas zu trinken zu geben. Das kalte Wasser in seiner Kehle beruhigte ihn so weit, dass er seine Freunde mit einer Handbewegung beschwichtigen konnte. Beide sahen müde aus, selbst Amanón, der eine Weile geschlafen hatte, doch die Neugier stand ihnen ins Gesicht geschrieben. Trotzdem stellte Cael mit krächzender Stimme die erste Frage.

»Geht es den anderen gut?«

Sein Cousin wechselte einen Blick mit Nolan und seufzte erleichtert auf. Offenbar hatte er sich Sorgen um seinen Geisteszustand gemacht.

»Außer Keb und dir sind alle wohlauf«, antwortete er. »Wie fühlst du dich?«

»Ich habe höllische Kopfschmerzen, und hier an der Brust tut es mir furchtbar weh. Was ist passiert?«

»Erinnerst du dich nicht? An nichts?«

An Nolans Überraschung erkannte Cael, dass etwas Schlimmes vorgefallen sein musste.

»Tut mir leid«, sagte er und schüttelte den Kopf.

»Du hast uns gerettet, Eryne, Niss und mich. Erinnerst du dich wirklich an gar nichts? Das ist seltsam.«

»So ergeht es mir jedes Mal«, erklärte Cael. »Hinterher weiß ich nicht mehr, was ich getan habe, wenn die Stimme mich … wenn sie mich … beherrscht.«

Betretenes Schweigen trat ein, bevor Amanón das Wort ergriff.

»Das habe ich schon vermutet. Ich weiß, dass du sehr tapfer bist, Cael, aber du hast in deinem Leben noch keinen Fechtunterricht bekommen. Als die anderen mir von deinem Kampf erzählten, dachte ich mir meinen Teil. Etwas muss deine Hand geführt haben. In diesem Fall war das unser Glück.«

»Aber was bedeutet das?«, fragte der Junge beunruhigt. »Hört das denn nie auf? Mein Dara-Stein müsste mich doch eigentlich vor Magie schützen, oder etwa nicht? Ich will Sombre nicht mehr in meinem Kopf haben!«, brüllte er los, hilflos vor Angst und Wut.

Die beiden Männer sahen ihn stumm an. In diesem Moment ertönten Geräusche aus der anderen Kajüte und der Kombüse. Caels Ausbruch hatte die anderen geweckt, obwohl es noch früh am Morgen war.

»Ich bin mir sicher, dass Sombre nicht in deinem Kopf ist«, sagte Amanón. »Er ist längst fort. Natürlich werden wir nach einem Weg suchen, um dich endgültig zu heilen, aber wir müssen der Stimme dankbar sein, dass sie dir das Leben gerettet hat, findest du nicht? Bisher hat sie uns nicht in Gefahr gebracht.«

Cael wollte protestieren, doch als plötzlich jemand durch die Tür trat, verschlug es ihm die Sprache.

Niss stand im Nachthemd vor ihm und spähte durch

den Vorhang ihrer dunkelbraunen Strähnen. Für den Bruchteil einer Dezille blitzte die Erinnerung an das, was tatsächlich geschehen war, vor seinem geistigen Auge auf, dann war das Bild wieder verschwunden. Zurück blieben nur eine unbestimmte Angst und das rätselhafte Gefühl, dass sein Schicksal und das von Niss untrennbar miteinander verbunden waren. Untrennbar und gefährlich.

Als Nächstes steckte Bowbaq seine verwuschelte Mähne durch die Tür, trat an Caels Bett und drückte ihm einen Schmatzer auf die Stirn. Eryne folgte ihm auf dem Fuß, überglücklich, dass zumindest einer ihrer Schützlinge aufgewacht war. Doch als sich Keb unruhig hin und her zu wälzen begann, schickte Amanón die anderen hinaus. Die Sonne mochte zwar aufgegangen sein, aber sie brauchten dringend noch etwas Schlaf, vor allem Nolan, der die ganze Nacht kein Auge zugetan hatte.

So blieben die beiden Cousins allein mit Keb, der im Fieber delirierte. Er bewegte die Lippen und wiederholte immer wieder dieselben fremden Wörter. Amanón beherrschte das Wallattische kaum und verstand nichts als das Wort für »Mutter«, was aus dem Mund eines so wilden Kriegers merkwürdig klang.

Nachdem sie ihn eine Weile beobachtet und beruhigt festgestellt hatten, dass er offenbar wieder zu Kräften kam, berichtete Amanón Cael, was seit dem Kampf im Hafen von Lorelia geschehen war. Der Junge erfuhr zu seiner Erleichterung, dass sie die K'lurier besiegt hatten. Als er hörte, dass sie bereits in Sichtweite der Insel Ji waren, riss er verblüfft die Augen auf und wollte sofort hoch an Deck.

Er behauptete, schon wieder aufstehen zu können, aber Amanón beharrte darauf, dass er im Bett blieb.

Dann erzählte Amanón von Nolans unrühmlichem Geständnis. Cael konnte sich nur schwer vorstellen, dass Nolan zu den K'luriern gehört hatte, auch wenn vieles dafür sprach, dass er unverschuldet in die Sache hineingeraten war. So wie Amanón es darstellte, waren ihm jedenfalls keine Vorwürfe zu machen.

Die beiden Kaulaner plauderten eine ganze Weile und kamen sogar darauf zu sprechen, was wohl aus den Pferden geworden war, die sie in einer Herberge vor den Toren Lorelias hatten zurücklassen müssen. Sie hingen sehr an den Tieren, die auf Létis Gestüt geboren worden waren. Das Geld, das Amanón dem Wirt gegeben hatte, reichte gerade einmal für eine Dekade. Nach Ablauf dieser Zeit konnten sie nur noch auf seine Barmherzigkeit hoffen, aber irgendwann käme zwangsläufig der Tag, an dem der Mann die Tiere verkaufen würde, um die Kosten für das Futter wieder hereinzuholen, denn die Erben konnten sich eine ganze Weile nicht in Lorelia blicken lassen. Vielleicht würden sie sogar nie wieder in die Stadt zurückkehren.

»Wann rudern wir zur Insel?«, fragte Cael schließlich.

»So bald wie möglich. Aber auf jeden Fall noch heute, auch wenn wir Keb auf einer Bahre tragen müssen. Es wäre zu gefährlich, länger hier vor der Küste zu ankern.«

»Und was dann?«

Amanón betrachtete den Krieger, dessen Körper unkontrolliert zuckte. Mal flatterten seine Lider, im nächsten Moment verkrampften sich seine Finger, dann wieder pochte ihm eine Ader am Hals. Es sah aus, als würde er gleich aufwachen, aber seine Augen blieben geschlossen.

»Ich weiß es nicht«, gestand Amanón. »Es gibt mehrere Möglichkeiten. Alles hängt davon ab, was wir auf Ji vorfinden.«

»Wir müssen den Weg bis zum Ende gehen, nicht wahr?«

Amanón sah ihn fragend an.

»Ich meine, wenn wir unsere Eltern finden und in unser altes Leben zurückkehren wollen. Wir brauchen einen Plan. Wir müssen herausfinden, wie wir Sombre töten können, stimmt's?«

Amanón blieb eine Weile stumm. Aus dem Mund eines Jungen klangen manche Sätze viel härter als bei einem Erwachsenen. »Stimmt«, bestätigte er. »Allerdings wissen wir nicht einmal, ob das überhaupt möglich ist. Und ich habe keine Ahnung, wie wir es angehen sollen.«

Nachdem sie noch einen halben Dekant lang geschlafen hatten, versammelten sich die Freunde um den Frühstückstisch. Selbst Cael gesellte sich zu ihnen. Wenn er seinen rechten Arm nicht bewegte, tat ihm seine Wunde nicht allzu weh, aber Niss brachte ihn in Verlegenheit, indem sie sich wortlos um ihn kümmerte. Sie schnitt ihm mehrere dicke Scheiben Krümelbrot ab und bestrich sie mit Honig. Dann zerdrückte sie ein paar Prininenschoten, reichte ihm ein Glas mit dem süßen Saft und ließ sich schließlich neben ihm auf der Bank nieder. Bowbaq erklärte, dass seine Enkelin andere gern mit derlei Aufmerksamkeiten bedachte, und sah darin ein Zeichen, dass sie zumindest etwas von ihrer Umgebung wahrnahm. Darüber freute er sich so sehr, dass Cael alle Leckerbissen, die ihm das Mädchen hinschob, restlos aufaß, selbst als sein

Magen schon um Gnade flehte. Bowbaq kam als Erster auf den Kampf gegen die K'lurier zu sprechen.

»Es ist meine Schuld, dass wir angegriffen wurden. Bis zu meiner Ankunft hatte niemand euer Versteck auf dem Boot entdeckt. Aber mit meiner Größe falle ich zu sehr auf. Die Spitzel müssen sich am Stadttor an meine Fersen geheftet haben.«

»Das wissen wir doch gar nicht!«, tröstete ihn Eryne. »Auch ich hätte mich nicht zeigen dürfen, mein Gesicht ist in Lorelia viel zu bekannt. Außerdem wären wir ohne Euch nicht mit dem Leben davongekommen.«

»Ich glaube, dass sie uns auf dem Platz der Büßer aufgelauert haben«, meinte Amanón. »Wenn ein Verrückter während der öffentlichen Gerichtsverhandlung plötzlich ›Cael‹ in die Menge schreit, erfahren die Grauen Legionäre bestimmt davon. Sie mussten nur am nächsten Tag ein paar Männer an den Zugängen zum Platz postieren und uns zum Hafen folgen. Ich hätte es ahnen und vorsichtiger sein müssen.«

»Schade, dass eure Eltern uns keine weiteren Nachrichten geschickt haben«, murmelte Bowbaq. »Aber zumindest wissen wir, dass sie am Leben sind.«

»Wenn das nur sicher wäre«, sagte Nolan seufzend.

»Aber das ist es doch!«, erwiderte Bowbaq. »Der Mann rief laut und deutlich: ›Cael, wir leben!‹ Und Eryne hat es auch gehört, in ihrem Kopf.«

Alle Blicke richteten sich auf die junge Frau, die lieber gar nichts sagte. Doch auch wenn alle ahnten, wie schrecklich es sein musste, plötzlich fremde Stimmen im Kopf zu hören, wusste im Grunde nur Cael, wie Eryne zumute war, auch wenn seine Anfälle ganz anders verliefen.

»Ich habe noch einmal über diese Dunkle Bruderschaft nachgedacht«, sagte Amanón. »Wenn sich tatsächlich mehrere Sekten verbündet haben, erklärt das, warum wir sowohl von Valiponden als auch von K'luriern attackiert worden sind.«

»Ihr vergesst die Graue Legion«, warf Eryne ein.

»Die Legion ist zweifellos von einer der beiden Sekten unterwandert. Oder von einem anderen Geheimbund. Wer weiß, wer alles zu dieser Bruderschaft gehört?«

»Die Züu ganz sicher«, sagte Bowbaq.

»Bislang sind sie nicht aufgetaucht«, wandte Cael ein. »Wir haben die ganze Zeit damit gerechnet, aber vielleicht haben sie mit dieser Sache tatsächlich nichts zu tun.«

»Das würde mich wundern«, brummte Bowbaq.

»Sie könnten der Dunklen Bruderschaft angehören, aber für ein anderes Gebiet zuständig sein«, schlug Eryne vor. »Die K'lurier treiben in Lorelia ihr Unwesen und die Valiponden in Kaul. Wahrscheinlich haben sie die bekannte Welt unter sich aufgeteilt. Ich kann mir nicht vorstellen, dass Anhänger so unterschiedlicher Sekten an ein und demselben Ort zusammenarbeiten.«

»Das denke ich auch«, stimmte Amanón zu. »Allerdings scheinen sie ihr Vorgehen abzustimmen, also muss es einen Anführer geben. Wer könnte das sein?«

»Wenigstens wissen wir jetzt, warum sie hinter uns her sind«, sagte Nolan. »Die Dunkle Bruderschaft will den Erzfeind töten. Und das geht am einfachsten, indem sie alle verbliebenen Mitglieder unserer Familien ermorden.«

Daraufhin trat Stille ein. Nach einer Weile ergriff Eryne das Wort.

»Ihr fragt nach ihrem Anführer? Das muss Sombre sein! Er ist der Einzige, der den Erzfeind fürchtet.«

»Das schon«, meinte Amanón. »Aber er muss menschliche Helfer oder besser gesagt Diener haben. Eine Handvoll ihm blind ergebener Sterblicher, die die Alte Religion verbreiten.«

»So was wie Hohepriester«, warf Nolan ein.

»Vielleicht ist es aber auch nur ein Hohepriester. Oder eine Hohepriesterin, wie beim letzten Mal«, meinte Bowbaq.

Seine letzten Worte gingen in einem vorgetäuschten Hustenanfall unter, und die anderen wandten den Kopf, um den Grund für seine Verlegenheit in Erfahrung zu bringen.

Kebree stand in der Tür. Sein Gesicht war weiß wie ein Laken, das Haar wirr und der Verband blutrot, aber er hielt sich auf den Beinen.

Ein undurchschaubares Grinsen umspielte seine Lippen.

Sie rückten zusammen, um dem Wallatten Platz zu machen. Dass er so plötzlich aufgewacht war und schon wieder laufen konnte, verblüffte alle. Sie hatten damit gerechnet, dass seine Genesung eine ganze Weile dauern würde, und nun verhielt er sich, als plagte ihn ein heftiger Kater nach einem allzu ausschweifenden Trinkgelage.

Niemand sprach ein Wort, als sich Keb auf die Bank setzte. Eryne begann, ihm ein Frühstück zuzubereiten, so wie Niss es für Cael getan hatte. Keb hob belustigt eine Augenbraue, als sie geröstete Brotscheiben vor ihn auf den Tisch stellte, machte sich dann aber mit Heißhunger darüber her.

»Unglaublich«, platzte Nolan heraus. »Ich freue mich, dass du wieder auf den Beinen bist, aber … Wie ist das möglich?«

»Vielleicht hast du ja für mich gebetet«, scherzte Keb mit vollem Mund.

Zum Lachen war jedoch niemandem zumute. Kebs Erscheinen war ein wahres Wunder. Angesichts ihrer fassungslosen Mienen wurde er gleich wieder ernst.

»Ich habe mich schon immer schnell von Krankheiten und Verletzungen erholt. Muss angeboren sein.«

Unter den staunenden Blicken der anderen stopfte er sich ein weiteres Brot in den Mund. Dann sah er kurz zum Bullauge hinüber und wandte sich an Amanón. »Wo sind wir?«, fragte er. »Wohl nicht mehr im Hafen, was?«

Seine Frage brach den Bann, und endlich konnten sich alle über seine Heilung freuen. Er selbst wunderte sich weder darüber, dass sie vor der Küste von Ji ankerten, noch über den Ausgang des Kampfes im Hafen von Lorelia. Nolan wiederholte seinen nächtlichen Bericht, während Keb ungerührt weiteraß und ab und zu nickte. Dann erzählte ihm Amanón, zu welchen Schlüssen sie gekommen waren. Nur Bowbaqs Bemerkung über Sombres einstige Emaz ließ er unter den Tisch fallen. Sollte der Wallatte die Anspielung auf seine Mutter gehört haben, ließ er es sich jedenfalls nicht anmerken.

Nachdem er mindestens so viele Brote wie Bowbaq verschlungen hatte, streckte sich Keb wie ein Raubtier. Als sich daraufhin der rote Fleck auf seinem Verband vergrößerte, verzog er das Gesicht.

»Ihr Kindskopf, könnt Ihr Euch nicht schonen?«, schimpfte Eryne. »Ihr legt Euch jetzt sofort wieder hin!

Nolan, komm mit und zeig mir, wie man diesen Verband wechselt.«

Keb ließ sich mit belustigter Miene von den beiden Loreliern zur Kajüte führen. Ob seine Tapferkeit nun echt oder gespielt war, besonders schmerzempfindlich schien er jedenfalls nicht zu sein.

Seine Zähigkeit war ihnen nicht ganz geheuer. Sie hatten nicht vergessen, dass Keb Saats Sohn war, der Sohn eines Mannes, der dank schwarzer Magie zwei Jahrhunderte lang gelebt hatte.

Da Keb wieder gesund und munter war, sahen die Erben keinen Grund, die Überfahrt zur Insel noch länger aufzuschieben. Eryne wurde bei dieser Aussicht angst und bange, aber sie war bemüht, es nicht zu zeigen. Ihren Gefährten erging es vermutlich nicht anders, abgesehen von Niss vielleicht, deren Miene unergründlich blieb.

Seit dem Morgen versuchte Eryne, Niss eine Regung zu entlocken. Ein paar freundliche Worte hier, eine beiläufige Frage oder ein aufmunterndes Lächeln dort – nichts schien zu wirken. Das Mädchen interessierte sich nur für zwei Passagiere an Bord: ihren Großvater und Cael, was Eryne stutzig machte. Zwar waren die beiden die einzigen Jugendlichen an Bord, aber sie hatte immer noch den rätselhaften Zwischenfall vor Augen, bei dem sich die beiden im stummen Kampf gegenübergestanden hatten.

Eryne wusste nicht, was sie davon halten sollte. Jedes Geschehen, das etwas mit übersinnlichen Phänomenen zu tun hatte, jagte ihr Angst ein, vor allem nach der Lektüre von Corenns Tagebuch. Dennoch war sie fest entschlossen, persönlich über das Wohlergehen der kleinen Niss zu wachen, der einzigen anderen Frau an Bord. Nach ihrer eigenen Morgentoilette half sie ihrer Zimmergenossin deshalb beim Ankleiden.

Nach zwei Dezimen führte Eryne Niss ihren Freunden vor, die sich an Deck aufhielten. Beim Anblick seiner Enkelin erhellte sich Bowbaqs Gesicht, Nolan und Amanón machten ihr Komplimente, und selbst Keb ließ sich zu einem anerkennenden Nicken herab. Cael klappte der Mund auf, bevor er sich zusammenriss und ein gleichgültiges Gesicht aufsetzte. Er war zu verlegen, um auch nur ein Wort herauszubringen.

Eryne war stolz auf das Ergebnis ihrer Mühen, auch wenn sie eigentlich nicht Besonderes getan hatte. Die Frisur war unzweifelhaft ihr größter Erfolg: Sie hatte Niss das Haar mit einem schmalen Tuch zurückgebunden und es mit zwei Spangen festgesteckt, so dass ihr hübsches Gesicht zum Vorschein kam, das bisher immer von einem dichten Vorhang aus Haarsträhnen verdeckt gewesen war. Außerdem hatte sie in ihrem umfangreichen Gepäck ein Hemd gefunden, das sie dem Mädchen geliehen hatte. Mit den hochgekrempelten Ärmeln und dem Gürtel, den Niss über dem Hemd um die Taille trug, sah sie aus wie eine kleine Piratin. Jedenfalls stand ihr das Hemd viel besser als die dunklen Kittel und grobmaschigen Leibchen, die sie sonst anhatte.

Im Handumdrehen hatte Eryne ein eher unscheinbares Kind in eine hübsche junge Dame von dreizehn Jahren verwandelt. Ihr schönster Lohn war das Lächeln auf dem Gesicht ihres Schützlings.

»Wie schön«, sagte Bowbaq immer wieder und bekam

vor Rührung ganz feuchte Augen. »Naïok, du … Du siehst aus wie deine Großmutter, als sie in deinem Alter war.«

Er packte Eryne an den Schultern und drückte ihr zwei dicke Schmatzer auf die Wangen. Obwohl sie für derlei Zuneigungsbekundungen eigentlich nicht viel übrig hatte, freute sie sich, ihn so glücklich zu sehen.

»Wie sie uns bemuttert!«, spottete Keb und erntete das ein oder andere Grinsen. »Mir hat sie verboten, heute meine Lowa zu tragen, könnt ihr euch das vorstellen? Aber natürlich höre ich nicht auf sie!«

Eryne warf ihm einen verdrossenen Blick zu, aber seine Worte erschienen ihr nach kurzem Nachdenken gar nicht so abwegig. Warum sollte sie nicht besänftigend auf die anderen einwirken und für ihr Wohlergehen sorgen? Sie konnte Streitereien schlichten, ihren Gefährten Ratschläge erteilen und ihnen andere Wege aufzeigen als den direkten Kampf. *Immerhin habe ich bereits Keb und Amanón dazu gebracht, Frieden zu schließen,* dachte sie zufrieden. Endlich würde sie von Nutzen sein. Sie konnte nicht mit dem Schwert umgehen, war in ihrem Leben noch nicht viel gereist und besaß keine besondere Begabung, aber von nun an würde es ihre Aufgabe sein, die kleine Schar zusammenzuhalten.

Sie zusammenzuhalten und zur Vorsicht zu mahnen.

Niss lief zu ihrem Großvater, und Eryne lehnte sich an die Reling, um zur Insel hinüberzuspähen. Sie wagte kaum zu hoffen, dass ihre Eltern dort auf sie warteten. Allein den Gedanken, dass ihr Vater vor langer Zeit dieselbe Reise unternommen hatte, fand sie befremdlich. Es war irgendwie unvorstellbar, dass er in einer Höhle vor einer magischen Pforte gestanden haben sollte, die in die Kinderstube der Götter führte. Vom Deck der *Rubikant* aus wirkten die Felsen völlig unbedeutend. Entlang der Küste des Mittenmeers musste es unzählige solcher Inseln geben.

»Hast du Angst?«

Eryne zuckte zusammen. Ihr war völlig entgangen, dass Keb zu ihr getreten war, und sie kam nicht umhin zu bemerken, dass unter seinem Pelzmantel die nackte Brust hervorblitzte. Jetzt, wo seine Gefährten seine Narben kannten, hielt er es offenbar nicht mehr für nötig, sie zu verbergen.

»Nein«, log sie. »Schließlich gehört diese Insel zum lorelischen Königreich, nicht wahr? Also bin ich hier sozusagen zu Hause.«

»Wir haben kein Zuhause mehr«, entgegnete er. »Zumindest nicht, solange dieser Dämon uns eine Meute Wahnsinniger auf den Hals hetzt, die uns mit ihren Dolchen durchbohren wollen.«

Überrascht von den harten Worten musterte Eryne ihn genauer. Seine Hände klammerten sich an die Reling, er presste die Kiefer aufeinander, und sein starrer Blick wanderte rastlos über den Strand. Die Wunde schien ihm stärker zuzusetzen, als er zugeben wollte. Was bedeutete es für ihn, einen Kampf zu verlieren? Empfand er es als Schwäche? Als Ehrverlust? Als Beweis, dass er nicht unverwundbar war, geschweige denn unsterblich?

Jedenfalls konnte er nicht länger leugnen, dass sein Schicksal und das der Erben miteinander verwoben waren. Aus dieser Einsicht heraus, aber auch, um ihn zu trösten, oder vielleicht auch einfach nur, um ihm dafür zu danken, dass er noch am Leben war, legte Eryne leicht ihre Hand auf die seine, nur für einen kurzen Moment.

Einige Schritte entfernt war Amanón gerade damit beschäftigt, das einzige Beiboot der Gabiere zu Wasser zu lassen. Seine Miene verfinsterte sich plötzlich, ohne dass Nolan und Cael verstanden, warum.

Nach einem wunderschönen Morgen gab sich die Sonne zum Mit-Tag recht launisch. Mal verbarg sie sich hinter dichten Wolken, mal brach sie mit kraftvollen Strahlen hervor. Der Wind hatte aufgefrischt und kräuselte die blaugrauen Wellen des Mittenmeers. Als Bowbaq das schmale Beiboot bestieg, zitterte er am ganzen Körper. Sein Gewicht brachte den Kahn zum Schaukeln, und der Seegang verstärkte das Schwanken noch. Der alte Arkarier war überzeugt, jeden Moment ins Wasser zu fallen und zu ertrinken.

Amanón bereute für einen Moment, ihn schon jetzt mitgenommen zu haben. In das Beiboot passten nur fünf Passagiere, und so würden zwei Fahrten nötig sein, um alle zur Insel zu bringen. Mit der ersten Fuhre wollte Amanón die kampferprobten Gefährten hinüberschaffen, für den Fall, dass sie am Strand eine böse Überraschung erwartete. Deshalb saßen außer ihm und Bowbaq noch Nolan und Keb im Boot. Die beiden hatten die Riemen gepackt und hielten nun auf den Strand zu, die Waffen in Reichweite.

Noch nach über dreißig Ruderzügen spürte Amanón Erynes misstrauischen Blick im Rücken. Sie hatte ihn schwören lassen, dass er zurückkommen und sie holen würde. Zwar verstand sie sehr wohl, welche Überlegungen hinter seiner Entscheidung standen, fürchtete aber trotzdem, mit den beiden Kindern auf dem Schiff bleiben zu müssen. Obwohl Amanón nicht vorhatte, irgendjemanden an Bord zurückzulassen, war es nicht leicht gewesen, sie zu beschwichtigen.

»Am Strand ist es so ruhig«, bemerkte Bowbaq, nachdem er eine Weile zum Ufer hinübergestarrt hatte.

»Na klar«, antwortete Keb. »Wenn ich es richtig verstanden habe, ist die Insel unbewohnt.«

»Ja. Aber es sind auch keine Vögel zu sehen, keine Koriolen oder Meeresfasane. Beim letzten Mal sind wir selbst nachts welchen begegnet.«

»Vielleicht schlafen sie tagsüber«, scherzte der Wallatte.

»Oder es sind Zugvögel«, warf Nolan ein. »Ihr seid zu einer anderen Jahreszeit hier gewesen.«

Amanón schwieg. Auch ihn machte die Stille nervös, die über der Insel lag. Aber dass alle Vögel die Insel verlassen hatten oder zumindest ihr Gesang verstummt war, mochte nichts heißen. Als er ein Paar Amoamöwen über den Felsen kreisen sah, beruhigte ihn das ein wenig.

Gut fünfzehn Ruderschläge vom Strand entfernt sprang Bowbaq ins Wasser und zog das Boot zum Ufer. Keb wollte es ihm gleichtun, sah aber ein, dass sein Verband besser nicht nass werden sollte. Die letzten Schritte wateten sie zusammen durch die Brandung. Endlich waren sie auf der Insel Ji.

»Sehen wir uns erst einmal um«, schlug Amanón vor. »Dann hole ich die anderen.«

Er zog das Boot noch ein Stück den Strand hoch, packte sein Krummschwert und stapfte durch den Sand auf die Felsen zu. Erynes empörte Rufe ließen nicht auf sich warten. Auf die Entfernung waren ihre Worte nicht zu verstehen, aber er konnte sich leicht vorstellen, was sie ihm zubrüllte. Er hob die Arme über den Kopf und winkte ihr mit ausladenden Bewegungen zu, bis sie verstummte. Ob sie besänftigt war oder ganz einfach aufgegeben hatte, konnte er nicht sagen. So viel zu einem unauffälligen Eintreffen auf der Insel!

Keb, Nolan und Bowbaq hatten sich bereits weiter vorgewagt und suchten die Umgebung ab. Die Landschaft war eintönig: Abgesehen von dem schmalen Strand bestand die Insel nur aus riesigen Felsblöcken – als hätten die Götter bei der Erschaffung der Welt ihr überschüssiges Material achtlos auf einen Haufen geworfen. Wenn überhaupt, hätte sich hier nur ein menschenscheuer Fischer oder Eremit ansiedeln können, aber da auf dem kargen Boden nichts wuchs, war niemand dieses Wagnis eingegangen. Man kam zwar ohne Nachbarn aus, nicht aber ohne Essen.

Obwohl die Insel unwirtlich und verlassen war, hatten einige der größten Weisen der bekannten Welt Ji besucht. Corenns Tagebuch zufolge war alle zehn Generationen eine Gesandtschaft ins Jal'dara geführt worden, die jedes Mal von Neuem entscheiden musste, ob die Menschheit dazu bereit war, das Geheimnis der Götter zu erfahren. Manche verloren nach ihrer Rückkehr den Verstand, andere fühlten sich zum Propheten berufen, doch die allermeisten gelobten Stillschweigen. So war es schon immer gewesen. Nur Grigán, Reyan und die anderen waren mit einer zusätzlichen Bürde von der Reise ins Jal zurückgekehrt: dem Wissen, dass einer ihrer Nachkommen der Erzfeind sein würde.

Irgendwo in einer Höhle unter den Felsen befand sich eine magische Pforte, die zur Kinderstube der Götter führte. Wenn Amanón daran dachte, rieselte es ihm jedes Mal kalt über den Rücken. Zugleich hoffte er, wenigstens einen seiner Verwandten wiederzutreffen, der überlebt und sich an diesem schicksalsträchtigen Ort versteckt hatte.

»Ich habe etwas gefunden!«, rief Keb plötzlich.

Die drei anderen rannten zu dem Wallatten, der sich am Fuß eines Felsens über den Sand beugte.

»Da«, sagte er. »Ein Stiefelabdruck.«

Seine Worte hallten wie ein Donnerschlag in Amanóns Ohren. Sollte er Freudensprünge machen oder sich auf einen Angriff einstellen?

»Ich weiß nicht«, murmelte er. »Der Abdruck ist undeutlich.«

»Ich bin mir ganz sicher. Jemand stand auf diesem Felsen, vielleicht ist er abgerutscht oder von oben runtergesprungen. Jedenfalls hat sich seine Stiefelspitze in den Sand gedrückt.«

»Vielleicht ist es ein alter Abdruck«, sagte Nolan zögernd.

»Bei dem Gewitter gestern? Unsinn!«, erwiderte Keb unwirsch.

»Ich kenne mich zwar eher mit Tierfährten aus«, meinte Bowbaq, »aber vielleicht hat Kebree Recht.«

»Natürlich habe ich Recht.«

Um weitere Beweise zu finden, kletterte er auf den Felsen. Er verzog das Gesicht, als die verletzte Haut unter seinem Verband spannte, dann richtete er sich auf und suchte mit Adleraugen die Umgebung ab.

»Von hier aus hat man das Schiff gut im Blick«, verkündete er zufrieden. Er drehte sich zu den Felsen um und stieß einen leisen Pfiff aus. »Bei allen Göttern! Was für ein

Irrgarten! Bist du sicher, dass du den Weg zur Höhle wiederfindest, alter Mann?«

»Äh … Das hoffe ich«, antwortete Bowbaq.

»Das gefällt mir nicht, Manó«, murmelte Nolan. »Wenn derjenige, der diesen Abdruck hinterlassen hat, zu uns gehören würde, hätte er sich längst gezeigt.«

»Das denke ich auch«, sagte Amanón.

Sie mussten eine Entscheidung treffen. Hinter ihnen dümpelte die Gabiere auf den Wellen, und die einzige andere Möglichkeit war die Fahrt nach Goran. Vor ihnen lagen die Gefahren und Geheimnisse der Insel, auf der sie vielleicht Corenn, Grigán oder einen anderen Verwandten finden würden.

»Ich hole Eryne, Cael und Niss«, beschloss Amanón. »Wartet hier auf mich. Dann machen wir uns alle zusammen auf den Weg.«

Nach einigen Schritten kehrte er um und bat Nolan, zu den anderen zurückzurudern. Vieles sprach dafür, dass sich ein Fremder auf der Insel aufhielt, vielleicht sogar mehrere. Als Sohn eines Ramgrith hatte er nicht vor, den Kampf zu meiden.

Cael trottete schweigend hinter den Erwachsenen her und versuchte vergeblich, seinen Groll zu vergessen. Er hatte Grund genug, sich zu ärgern. Zum Beispiel hatte ihn sein Cousin einfach auf dem Schiff zurückgelassen und ihn damit den Altersunterschied zu den anderen spüren lassen. Es fuchste ihn, erst vierzehn Jahre alt zu sein. Wie gern wäre er mit der ersten Fuhre zur Insel übergesetzt, um das mögliche Wiedersehen mit einem ihrer Familienmitglieder nicht zu verpassen. Als Amanón ihm befohlen hatte, mit Niss und Eryne auf der *Rubikant* zu bleiben, fühlte er sich verraten und gedemütigt. Natürlich hielt er den Mund: Die Erwachsenen hätten seinen Protest nur als Laune eines störrischen Jungen aufgefasst.

Doch das war nicht das Schlimmste. Schließlich befand sich Cael nun endlich auch auf der Insel und marschierte mit seinen Gefährten durch das Felslabyrinth. Er hätte seine Wut herunterschlucken können, wenn Eryne und Amanón ihn nicht alle naselang gefragt hätten: »Alles in Ordnung?« oder »Geht's dir gut?«.

Vielleicht machten sie sich wirklich nur Sorgen wegen seiner Wunde und wollten sich erkundigen, ob er Schmerzen hatte oder müde war, aber er verstand immer nur: »Du hörst doch nicht wieder deine Stimme, oder? Ganz sicher nicht? Oder drehst du gleich wieder durch?«

Dieser Gedanke ließ ihn einfach nicht mehr los. Er war überzeugt, dass seine Gefährten Angst vor ihm hatten oder sich sogar für ihn schämten. Aber das war ja auch kein Wunder! Wie sollte man sich nicht vor jemandem fürchten, der jeden Moment die Kontrolle über sich verlieren konnte? Und wie sollte man jemandem glauben, der behauptete, keine Erinnerung an seine Anfälle zu haben?

Missmutig schlurfte Cael dahin und versuchte sich mit der Betrachtung der Felslandschaft abzulenken.

Am liebsten wäre es ihm gewesen, wenn sie noch mehr Spuren des geheimnisvollen Fremden gefunden hätten. Aber sie stießen auf keine weiteren Fußabdrücke, und er selbst würde wohl kaum eine Entdeckung machen, wenn schon Kebree und Bowbaq, die vorausgingen und die Augen stur auf den Weg gerichtet hielten, nichts erkennen konnten. In dem struppigen Gras waren nicht einmal ihre eigenen Fußabdrücke zu sehen. Sie hätten die Pflanzen schon in Büscheln ausreißen müssen, um eine Spur zu hinterlassen, was der Fremde ganz gewiss nicht getan hatte.

Von Zeit zu Zeit fuhr ein jäher Windstoß durch das Labyrinth und wehte ihnen Sand in die Augen. Bei dem unheimlichen Geräusch zuckte Cael jedes Mal zusammen. Er hatte nicht vergessen, dass die Pforte von Ji von einem Leviathan namens Reexyyl bewacht wurde, den Corenn in ihrem Tagebuch beschrieb. Das Heulen des Windes klang, als stieße der Ewige Wächter einen lang gezogenen Klageschrei aus. Selbst wenn das Ungeheuer die weisen Gesandten in der Vergangenheit verschont hatte, konnten sie nicht davon ausgehen, dass auch sie ungeschoren davonkommen würden.

Cael war nicht der Einzige, dessen Nerven blank lagen. Alle waren in höchster Alarmbereitschaft – alle außer Niss. Das Mädchen lief brav neben Eryne her und wirkte völlig unbekümmert, als unternähmen sie einen Spaziergang.

Niss rief in Cael verwirrende Gefühle hervor. Er fand sie zugegebenermaßen sehr hübsch, vor allem mit ihrer neuen Frisur. Aber ihr Verhalten war ziemlich seltsam. Manchmal kam es ihm vor, als wäre ihre Geistesabwesenheit nur gespielt, dann wieder versank sie in so tiefer Teilnahmslosigkeit, dass er sofort bereute, ihr misstraut zu haben. Am meisten brachte ihn jedoch das leise Lächeln aus der Fassung, mit dem sie ihn immer wieder ansah. Er wusste darauf nur mit einem verlegenen Grinsen zu antworten und wich ihrem Blick lieber aus. Zu allem Überfluss fühlte er sich ihr gegenüber irgendwie schuldig.

Cael war nicht zum Reden zumute, und auch seine Gefährten waren wortkarg. Schweigend folgten sie Bowbaq, der sich alle Mühe gab, einen Weg wiederzufinden, den er vor über zwanzig Jahren gegangen war.

Als der Arkarier schließlich stehen blieb und hilflos mit den Schultern zuckte, war allen klar, dass sie sich verlaufen hatten.

»Hat jemand eine Idee?«, fragte Amanón in die Runde.

»Gibt Corenn in ihrem Tagebuch keine Hinweise auf den Weg?«, wollte Nolan wissen.

»Leider nicht«, antwortete Amanón seufzend. »Nach der Schlacht von Ith sind unsere Eltern nicht mehr hierher zurückgekehrt, und der Weg ist wohl zu kompliziert, um ihn aus dem Gedächtnis zu beschreiben.«

»Vielleicht sind noch Wegzeichen von damals übrig«, meinte Eryne.

»Es gab nie welche«, erklärte Bowbaq. »Die weisen Gesandten und ihre Erben wollten verhindern, dass ein Außenstehender die Pforte findet.«

»Großartig!«, murrte Keb. »Und was jetzt? Sollen wir vielleicht Löcher graben und hoffen, irgendwann zufällig auf die Höhle zu stoßen? Ganz davon abgesehen, dass wir schon an mindestens zehn Höhlen vorbeigekommen sind!«

»Das waren nicht die richtigen«, versicherte Bowbaq. »Den Eingang hätte ich wiedererkannt.«

»Wir könnten weiter ins Innere der Insel vordringen«, schlug Amanón vor. »Mit etwas Glück erinnerst du dich an irgendeiner Stelle wieder an den Weg.«

»In Corenns Tagebuch heißt es, die Höhle habe eine Öffnung zum Meer«, merkte Nolan an. »Vielleicht sollten wir in der Nähe der Küste suchen.«

»Ja, aber man muss mehrere Höhlen durchqueren, um zur Pforte zu gelangen, also kann der Zugang auch weit vom Meer entfernt sein. Außerdem sind unsere Eltern tief ins Felslabyrinth eingedrungen.«

»Das ist doch alles sinnlos«, sagte Keb mürrisch. »Wir sollten besser gleich nach Goran segeln.«

»Lasst Niss vorgehen«, sagte Cael unvermittelt.

Alle außer dem Mädchen wandten sich erstaunt zu ihm um. Er hatte gesprochen, ohne nachzudenken, und konnte seinen Vorschlag nicht erklären.

»Äh … Das ist auch nicht schlechter, als aufs Geratewohl loszulaufen«, stammelte er. »Außerdem … Ich weiß auch nicht. Ich habe so eine Vorahnung.«

»Aber … Verzeih mir, Bowbaq«, warf Nolan ein. »Die arme Niss weiß doch nicht mal, wonach wir suchen.«

»Das stimmt leider«, bestätigte Bowbaq traurig. »Manchmal wacht sie für einen kurzen Moment auf. Aber ich glaube, heute ist nicht der richtige Tag dafür.«

»Ich finde Caels Idee gut«, mischte sich Eryne ein. »Komm, Niss! Wir übernehmen die Führung!«

Zur Verblüffung der Männer zog sie das Mädchen in die Mitte der Wegkreuzung und forderte sie auf, eine Richtung einzuschlagen. Nachdem Niss eine Weile gezögert und Bowbaq und Cael fragende Blicke zugeworfen hatte, ging sie langsam zwischen zwei Felsbrocken hindurch. Halb wurde sie von Eryne geschoben, halb zog sie ihre Freundin an der Hand hinter sich her. Bowbaq folgte ihnen hastig, die schwere Kaute schlagbereit in der Hand. Die anderen schlossen sich ihm an.

»Eine Vorahnung?«, fragte Amanón Cael. »Wie meinst du das?«

»Was weiß ich!«, fuhr ihn der Junge an. »Es war nur so eine Idee!«

Auch wenn er seinen barschen Ton bereute, hatte er das Gefühl, sein Cousin wollte eigentlich fragen, was er selbst auch schon befürchtet hatte: »Kann es sein, dass die Stimme dir diese Idee eingeflüstert hat?« Die Ungewissheit machte ihn gereizt, aber als er Amanóns verständnislose Miene sah, wurde ihm klar, dass er zu argwöhnisch gewesen war. Vermutlich war Amanón einfach nur neugierig. Zur Entschuldigung gab er ihm einen freundschaftlichen Klaps auf die Schulter und trabte dann hinter Nolan, Keb und den anderen her.

Eine ganze Weile irrten sie zwischen den Felsen herum. Niss ging mit zögernden Schritten voraus und drehte sich häufig zu ihnen um. Bei jeder Gabelung dauerte es eine ganze Weile, bis sie sich für eine Richtung entschied. So kamen sie nun sehr viel langsamer voran, aber nur Keb wagte es, ungeduldig zu schnauben, womit er sich einen finsteren Blick von Eryne einhandelte.

Sie entdeckten mehrere Höhlen, aber Bowbaq erkannte keine von ihnen. Obwohl er große Achtung für den Arkarier empfand, begann Cael zu bezweifeln, dass er den unterirdischen Gang wiederfinden würde. Schließlich hatte er die Insel zum letzten Mal vor zwanzig Jahren besucht, und das mitten in der Nacht. Konnten sie sich auf sein Gedächtnis verlassen? Waren sie nicht vielleicht längst an dem Eingang zur Höhle vorbeigelaufen, ohne es zu merken?

Aus Sorge wurde Gewissheit, als Niss an der nächsten Kreuzung noch länger verharrte als sonst. Trotz der aufmunternden Worte ihrer Gefährten schien sich das Mädchen nicht für einen Weg entscheiden zu können. Wahrscheinlich hätte sie den ganzen Tag hier ausgeharrt, wenn niemand sie fortzog.

»Das musste ja so kommen«, murmelte Nolan.

»Genauso gut hätte ich vorweggehen können«, schimpfte Keb.

»Was das Herummaulen angeht, seid Ihr jedenfalls ganz vorne dabei!«, sagte Eryne schnippisch. »Lasst ihr etwas Zeit!«

»Wir folgen ihr schon seit einer halben Dezime«, sagte Amanón begütigend. »Das Mädchen versteht nicht, was wir von ihr wollen. Versuchen wir es mit dem Weg, der ins Innere der Insel führt.«

»Nein!«, herrschte Eryne ihn an. »Wir müssen uns auf unsere Intuition verlassen. Da geht es lang!«

Alle starrten auf den Pfad, auf den Eryne zeigte, ohne zu begreifen, woher sie diese Gewissheit nahm.

»Wie kommst du darauf, Freundin Eryne?«, fragte Bowbaq.

»Na ja ... Das liegt doch auf der Hand, oder etwa nicht? Weil ... Weil es eben da lang geht! Ich ...«

Cael spürte Erynes Verwirrung. Sie konnte ihren Vorschlag auch nicht besser erklären als er seinen, Niss die Führung zu überlassen. Ohne die Entscheidung der Erwachsenen abzuwarten, betrat er den Weg, auf den Eryne gezeigt hatte, und nach wenigen Augenblicken folgten ihm die anderen.

Eryne setzte sich an die Spitze und schritt sehr viel entschlossener aus als Niss. Nach drei Dezillen hatten sie bereits die gleiche Strecke zurückgelegt wie zuvor in einer ganzen Dezime. Niss hielt immer noch Erynes Hand und musste manchmal sogar ein kleines Stück rennen, um mit ihr Schritt halten zu können. Man fragte sich fast, wer von beiden vorher die Richtung vorgegeben hatte.

»Sie hat Recht«, murmelte Bowbaq. »Irgendwie kommen mir diese Felsen bekannt vor.«

Ermutigt drang Eryne immer tiefer in das Labyrinth ein. Caels Herz begann zu rasen. Vielleicht war die Pforte von Ji ganz nah! Was würde sie dort erwarten? Freund oder Feind? Würden sie tatsächlich mit eigenen Augen sehen, was Corenn in ihrem Tagebuch beschrieb?

»Jetzt bin ich ganz sicher«, rief Bowbaq aufgeregt. »Wir sind in der Nähe der Höhle. Wir müssen noch ein Stück geradeaus gehen, dann links abbiegen, und schon sind wir da!«

»Wie hast du das gemacht?«, fragte Nolan seine Schwester.

»Keine Ahnung«, antwortete sie mit einem verlegenen Grinsen.

In ihrem Blick lag ein gewisser Stolz, aber ihre Stimme klang unsicher. Dieses Gefühl kannte Cael nur zu gut. Es war schwer, sich über etwas zu freuen, das man nicht erklären konnte und einen unweigerlich fürchten ließ, den Verstand zu verlieren.

Auf Bowbaqs Rat hin wies Amanón seine Gefährten an, stehen zu bleiben, um sich neu zu formieren. Bowbaq und Amanón gingen voraus, gefolgt von Cael, Nolan, Niss und Eryne. Keb bildete den Schluss. So war Cael einer der Ersten, der die seltsame Frau vor dem Höhleneingang sitzen sah.

Sie war alt, ganz in Rot gekleidet und wirkte wie eine Priesterin. Bowbaq riss seine Kaute hoch und stürzte sich auf sie.

Amanón sah Bowbaq losrennen und wollte ihm schon folgen, als Nolan einen gellenden Schrei ausstieß. Im letzten Moment packte Amanón den Arkarier am Gürtel, doch der hatte so viel Schwung, dass er ihn fast von den Füßen gerissen hätte. Es gelang ihm gerade noch, ihn zurückzuhalten, und dann entdeckte auch er den Grund für Nolans Warnung: Sie wurden von einem Bogenschützen bedroht. Genau genommen war es eine Bogenschützin, die fünf Schritte über dem Höhleneingang auf einem Felsvorsprung kauerte. Die junge Frau trug ebenfalls ein scharlachrotes Gewand und schien nicht davor zurückzuschrecken, ihre Pfeile abzuschießen. Amanón verfluchte seine Unvorsicht. Die Gefährten hatten keine Waffen für die Distanz, nicht einmal eine simple Steinschleuder.

Obwohl er nie zuvor einem Zü begegnet war, begriff er auf Anhieb, dass er es mit zwei Mitgliedern dieser mörderischen Sekte zu tun hatte. Zwei *weiblichen* Mitgliedern. Er hatte nicht gewusst, dass es unter den Züu auch Frauen gab. Was hatten die beiden hier zu suchen? Waren noch mehr Züu auf der Insel? Wenn ja, wie viele? Und würden sie angreifen?

»Wir sollten langsam zurückweichen!«, raunte Nolan ihm zu.

Amanón sah unschlüssig zwischen der jungen Bogenschützin und der alten Frau hin und her. Irgendwie faszinierten sie ihn – ihre Anwesenheit auf der Insel konnte kein Zufall sein. Vielleicht war das endlich die Gelegenheit, etwas über den Verbleib ihrer Eltern herauszufinden.

»Keb ist verschwunden«, wisperte Eryne panisch.

Amanón warf einen kurzen Blick über die Schulter und stellte verwundert fest, dass sie Recht hatte. Wann hatte er sich aus dem Staub gemacht? Hatten die beiden Frauen ihn überhaupt gesehen? Der Gedanke, er könnte sich von hinten auf den Felsen schleichen und die Zü entwaffnen, ließ ihn hoffen. Vielleicht zeigte der Krieger aber auch endlich sein wahres Gesicht und hatte sie verraten. Obwohl sie Seite an Seite gekämpft hatten, konnte Amanón einfach nicht vergessen, wer Kebs Eltern waren. Womöglich stand er sogar mit den Anhängern Zuïas im Bunde.

Während sie sich gegenseitig belauerten, erhob sich die alte Frau von ihrem Platz vor der Höhle. Aus dem purpurfarbenen Gewand ragten dürre Gliedmaßen hervor, die Kapuze bedeckte graues Haar und umrahmte ein faltiges Gesicht. Trotz ihres Alters strahlte die Priesterin eine ungeheure Kraft aus, und ihr Blick ging den Gefährten durch Mark und Bein. Sie hob eine Lanze auf, die keinen Zweifel daran ließ, dass sie imstande war zu töten, und trat ein paar Schritte vor. Die Frau war eine gewissenlose Mörderin, wie jeder andere Bote Zuïas auch.

Bowbaq wand sich in Amanóns Griff, aber die Bogenschützin verhinderte jeden Angriffsversuch. Vermutlich würde er niemals einer alten Frau kaltblütig den Schädel einschlagen, aber wenn er gekonnt hätte, hätte er sie wohl geschüttelt wie einen Pflaumenbaum, um etwas über das Schicksal seiner Familie zu erfahren.

Nichts anderes hätte Amanón am liebsten getan. Doch merkwürdigerweise blieb die Zü furchtlos und ohne jeden Ausdruck des Hasses vor ihnen stehen. Die Spitze ihrer Lanze zeigte friedlich gen Himmel.

»Da seid Ihr ja«, sagte sie gelassen. »Ich habe Euch erwartet.«

»Ihr wisst, wer wir sind?«, fragte Nolan.

»Natürlich. Ihr tragt die Dara-Steine«, antwortete sie mit einem rätselhaften Lächeln. »Ihr seid die Erben der weisen Gesandten.«

Amanón starrte sie entgeistert an. War sie eine Hellseherin? »Woher wisst Ihr das?«

»Ich kann nicht in Eure Gedanken eindringen. Daraus schließe ich, dass Ihr Gwel bei Euch habt. Nur eine Handvoll Sterblicher besitzt Steine aus dem Jal. Und das seid Ihr.«

Amanón lief es eiskalt den Rücken herunter. Die Zü schien über übersinnliche Kräfte zu verfügen. Und dann die Art, wie sie das Wort »Sterbliche« gebrauchte …

»Könnte es sein, dass Ihr … dass auch Ihr … aus dem Jal stammt?«, wagte er zu fragen.

Im Grunde kannte er die Antwort bereits. Als die Zü langsam nickte, begann ihm der Kopf zu schwirren. Aber wie sollte einem bei einer solchen Begegnung auch nicht schwindelig werden? Wer hätte sich nicht vom Schicksal auserwählt und zugleich vollkommen unbedeutend gefühlt? Sie standen einer leibhaftigen Göttin gegenüber!

»Ich bin Zuïa, die Strafende«, verkündete die alte Frau feierlich.

In diesem Moment schabten die Stiefel der Bogenschützin über den Felsen. Mit Schrecken sahen die Gefährten, wie sie ihre Waffe auf Kebree richtete, der sich wie ein Raubtier auf sie stürzte und sie ihr aus der Hand riss.

Einen Moment lang rangen die beiden miteinander. Dann strauchelte einer von ihnen, verlor den Halt und schlug vor dem Höhleneingang auf, doch Amanón hatte sich schon abgewandt. Alle Angst, die er in den letzten

Dekanten ausgestanden hatte, und aller Hass, der seine Familie und die Mördersekte verband, wallten plötzlich in ihm auf. Ohne zu überlegen, packte er Zuïa und legte ihr das Krummschwert an den Hals.

Würde er es tatsächlich über sich bringen, einer Göttin die Kehle durchzuschneiden?

Nolan hatte die Bogenschützin nicht aus den Augen gelassen. Als Keb urplötzlich hinter der Zü auftauchte, blieb ihm fast das Herz stehen, und er fürchtete, sich durch seinen Gesichtsausdruck zu verraten. Dann stürzte sich der Krieger auf sie, und Nolan stellte sich hastig vor Niss und Eryne, um sie gegen die Pfeile abzuschirmen. Im gleichen Moment zog Eryne Niss hinter einen Felsen. Als sich Nolan wieder umwandte, war der Kampf bereits entschieden.

Keb lag mit schmerzverzerrtem Gesicht am Boden und presste die Hände auf seinen Verband. Fünf Schritte darüber zielte die Zü mit einem Pfeil auf ihn, während Manó drohte, Zuïa die Kehle durchzuschneiden.

»Das kannst du nicht tun!«, rief Nolan entsetzt. »Sie ist eine Göttin!«

»Lasst sie los, oder Ihr werdet alle sterben!«, schrie die Bogenschützin.

Nervös zielte sie mit der Pfeilspitze abwechselnd auf Keb und Amanón, der seine Gefangene als Deckung benutzte.

»Wenn sie tatsächlich eine Göttin ist, hat sie nichts zu befürchten«, knurrte er.

»Sie ist eine Zü wie alle anderen«, rief Bowbaq. »Sie kann uns nur Böses wollen.«

»Ihr könnt meine Hülle zerstören«, sagte Zuïa, »aber dann werde ich im Körper meiner Kahati wiedergeboren. Das ist die junge Frau mit dem Bogen.«

»Dieses Biest«, stöhnte Keb und wälzte sich am Boden.

»Lasst sie los!«, brüllte die jüngere Zü.

»Es sei denn, Ihr seid der Erzfeind«, fuhr die Göttin gleichmütig fort. »In diesem Fall könnte es sein, dass ich nicht wiedergeboren werde.«

Die Anspannung stieg ins Unermessliche. Bestürzt sahen sich die Erben an. Nolan konnte sich nicht daran erinnern, einen Hinweis dieser Art in Corenns Tagebuch gelesen zu haben. Bisher hatte er gedacht, der Erzfeind sei nur Sombre schicksalhaft verbunden.

»Niemand tötet hier irgendjemanden, wenn Ihr endlich Euren Bogen senkt«, sagte Amanón nach einer Weile. »Werft ihn mir vor die Füße, dann lasse ich sie frei, das schwöre ich.«

»Tu, was er sagt, Zejabel«, befahl die Göttin.

Nach langem Zögern ließ die Zü ihren Pfeil sinken. Keb rappelte sich auf und lehnte sich an die Felswand. Eryne lief zu ihm, um seinen Verband zu überprüfen, und Bowbaq stellte sich schützend vor Niss, die näher getreten war. Doch dann erstarrten sie: Die Kahati zückte einen nadeldünnen Dolch.

»Ich lege meinen Bogen ab«, zischte sie. »Aber glaubt bloß nicht, dass Ihr mir deswegen überlegen seid. Wenn Ihr der Göttin auch nur ein Haar krümmt, werdet Ihr das bereuen, alle miteinander.«

Nach dieser Warnung sprang sie vom Felsen und landete geschmeidig wie eine Raubkatze vor Nolan. Wie alt mochte sie sein? Neunzehn, zwanzig? Nicht viel jünger als er selbst jedenfalls. Ihr Körper war schlank und muskulös, ihr Gesicht schön und ebenmäßig und mit roten Ornamenten bemalt. Für einen Augenblick vergaß er, dass es die Symbole einer mörderischen Sekte waren. Er fühlte sich auf Anhieb zu ihr hingezogen.

Amanón nahm langsam die Klinge von Zuïas Hals, und die Göttin griff würdevoll wieder nach ihrer Lanze. Sie hatte weder Angst gezeigt noch Widerstand geleistet. Auch sie faszinierte Nolan, wenn auch aus ganz anderen Gründen. Er mochte zwar den Glauben an Eurydis verloren haben und steif und fest behaupten, die Götter seien ihm gleichgültig, aber dennoch empfand er eine gewisse Ehrfurcht. Er hätte nicht einmal gewagt, die Unsterbliche zu berühren, während Amanón sie einfach gepackt und festgehalten hatte.

Die Erben scharten sich im Halbkreis um die beiden Züu. Die Gefahr eines Kampfes schien fürs Erste gebannt, aber wie würde es nun weitergehen?

»Wie … Wie sollen wir Euch anreden?«, fragte Nolan.

»Mit ›Eure Göttlichkeit‹ natürlich«, antwortete Zejabel scharf.

»›Eure Abscheulichkeit‹ trifft es wohl eher«, fauchte Eryne. »Mit dem Bogen auf unschuldige Kinder zu zielen! Ihr werdet Eurem Ruf wahrlich gerecht!«

»Wir sollten einander nicht beleidigen«, sagte Amanón beschwichtigend.

»Klar«, knurrte Keb, »nicht dass wir diese verschlagenen Weibsbilder noch kränken.«

»Du hasst mich, weil ich dich besiegt habe«, erwiderte die Zü stolz.

»Unsinn! Wenn ich nicht diese Wunde hätte …«

»Es reicht!«, fuhr Amanón ihm über den Mund.

»Wir sollten nicht mit ihnen sprechen«, sagte Bowbaq nachdrücklich. »Das ist bestimmt eine Falle, wie vor zwanzig Jahren im Kleinen Palast!«

»Woher wusstet Ihr, dass wir kommen würden?«, fragte Nolan.

»Und warum habt Ihr hier auf uns gewartet?«, fügte Cael neugierig hinzu.

»Das wird sie doch nicht ausgerechnet uns auf die Nase binden!«, zeterte Eryne. »Warum sollte sie ihre Geheimnisse verraten? Und selbst wenn – weshalb sollten wir ihr Glauben schenken?«

»Weil ich auf Eurer Seite bin«, antwortete die Göttin mit fester Stimme. »Ich möchte Euch helfen.«

Das überraschte sie alle. Sie warfen einander unsichere Blicke zu, bevor Kebree aussprach, was alle dachten.

»Natürlich! Warum sind wir nicht gleich darauf gekommen? Aber ist es da nicht komisch, dass deine Dienerin uns noch vor drei Dezillen mit ihren Pfeilen durchbohren wollte?«

»Du hast mich angegriffen«, erinnerte ihn Zejabel. »Wenn die Göttin tatsächlich Euren Tod gewollt hätte, hätte ich mehr als genug Zeit gehabt, Euch umzubringen.«

»Das ist wahr«, sagte Amanón.

»Aber … Die beiden sind Züu!«, empörte sich Eryne.

»Hören wir uns an, was sie zu sagen haben«, schlug Nolan vor. »Vielleicht wissen sie etwas über unsere Eltern?«

Die Frage galt ebenso sehr seiner Schwester wie den Priesterinnen im roten Gewand. Doch die Göttin schüttelte den Kopf.

»Ich weiß nichts über ihr Schicksal. Das ist die Wahrheit. Meine Boten haben nichts mit ihrem Verschwinden zu tun.«

»Boten?«, sagte Bowbaq verächtlich. »Gemeine Mörder sind das!«

»Aber was wisst Ihr dann?«, hakte Amanón nach. »Warum habt Ihr hier auf uns gewartet?«

Zuïa bedachte einen nach dem anderen mit einem seltsamen Blick. »Ich bin gekommen, weil ich mich mit Euch verbünden möchte«, erklärte sie. »Wir haben einen gemeinsamen Feind: Sombre.«

»Aber Ihr steht doch auf seiner Seite!«, rief Eryne. »Ihr führte beide nur Böses im Schilde.«

»Ich sorge für Gerechtigkeit, so wie mich meine Anhänger erschaffen haben«, entgegnete die Zü. »Sombre hingegen will über das Universum herrschen, über die Sterblichen, über Eure Welt, über das Jal und sogar über meine Brüder und Schwestern.«

»Meint Ihr damit … die anderen Götter?«, stammelte Nolan.

Zuïas Gesicht verfinsterte sich, und Nolan lief ein Schauer über den Rücken.

»Ja. Er möchte der letzte Gott sein. Der einzige!«

»Eine Welt mit einem einzigen Gott?«, fragte Eryne ungläubig. »Eine seltsame Vorstellung!«

»Das verstehe ich nicht«, meinte Cael. »Ihr seid doch unsterblich, oder nicht? Wovor fürchtet Ihr Euch dann?«

»Die Kinder des Jal können einander töten. Von Menschenhand können wir nicht sterben, aber gegenseitig können wir uns sehr wohl vernichten. Nur war das bislang noch nie vorgekommen.«

»Es *war* noch nie vorgekommen?«, hakte Amanón nach.

Die Göttin nickte langsam. Sie wirkte aufrichtig bekümmert. »Vor ungefähr zwei Dekaden tötete Sombre meine Schwester, die Ihr Aliandra nennt. Sie weilt nicht mehr unter uns. Versteht Ihr? Sie wird nie mehr zurückkehren, auch wenn die Sterblichen es nicht wissen. Die an sie gerichteten Gebete verhallen nun in leeren Tempeln, für alle Ewigkeit.«

»Die Sonnige«, murmelte Nolan. »Das ist doch nicht möglich.«

Nolan war mit mehreren Maz befreundet, die Aliandra verehrten, und empfand tiefes Mitgefühl. Die Armen ahnten noch nichts von ihrem Unglück. Noch vor wenigen Tagen hatte er an der Existenz der Götter gezweifelt, und nun, da er einer wahrhaftigen Göttin gegenüberstand, sollte er glauben, dass sie einfach so verschwinden konnten? Wie sollte er diese Erkenntnis verkraften, nachdem er das Geheimnis des Jal kannte? Nolan fühlte sich plötzlich so leer, dass er sich Halt suchend an einen Felsen lehnte. Sombre wollte also der einzige Gott sein, der alleinige Herrscher über Menschen und Unsterbliche. Nolan wagte sich kaum auszumalen, wie die Welt aussähe, wenn der Dämon die Macht an sich riss. Die Vorstellung war einfach zu entsetzlich.

Seine Freunde schauten genauso düster drein, und selbst die Bogenschützin konnte ihre Betroffenheit nicht verbergen. Wie so oft war es Keb, der sich am wenigsten beeindrucken ließ.

»Warum verbündet ihr euch nicht gegen ihn? Mishra, Odrel, Eurydis und wie ihr alle heißt … Wozu seid ihr denn Götter? Ihr seid in der Überzahl und könnt ihm kräftig eins auf die Mütze geben!«

»Das können wir nicht«, sagte Zuïa bedauernd. »Sombre ist der Bezwinger, so haben die Menschen ihn erschaffen. Selbst wenn wir uns zusammentun, werden wir ihm unterliegen.«

»Also hat tatsächlich nur der Erzfeind eine Chance, ihn zu besiegen«, sagte Amanón bitter. »So wie es die Undinen prophezeit haben.«

»So ist es. Und deshalb müssen wir uns verbünden.«

»Aber wenn Ihr ohnehin nichts gegen den Dämon ausrichten könnt, wüsste ich nicht, warum wir uns mit Euch abgeben sollten!«, zischte Eryne. »Vorausgesetzt, wir glauben Euch!«

Die Göttin maß sie lange mit dem Blick. Ihr Gesicht war ausdruckslos. Nolan befürchtete, es könnte erneut zu einem Streit oder sogar zum Kampf kommen, doch dann drehte sich die Göttin abrupt um und ging auf die Höhle zu, gefolgt von Zejabel. Vor dem Eingang blieben die beiden stehen.

»Ich kann viel für Euch tun – mehr, als Ihr ahnt«, verkündete Zuïa. »Ich kann Euch helfen herauszufinden, wer der Erzfeind ist. Doch dazu müsst Ihr mit unter die Erde kommen.«

Mit diesen Worten trat sie in den finsteren Gang, während ihre Dienerin den Bogen aufhob und eine Fackel anzündete. Einen Moment lang standen die Freunde unschlüssig da und warfen sich ratlose Blicke zu. Schließlich sagte Nolan mit zittriger Stimme: »Gehen wir!«

So legten die Erben das letzte Wegstück zur Pforte von Ji zurück, angeführt von einer grausamen Göttin der Gerechtigkeit und ihrer getreuen Mörderin.

Sie liefen einen langen Gang mit leichtem Gefälle hinunter, wie es Corenn in ihren Aufzeichnungen beschrieben hatte. Caels Kehle war wie zugeschnürt. Dies war also der Weg, den Yan und Léti vor vielen Jahren gegangen waren, als sie kaum älter gewesen waren als er jetzt. Woran mochten seine Eltern damals gedacht haben? An die Züu, die ihnen auf den Fersen waren? An das Geheimnis, das ihnen jeden Augenblick enthüllt werden würde? Jedenfalls hatten sie vermutlich nicht geahnt, dass sie eines Tages einen Sohn haben würden, der ihren Spuren folgte, und das auch noch in Begleitung ihrer schlimmsten Feindin.

Er konnte kaum fassen, dass vor ihm tatsächlich eine Göttin ging, Zuïa höchstpersönlich. Aber vielleicht war das ja auch gelogen – schließlich hatte sie ihre Macht nicht unter Beweis gestellt. Trotz ihres würdevollen Auftretens und der Kraft, die sie ausstrahlte, sah sie im Grunde genauso aus wie jede alte Frau. Ihre Behauptung, sie werde in einem anderen Körper wiedergeboren, gab ihm ebenfalls Rätsel auf. Doch wenn er ihr Äußeres vergaß und sich nur auf sein Gefühl verließ, war er sicher, dass sie von einer Göttin angeführt wurden.

In der unheimlichen Umgebung wirkte diese Vorstellung gar nicht mehr so abwegig. Noch vor einer Dezime hatte er im fahlen Sonnenschein gestanden, während ihm der Wind in den Ohren heulte. Nun lief er durch undurchdringliche Düsternis, und es wurde immer kälter. Ihre Schritte hallten von den Felswänden wider, die Fackeln knisterten, und manchmal war in der Ferne ein Rauschen zu hören. Am Ende des Gangs würden sie auf einen unterirdischen See stoßen und sich durch einen engen Spalt zwängen müssen, das hatte Cael in Corenns Tagebuch gelesen.

Die weisen Gesandten und ihre Erben hüteten dieses Geheimnis seit Jahrhunderten. Aber woher wusste Zuïa davon?

»Warum kennt Ihr den Weg?«, fragte er argwöhnisch. »Wart Ihr schon einmal hier?«

Die Unsterbliche lachte leise und antwortete, ohne sich umzudrehen. »Ich bin noch nie auf dieser Insel gewesen. Aber die Kinder des Jal wissen instinktiv, wo sich die Pforten befinden. Sobald wir in der Nähe einer Pforte sind, finden wir den Weg von allein.«

Cael wollte schon weiterfragen, da fiel ihm auf, dass Eryne plötzlich sehr bleich aussah. Amanón und Nolan warfen ihr ebenfalls besorgte Blicke zu. Niemand hatte vergessen, wie zielsicher Eryne sie durch das Felslabyrinth geführt hatte, aber sie kamen stillschweigend überein, nicht vor Zuïa darüber zu reden.

»Woher wusstet Ihr, dass Aliandra tot ist?«, fragte Nolan. »Wart Ihr bei dem Kampf dabei? Habt Ihr ihre Leiche gesehen, falls es überhaupt eine gibt?«

»Weder noch«, antwortete die Unsterbliche. »Aber sie weilt nicht mehr unter uns, das ist sicher. Wir alle haben bemerkt, wie sie starb.«

»Wie das?«

»Ob Gott oder Dämon, wir alle stammen aus dem Jal. Unsere Herkunft verbindet uns, auch nachdem wir das Jal verlassen haben. Als Aliandra von uns ging, spürten wir die Lücke, die dadurch in unseren Reihen entstand.«

»Also eine Art Phantomschmerz. Wie bei jemandem, dem der Finger abgehackt wird«, sagte Keb belustigt.

»Und könntet Ihr mit diesem Gespür auch Sombre finden?«, fragte Amanón begierig. »Könnt Ihr uns sagen, wo er sich im Moment aufhält?«

Zuïa blieb stehen und schloss die Augen, während sich die Erben mit einer Mischung aus Hoffnung und Beklemmung um sie scharten. Die Antwort ließ nicht lange auf sich warten.

»Zurzeit ist er in Thallos. Aber ich weiß, dass er nie lange an einem Ort verweilt.«

»Zumindest ist er nicht in der Nähe«, rief Bowbaq erleichtert aus, »sondern auf der anderen Seite des Rideau.«

Die anderen nickten, nicht ohne Kebree teilnahmsvolle Blicke zuzuwerfen. Thalitt grenzte an seine Heimat, und so hatte er allen Grund, sich Sorgen zu machen – was sich bei ihm in einer verdrießlichen Miene äußerte.

»Ich nehme an, Ihr könnt nicht seine Gedanken lesen, um herauszufinden, was er vorhat?«, wollte Eryne wissen. »Das wäre ja auch zu schön, um wahr zu sein.«

»Das kann ich nur, wenn er es zulässt. Und Sombre war seinen Brüdern und Schwestern gegenüber immer ziemlich verschlossen. Ich wüsste nicht, warum sich das geändert haben sollte.«

»Wie praktisch«, spottete Keb.

Kurz darauf gelangten sie an das Ufer des unterirdischen Sees. Die Höhle, in der sie sich nun befanden, musste einen gewaltigen Durchmesser haben, das schloss Cael jedenfalls aus der Krümmung der Felswände, denn das Licht ihrer Fackeln reichte nicht bis zum anderen Ende. Der Geruch nach Schlamm und Salz, das schwarze Wasser und die Schemen, die in den dunklen Winkeln lauerten, ließen den Ort sehr viel weniger romantisch wirken, als Cael ihn sich vorgestellt hatte. Wenn sie doch nur endlich an der Pforte wären!

»Und was, wenn Sombre überhaupt nichts mit Aliandras Tod zu tun hat?«, fragte Amanón unvermittelt. »Wäre das denkbar?«

»Nein«, antwortete die Unsterbliche. »Sie standen praktisch nebeneinander, als es geschah.«

»Ihr wisst, wo die Göttin den Tod fand?«, fragte Nolan verblüfft. »Wenn Ihr ihre Ruhestätte preisgebt, könnten die Maz ihre sterblichen Überreste begraben und eine Trauerfeier abhalten.«

»Und wie willst du ihnen das Ganze beibringen?«, fragte Keb höhnisch.

»Ein paar Sterbliche haben sich bereits um die Beisetzung gekümmert«, erklärte Zuïa. »Aliandra hatte eine menschliche Gestalt, so wie ich und viele andere meiner Brüder und Schwestern. Die Menschen, die auf ihre Leiche stießen, entdeckten nichts Auffälliges an ihr. In ihren Augen war sie nur eine unbekannte Tote.«

»Wollt Ihr damit etwa sagen, dass sie in ein Armengrab geworfen wurde?«

Cael wusste nur wenig über Aliandra und ihre Anhänger, aber die Vorstellung, dass die Göttin ein solches Ende gefunden hatte, war ihm zuwider. Für einen Moment schien sich die Finsternis zu verdichten, und vor seinem geistigen Auge stieg eine albtraumhafte Vision auf: Die ganze Höhle verwandelte sich in ein mit Leichen übersätes Schlachtfeld. Obwohl hier grimmige Kälte herrschte, trat ihm Schweiß auf die Stirn.

»Wie ist sie denn gestorben?« Nolan hatte Mühe, die Frage auszusprechen.

»Wen interessiert das schon?«, platzte Zejabel heraus. »Genug davon!«

Alle waren verblüfft über ihren Wutausbruch, selbst Zuïa, die sie mit funkelnden Augen musterte. Seit sie den Gang betreten hatten, war die Zü stumm geblieben, aber nun hatte sie es offenbar nicht mehr ausgehalten. Warum war sie so nervös? War es die dünne Luft unter der Erde? Hatte sie Angst vor Sombre? Oder gab es noch etwas anderes, von dem die Erben nichts ahnten?

»Ich weiß nicht, auf welche Weise der Dämon sie getötet hat«, antwortete die Göttin schließlich. »Aber das ist tatsächlich nicht weiter von Bedeutung. Seine Zerstörungskraft ist grenzenlos. Er hätte Aliandra auf tausend verschiedene Arten ermorden können.«

»Vielleicht lässt er es dabei bewenden«, warf Cael ein. »Vielleicht war es nur ein Streit, der aus dem Ruder gelaufen ist?«

»Nein«, sagte Zuïa eindringlich. »Vor einem Jahr sprach Sombre eine Warnung aus. Er forderte uns auf, ihm ewige Treue zu schwören. Wenige haben ihn auch nur angehört. Daraufhin richtete er Aliandra hin, um ein Exempel zu statuieren. Wer sich nicht auf seine Seite schlägt, den betrachtet er fortan als Feind.«

»Er führt Krieg gegen die anderen Götter«, murmelte Nolan entsetzt.

»Das dürfen wir nicht zulassen!«, rief Bowbaq. »Irgendwann könnte er sogar die Kinder im Jal angreifen.«

»Wenn Ihr die Wahrheit sagt, ist alles Leben auf dieser Welt in Gefahr«, sagte Amanón tonlos.

Cael wurde schlecht. Seit Beginn ihres Abenteuers war die Bürde der Erben mit jedem Tag größer geworden. Er hatte das Gefühl, unter der Last des Schicksals zusammenzubrechen, und hoffte von ganzem Herzen, nicht derjenige zu sein, von dem die Zukunft der Welt abhing. Er war sogar bereit, dafür zu beten. Aber es war weder der rechte Ort noch die rechte Zeit für eine Andacht.

Als sie den schmalen Weg am Rand des Sees entlangbalancierten, lehnte Eryne jede Hilfe stur ab. Sie hatte sich fest vorgenommen, den anderen nicht mehr zur Last zu fallen. Außerdem wollte sie sich vor den beiden Wahnsinnigen in ihren roten Gewändern keine Blöße geben. Vor allem nicht vor der jüngeren, Zejabel, die sie auf Anhieb nicht hatte leiden können. Ihre Überheblichkeit, die burschikose Art und der kalte Blick, mit dem sie die Erben musterte, missfielen ihr. Nolan und die anderen mochten beschlossen haben, diesen vermeintlichen Priesterinnen zu vertrauen, nicht aber Eryne von Kercyan. Sie hatte sich lange genug in der Gesellschaft von Hofdamen bewegt, um Heimtücke auf den ersten Blick erkennen zu können, und die beiden Züu führten sie in einen Hinterhalt, so viel war sicher! Gleichwohl waren die Aussagen der angeblichen Göttin verstörend. Eine so grauenvolle Geschichte konnte nicht erfunden sein, und wenn doch, musste Zuïa sie sich vorher sorgfältig zurechtgelegt haben. Eryne war überzeugt, sie der Lüge überführen zu können, wenn sie nur lange genug nachdachte. Die Grübelei lenkte sie auch davon ab, dass der Weg vor ihren Füßen nur eine knappe Elle breit war.

Als sie zu dem eingestürzten Wegstück gelangten, das Corenn in ihrem Tagebuch beschrieben hatte, flackerte ihre Angst von Neuem auf. Amanón ging voraus, weil er eine Falle fürchtete, und sprang mit einem Satz über die Lücke. Als Nächstes überquerten die beiden Züu das Hindernis, wobei die jüngere der älteren die Hand reichte. Keb und Cael hatten ebenfalls keine Schwierigkeiten, und so nahm auch Eryne all ihren Mut zusammen und sprang. Auf keinen Fall wollte sie die Dumme sein, die abrutschte und im Wasser landete.

Zu ihrer Erleichterung kam sie sicher auf. Hinter ihr nahm Bowbaq Niss Huckepack und stieg über das Loch, dann setzte die kleine Schar ihren Weg fort. Schweigend marschierten sie hintereinander her, während die Fackeln ihren blassen Schein auf die feuchten Felswände warfen. Schließlich verschwand Amanón in einem drei Schritte hohen Spalt. Eryne zitterte bei der Vorstellung, in dem engen Durchgang stecken zu bleiben, aber es gelang ihr ohne größere Schwierigkeiten, sich hindurchzuzwängen. Als sich Bowbaq in die schmale Öffnung schob, dachte sie mit Schrecken daran, dass er stecken bleiben könnte.

Bowbaq schien dasselbe zu befürchten, denn er schnaufte geräuschvoll, bis sich der Gang endlich verbreiterte. Erst jetzt hatte Eryne genug Platz, um sich nach ihm umzudrehen: Sein Gesicht war schweißnass, aber er wirkte zutiefst erleichtert.

»Ich hätte gedacht, dass es beim zweiten Mal leichter ist«, murmelte er und wischte sich mit einem riesigen Stofftaschentuch die Stirn ab. »Von wegen. Ich bin einfach nicht dafür geschaffen, unter der Erde herumzukriechen.«

Anders als ihr Großvater schien Niss in den Gängen und Höhlen kein Unbehagen zu empfinden, auch wenn Eryne bezweifelte, dass sie viel von ihrer Umgebung mitbekam.

Sie schenkte den beiden Arkariern ein aufmunterndes Lächeln und beeilte sich dann, Keb einzuholen, dessen Fackel sich rasch entfernte.

Der Gang wurde immer breiter, die Decke entschwand ihren Blicken, und ehe sie sich versahen, standen sie in einer weiteren Höhle. Eryne machte ein paar zögerliche Schritte, während sich die anderen an der Wand entlangtasteten. Sie waren am Ziel. Hier musste die Pforte sein.

Amanón, Cael und Nolan liefen zu einem kleinen Teich in der Mitte. Ohne zu zögern, setzten sie ihre Füße in das knöcheltiefe Wasser und wateten hindurch. Alle drei hatten den Kopf in den Nacken gelegt und suchten die Felswände ab.

»Da drüben!«, rief Cael triumphierend. »Ich sehe die Inschrift!«

Erynes Neugier war stärker als ihr Ekel vor dem brackigen Wasser. Sie streifte ihre Schuhe ab und raffte den langen Rock, während Zejabel schon an ihr vorbeistapfte. Der Zü schien es nichts auszumachen, nass zu werden. Mit einem Mal hatte Eryne es eilig, ihr zu folgen, bereute ihren Entschluss aber sofort. Das Wasser war eiskalt, und sobald sie die jahrhundertealten Schriftzeichen gesehen hatte, watete sie zurück zum Ufer.

Abgesehen von Zuïa traten nun alle vor, um die rätselhaften Zeichen zu betrachten. Sie liefen in einem Streifen die Wand hinauf und verschwanden in der Dunkelheit. Die Höhlendecke war in der Finsternis nicht zu erkennen. An der gegenüberliegenden Wand tauchten die Symbole wieder auf, so dass sie eine Art Bogen bildeten. Wer nichts von ihnen wusste, hätte sie vermutlich ganz einfach übersehen. Also stimmte alles, was Corenn in ihrem Tagebuch schrieb: Vor ihnen lag der unzweifelhafte Beweis. Obwohl Bowbaq ihnen mehrmals versichert hatte, dass die Geschichte der Wahrheit entsprach, glaubten sie ihm erst jetzt so richtig.

»Keine Spur von unseren Eltern«, sagte Nolan seufzend. »Ich hatte gehofft, eine Botschaft zu finden oder zumindest einen Hinweis. Wo mögen sie bloß sein?«

»Warum fragen wir nicht einfach die angebliche Göttin?«, zischte Eryne, fest entschlossen, ihre Feindin bei einer Lüge zu ertappen.

»Ich sagte bereits, dass ich nichts über ihr Schicksal weiß«, sagte Zuïa.

»Eryne hat Recht«, mischte sich Amanón ein. »Könnt Ihr nicht die Gedanken jedes beliebigen Sterblichen lesen, wenn Ihr nur wollt?«

»Das schon, aber Eure Eltern kann ich nirgends finden. Vielleicht tragen sie Gwel am Leib, wie Ihr.«

»So einfach redet Ihr Euch nicht heraus!«, rief Eryne. »Wo sollten sie die Dara-Steine denn herhaben? Schließlich haben sie ihre an uns weitergegeben.«

»Darauf weiß ich keine Antwort. Seit sich Sombre zu unserem Herrscher aufgeschwungen hat, ist vieles rätselhaft, selbst für mich.«

Plötzlich hallte ein lautes Platschen von den Felswänden wider. Alle wandten sich zu Zejabel um, die allein mit einer Fackel am anderen Ende der Höhle stand, genau dort, wo der Abgrund klaffte, der zum Meer hinunterführte. Die Zü musste einen Stein hineingeworfen haben, warum auch immer. Sie starrte ihm missmutig nach und kam dann langsam zu ihnen zurück.

»Ihr behauptet, das Leben aller Götter sei in Gefahr«,

fuhr Eryne fort. »Ihr behauptet, der Erzfeind sei die letzte Hoffnung all jener, die sich Sombre nicht unterwerfen wollen. Warum seid Ihr dann die Einzige, die uns ihre Hilfe anbietet? Und sagt bloß nicht, die anderen hätten Euch vorgeschickt! Wenn die Götterwelt so dumm ist, verdient sie es nicht, gerettet zu werden.«

Zuïas finsterer Blick hätte Eryne beinahe zum Aufgeben gebracht, aber es gelang ihr, ihn selbstbewusst zu erwidern. Noch nie hatte sie sich einem fremden Willen gebeugt, ob nun dem einer Hofdame, einer Kurtisane oder einer reichen Witwe. Daran würde sich auch heute nichts ändern, Göttin hin oder her!

Die Unsterbliche ließ sich mit der Antwort so viel Zeit, dass die Gefährten unruhig wurden. Während die beiden Frauen einander die Stirn boten, packten sie ihre Waffen fester und warfen sich nervöse Blicke zu. Eryne wankte nicht, bis Zuïa endlich zu sprechen begann.

»Weil Ihr im Besitz des Gwels seid, können meine Brüder und Schwestern nicht in Eure Gedanken eindringen. Sie können zwar nach Euch suchen, aber nicht herausfinden, wo Ihr Euch aufhaltet. Das gilt auch für Sombre und seine Verbündeten. Deshalb ist das Gwel zugleich Eure Schwäche und Eure Stärke.«

»Und was ist mit Euch?«, fragte Cael verwundert. »Wie habt Ihr uns gefunden?«

Ein dünnes Lächeln umspielte die Lippen der Göttin, während ihre Dienerin gereizt auf und ab lief. »Bei mir ist es anders«, erklärte Zuïa. »Mein Schicksal ist schon seit zwei Generationen mit dem Los Eurer Familien verbunden. Ich kenne Eure Geschichte und wusste ganz einfach, dass Ihr irgendwann hierher kommen würdet.«

»Ihr könnt Süßholz raspeln, so viel Ihr wollt, aber damit habt Ihr Euch verraten!«, sagte Eryne triumphierend. »Eure sogenannten Priester haben unsere Eltern mondelang verfolgt. Ihr seid Sombres treueste Verbündete, vielleicht sogar die Einzige, die auf seiner Seite steht!«

»Ihr irrt. Das mag für Sterbliche schwer zu verstehen sein, aber jeder von uns betrachtet sich selbst als den einzigen Gott. Wir handeln unabhängig voneinander und verfolgen nur ein Ziel: Das, was uns die Gläubigen mit auf den Weg gegeben haben. Ich bin Zuïa, die Strafende. Die Menschen, die zu mir beten, hatten beschlossen, dass Eure Eltern den Tod verdienen. Nach dem letzten blutigen Kampf vergaßen die Menschen diesen Wunsch, und so vergaß auch ich ihn. Seither hat keiner meiner Boten Euch auch nur ein Haar gekrümmt.«

»Aber damals habt Ihr Sombre geholfen«, bemerkte Nolan.

»Gewiss, aber nicht, weil ich mit ihm verbündet gewesen wäre. Wir spielten jeder unsere Rolle in dieser Geschichte, ohne uns umeinander zu kümmern. Unsere Absichten hätten genauso gut unvereinbar sein können. Aber jetzt will uns Sombre zu einem gemeinsamen Vorgehen zwingen. Ohne ihn, lasst Euch das gesagt sein, würde jeder von uns immer noch so handeln, als wäre er der einzige Gott.«

»Das ist mir alles zu kompliziert«, brummte Bowbaq. »Für mich werden die Bösen immer die Bösen bleiben.«

»Aber könntet Ihr nicht die anderen Götter herbeirufen, jetzt, wo Ihr uns gefunden habt?«, fragte Amanón nachdenklich. »Nol zum Beispiel, vielleicht sogar Eurydis! Ihre Hilfe wäre äußerst wertvoll.«

Eryne fand die Idee großartig. Sie sah zu ihrem Bruder hinüber, der totenbleich geworden war. Die Vorstellung, Eurydis höchstpersönlich gegenüberzustehen, musste ihn zutiefst erschüttern, auch wenn er behauptete, seinen Glauben verloren zu haben.

»Leider kann ich Nol nicht rufen«, wehrte Zuïa ab. »Die Bewohner des Jal sind für mich unerreichbar. Und Eurydis verschließt ihre Gedanken vor mir. Die Sterblichen haben die Götter weder als vertrauensvolle noch als misstrauische Wesen geschaffen. Aber seit Aliandras Tod haben sich viele meiner Brüder und Schwestern aus Hilflosigkeit zurückgezogen und verweigern sich jedem Austausch.«

»Ich kann nicht glauben, dass sich Eurydis versteckt«, erwiderte Nolan empört.

»Das habe ich auch nicht behauptet. Sie weigert sich nur, mich anzuhören.«

»Das wundert mich nicht«, versetzte Eryne. »Vermutlich hat sie guten Grund, Euch zu misstrauen. Nichts von dem, was Ihr sagt, überzeugt mich!«

»Eins müsst Ihr bedenken«, sagte Zuïa ernst. »Auch Sombre weigert sich, mich in seine Gedanken einzulassen, würde mir aber jederzeit zuhören. Ich müsste ihm nur für den Bruchteil einer Dezille meinen Geist öffnen, um Euch zu verraten. Wenn er hier in dieser Höhle Gestalt annimmt, wäre das Schicksal der Welt besiegelt, und Ihr wärt verloren.«

Für einen Augenblick hielten alle den Atem an. Eryne stellte sich vor, wie der grauenvolle Mog'lur, den Bowbaq beschrieben hatte, aus dem Nichts erschien und sich auf sie stürzte, Gliedmaßen abriss und Eingeweide zerfetzte, berauscht von den Schreien, die in der Finsternis widerhallten.

»Tut das nicht«, bat Nolan mit tonloser Stimme.

»Ich bin die Strafende, aber die Menschen wollten nicht, dass ich meine Urteile leichtsinnig fälle. Wir müssen herausfinden, wer der Erzfeind ist. Nur zu diesem Zweck bin ich hier.«

»Und wie wollt Ihr das anstellen?«, fragte Amanón.

»Ich werde die Pforte zum Jal öffnen«, verkündete Zuïa und trat ein paar Schritte vor. »Schließlich haben wir den weiten Weg bis hier unten nicht grundlos zurückgelegt.«

Erynes Herz begann zu rasen. Davon war bislang nicht die Rede gewesen. Sie hatten niemals vorgehabt, mit Magie und Zauberei herumzuspielen oder den Götterkindern einen Besuch abzustatten.

Als sie der Priesterin folgten, dämmerte ihr, dass sie sich vielleicht geirrt hatte. Wenn sie die Pforte öffnen konnte, hatten sie es tatsächlich mit einer Göttin zu tun. Und sie hatte sich mit ihr angelegt.

Zejabel wollte es endlich hinter sich bringen. Es war der schlimmste Tag in ihrem Leben. In wenigen Dekanten war ihre Welt zertrümmert und mit Füßen getreten worden, und ihre Kindheit, alles, was sie zur Kahati machte, alles, wofür sie ihr Leben lang gekämpft hatte, war in sich zusammengestürzt. Nun folgte sie den Erben mit leerem Blick in den hinteren Teil der Höhle. Sie sehnte sich nur noch danach, zu fliehen und wieder am Strand entlangzusprinten, um nicht mehr nachdenken zu müssen.

Schon nach ihrem langen Gespräch mit Zuïa in der vorigen Nacht war sie in ihrer Verzweiflung zum Meer hinuntergerannt. Dabei hatte sie noch die leise Hoffnung gehabt, dass die Begegnung mit den Erben anders verlaufen würde, doch nun war auch die zunichtegemacht. Der Plan der Göttin ging auf, haargenau so, wie sie es sich zurechtgelegt hatte. Eigentlich hätte sich Zejabel darüber freuen müssen, aber das konnte sie nicht. Nicht mehr. Sie sah Zuïa nun mit ganz anderen Augen, und das war schwer zu ertragen.

Zejabel verstand jetzt, was es mit ihrem Abstecher zur Insel auf sich hatte und warum sie beide die Reise allein unternahmen. Die Göttin wollte ganz einfach nicht, dass andere Zeuge ihrer Schwächen wurden. Und Schwächen hatte sie offenbar viele. Die größte davon war die Angst vor dem Dämon, die Zuïa von innen zu verzehren schien, diese Angst vor dem Nichts, die Zejabel nicht begreifen konnte. Als Kahati war sie bereit, der Göttin zu gegebener Zeit ihren Körper zu überlassen und selbstlos auf alles zu verzichten, was ihre eigene Persönlichkeit ausmachte. Warum war Zuïa nicht zu diesem Opfer bereit? Und das führte sie zu einer weiteren Frage, die sie bisher immer weggeschoben hatte: War das gerecht?

Der Zweifel war neu für sie und nagte an ihr wie ein tiefer Schmerz. Dazu kam die bittere Enttäuschung, dass Zuïa nicht die allmächtige Göttin war, die die Judikatoren des Lus'an seit Jahrhunderten verehrten. Stattdessen hatte die Unsterbliche Angst vor einem einfachen Dämon und verhielt sich wie ein niederträchtiges Marktweib. Das fand Zejabel am schlimmsten: Seit sie den Erben begegnet waren, schreckte die Göttin vor keiner Lüge zurück!

Bei jeder misstrauischen Frage der Fremden zog Zuïa ihren Hals aus der Schlinge, indem sie Wahrheit und Lüge vermischte. Zejabel fühlte sich jedes Mal gedemütigt und verraten, wenn die Unsterbliche, die sie seit ihrer frühsten Kindheit verehrte, arglistig um ihr Leben schacherte. Wie sollte sie noch an eine Lehre glauben, die ein so unwürdiges Verhalten rechtfertigte?

Womöglich log Zuïa sogar ihre Kahati an!

Obwohl Zejabel zutiefst verstört war, ließ sie sich nichts anmerken. Schließlich konnte sie sich nicht offen gegen ihre Herrin stellen. Hatte sie ihr nicht schon immer gedient? Ihr Platz war an ihrer Seite, was auch geschehen mochte, und sehr bald würde etwas geschehen. Sie hatten jetzt den Abgrund am anderen Ende der Höhle erreicht; in der Tiefe hörte man das Meer rauschen.

»Ihr solltet an der Wand stehen bleiben«, sagte die Unsterbliche ruhig.

»Ihr werdet doch wohl nicht …«, stammelte der Riese.

»Es geht nicht anders«, versicherte Zuïa. »Ohne den Wächter können wir die Pforte nicht öffnen. Wie Ihr wisst, sahen Eure Eltern all die Jahre nur den Widerschein früherer Durchquerungen der Pforte.«

»Ich verstehe kein Wort. Geht das nur mir so?«, warf der Wallatte ein.

Keiner der Erben sagte etwas, und so zuckte er nur mit den Schultern. Zejabel dachte bei sich, dass sie ziemliches Glück gehabt hatte, als er sie plötzlich von hinten angefallen hatte. Nur ihrer blitzschnellen Reaktion war es zu verdanken, dass sie den Kampf gewonnen hatte. Ebenso gut hätte es anders ausgehen können.

»Es gibt hier ein Ungeheuer, das die Pforte bewacht«,

erklärte der Junge. »Tante Corenn erzählt in ihrem Tagebuch davon. Damit sich die Pforte öffnen kann, muss der Leviathan anwesend sein, sonst blicken wir nur auf ein verschwommenes Bild. Wir können das Jal sehen, es aber nicht betreten.«

»Aha«, sagte der Krieger ungerührt.

»Könnt Ihr tatsächlich den Ewigen Wächter rufen?«, erkundigte sich der Ramgrith.

»Alle Kinder des Jal sind dazu fähig«, antwortete Zuïa. »Aber wir machen nur selten davon Gebrauch.«

Ohne weitere Erklärung wandte sie sich dem Abgrund zu und begann vor sich hinzumurmeln. Selbst Zejabel verstand die seltsamen Laute nicht, doch sie spürte die Kraft der fremden Sprache. Plötzlich hätte sie sich am liebsten in einem dunklen Winkel verkrochen. Sie entfernte sich von den Erben und lehnte sich an die gegenüberliegende Höhlenwand. Ihr kam der Gedanke, dass ihr Platz eigentlich an der Seite der Göttin sein sollte, wie sonst auch, aber diesmal brachte sie es einfach nicht über sich.

Zuïa murmelte immer weiter vor sich hin, sie beschwor ein Seeungeheuer, von dessen Existenz die Kahati bis vor wenigen Dekanten nichts gewusst hatte. Die Worte der Göttin schienen sich in der Höhle auszubreiten wie kalter Wind, während Zejabel das Gefühl hatte, ihr Herzschlag begleite jede Silbe. In einem Anflug von Heimweh kamen ihr die monotonen Gesänge der Novizen im Palast des Lus'an in den Sinn. Dann verstummte die Göttin ebenso plötzlich, wie sie zu sprechen begonnen hatte.

Die Stille hielt nicht lange an. Aus dem Abgrund drang ein Brodeln, das erahnen ließ, dass sich ein riesiger Körper aus den Fluten erhob. Gleich darauf ertönte ein rasselndes Schnaufen, und Zejabel überlief es eiskalt. Am liebsten wäre sie geflohen, so schnell sie ihre Beine trugen, oder hätte zumindest die Fackel weggeworfen, mit der sie ganz allein im Herzen der Finsternis stand, aber sie wagte nicht, sich zu regen. Den Erben schien es nicht anders zu gehen: Sie klammerten sich an ihre Fackeln und rührten sich nicht vom Fleck.

Der Leviathan begann die Klippe emporzuklettern. Sie hörten seine scharfen Krallen über den Fels kratzen, und er stieß ein bedrohliches Röcheln aus. Obwohl die Kahati wusste, was sie erwartete, fühlte sie sich wie in einem Albtraum und konnte den Blick nicht vom Rand der Klippe lösen, wo das Wesen jeden Moment auftauchen würde. Zuïa sah mit einem seltsamen Lächeln auf den Lippen in die Tiefe. Als sie schließlich einige Schritte zurücktrat, schob sich eine riesige, mit bläulich schimmernden Schuppen gepanzerte Hand über den Rand, deren Krallen so lang wie Krummschwerter waren.

Dann erschien ein unförmiger Kopf mit zornigen schwarzen Augen, in denen sich das Licht der Fackeln spiegelte. Zum ersten Mal in ihrem Leben empfand Zejabel nacktes Grauen. Keine ihrer Rivalinnen um den Titel der Kahati, so begabt sie auch gewesen sein mochte, hatte ihr solche Todesangst eingeflößt.

Beim Anblick dieser grässlichen Kreatur wurde ihr schlagartig bewusst, dass sie sterblich war. Sie verfügte noch nicht über Zuïas Kräfte und würde vielleicht nie so mächtig werden. Diese Bestie konnte ihr mit einer Bewegung sämtliche Knochen im Leib brechen.

Die Göttin begann erneut, auf das Ungeheuer einzureden und es mit unverständlichen Worten zu besänftigen, während die Erben es fassungslos anstarrten. Der Leviathan hatte weder Nase noch Ohren, und seine lidlosen Augen blitzten bösartig. Als sich seiner Kehle ein dumpfes Grollen entrang, öffneten und schlossen sich schmatzend mehrere Reihen Kiemen an seinem Hals, und in dem gewaltigen Maul schimmerten messerscharfe Zähne, zwischen denen eine gierige Zunge zuckte.

Nach langen Momenten der Ungewissheit verstummte Zuïa, während der Leviathan den Rest seines abscheulichen Körpers über die Kante hievte. Unterhalb der Halspartie war nichts Menschliches mehr an ihm – aus einem Krebspanzer ragten acht mehrgliedrige Extremitäten hervor, und als er sich auf die Hinterbeine aufbäumte, wurden am Bauch zusätzlich zu den scharfen Krallen zwei Paar Scheren sichtbar. So verharrte er eine Weile, die allen wie eine Ewigkeit vorkam, und musterte die Erben, die er um Längen überragte. Schließlich senkte er sich wieder auf die Vorderfüße und kroch auf die Mitte der Höhle zu. Das Klacken seiner gepanzerten Glieder auf dem Felsboden verriet, dass sie hart wie Stahl waren. Plötzlich sah Zejabel vor sich, wie ihr Körper von einem dieser monströsen Stachel durchbohrt wurde. Was auch geschah, sie würden es zu Ende bringen müssen, denn das Wesen befand sich nun zwischen ihnen und dem Ausgang aus der Höhle.

Ein leises Sirren ertönte, das von überall und nirgends zu stammen schien. Gleich darauf schwoll der Ton zu einem schrillen Pfeifen an, das ihr schier das Trommelfell zerfetzte, doch gerade als der Schmerz unerträglich wurde, verstummte das Geräusch abrupt, und es herrschte wieder tiefe Stille.

Hinter dem Leviathan, der sich nun nicht mehr rührte, erzitterte die Dunkelheit und zog sich an einem bestimmten Punkt zusammen, zwanzig Schritte über ihren Köpfen. Dort flammte plötzlich ein grelles Licht auf, das sich blitzschnell ausdehnte. Zejabel blinzelte geblendet. Bald war der gesamte Raum zwischen Boden und Decke eine einzige gleißende Fläche, und die Inschrift der magischen Pforte leuchtete hell auf. Dann verblasste das Licht und wich einem verschwommenen Bild, getrübt von einer Art Nebel, der sich rasch verflüchtigte.

Was sich dahinter abzeichnete, war grauenvoll. Die Pforte stand mitten in einem Vulkankrater mit rot glühenden Steinen und gezackten Felsen. Entsetzt starrte Zejabel auf die Kreaturen, die die unterirdische Felslandschaft bevölkerten: Hunderte Feuerschlangen sprangen wild durcheinander und verschlangen einander, wodurch sie immer größer wurden.

»Die Undinen!«, schrie der alte Arkarier auf. »Das ... Das ist das Jal'karu! Das Land der Dämonen!«

»Was hat das zu bedeuten?«, rief der Ramgrith und zeigte mit seiner Fackel auf Zuïa. »Ihr habt doch nicht etwa vor, uns in diesen Feuerkessel zu schicken?«

»Das ist der einzige Weg«, antwortete die Göttin. »Die Undinen werden Euch eine Unumstößliche Wahrheit liefern. Nur sie können Euch den Namen des Erzfeinds verraten.«

»Ihr lügt! Das ist eine Falle!«, fauchte die Lorelierin. »Wenn wir die Pforte durchschreiten, verbrennen wir bei lebendigem Leibe.«

»Ich gehe auf keinen Fall«, pflichtete ihr der Riese bei. »Und Niss wird keinen Fuß ins Jal'karu setzen.«

»Wir müssen ja nicht alle gehen«, warf der Lorelier ein. »Ich bin bereit, das Risiko auf mich zu nehmen.«

»Untersteh dich!«, rief seine Schwester. »Glaub ja nicht, du müsstest ein Opfer bringen, damit wir dir verzeihen!«

»Die Undinen werden ohnehin schweigen, wenn wir nicht zusammenbleiben«, erklärte der Riese. »Wir dürfen uns nicht trennen!«

»Das ist die einzige Gelegenheit, etwas über Eure Zukunft zu erfahren«, sagte Zuïa. »Vielleicht hilft es Euch, Eure Familien wiederzufinden und Sombre zu besiegen.«

»Die Undinen hatten vorhergesagt, dass weitere Erben sie aufsuchen würden«, überlegte der Junge. »Das erwähnt Tante Corenn in ihrem Tagebuch. Vielleicht sind damit wir gemeint?«

Die anderen dachten einen Moment darüber nach, während Zuïa sie nicht aus den Augen ließ. Zejabel ertrug die Niedertracht der Göttin nicht länger. Sie wandte den Kopf ab, aber der Anblick des Leviathan, der neben der Pforte drohend mit den Scheren klapperte, war ebenso quälend.

»Es stimmt – ich erinnere mich, dass die Undinen so etwas sagten«, murmelte der Riese widerstrebend.

»Wir werden uns nicht blindlings in die Flammen stürzen«, protestierte die junge Frau. »Wer weiß, ob wir da jemals wieder rauskommen!«

»Eure Eltern haben es geschafft«, sagte der Krieger schulterzuckend. »Und selbst Saat hat den Ausgang gefunden.«

»Aber vielleicht haben wir kein solches Glück! Bin ich denn die Einzige, die eine Falle wittert?«

»Euer Misstrauen ehrt Euch«, sagte Zuïa. »Ihr habt keine Scheu, mir auf Augenhöhe zu begegnen, und es gibt noch weitere Anzeichen, die mich vermuten lassen, dass *Ihr* der Erzfeind seid. Könnt Ihr ohne die Gewissheit leben?«

»Unsinn«, widersprach sie mit einem heftigen Kopfschütteln.

Gleichwohl verfehlten Zuïas Worte ihre Wirkung nicht. Die Verwirrung der Erben wuchs.

»Warum gehen wir nicht erst ins Jal'dara?«, schlug der Junge vor. »Wir könnten Nol aufsuchen und ihn fragen, ob es eine gute Idee ist, ins Karu hinabzusteigen!«

Alle Blicke richteten sich auf Zuïa, die nun die Augen niederschlug.

»Ich kann die Pfote zum Dara nicht öffnen«, sagte sie leise.

»Warum nicht?«, fragte der Ramgrith argwöhnisch. »Nol hat es doch auch getan, und zwar genau hier. Schon mehrmals!«

»Ja. Aber der Ewige ist ein Kind des Dara. Im Gegensatz zu mir.«

Das Entsetzen stand allen ins Gesicht geschrieben, aber niemand war fassungsloser als Zejabel. Dann war die Göttin also …

»Ihr seid eine Dämonin!«, rief die Lorelierin. »Ihr stammt aus dem Jal'karu, genau wie Sombre! Ich hätte es wissen müssen! Habt Ihr tatsächlich geglaubt, wir würden Euch vertrauen?«

»Meine Herkunft tut nichts zur Sache«, sagte Zuïa. »Sombre unterscheidet nicht zwischen den Kindern des Dara und denen des Karu. Er will uns alle beherrschen und wird nicht zögern, jeden zu vernichten, der sich ihm widersetzt. Auch mich.«

»Dann ist es wohl Zufall, dass er mit den Göttern angefangen hat«, grummelte der Krieger.

»Eins dürft ihr nicht vergessen«, sagte die Unsterbliche eindringlich. »Wenn ich Euch wirklich etwas antun wollte, hätte ich das längst getan. Ich hätte meine besten Boten mitnehmen und sie Euch im Felslabyrinth auf den Hals hetzen können, ich könnte Zejabel befehlen, Euch mit Pfeilen zu durchlöchern, oder Sombre herbeirufen, jetzt gleich. Dagegen wärt Ihr machtlos.«

»Das werden wir ja sehen!«, knurrte der Krieger.

»Wärt Ihr bereit, mit uns ins Karu zu gehen?«, fragte der Ramgrith.

Zuïa zögerte, und ihr Blick streifte den ihrer Kahati, zu kurz, um in ihren Augen die Verachtung oder gar den Hass zu lesen, den Zejabel empfand. Eine Dämonin. Zuïa, die Strafende, war eine Dämonin!

Zejabel war ihr Leben lang getäuscht, verhöhnt und benutzt worden, das wurde ihr auf einen Schlag klar.

»Ich kann nicht ins Jal zurückkehren«, antwortete Zuïa. »Niemand von meinen Brüdern und Schwestern kann das, wenn sie erst einmal dem Sinn der Menschen entsprungen sind. Ich kam hierher, um die Pforte zu öffnen und Euch die göttliche Berührung zu geben. Mehr vermag ich nicht zu tun.«

»Wie überaus großzügig von Euch!«, zischte die Frau. »Ihr schickt uns geradewegs in den Tod!«

»Wir werden die Pforte nicht durchschreiten, solange Ihr uns nicht glaubhaft versichert, dass unser Leben nicht in Gefahr ist«, entschied der Ramgrith. »Ihr mögt die Wahrheit sagen, aber die Gefahr ist zu groß. Wir müssen einen anderen Weg finden.«

»Zejabel könnte Euch begleiten.«

Alle sahen zu ihr herüber, und sie hatte plötzlich das Gefühl, keine Luft mehr zu bekommen. Das war nicht geplant gewesen. Also hatte Zuïa auch *sie* belogen. Ihre Panik wuchs, als die Stimme der Unsterblichen in ihrem Kopf erklang.

›Dieses Opfer ist deines Ranges würdig‹, flüsterte sie. ›Vielleicht überlebst du es sogar. Und wenn die Undinen tatsächlich den Namen des Erzfeinds preisgeben, wird dir die Ehre zuteil, ihn mir zu überbringen.‹

›Nein‹, stöhnte Zejabel unter Qualen.

Sie ließ die Fackel fallen und presste sich die Hände an die Schläfen, als wollte sie den Eindringling aus ihrem Kopf verscheuchen. Die Stimme, der sie so häufig voller Dankbarkeit gelauscht hatte, flößte ihr jetzt nur noch Entsetzen ein.

Wie durch einen Schleier sah sie die verblüfften Gesichter der Erben und die blinde Wut ihrer Herrin, die keine Göttin war, sondern eine Dämonin. Eine Feindin der Menschen.

»Nein!«, schrie Zejabel mit tränennassem Gesicht. »Ich will nicht sterben! Nicht für *Euch*!«

Sie hatte sich nicht bewusst dafür entschieden, Zuïa zu verraten, aber die Erben verstanden auf Anhieb, dass sie damit auf ihrer Seite stand, und richteten ihre Waffen gegen die Unsterbliche, die nun ihr wahres Gesicht zeigte und ihrer Wut freien Lauf ließ. Neben der Pforte stieß der Leviathan ein dumpfes Knurren aus und klackerte mit den Scheren, als hätte auch ihn ein göttlicher Zorn gepackt. Die Kahati sah nun fast nichts mehr. Ihr Kopf drohte vor Schmerz zu zerspringen.

Zuïa hatte beschlossen, die Verräterin auf der Stelle zu bestrafen, und folterte ihren Geist. Zejabel sackte auf die Knie, denn sie konnte der Dämonin nicht standhalten. Sie würde den Verstand verlieren und sterben. Kurz flackerte eine Erinnerung in ihr auf. War sie dazu verdammt, ewig in den Sümpfen des Lus'an umherzuirren? Nein, Zuïas Lehre beruhte auf einer einzigen Lüge. Sie durfte nicht daran denken.

Blind und taub für ihre Umgebung rollte sie sich auf dem Boden zusammen, die Hände an die Schläfen gepresst. Gleich würde es vorbei sein. Die Unsterbliche musste den Druck nur noch ein wenig erhöhen, dann würde ihr Opfer in ewige Finsternis eingehen.

Zejabel dachte schon, der Moment sei gekommen, als der Schmerz plötzlich nachließ. Was, wenn nicht der Tod, konnte ihrem Leiden ein Ende bereiten? Doch als sie wieder etwas klarer denken konnte, bot sich ihr ein völlig anderer Anblick als erwartet.

Der junge Mann namens Nolan hatte sich über sie gebeugt und ihr einen kleinen Gegenstand in die Hand gedrückt, ohne dass sie es gemerkt hatte. Verwirrt betrachtete sie das Amulett auf ihrem Handteller. Da begriff sie.

Ihre Kräfte kehrten ebenso rasch zurück, wie Zuïa sie ihr geraubt hatte. Nun sah sie, dass die Erben einen schützenden Halbkreis um sie gebildet hatten. Auf der einen Seite wurden sie von dem fauchenden Leviathan bedroht, auf der anderen Seite murmelte die Strafende einen Fluch und hob die Zaya'nat, ihre grausame Lanze.

Blitzschnell sprang Zejabel auf die Füße, packte ihren Bogen und spannte den ersten Pfeil in die Sehne, ohne den Dara-Stein loszulassen. Diesem Stein verdankte sie, dass die Dämonin keine Macht mehr über sie hatte. Diesem Stein verdankte sie ihr Leben.

Und dafür würde sie sich erkenntlich zeigen.

Als die junge Zü plötzlich aufbegehrte, durchfuhr es Amanón eiskalt. Also war das Ganze tatsächlich eine Falle. Hastig zog er sein Krummschwert. Auch Keb und die anderen packten ihre Waffen. Doch an dem wütenden Aufheulen des Leviathan erkannten sie, dass sie einen Fehler begangen hatten. Der Ewige Wächter duldete in seiner Gegenwart keine blanken Klingen, das hatte Corenn in ihrem Tagebuch betont.

Da sie nicht wussten, von welchem ihrer beiden Feinde sie mehr zu befürchten hatten, teilten sie sich in zwei Gruppen auf. In der Mitte legte Eryne schützend die Arme um Niss. Zumindest war jetzt Schluss mit den Lügenmärchen. Zuïa hatte endlich ihre Maske fallen lassen und konzentrierte sich mit hassverzerrtem Gesicht nun ganz auf Zejabel, die stöhnend in die Knie ging.

»Bowbaq«, rief Amanón über das Knurren und Fauchen des Leviathan hinweg. »Gib mir einen deiner Steine.«

»Was sagst du?«, brüllte Bowbaq zurück.

Der Leviathan begann sich wie wild zu gebärden: Er klapperte drohend mit Scheren und Kiefern, kratzte mit den Krallen über den Fels und blähte die Kiemen wie Blasebälge. Ein einziger Angriff hätte genügt, um sie alle zu töten.

»Gib mir eins deiner Gwelome, schnell!«, schrie Amanón, als sich Zejabel auf dem Boden krümmte. »Nolan, komm her!«

Er wies mit dem Kopf erst auf den Stein, den Bowbaq ihm hinhielt, und dann auf Zejabel. Nolan begriff sofort – auf Amanóns Zeichen hin rückten alle dichter zusammen und bildeten einen Halbkreis um die Kahati.

»Ist das wirklich eine gute Idee?«, fragte Eryne. »Wir wissen gar nichts über diese Frau!«

»Das ist jetzt nicht wichtig!«, rief Amanón. »Darum kümmern wir uns später. Wir können sie doch nicht einfach …«

Er brach ab, als der Leviathan plötzlich vorschnellte und sich ihnen bis auf zehn Schritte näherte, bevor er wieder ein kleines Stück zurückwich. Die Drohung war unmissverständlich: Es würde nicht mehr lange dauern, bis er sich auf sie stürzte.

»Springen wir ins Meer!«, schrie Cael.

»Ich kann nicht schwimmen«, keuchte Bowbaq. »Außerdem würde er uns folgen!«

In diesem Moment stieß Zuïa einen erbitterten Schrei aus. Mit einem raschen Blick vergewisserte sich Amanón, dass Zejabel wieder zu Kräften kam. Er hatte sich nicht geirrt: Die Unsterbliche wollte ihre Dienerin töten. Sie richtete ihre Lanze auf den Leviathan und beschwor ihn in der fremden Sprache, und dieses Mal klang ihre Stimme sehr viel härter. Das Ungeheuer antwortete mit einem dumpfen Knurren. Es trippelte fünf Schritte nach vorn, wich drei zurück und bewegte seine Scheren immer weiter auf die Erben zu, auch wenn es noch nicht nah genug war, um sie zu zermalmen.

»Wir wissen nicht mal, ob dieses Ding sterben kann«, bemerkte Keb trocken und ließ seine Lowa durch die Luft wirbeln.

Wie um seine Frage zu beantworten, sirrte plötzlich ein Pfeil durch die Luft und traf den Leviathan im Auge. Mit einem Brüllen, das auf der ganzen Insel zu hören sein musste und ihnen das Blut in den Adern gefrieren ließ, kroch die Bestie zurück. Mit ihren Krallen versuchte sie den Pfeil herauszuziehen und verteilte dabei die gelbschwarze Flüssigkeit, die aus dem verletzten Auge lief, über das gesamte Gesicht. Als sich Amanón umdrehte, schoss die Bogenschützin gerade einen zweiten Pfeil ab und traf wieder. Der Leviathan war nun auf beiden Augen blind.

Er brüllte vor Schmerz und Hass auf, fuchtelte mit seinen Gliedmaßen herum, biss und stach zu, ohne etwas anderes zu treffen als Luft oder Felsen. Gebannt verfolgten die Erben seine unkontrollierten Zuckungen, um notfalls rechtzeitig zur Seite springen zu können. Hinter ihnen murmelte Zuïa immer noch ihre Verwünschungen. Vermutlich stachelte sie das Ungeheuer dazu an, ihre Feinde zu zerfetzen – und dann bewegte es sich tatsächlich auf sie zu. Zuïa führte den blinden Leviathan durch die Dunkelheit!

Amanón wollte sich schon auf sie stürzen, aber da fiel ihm ein, dass die junge Zü ihre Waffe vermutlich aus gutem Grund nicht auf ihre Herrin richtete. Bei ihrem Kampf gegen den Leviathan kannte sie hingegen keine Gnade. Nachdem sie ihm die Augen ausgestochen hatte, verletzte sie ihn mit fünf Schüssen am Hals, ohne ihn merklich zu schwächen. Je weiter sich der Ewige Wächter von der Pforte entfernte, desto stärker verschwamm das Bild vom Jal'karu. Dann blendete sie ein gleißendes Licht, das sich rasend schnell zusammenzog. Im nächsten Moment war es in der Höhle wieder finster. Die Pforte hatte sich geschlossen. Auf diesem Weg konnten die Erben die Undinen nicht mehr aufsuchen.

»Werft Eure Fackeln auf Zuïa!«, schrie Amanón.

Er schleuderte seine Fackel in Richtung der Unsterblichen und packte in der Dunkelheit Erynes Hand. Zuïas Beschwörungen brachen ab, als auch Keb, Bowbaq, Nolan und selbst Zejabel ihre Fackeln auf sie warfen. Keiner traf die Dämonin, und in der plötzlichen Finsternis klang das Gebrüll des Leviathan noch grauenerregender als zuvor. Amanóns Herz klopfte zum Zerspringen, als er den anderen ein knappes »Raus hier!« zurief und sich an die Wand presste. Er spürte, wie sich Eryne noch fester an seine Hand klammerte, tastete sich drei Schritte vor und hoffte inständig, dass sie Niss nicht losgelassen hatte. Das Geräusch eines Steins, der auf den Felsboden aufschlug, lenkte den Leviathan ab, und er bewegte sich ein Stück von Amanón fort. Hastig schob er sich weiter und spitzte die Ohren, um herauszufinden, ob die Bestie ein anderes Opfer gefunden hatte.

Er zuckte zusammen, als er in eiskaltes Wasser trat, bevor ihm der Teich in der Mitte der Höhle einfiel. Atemlos zog er Eryne weiter in die Richtung, in der er den Ausgang vermutete, stieß immer wieder mit der Schulter gegen den Fels oder stolperte über Unebenheiten im Boden. Plötzlich flammte eine der am Boden liegenden Fackeln wieder auf und beschien den Leviathan, dessen Schatten sich riesenhaft an den Wänden abzeichnete. Ohne dieses Licht hätte Amanón völlig die Orientierung verloren, denn die Höhle wirkte plötzlich viel größer als auf dem Hinweg.

Endlich ertastete er einen Spalt im Gestein und schob sich hindurch. Es war tatsächlich der Gang zu dem unterirdischen See. Mit neuem Mut zog er Eryne hinter sich her und spürte, dass sich hinter ihr noch andere an der Hand gefasst hatten. Waren sie alle beisammen?

Das Fauchen des Leviathan hallte von den Wänden wider. Der Ewige Wächter hatte die Verfolgung aufgenommen. Amanón schob Eryne und die anderen an sich vorbei und packte sein Krummschwert fester. Da der Gang immer schmaler wurde, kamen sie nur langsam voran. Krallen kratzten über den Fels, als sich die Bestie vorantastete, und ihr Brüllen klang bedrohlich nah. Waren die Gliedmaßen des Leviathan lang genug, um nach ihnen greifen zu können?

Die Antwort ließ nicht lange auf sich warten. Als in der undurchdringlichen Finsternis drei Schritte vor ihm scharfe Krallen über den Fels schabten, geriet Amanón in Panik und schlug wild um sich, während er an der Wand in seinem Rücken fieberhaft nach dem Durchgang zur nächsten Höhle tastete, durch den seine Freunde verschwunden waren. Seine Klinge traf etwas Hartes, und der Leviathan brüllte hasserfüllt. Dann erwischte eine Kralle seinen Oberkörper. Amanón schrie auf. In diesem Moment riss ihn ein heftiger Stoß beinahe von den Füßen.

Einen Herzschlag lang glaubte er sich verloren. Dann packte ihn jemand von hinten und zog ihn in den Spalt. Es war Bowbaq.

Amanón lehnte sich mit seinem ganzen Gewicht gegen ihn und drückte ihn durch den Engpass, in dem er schon auf dem Hinweg beinahe stecken geblieben wäre. Hinter ihm tasteten die Krallen des Ewigen Wächters im Gang umher, kratzten über den Fels, fanden den Spalt und schoben sich hinein. Die Bestie musste zu unglaublichen Verrenkungen imstande sein, um ihren Körper in den schmalen Gang zu pressen. Wie weit reichten ihre Glieder noch?

Amanón blieb nicht stehen, um es herauszufinden, und bangte auch dann noch, als sie auf den Uferweg traten, der um den unterirdischen See herumführte, und sein Verstand ihm sagte, dass er nun in Sicherheit war. Waren sie vollzählig? Fieberhaft lauschte er den Wortfetzen, die in der Finsternis an sein Ohr drangen. Anscheinend überquerten die anderen gerade das eingestürzte Wegstück. Er erkannte die atemlosen Rufe von Nolan, Kebree, Eryne und schließlich auch von Cael, und jedes Mal fiel ihm ein Stein vom Herzen. Einige mochten verletzt sein, aber zumindest waren alle am Leben.

»Was ist mit Niss?«, fragte er hastig.

»Sie ist hier bei mir«, antwortete Bowbaq. »Bis wir aus diesem verfluchten Loch raus sind, lasse ich sie nicht mehr los!«

Erst jetzt konnte Amanón durchatmen und sich auf den schmalen, unebenen Weg konzentrieren, der vor ihm lag. Das Schlimmste war überstanden, und es machte ihm nicht einmal mehr etwas aus, blind über das Loch im Boden zu springen. Hintereinander tappten die Erben um den See herum und betraten den Gang nach draußen.

Bald entdeckten sie in der Ferne ein schwaches Licht. Obwohl er am liebsten losgerannt wäre, mahnte sich Amanón zur Vorsicht.

»Wartet hier«, sagte er zu den Schatten vor ihm. »Ich gehe nachsehen, ob alles in Ordnung ist.«

»Ich komme mit«, sagte Keb irgendwo in der Dunkelheit.

Sie tasteten sich in der Finsternis an den anderen vorbei und schleppten sich den Gang entlang, bis sie endlich das Licht erreichten. Mit erhobenen Waffen traten sie blinzelnd ins Freie, wo die Sonne hoch am Himmel stand. Sie hätten sich nicht gewundert, wenn sie von Zuïa und dem Leviathan empfangen worden wären.

Rasch erkundeten sie die Umgebung und stellten erleichtert fest, dass sie allein waren. Die Welt hatte sich nicht verändert. Der einzige sichtbare Beweis für den Albtraum, den sie unter der Erde durchlebt hatten, war der lange Riss in Amanóns lederner Jacke. Wäre das Untier ihm auch nur zwei Zoll näher gekommen, wäre es um ihn geschehen gewesen.

Amanón rief nach den anderen, und bald traten auch die übrigen Erben ins Freie, geblendet von der Helligkeit. Alle waren glücklich, davongekommen zu sein. Freudig drehten sie sich zu Bowbaq um, der Niss aus der Höhle führte. Aber sie waren nicht die Letzten.

Das Mädchen zog Zejabel hinter sich her.

Die Zü wirkte eingeschüchtert, aber das war nicht weiter verwunderlich. Schließlich hatte sie noch vor kurzem jedem, der ihrer Herrin zu nahe kam, mit dem Tod gedroht – und nun hatte sie an der Seite der Erben gekämpft und mit ihnen das Weite gesucht. Gewiss war ihr noch gar nicht klar, was das bedeutete. Sie hatte ihre Herrin verraten, ihren Glauben aufgegeben und sich selbst zur Einsamkeit verdammt. Dies alles rief unliebsame Erinnerungen in Nolan wach, und er trat auf die junge Frau zu.

»Eine so geschickte Bogenschützin habe ich noch nie gesehen«, sagte er und nahm ihre Hand. »Du hast uns das Leben gerettet.«

»*Amanón* hat uns gerettet!«, widersprach Eryne empört. »Sie wollte uns töten, weißt du noch?«

»Sie stand unter Zuïas Einfluss«, verteidigte Nolan sie. »Du musst zugeben, dass sie uns geholfen hat.«

»Ja, aber erst, als ihr Leben in Gefahr war! Wenn wir in Zuïas Falle getappt wären und die Pforte durchschritten hätten, hätte sie keinen Finger gerührt. Wagt nicht, das Gegenteil zu behaupten!«

Die letzten Worte waren an Zejabel gerichtet, die die Augen niederschlug.

»Ihr habt Recht«, sagte sie betreten. »Ich gehe wohl besser.«

»Glaubst du etwa, wir lassen dich einfach so mit dem Stein davonspazieren?«, knurrte Keb.

»Wo willst du überhaupt hin?«, fragte Nolan freundlich. »Hast du wenigstens ein Boot?«

Die Zü dachte einen Moment lang nach, und ein Schatten glitt über ihr Gesicht. Plötzlich eigene Entscheidungen treffen zu müssen, war neu für sie.

»Wir haben unser Boot unten am Strand versteckt. Ich könnte zum Festland rudern und …«

»Und was dann?«, unterbrach sie Amanón.

»Ich … Ich weiß es nicht«, sagte die Mörderin leise. »Ich kann nicht mehr zurück nach Hause. Nie mehr.«

Sie wandte sich ab und fuhr sich mit dem Ärmel über die Augen, während Nolan seinen Gefährten einen strengen Blick zuwarf. Sie hatten ihm seine Fehltritte vergeben, da würden sie wohl auch die Anwesenheit der Zü ertragen können.

»Du kommst mit uns«, sagte er fest. »Wir setzen dich ab, wo du willst.«

»Wie bitte?«, zischte Keb. »Warum nehmen wir nicht auch gleich die Alte mit? Wie stellst du dir …«

»Im Gegenzug«, fiel ihm Nolan ins Wort, »wirst du uns berichten, was du über Sombres Pläne weißt. Das schlage ich dir als Handel vor.«

»Vielleicht sollten alle ihre Meinung dazu sagen«, warf Bowbaq ein.

»Ich finde die Idee gut«, verkündete Cael.

»Nicht du auch noch«, fauchte Eryne. »Wie kommt ihr darauf, ihr blind zu vertrauen? Wie könnt ihr euch nur so blenden lassen?«

»Aber was wollt Ihr denn tun, Eryne?«, sagte Amanón seufzend. »Ihr mahnt uns doch immer zur Vorsicht. Es ist zu gefährlich, sie auf der Insel zurückzulassen.«

»Wenn ich mitkomme, dann nicht als Eure Gefangene«, fuhr die Zü auf. »Auf keinen Fall!«

»Das meine ich auch gar nicht«, erwiderte Amanón. »Begleitet uns einfach ein Stück. Betrachtet es als Handel, wie Nolan vorgeschlagen hat.«

»Ich will nicht, dass sie mit diesem verfluchten Dolch am Gürtel auf unser Schiff kommt!«, rief Bowbaq.

»Das geht mir nicht anders«, pflichtete ihm Eryne bei. »Was, wenn ihr plötzlich einfällt, sich wieder bei ihrer Herrin einzuschmeicheln? Was, wenn sie uns alle vergiftet?«

Niemand protestierte, nicht einmal Nolan. Als Zejabel langsam ihren tödlichen Hati aus der Scheide zog, kamen ihm plötzlich Zweifel. Was hinderte sie daran, Erynes Befürchtung jetzt gleich wahr werden zu lassen?

Bitter enttäuscht betrachtete die Zü die Waffe, die in ihrer Religion als Heiligtum verehrt wurde. Dann drehte sie sich um und schleuderte den Dolch von sich. Klirrend landete er irgendwo zwischen den Felsen. Die Erben atmeten erleichtert auf.

»Ihr habt mir einen Eurer Steine gegeben und mir damit das Leben gerettet«, sagte sie ernst. »Ich bin Euch sehr dankbar, und ich werde mein Bestes tun, um es Euch zu beweisen. Aber versucht nicht, mir Befehle zu erteilen. Ich werde mir von niemandem mehr vorschreiben lassen, was ich zu tun habe.«

Sie wandte sich an alle, auch wenn ihre Warnung insbesondere Eryne und Amanón galt. Beide nickten widerstrebend.

»Keiner von uns heißt blinden Gehorsam gut«, sagte Amanón. »Behandelt uns wie Gleichrangige, dann werden wir Euch ebensolchen Respekt entgegenbringen.«

»Genau«, warf Keb ein. »Auge um Auge, Zahn um Zahn. Ziel noch einmal mit deinem Bogen auf mich, und ich schneide dir die Arme ab und werfe dich über Bord.«

Obwohl es ihm vermutlich ernst war, versuchte Nolan die Drohung mit einem Grinsen als Scherz abzutun. Zejabel verzog keine Miene.

»Wenn wir uns einig sind, sollten wir jetzt besser gehen«, meinte Bowbaq. »Der Leviathan ist immer noch da unten, und Zuïa auch.«

»Mit etwas Glück hat er der alten Hexe den Kopf abgerissen«, sagte Amanón. Gespannt wartete er, wie Zejabel auf so harte Worte reagierte.

»Ich bin sicher, dass sie noch lebt«, sagte sie abwesend.

Da niemand etwas erwiderte, ging Nolan davon aus, dass alle ihr glaubten. Er selbst konnte sich jedenfalls nicht vorstellen, dass Zuïa auf diese Weise den Tod fand oder überhaupt sterben konnte. Hatte sie nicht verkündet, sie werde in einem neuen Körper wiedergeboren, wenn sie getötet wurde?

Als sie zum Strand hinuntergingen, beschlich Nolan das ungute Gefühl, dass es vielleicht doch ein Fehler war, die Kahati mitzunehmen. Er grübelte eine ganze Weile darüber nach, wie hoch die Wahrscheinlichkeit war, dass sich Zejabel vor ihren Augen in eine rachedurstige Dämonin verwandelte. Sollte er Zuïas einstige Mörderin nicht eher fürchten, als insgeheim ihre Schönheit zu bewundern?

Ihr Abenteuer auf Ji hatte für Cael zumindest ein Gutes gehabt: Die Stimme in seinem Kopf, die seine Wahnanfälle auslöste, war nicht wieder erwacht. Trotzdem war er sehr mitgenommen. Er war den Spuren seiner Vorfahren gefolgt, hatte die Erlebnisse seiner Eltern geteilt und beobachtet, wie sich die magische Pforte geöffnet hatte. Beinahe wären sie sogar ins Jal'karu hinabgestiegen. Und dann war da noch der Kampf gegen Zuïa und den Leviathan gewesen. Cael hatte Todesängste ausgestanden, selbst nachdem Zejabel auf das Ungeheuer geschossen hatte.

Sie hatten großes Glück gehabt, aber auch eine gehörige Portion Mut bewiesen. Nachdem sie ihre Fackeln fortgeworfen hatten, hatte sich Cael zur Höhlenwand vorgetastet. Als er über einen losen Stein gestolpert war, hatte er ihn kurzerhand aufgehoben und weit von sich geschleudert, um den Leviathan auf eine falsche Fährte zu locken. Vielleicht hatte er ihnen allen das Leben gerettet, nicht anders als Zejabel oder Amanón.

Cael wollte einfach nur so schnell wie möglich auf die

Rubikant zurück. Sie mussten beratschlagen, wo es als Nächstes hinging, außerdem wusste Zejabel vielleicht doch etwas über ihre Eltern. Zuïa konnte gelogen haben, als sie behauptete, ihr Schicksal nicht zu kennen. Er konnte es kaum erwarten, die Zü mit Fragen zu löchern, aber vorerst hielt er sich an Amanóns Befehl und blieb stumm, so wie Bowbaq es ihnen geraten hatte. Der Riese hatte nicht vergessen, wie er und seine Freunde vor zwanzig Jahren auf Ji von den Brüdern der Großen Gilde überfallen worden waren. Diesmal mussten sie sich eher vor versteckten Bogenschützen oder ähnlichen bösen Überraschungen in Acht nehmen.

Mit äußerster Vorsicht bewegten sich die acht Flüchtlinge zwischen den Felsen hindurch. Zejabel hatte die Führung übernommen, da sie behauptete, jeden Stein auf der Insel zu kennen, nachdem sie und Zuïa hier eine Dekade auf ihre Ankunft gewartet hatten. Zuerst folgten sie ihr voller Misstrauen, doch als sie tatsächlich den Weg zum Strand einschlug, wurde ihnen wohler. Mit müden Beinen erreichten sie das Ufer. Cael hatte plötzlich einen Bärenhunger.

»Wo hast du dein Boot versteckt?«, fragte Nolan.

Die Zü wies auf einen Steinhaufen, und als sie seinen verständnislosen Blick sah, führte sie die Gefährten zu dem Stapel und begann, ihn abzuräumen. Bald kam ein Stück Holz zum Vorschein.

»Hast du diesen Haufen ganz allein aufgeschichtet?«, fragte Nolan verwundert.

Zejabel zuckte mit den Achseln und befreite zusammen mit Bowbaq und den anderen das Ruderboot von den Steinen. Selbst Eryne fasste mit an, auch wenn sie sich nach jedem Stein den Staub von den Händen klopfte. Dann trugen sie es mit vereinten Kräften zum Meer und setzten es neben dem Beiboot der *Rubikant* ab. Wenigstens würden sie nicht mehr zweimal hin- und herrudern müssen, dachte Cael, und mit etwas Glück würde Zuïa eine Weile auf der Insel festsitzen und sie nicht verfolgen können.

Während sich die anderen auf die Boote verteilten, betrachtete Cael das vom Wind gestreichelte Meer und die Gabiere, die auf den Wellen schaukelte. Die Welt wirkte so friedlich. Niemand in den umliegenden Königreichen ahnte, in welcher Gefahr die Erben schwebten. Einen Moment lang sehnte sich Cael nach dieser Unwissenheit, doch dann fiel ihm ein, dass sie als Einzige einen Dara-Stein besaßen. Wenn Sombre beschloss, den Beginn seiner Herrschaft auszurufen, waren all diese Menschen verloren.

Sie schoben die Boote ins Wasser. Er wollte gerade über den Rand klettern, da entdeckte er einen Punkt am Horizont. Vielleicht war es eine Luftspiegelung? Oder doch nicht?

»Zwei Schiffe«, rief er. »Es sieht aus, als hielten sie auf die Insel zu.«

Alle hoben die Köpfe. Tatsächlich zeichneten sich zwei große weiße Segel gegen den blauen Himmel ab. Es dauerte eine ganze Weile, bis Amanón das Schweigen brach.

»Es könnten Eskadrillen sein«, sagte er.

»Jedenfalls segeln sie unter lorelischer Flagge«, ergänzte Nolan.

Mehr mussten sie nicht sagen. Hastig kletterten sie in die Boote und legten sich kräftig in die Riemen.

»Aber sie würden doch nicht gleich zwei Kriegsschiffe losschicken, nur um uns zu verhaften«, sagte Nolan nachdenklich. »Das ist seltsam.«

»Gestern hatte ich nicht den Eindruck, dass sie uns verhaften wollten«, brummte Keb.

»Die K'lurier haben jedenfalls nicht genug Geld, um sich solche Schiffe kaufen zu können«, murmelte Nolan. »Das weiß ich.«

»Die Graue Legion schon«, sagte Eryne mit heiserer Stimme. »Die Legionäre könnten uns vermutlich die ganze königliche Flotte auf den Hals hetzen.«

Jetzt konzentrierten sich alle aufs Rudern. Die beiden Boote erreichten die *Rubikant* fast gleichzeitig. Amanón kletterte als Erster an Bord und inspizierte das Schiff, um sich zu vergewissern, dass die Luft rein war, während die anderen die Boote vertäuten. Dann versammelten sich alle an der Reling, um die Schiffe zu beobachten.

»Es sind tatsächlich Eskadrillen«, stellte Amanón fest. »Auf den Routen in die Unteren Königreiche sind viele davon unterwegs.«

»Dann lasst uns den Anker lichten«, drängte Bowbaq. »Einen solchen Kampf können wir nur verlieren.«

Cael half seinen Freunden dabei, die Segel zu setzen, doch nach den Strapazen des Tages schmerzte seine Wunde, und da Amanón und Keb ohne ihn zurechtzukommen schienen, sah er sich nach einer anderen Aufgabe um. Ein Stück von ihm entfernt stand Zejabel an der Reling und starrte mit unergründlichem Blick zur Insel hinüber. Sie hatte nicht einmal ihren Bogen und ihr Bündel abgelegt. Cael vermutete, dass sie etwas Aufmunterung gebrauchen konnte, und beschloss, sie anzusprechen.

»Soll ich dir die Kajüten zeigen? Es gibt zwar nur zwei, aber du kannst meine haben. Falls du über Nacht bleibst.«

Sie sah ihn bekümmert an, als verstünde sie kein Wort. Verlegen wandte er sich ab und wollte schon gehen, als sie ihm die Hand auf die Schulter legte.

»Wer seid ihr eigentlich?«

Verblüfft hob Cael die Augenbrauen.

»Wie kommt es, dass ihr in diesen Krieg zwischen Göttern hineingeraten seid?«

»Das wüsste ich auch gern«, antwortete er seufzend. »Aber so ist es eben. Wenn die Undinen nicht die Ankunft des Erzfeinds prophezeit hätten, würden wir alle ein ganz gewöhnliches Leben führen. Unsere Eltern hätten in Frieden leben können, und der Lauf der Welt wäre ein anderer gewesen. Doch das ist nur ein schöner Traum.«

»Aber warum gerade ihr? Was ist so besonders an euch? Was unterscheidet euch von anderen, dass euch selbst so dunkle Mächte wie Sombre oder … oder Zuïa fürchten?«

»Das weiß ich nicht«, gab Cael zu. »So habe ich mir die Frage noch nie gestellt. Aber es kann auch sein, dass niemand von uns der Erzfeind ist. Vielleicht wird er erst in einem Jahrhundert geboren, das heißt, falls wir lange genug überleben, um Nachkommen zu haben. Vielleicht sind alle, die hier an Bord sind, völlig unbedeutend.«

Eine andere Antwort fiel ihm nicht ein. Die Erben hatten ausführlich darüber gesprochen, und keiner von ihnen fühlte sich dazu berufen, die Prophezeiung zu erfüllen und den Dämon zu töten. Keiner von ihnen verfügte über außergewöhnliche Kräfte. Sie wollten nur ihr Leben retten und ihre Familien wiederfinden, doch das schien sie auf eine lange Reise zu führen, die jederzeit mit dem

Tod enden konnte, wie allein schon die beiden Eskadrillen bewiesen, die mit geblähten Segeln auf sie zuhielten.

»Du sprachst von einem Krieg zwischen Göttern«, fuhr er fort. »Sombre hat also tatsächlich Aliandra die Sonnige getötet?«

Zu seiner Bestürzung nickte Zejabel traurig.

»Zuïa erzählte mir letzte Nacht davon, und sie hatte keinen Grund zu lügen. Sombres Plan, über die Götter und die Menschen zu herrschen, scheint Gestalt anzunehmen. Selbst Zuïa fürchtet ihn. Sie wollte euch in die Falle locken, weil sie sich ihm längst unterworfen hat!«

In Zejabels Stimme schwangen Groll und Verachtung mit. Cael blieb noch eine Weile neben ihr stehen, bevor er beschloss, Amanón und den anderen Bescheid zu geben. Drei Dezillen später waren alle an Deck versammelt und scharten sich um Zejabel. Währenddessen glitt die *Rubikant* langsam gen Westen, verfolgt von zwei Schlachtschiffen, die immer näher kamen.

Eryne machte keinen Hehl aus ihrer Abneigung gegen Zejabel, auch wenn sie insgeheim wusste, dass ihnen die junge Frau helfen konnte. *Wer würde sich mit den Plänen eines Dämons besser auskennen als eine Zü?*, dachte sie gehässig.

Sie mussten nur noch herausfinden, ob sie die Wahrheit sagte, aber was das anging, war Eryne beruhigt. Genauso, wie sie Zuïas Verrat vorausgesehen hatte, war sie von Zejabels Aufrichtigkeit überzeugt. So gut konnte nicht einmal die intriganteste Hofdame lügen. Auch wenn sie zurückhaltend war, sprach die Zü offen mit ihnen.

Zunächst fragte Amanón sie über die vergangenen Tage

aus. Hatte Sombre in ihrer Gegenwart Gestalt angenommen? Was wussten die Züu-Priester von den Plänen ihrer Gebieterin? Mussten die Erben jederzeit damit rechnen, von Boten mit vergifteten Dolchen überfallen zu werden? Zejabel antwortete, so gut sie konnte, hatte aber nur wenig zu berichten. Zuïa hatte sich niemandem anvertraut, und so hofften alle, dass die Priester im roten Gewand nicht nach ihnen suchten, zumindest nicht, bis Zuïa in ihre Heimat zurückkehrte.

»Also hat Zuïa dir letzte Nacht ihr Geheimnis verraten, während wir vor der Insel ankerten«, fasste Nolan zusammen. »Woher wusste sie bloß, dass wir kommen würden? Wir haben die Dara-Steine, unsere Gedanken konnte sie also nicht gelesen haben.«

»Das sagte Zuïa auch. Solange Ihr Euch nicht in ihrer Nähe aufhaltet, kann sie Euch nicht finden. Aber wenn sie sich konzentriert, kann sie alle Schiffe der bekannten Welt aufspüren. Eures wirkte auf sie wie ein Geisterschiff ohne Besatzung und Steuermann, und so ist sie Euch auf die Spur gekommen. Und da sich das Schiff auf die Insel zubewegte, konntet nur Ihr es sein.«

»Dann weiß die alte Hexe also auch jetzt, wo wir sind?«, rief Keb zornig. »Verdammtes Gwelom! Ein schöner Glücksbringer!«

»Sie wird unsere Spur verlieren, sobald wir an Land gehen«, sagte Amanón beschwichtigend. »Damit können wir leben.«

»Nicht wenn sie ihrem Busenfreund, dem Dämon, Bescheid sagt«, erwiderte Keb. »Ich frage mich sowieso, warum sie das nicht längst getan hat. Angedroht hat sie es schließlich oft genug.«

»Vielleicht hat sie es versucht«, meinte Zejabel. »Aber sie war sicher, dass Sombre nicht kommen würde. Sie sagte, er habe Angst vor Euch.«

Im ersten Moment glaubte Eryne an einen schlechten Scherz. Andererseits traute sie Zejabel einen so trockenen Humor nicht zu. Bislang hatte sie noch kein einziges Mal gelächelt.

»Na also, endlich mal eine gute Nachricht!«, rief Keb. »Wenn er Angst hat, bleibt er uns wenigstens vom Leib. Soll mir nur recht sein.«

»Er will einen Kampf gegen den Erzfeind vermeiden«, fuhr die Zü fort. »Weil er Euch nicht selbst vernichten kann, hat er all seinen Verbündeten befohlen, Euch zu töten. Er hat versprochen, das Leben desjenigen zu verschonen, der dem Letzten von Euch den Kopf abschlägt. So hat es Zuïa zumindest behauptet«, fügte sie entschuldigend hinzu.

Totenstille trat ein, und sie stellten mit Schrecken fest, dass der Wind abgeflaut war. Bald fuhr die Gabiere nur noch halb so schnell.

»Das erklärt auch, warum mehrere Sekten hinter uns her sind«, sagte Amanón. »Die Dämonen können uns nicht aufspüren, aber sie hetzen uns ihre Anhänger auf den Hals. Sicher mit Hilfe ihrer Hohepriester.«

»Wie furchtbar!«, rief Eryne. »Ist Euch klar, was das heißt? Wir dachten, wir hätten es nur mit einem unsterblichen Gegner zu tun, und jetzt sind es gleich mehrere! Wer weiß, wie viele …«

»Dann könnte Zuïa auch einen anderen Dämon als Sombre auf uns ansetzen«, gab Cael zu bedenken. »Einen, gegen den der Erzfeind machtlos ist.«

Unwillkürlich drehten sich alle zum Meer um und suchten den Horizont ab, aber die Kriegsschiffe waren die einzige sichtbare Bedrohung. Eryne durchfuhr es eiskalt, als ihr aufging, dass die Eskadrillen über mehrere Reihen Ruderbänke verfügten, während sie von den Launen des Windes abhängig waren. Wenn der Wind nicht bald wieder auffrischte, wären die Schiffe in einer knappen Dezime in Schussweite. Sie klammerte sich an die Hoffnung, dass die Eskadrillen rein zufällig ihren Weg kreuzten.

»Zuïa glaubt, dass der Erzfeind jeden Unsterblichen besiegen kann«, sagte Zejabel. »Die Dämonen werden es niemals wagen, Euch offen anzugreifen.«

»Aber was, wenn sie sich irrt?«, fragte Keb. »Ich würde es jedenfalls ungern darauf ankommen lassen.«

»Im Grunde ist es logisch«, warf Nolan ein. »Wenn der Erzfeind Sombre besiegen kann und Sombre der Bezwinger aller Dämonen ist ...«

»Das sind doch alles nur Spekulationen«, meinte Eryne.

»Zuïa war jedenfalls davon überzeugt«, sagte Zejabel. »Sie fürchtet Euch, genauso wie Sombre Euch fürchtet. Deshalb hat sie versucht, Euch ins Jal'karu zu locken, statt sich auf einen Kampf einzulassen.«

»Und vielleicht vom Erzfeind endgültig vernichtet zu werden«, ergänzte Amanón.

»Schade, dass ich es nicht zumindest versucht habe«, sagte Bowbaq bitter. »Ich weiß zwar, dass ich nicht der Erzfeind bin, aber ich hätte eine Menge Freunde rächen können, die vor zwanzig Jahren ermordet wurden.«

»Aber warum hat sie sich nicht einfach von dreißig Züu begleiten lassen?«, fragte Eryne. »Und warum hat sie Euch nicht befohlen, uns zu töten?«

»Dieselbe Frage habe ich ihr auch gestellt. Zuïa wollte kein Risiko eingehen. Wenn Ihr den Hinterhalt überlebt hättet, hätte sie nie wieder Gelegenheit bekommen, sich Euer Vertrauen zu erschleichen. Außerdem fürchtete sie, bei Sombre in Ungnade zu fallen.«

»Dreißig Männer mit vergifteten Dolchen«, sagte Nolan und stieß einen Pfiff aus. »Ich kann mir nicht vorstellen, wie wir einen solchen Angriff hätten überleben sollen.«

»Das dachte ich bisher auch«, meinte Zejabel. »Aber Ihr habt es alle zum Ausgang der Höhle geschafft. Keiner von Euch ist dem Leviathan zum Opfer gefallen. Das ist ein Wunder. Ihr müsst tatsächlich etwas ganz Besonderes sein. Zuïa war überzeugt, dass selbst zweihundert Boten Euch nicht töten könnten, und mittlerweile glaube ich, dass sie Recht hat.«

»Wir haben einfach nur Glück gehabt«, wehrte Bowbaq ab. »Jedenfalls mehr Glück als Verstand!«

»Aber Zuïa hat doch versucht, uns zu töten«, sagte Amanón. »Sie hat uns Reexyyl auf den Hals gehetzt.«

»Erst, nachdem Ihr die Pforte nicht durchschreiten wolltet. Sie hoffte wohl, dass der Ewige Wächter Euch solche Angst einjagen würde, dass Ihr ins Karu fliehen würdet. Falls dieser Plan misslingt, hatte ich die Anweisung, Euch zu töten. Doch der Erzfeind hätte mich bestimmt besiegt.«

Das Geständnis fiel ihr sichtlich schwer, aber Eryne empfand kein Mitleid mit ihr. Zejabel hatte Zuïa nicht aus Überzeugung verraten, sondern um ihr Leben zu retten!

»Aber alle anderen hättet Ihr feige ermordet«, sagte sie scharf. »Mich, Niss, Cael … Streitet es nicht ab: Ihr habt mit dem Pfeil auf diese Kinder gezielt!«

»Ich wusste nicht, dass ich einer Dämonin diene«, verteidigte sich Zejabel. »Ich glaubte, sie sorge für Gerechtigkeit. Ich habe mich geirrt.«

»Und sie hat wirklich kein Wort über unsere Eltern gesagt?«, wollte Cael wissen.

Die Zü schüttelte bedauernd den Kopf.

»Und den Namen des Erzfeinds hat sie auch nicht erwähnt?«, setzte Amanón nach.

Zejabel warf Eryne einen unergründlichen Blick zu, sagte aber nichts. Eryne schnappte empört nach Luft.

»Fangt bloß nicht wieder damit an, dass die Prophezeiung mich meint. Das war nur eine weitere Lüge Zuïas, die uns in die Flammen des Karu treiben sollte.«

»Vielleicht, vielleicht aber auch nicht«, sagte Zejabel.

»Ich will kein Wort mehr davon hören!«, tobte Eryne.

Sie machte auf dem Absatz kehrt und rannte zur anderen Seite des Decks hinüber, wo sie die Reling umklammerte, um das Zittern ihrer Hände zu unterdrücken. *Sie* sollte der Erzfeind sein? Das war doch absurd! Warum sollte dieser Fluch ausgerechnet sie treffen?

Anzeichen mochte es geben, na schön, aber was hieß das schon? Sie war im Jal gezeugt worden? Na und! Sie hörte Stimmen? Das war schließlich nur ein einziges Mal vorgekommen! Sie fand den Weg zur Pforte, obwohl sie ihn noch nie gegangen war? Purer Zufall! Und die Behauptungen einer Dämonin? Alles Lügen!

Zu stolz, um ihre Erschütterung zu zeigen, wollte sie gerade erhobenen Hauptes zu ihren Freunden zurückkehren, als ein kurzer Blick auf die Eskadrillen sie aufschreckte.

»Sie holen die Segel ein!«, schrie sie. »Sie … Sie machen sich klar zum Gefecht!«

Bowbaqs Herz begann zu rasen. Sein erster Gedanke war, dass er bei einem Duell an Deck ins Wasser fallen könnte, doch dann ging ihm auf, dass es vielleicht gar nicht zu einem Kampf kommen würde. Ihre Feinde würden die Gabiere vermutlich nicht entern, sondern schlichtweg versenken.

Nach dem ersten Schreck rannten alle los und machten sich an den Segeln zu schaffen. Cael und Amanón riefen ihnen Anweisungen zu, doch der Wind war einfach zu schwach, als dass sie mehr Geschwindigkeit aufnehmen konnten. Auch die Eskadrillen wurden nun langsamer, sie hatten einen Großteil der Segel gerefft und die meisten Ruder eingezogen. Seit der Insel Ji fuhren die beiden Kriegsschiffe beidseits des Kielwassers der *Rubikant* nebeneinander her. So konnten die Erben nicht einmal ausnutzen, dass ihr Schiff wendiger war als das ihrer Verfolger. Wenn sie schräg zum Wind segelten, setzten sie ihre Längsseite dem imposanten Sporn der Eskadrillen aus. Es blieb ihnen also nichts anderes übrig, als geradeaus weiterzufahren und darauf zu hoffen, dass der Wind auffrischte.

»Die Beiboote bremsen uns«, bemerkte Keb. »Weg damit!«

»Vielleicht brauchen wir sie noch«, sagte Amanón zögernd. »Wenn sie unser Schiff versenken …«

»Was dann?«, fiel Keb ihm ins Wort. »Glaubst du ernsthaft, sie würden seelenruhig zusehen, wie wir zum Festland rudern?«

Da niemand protestierte, nahm er seinen Dolch und schnitt kurzerhand die Seile durch, mit denen die Beiboote vertäut waren. Die Gabiere gewann dadurch etwas an

Fahrt, allerdings nicht genug, um den Verlust wettzumachen. Bowbaq sah den Booten eine Weile nach, bis sie im Kielwasser der Eskadrillen verschwanden. Besorgt dachte er daran, dass eins der Boote nach Ji treiben und Zuïa doch noch die Flucht ermöglichen könnte.

Bei dieser Vorstellung sank ihm der Mut. Am schlimmsten war das Gefühl der Ohnmacht. Was nutzten ihm seine Kraft und Körpergröße in dieser hoffnungslosen Lage? Weder konnte er die Fahrt ihres Schiffs beschleunigen noch ihre Verfolger aufhalten oder verhindern, dass sie den Kindern seiner Freunde wehtaten. Selbst die Gwelome konnten ihnen nicht helfen. Jeden Moment würden die Kriegsschiffe den Rumpf der *Rubikant* zerschmettern, und er würde innerhalb weniger Dezillen ertrinken. Bowbaq hoffte, dass er der Einzige war, dem dieses Schicksal drohte, aber er wagte nicht in die Runde zu fragen, wer schwimmen konnte.

Wie jedes Mal, wenn sie in Gefahr waren, machte sich der Großvater vor allem Sorgen um seine kleine Niss. Dabei konnte er sie seit zwei Dekanten im Grunde nicht mehr »kleine Niss« nennen. Eryne hatte eine junge Frau aus ihr gemacht, schön wie die erste Blume nach dem Schnee. Das zusammengebundene Haar und das weite Hemd verliehen der Jüngsten an Bord ein verwegenes Aussehen. Ihre Eltern und ihre Großmutter wären ganz entzückt gewesen. Leider sah es nicht so aus, als würden sie einander jemals wiedersehen, zumal das Mädchen noch immer in der Teilnahmslosigkeit dahindämmerte, die ihn so traurig machte. Nichts von dem, was die Gefährten erlebten, schien ihr eine Gefühlsregung zu entlocken.

Niss folgte ihnen überallhin, aß und schlief, wenn die

anderen aßen und schliefen, und wartete ansonsten einfach nur brav ab. Auch jetzt saß sie still auf einer der Bänke an Deck.

Bowbaq überlegte, ob er sie nach unten bringen sollte. Aber war sie dort tatsächlich in Sicherheit? Wenn ihr Schiff getroffen wurde, war es besser, ins Wasser springen zu können, als in der Kombüse festzusitzen. Außerdem befanden sich alle an Deck, und er wollte Niss nicht von den anderen trennen, auch wenn sie ihnen keine Beachtung schenkte.

Die Anspannung an Bord wuchs von Dezille zu Dezille, während die Eskadrillen unaufhaltsam näher kamen. Zejabel spannte einen Pfeil in ihren Bogen, aber noch waren die Schiffe zu weit entfernt, und ihre Feinde waren eindeutig in der Überzahl. Trotzdem packte Bowbaq seine Kaute fester, Nolan zog den Stockdegen, und auch die Klingen der anderen blitzten auf.

Sie würden keine Gelegenheit haben, auch nur einen Schlag auszuführen, dachte Bowbaq. Eine der beiden Eskadrillen würde der *Rubikant* ihren Sporn ins Heck rammen und den Rumpf der Länge nach aufschlitzen, und die Mannschaft des zweiten Schiffs würde sich die Überlebenden vorknöpfen. Sie hatten nicht die geringste Chance.

Als ein dumpfer Stoß die *Rubikant* erschütterte, fuhr er zusammen. Die Eskadrillen waren noch ein ganzes Stück entfernt. Hatten sie einen Felsen gerammt? Oder ein Stück Treibholz? Ungläubig beugten sich die Gefährten über die Reling und starrten ins Wasser. Niemand schlug Alarm, und auch Bowbaq konnte nichts Ungewöhnliches erkennen. Kurz darauf ging ein weiterer heftiger Ruck durch das Schiff. Ein schrecklicher Verdacht keimte in ihm auf. Bevor er ihn aussprechen konnte, entdeckte er einige Handbreit unter der Wasseroberfläche einen dunklen Schatten, eine blau schimmernde Gestalt, die durch die aufgewühlten Fluten glitt, lang wie ein Fischerboot und gepanzert wie ein riesiger Krebs.

»Reexyyl!«, schrie Bowbaq.

Sein Entsetzen wuchs, als der Leviathan aus seinem Blickfeld verschwand. Wie die anderen suchte er fieberhaft die Meeresoberfläche ab. Jeden Moment konnte das Scheusal aus der Tiefe hervorschnellen und angreifen. Plötzlich zischte etwas an ihm vorbei, und das Hauptsegel wurde von einem Geschoss zerfetzt, das erst sechzig Schritte hinter der *Rubikant* ins Wasser schlug.

»Katapulte«, rief Amanón. »Die Eskadrillen sind mit Katapulten bewaffnet!«

Die Freunde duckten sich rasch, während Bowbaq zu Niss rannte und sie von der Bank auf den Boden zog. Der Bolzen, der an ihm vorbeigesaust war, war groß wie ein Balken gewesen, und er wollte sich gar nicht erst vorstellen, welchen Schaden er dem Schiff und ihnen hätte zufügen können.

Ein weiterer Stoß traf die Gabiere. Bowbaq, der seine Enkelin an sich drückte, konnte nicht sagen, woher er diesmal kam. Als sich die *Rubikant* plötzlich auf die Seite legte und scharfe Krallen über das Holz wetzten, dämmerte es ihm: Der Leviathan erklomm den Rumpf. Seine geschuppte Pranke schob sich über die Reling, ein dumpfes Grollen drang aus seiner Kehle, Wasser troff von seinem Panzer, und die Kiemen blähten sich zischend und fauchend. Kurz darauf erschien der Kopf mit den verstümmelten, lidlosen Augen. Der Leviathan war so schwer, dass er das Schiff fast zum Kentern brachte und alle über das Deck rutschten.

Ihre Lage war so hoffnungslos, dass Bowbaq von blindem Zorn gepackt wurde, wie es ihm erst drei oder vier Mal passiert war. Er vergewisserte sich, dass sich Niss an der Reling festhielt, und robbte auf Reexyyl zu, indem er sich an alles klammerte, was ihm in die Finger kam. Er zog nur kurz den Kopf ein, als ein weiteres Geschoss durch die Luft sirrte und ein Stück vor ihnen ins Wasser schlug. Dann stürzte er sich mit hoch erhobener Kaute auf den Leviathan.

Die Waffe donnerte auf die Pranke nieder und zerschmetterte zwei der säbelgroßen Krallen. Kreischend zog das Ungeheuer die verletzte Hand zurück, schob sie jedoch gleich wieder vor und wischte über die linke Hälfte des Decks. Zum Glück hatte Bowbaq mit dem Angriff gerechnet und wehrte ihn mit einem kräftigen Keulenschlag ab, der dem Leviathan mehrere Schuppenreihen abriss. Unter lautem Brüllen ließ er das Schiff los und tauchte in die Fluten ab, während die *Rubikant* wild auf den Wellen schaukelte.

Aber Bowbaq hatte noch nicht genug. Er wollte die Bestie ein für alle Mal erledigen, auch wenn er wusste, dass das unmöglich war. Selbst der heftigste Kautenschlag würde den Ewigen Wächter der Pforte von Ji nicht töten, denn Bowbaq war nicht der Erzfeind, das stand für alle Zeiten fest. Er konnte seinen Gefährten höchstens eine kurze Verschnaufpause verschaffen.

Wie zur Bestätigung seiner düsteren Gedanken zersplitterte ein drittes Geschoss die Reling der *Rubikant*. Glücklicherweise wurde keiner der Erben von den herumfliegenden Holzstücken getroffen. Der Schuss war präziser gewesen als die vorigen, denn die Eskadrillen waren mittlerweile so nah, dass Bowbaq die Mannschaft und die riesigen Katapulte gut erkennen konnte. Wären die Wurfgeschütze schneller nachzuladen gewesen, hätten ihre Feinde die *Rubikant* längst versenkt.

Zejabel schoss, doch ihr Köcher war schon fast leer, und die Lorelier gingen mühelos in Deckung. Eryne war zu Niss gekrochen, Cael, Nolan und Amanón lauerten auf die Rückkehr des Leviathan, und Keb beschimpfte die Angreifer mit einem Schwall wallattischer Flüche. Bowbaq wusste nicht, wie er sich nützlich machen sollte. Jeden Moment konnte die Bestie wieder auftauchen oder ein weiteres Geschoss ein Leck in die *Rubikant* schlagen. Nur durch eine Verzweiflungstat würde er mit der Waffe in der Hand sterben können. Ohne nachzudenken, packte er das zerfetzte Hauptsegel und riss es vom Mast herunter.

»Was tut Ihr denn da!«, schrie Eryne. »So entkommen wir ihnen nie!«

»Verzeiht, Freundin Eryne, aber ich muss da rüber!«, sagte Bowbaq mit finsterem Blick. »Ich kann nicht tatenlos zusehen, wie sie uns versenken.«

»Du willst die Eskadrillen entern? Du bist ja noch verrückter als ich, alter Mann!«, rief Keb. »Na dann mal los«, fügte er mit einem breiten Grinsen hinzu.

»Aber sie werden uns rammen!«, brüllte Nolan.

»Nicht, wenn wir *alle* Segel einholen!«, rief Cael aufgeregt. »Damit rechnen sie nicht. Sie sind schon viel zu nah und können die Geschwindigkeit nicht mehr rechtzeitig drosseln.«

Da ihnen nichts anderes übrig blieb, machten sie sich

hastig ans Werk. Mittlerweile hämmerte Reexyyl immer heftiger gegen die *Rubikant.* Vermutlich wollte er ein Loch in den Rumpf schlagen, aber seine Scheren scheiterten an dem harten Holz. Jeden Moment konnte er wieder versuchen, die Gabiere zum Kentern zu bringen. Bowbaq wünschte sich weit fort, aber natürlich würde er Niss niemals zurücklassen.

Alle scharten sich um Bowbaq. Das Manöver hatte die Lorelier tatsächlich überrumpelt, und die Eskadrillen glitten an ihnen vorbei. Offiziere bellten Befehle, Segel wurden eingeholt und Ruder eingezogen, aber es war zu spät: Es gelang ihnen nicht mehr, die *Rubikant* zu rammen. Die Gabiere schaukelte nun in der Mitte zwischen den beiden Kriegsschiffen.

Sofort warfen die Matrosen Enterhaken aus. Nichts anderes hatte Bowbaq gewollt: Als sich der erste Haken in die Holzplanken an Deck krallte, packte er ihn und befestigte ihn an einer besseren Stelle. Ungläubig bejubelten die Lorelier die unerwartete Hilfe, auch wenn Zejabel jeden Matrosen, der sich aus der Deckung wagte, mit einem Pfeil bestrafte.

Während eine der Eskadrillen die *Rubikant* zu sich heranzog, fuhr die andere weiter, um ein Wendemanöver zu vollziehen. Aber so lange würde die Seeschlacht vielleicht nicht einmal dauern. Die erschöpften Erben stellten sich auf einen aussichtslosen Kampf ein. Mindestens dreißig Männer hielten sich an Deck der Eskadrille bereit und drohten ihnen mit Säbeln, Messern und Schwertern. Die gesamte Mannschaft war sicher mindestens doppelt so stark, und anders als die K'lurier standen die Grauen Legionäre nicht unter Rauschmitteln und würden deshalb viel geschickter kämpfen. Zu allem Überfluss hatten sie eine bessere Ausgangsposition, denn ihr Deck befand sich zwei Schritte über dem der Gabiere. Am Rumpf der Eskadrille hochzuklettern, schien unmöglich, aber Bowbaq wollte es zumindest versuchen.

Die beiden Schiffe waren nur noch wenige Schritte voneinander entfernt, als die Eskadrille plötzlich Schlagseite bekam und sich von der *Rubikant* fortneigte. Über die Schreie der Besatzung hinweg drang ein dumpfes Knurren an ihre Ohren. Der Leviathan griff das lorelische Schiff an.

»Er kann uns nicht finden«, rief Amanón mit neuer Hoffnung. »Die beiden Schiffe sind zu nah beieinander. Zuïa weiß nicht mehr, welches unseres ist!«

»Wie tröstlich! Nichts hindert die Bestie daran, beide zu versenken«, erwiderte Keb.

»Vielleicht hat Zuïa aber auch die Kontrolle über ihn verloren«, sagte Nolan matt. »Hört ihr das? Er klingt noch wütender als in der Höhle.«

Bowbaq hatte dasselbe gedacht. Die Bestie war außer Rand und Band, sie schien es leid, von einer Schar Sterblicher gequält zu werden, und die Anwesenheit der Legionäre fachte ihren Zorn womöglich noch mehr an. Reexyyl krallte sich an die Reling und zog an der Eskadrille. Plötzlich krachte es laut. Das Schiff schnellte zurück in seine Ausgangsposition und katapultierte einige Männer ins Wasser. Einer von ihnen schwamm zur Gabiere und versuchte, sich daran festzuhalten, aber die Lowa, die auf seinen Schädel niedersauste, war den anderen Warnung genug.

Verblüfft beobachteten die Erben, wie mehrere Legionäre freiwillig ins Meer sprangen, bevor sie den Grund für ihr seltsames Verhalten verstanden: Der Leviathan war an

Bord geklettert und richtete auf der Eskadrille ein wahres Gemetzel an.

»Worauf wartet Ihr noch? Macht den Haken los!«, schrie Eryne von der anderen Seite des Schiffs zu ihnen herüber.

Nach kurzem Zögern hieb Nolan das Seil des Enterhakens durch. Die *Rubikant* trieb langsam davon, während ihre Feinde vor Angst ins Wasser sprangen oder von der Bestie zerfetzt und verschlungen wurden.

»Setzen wir ein Segel«, schlug Keb vor. »Vielleicht können wir ja fliehen.«

»Auf gar keinen Fall!«, widersprach Amanón. »Wir müssen uns treiben lassen, damit Zuïa glaubt, wir seien tot oder über Bord gegangen!«

»Aber was ist mit dem Leviathan?«, fragte Bowbaq. »Vermutlich kann er uns auch blind aufspüren, nach Art der Gyolendelfine.«

»Eben, er findet uns so oder so. Aber vielleicht gibt er auf, wenn wir uns tot stellen.«

»Das ist ein großes Wagnis«, warf Zejabel ein. »Wir könnten auf die Insel flüchten.«

»Amanón weiß, was er tut«, zischte Eryne.

Sie kam zu ihnen herüber und ließ Niss auf der anderen Seite des Decks zurück. Bowbaq winkte seiner Enkelin zu, aber wie so oft reagierte sie nicht.

»Es ist keine gute Idee, nach Ji zurückzukehren. Reexyyl würde uns zum Strand folgen«, meinte Eryne.

»Aber an Land könnten wir besser kämpfen«, entgegnete die Zü.

»Ach ja? Vorhin habt Ihr nicht einmal Euren vergifteten Dolch eingesetzt. Ihr glaubt einfach nicht, dass wir den Leviathan besiegen können.«

»Das Gift kann Unsterblichen nichts anhaben«, schnappte Zejabel. »Nur deshalb …«

»Er hat die Eskadrille verlassen!«, warnte Cael.

Alle fuhren zu dem zerstörten Schiff herum, das langsam in den Fluten verschwand. Der Rumpf war auseinandergebrochen, und rings um das versinkende Wrack trieben ein paar Lorelier, die sich die Lungen aus dem Leib schrien. Es war nicht zu erkennen, wovor sie mehr Angst hatten: vor dem Leviathan oder vor dem Ertrinken. Ihre Landsleute kamen ihnen jedenfalls nicht zu Hilfe – die zweite Eskadrille suchte eilig das Weite.

Nach und nach verstummten die panischen Hilferufe und gurgelnden Japser. Bowbaq konnte das Entsetzen, das er beim Anblick der ertrinkenden Männer empfand, nicht in Worte fassen, und auch die anderen schwiegen verstört. Als die Wellen den letzten Angreifer verschlungen hatten, fragten sich die Freunde bang, wo der Leviathan sein mochte.

Die unheimliche Stimmung, die nun über dem Meer lag, lähmte sie. Nach den Schreien und dem Wüten der Bestie war die Stille so beklemmend, dass sich niemand zu rühren wagte. Sie starrten auf die Eskadrille, von der mittlerweile nur noch die Mastspitzen zu sehen waren, und suchten die Fluten zwischen ihnen und dem Wrack ab. Wo war der Leviathan? War er tatsächlich auf den Meeresgrund abgetaucht, wie sie alle hofften?

Ein heftiger Schlag gegen den Rumpf verschaffte ihnen Gewissheit. Kaum hatte Bowbaq den ersten Schreck überwunden, tauchte Reexyyl plötzlich am Heck auf und drückte das Schiff mit seinem ganzen Gewicht hinunter. Der Bug der *Rubikant* schoss in die Höhe, und wieder wurde ihnen der Boden unter den Füßen weggerissen. Jeder suchte sich einen Halt. Bowbaq schlang einen Arm um den Hauptmast und sah besorgt zu Niss hinüber, die sich zu seiner Erleichterung mit abwesendem Blick an die Reling klammerte.

Der Leviathan hangelte sich zur Brüstung hinauf und verharrte dort mit gebleckten Zähnen und drohend geblähten Kiemen. Er schien Witterung zu nehmen und zu horchen.

Unnötigerweise legte Amanón den Finger auf die Lippen. Alle wussten, dass sie keinen Ton von sich geben durften, wenn ihnen ihr Leben lieb war.

Nach langen Momenten der Ungewissheit begann der Leviathan, mit seinen Krallen das hintere Deck abzutasten. Keb und Cael, die ihm am nächsten waren, zogen sich mit aller Kraft ein kleines Stück hoch und gewannen drei oder vier kostbare Ellen.

Da stieß eine Kralle der Bestie gegen die Luke. Der Leviathan zertrümmerte das Holz, schob seine Pranke hindurch und richtete eine solche Verwüstung in der Kombüse an, dass die Erben froh waren, an Deck geblieben zu sein. Der Anblick seines geifernden Mauls, der eiternden Augen und der Pfeilstümpfe, die ihm immer noch im Hals steckten, brannte sich ihnen für immer ins Gedächtnis ein. Schließlich rettete sie Reexyyls Ungeduld vor dem sicheren Tod. Enttäuscht, kein Menschenfleisch zu finden, zog der blinde Leviathan den Arm zurück und ließ sich ins Wasser fallen. Die Gabiere richtete sich mit einem Ruck wieder auf und schaukelte wild auf den Wellen.

Bowbaq schlug hart mit dem Kopf auf das Deck. Zum Glück wurde er nicht ohnmächtig, aber für einen Moment war ihm schwindelig. Keb half ihm auf, während sich die anderen hochrappelten und ihre Prellungen und Schrammen rieben. Bowbaq setzte sich auf die Planken und wartete darauf, dass die Welt aufhörte, sich zu drehen.

Da schrie Eryne plötzlich gellend auf. »Niss ist weg!«

Die Worte trafen ihn wie ein Keulenschlag. Mit schwankenden Schritten lief er zur Reling und dann vom Heck zum Bug. In seiner Erregung stieß er die anderen grob beiseite und rannte ein zweites Mal die Reling entlang. Alle suchten fieberhaft das Wasser ab – vergeblich!

Das Mädchen war verschwunden.

Als sie das letzte Mal aufgewacht war, hatte sie auf einem Pferd gesessen. Auch wenn sie vieles nicht mehr wusste, nicht einmal ihren eigenen Namen, erinnerte sie sich noch gut an das sanfte Schaukeln des Tiers. Sie hatte sogar das Gefühl, immer noch von den gleichmäßigen Bewegungen des Pferdes gewiegt zu werden. Nur war es diesmal dunkel. Oder doch nicht ganz … Aber der Himmel schien immer weiter in die Ferne zu rücken. Es würde sich bald klären, wie das alles zusammenhing. Ganz sicher. Wenn sie nicht vorher wieder in den Tiefen Traum abglitt … Sie war ihm noch so nah: Sie musste nur die Augen schließen und sich treiben lassen. Doch sie schaffte es nicht, sich von dem Himmel und der seltsamen schwarzen Mandel, die darunter schwebte, zu verabschieden.

Noch nicht.

Ihr war kalt, aber sie spürte keinen Wind auf dem Gesicht. Vielleicht befand sie sich im Innern einer Windhose? Ihr Körper fühlte sich leicht an und zugleich bleischwer. Sie fragte sich, warum ihr jede Bewegung so mühsam vorkam. Und wo war bloß das Pferd? Ach ja, es gehörte in den Tiefen Traum. Bei diesem Wind wäre es ohnehin kaum vorwärtsgekommen. Und atmen konnte sie auch nicht richtig. Das alles war sehr unangenehm.

Außerdem störten sie ihre Kleider, vor allem ihre Stiefel, die schwer an ihren Füßen zogen. Sie würde die Stiefel ausziehen, sobald der Tiefe Traum sie freigab, doch das schien diesmal sehr lange zu dauern. Sonst war sie immer innerhalb weniger Augenblicke in die Wirklichkeit zurückgekehrt – das wusste sie mit Sicherheit, auch wenn sie den Sinn dieser Erinnerung nicht verstand. Und warum hörte sie eigentlich keine Geräusche?

Ihr Großvater machte sich bestimmt Sorgen, weil sie mitten in der Nacht ganz allein unterwegs war. Vielleicht sollte sie nach ihm rufen. Aber jedes Mal, wenn sie den Mund öffnete, holte der Tiefe Traum sie wieder ein. Und Großmutter Ispen? Sie würde liebevoll mit ihr schimpfen, wenn sie sah, dass ihre Lieblingsenkelin bis auf die Knochen durchnässt war. *Naïok, du holst dir noch den Tod,* würde sie sagen.

Niss wollte sich nicht den Tod holen, aber sie konnte schließlich nichts dafür, dass der Wind in Wahrheit ein Fluss war. Es war nicht ihre Schuld, dass sie hineingefallen war, und es war auch nicht ihre Schuld, dass der Himmel immer weiter in die Ferne rückte, während sie immer tiefer in einem Traum versank, der kein Ende zu nehmen schien.

Sie wollte weg. Ihr war kalt, es war dunkel, und die Atemluft wurde allmählich knapp. Außerdem hatte sie anderes zu tun. Zum Beispiel musste sie sich um diesen Jungen kümmern und um andere, die sie vermissen würden. Großvater Bowbaq wäre untröstlich, wenn sie starb …

Das Wort stieß etwas in ihr an. *Sterben.* Der Tiefe Traum. Das Eichhörnchen. Sie wollte nicht … Nicht schon wieder!

Als sie den Mund öffnete und einen stummen Entsetzensschrei ausstieß, strömte ihr Salzwasser in die Kehle. Endlich begann sie zu kämpfen. Das Meer. Die Dunkelheit. Das fahle Licht der Oberfläche. Mit aller Kraft strampelte sie nach oben, auf das rettende Licht zu. Ihr Name war Niss. Sie war dreizehn Jahre alt und wurde von einer Menge Menschen geliebt. Sie durfte jetzt nicht sterben, nicht so weit weg von zu Hause, nicht in diesen eiskalten Fluten.

Sie kämpfte um ihr Leben, verängstigt und schon halb ohnmächtig, aber der Himmel kam nicht näher. Die wenige Luft, die ihr noch blieb, würde nicht reichen. Ohne es zu wollen, öffnete sie wieder den Mund und verschluckte sich an einem weiteren Schwall Wasser. Obwohl ihr die Ohren summten und ihr Blut keinen Sauerstoff mehr zu den Gliedern transportierte, musste sie schwimmen, immer weiter schwimmen, so weit wie möglich, hin zu dem Schiff, das sich bereits entfernte, hin zu einem Ort, an dem sie endlich wieder atmen konnte …

Aber es war zu spät. Als sie nur noch wenige Schritte von der Wasseroberfläche entfernt war, griff der Tiefe Traum wieder nach ihr. Ihre Kräfte ließen nach. Sie spürte, wie die Finsternis sie umfing und ihr unmögliche Dinge vorgaukelte. Zum Beispiel einen Mann mit kahl geschorenem Schädel, der ihre Hand packte.

»Eurydis! Eurydis!«, schluchzte Eryne immer wieder. »Habt Erbarmen! So etwas dürft Ihr nicht zulassen!«

Ihr Kummer war fast so herzzerreißend wie Bowbaqs Verzweiflung. Während er zum hundertsten Mal an der Reling entlanglief und mit starrem Blick das Wasser absuchte, rannen ihm stumme Tränen übers Gesicht. Wenn Amanón und Nolan ihn nicht daran gehindert hätten, wäre er längst ins Meer gesprungen. Aber was konnte er schon tun? Niss war schon viel zu lange fort. Sie würde nicht wieder auftauchen.

Nolan empfand eher dumpfe Wut als Trauer. Obwohl seine Eltern nach wie vor verschwunden waren und ihre Feinde übermächtig schienen, hatte er neue Hoffnung geschöpft. Zejabel war davon überzeugt, dass die Erben etwas Besonderes waren und der Erzfeind es mit jedem Dämon aufnehmen konnte, und das hatte ihn tief bewegt, mehr, als er zugeben wollte. Er hatte schon beinahe geglaubt, ihnen könne nichts geschehen und sie würden mit dem Leben davonkommen, so wie ihre Eltern vor zwanzig Jahren. Angesichts so vieler glücklicher Zufälle hatte er geglaubt, dass dieses schreckliche Abenteuer glimpflich ausgehen würde. Und jetzt …

Jetzt hatten die Götter ein für alle Mal bewiesen, dass ihnen das Schicksal der Sterblichen gleichgültig war. Sie hatten Niss in den Tod geschickt, die jüngste, unschuldigste und verletzlichste von ihnen. Wie sollte er ihnen das je verzeihen? Fast wünschte er, Sombre würde tatsächlich all seine Brüder und Schwestern vernichten. Fast wünschte er, ihm dabei helfen zu können. Warum schlossen sie nicht einfach einen Waffenstillstand mit dem Dämon? Beide Seiten würden schwören, einander in Frieden zu lassen, und sie alle könnten endlich nach Hause zurückkehren.

Tief in seinem Herzen meinte Nolan das alles nicht ernst – oder nur zum Teil. Dass Niss ertrunken war, war einfach zu ungerecht. Wie sollte er das hinnehmen? Das Mädchen war nicht vom Leviathan getötet worden, sondern musste über Bord gegangen sein, als Reexyyl die Gabiere plötzlich losgelassen hatte. Ein tragischer Unfall, bei dem womöglich sogar der Erzfeind den Tod gefunden hatte!

Wie alle fühlte sich Nolan an Niss' Tod mitschuldig. Wenn er nur im richtigen Moment zu ihr hinübergesehen hätte … Wenn er beobachtet hätte, wie sie in den Fluten versank … Dann hätte er sie vielleicht retten können. Was sollten sie nun tun? Wer interessierte sich jetzt noch für irgendwelche Pforten und das Jal'dara? Bowbaq ganz sicher nicht. Nolan vermutete, dass er bald beginnen würde, von einer Rückkehr nach Arkarien zu reden. Er würde sich in seiner Hütte verkriechen und vergeblich auf seine Familie warten. Wer würde ihre kleine Schar dann als Nächster verlassen?

Zum ersten Mal seit langem gelüstete es ihn nach einer Wasserpfeife. Die Welt der Sterblichen und der Götter war einfach zu grausam, um sie mit klarem Verstand zu ertragen. Da war es besser, alles zu vergessen, dachte er bitter. Er sackte zu Boden und schlug die Hände vors Gesicht.

Erst als er Eryne immer wieder seinen Namen rufen hörte, sah er hoch. Seine Schwester war außer sich. Sie setzte sich mit angstverzerrtem Gesicht neben ihn, doch als er sie in den Arm nehmen wollte, stieß sie ihn weg.

»Nolan, ich höre sie in meinem Kopf!«, schluchzte sie.

»Ich höre Niss nach mir rufen! Ich weiß nicht, was ich tun soll! Soll ich es Bowbaq sagen? Werde ich verrückt? Sag doch etwas, Bruder!«

Er sprang auf, packte Eryne an den Handgelenken und zog sie hoch. Er bebte am ganzen Körper.

»Wo? Wo ist sie?«

»Ich … Ich weiß es nicht!«

»Konzentrier dich!«, drängte er.

Seine Schwester warf ihm einen erschrockenen Blick zu, schloss dann aber folgsam die Augen. Gleich darauf riss sie sie wieder auf und starrte ihn fassungslos an.

»Da drüben!«, rief sie und zeigte mit dem Finger auf eine Stelle im Wasser. »Schnell!«

Nolan war bereits losgerannt, hechtete auf die Reling und sprang kopfüber ins Wasser. Von Niss war weit und breit nichts zu sehen. Erst als ihn das eiskalte Wasser umschloss, dachte er an den Leviathan. Doch das war jetzt egal. Er tauchte noch einmal auf, holte tief Luft und stieß dann hinab in die Tiefe.

Nolan schwamm, wie er noch nie in seinem Leben geschwommen war, und starrte angestrengt in die Finsternis. Irgendwann musste er zurück an die Oberfläche, um Luft zu holen, dann tauchte er wieder hinab, so weit er konnte. Das Gewicht seiner Kleider und Schuhe spürte er kaum, denn er glaubte nun wieder an ein Wunder.

Und das Wunder geschah.

»Großvater«, flüsterte Niss schwach.

Während sie erneut wegdämmerte, begannen alle laut zu jubeln. Als Nolan mit dem Mädchen im Arm aufgetaucht war, hatten alle gebangt, ob sie noch lebte. Mit einigen Handgriffen hatte er sie an Deck wieder zum Atmen gebracht.

Als sich Niss das Wasser aus der Lunge hustete, konnten die anderen ihr Glück kaum fassen. Zejabel beobachtete sie mit befremdeter Miene. Bowbaq wirbelte Nolan durch die Luft, Eryne streichelte und küsste das gerettete Mädchen, das auf den Holzplanken lag, und die beiden Kaulaner und der Wallatte plapperten aufgeregt durcheinander.

Etwas Derartiges hatte die Kahati noch nie erlebt. Auf ihrer Heimatinsel galt es als Eingeständnis von Schwäche, Gefühle zu zeigen. Und obwohl sie sich von Zuïa abgewandt hatte, konnte sie ihre Erziehung nicht innerhalb weniger Dekanten vergessen.

»Ich muss mir etwas Trockenes anziehen, Bowbaq«, rief Nolan lachend. »Du hast mir genug gedankt!«

»Niemals, mein Freund, niemals. Du bist einfach der Größte!«

»Du übertreibst. Außerdem hat Eryne mir gesagt, wo ich suchen muss. Im Grunde hat *sie* Niss gefunden!«

»Eryne!«, brüllte Bowbaq, setzte Nolan ab und begann stattdessen, dessen Schwester durch die Luft zu wirbeln.

Zejabel sah Nolan nach, der mit seinen triefnassen Kleidern in der Kombüse verschwand. Er hatte Eryne wohl vor allem erwähnt, um Bowbaq zu entkommen. Der kümmerte sich mittlerweile wieder um seine Enkelin. Er bettete ihren Kopf auf ein Kissen, zog ihr die Decke fester um die Schultern und strahlte dabei über das ganze Gesicht.

»Eryne, woher wusstet Ihr, wo sie ist?«, fragte Amanón.

»Ich … Ich hörte sie nach mir rufen«, antwortete sie leise.

»Wie neulich auf dem Platz der Büßer? Ihr konntet ihre *Gedanken* hören?«

»Ich möchte jetzt nicht darüber reden«, sagte sie mit gezwungenem Lächeln. »Und dass eins klar ist: Ich bin nicht verrückt!«

Für den Moment ließen sie es dabei bewenden, aber Zejabel hoffte, dass sie das Gespräch bald weiterführen würden. Sie hatte den anderen einiges zu sagen. Es war unglaublich! Zuïa hatte sich nicht geirrt. Die Lorelierin war … Sie war …

»Großvater … Wo sind wir?«

Alle sahen zu dem blassen Mädchen, das sie mit wachem Blick musterte.

»Wer sind diese Leute?«, fragte sie matt, während ihr schon wieder die Augen zufielen.

Bowbaq war sprachlos vor Glück. Er begnügte sich damit, Niss sanft hin- und herzuwiegen und dabei vor sich hinzumurmeln: »Sie ist wieder da … Sie ist wieder da … Ach, Ispen, wenn du das sehen könntest …«

Niemand wagte, ihn zu stören. Erst als Nolan wieder zu ihnen trat, fiel ihnen ein, dass sie Entscheidungen zu treffen hatten. Der junge Mann hatte sich ein Priestergewand übergezogen. Zejabel verstand nicht, warum ihn seine Freunde so überrascht anstarrten, denn sie fand, dass ihm die Tracht hervorragend stand. Sein Blick wirkte fester, und er schien das Kinn höher zu recken.

Offenbar hatte er das Gewand eine Weile nicht getragen.

ZWEITES BUCH

BLUTSBANDE

Wieder versucht einer der Älteren, in seinen Geist einzudringen. Es ist ihm schon beinahe zur Gewohnheit geworden. Reihum werden sie um seine Gunst betteln oder ihn anflehen, von seinen Plänen abzulassen, bis auch der letzte von ihnen angekrochen kommt. Doch Sombre ist taub für die Bitten seiner Brüder und Schwestern. Er weiß, was er will. Wer nicht auf seiner Seite steht, ist sein Feind. Und allmählich bilden sich die beiden Lager. Der Dämon sieht es mit Genugtuung.

Die Unsterbliche, die ihn zu sprechen begehrt, gehört bereits zu seinen Anhängerinnen. Als eine der Ersten hat sie sich seiner Macht unterworfen. Sombre lässt sie eine Weile zappeln, bevor er seinen Geist öffnet: Er genießt es, die ältesten Kinder des Jal auf diese Weise zu demütigen. Mit allen Mitteln versucht er zu vergessen, dass er der Letztgeborene der Unsterblichen ist: ein unfertiges Wesen, das zu früh aus der Kinderstube der Götter gerissen wurde. Ein Bastard, dem Willen eines einzigen Menschen entsprungen. Ein Außenseiter, angetrieben von Hass und Groll.

›Sprich‹, befiehlt er knapp. ›Aber fasse dich kurz.‹

›Ich habe gute Nachrichten, mein Herr und Gebieter‹, verkündet Zuïa stolz. ›Die Flüchtlinge sind tot.‹

Sombre ist so überrascht, dass er zunächst schweigt. Die Neuigkeit erscheint ihm zu schön, um wahr zu sein. In den zwanzig Jahren, die er nun unter den Menschen lebt, hat er viel von seiner Arglosigkeit verloren. Er vertraut niemandem mehr.

›Wo sind ihre Leichen?‹, fragt er.

›Auf dem Meeresgrund. Oder von Reexyyl verschlungen. Er hat sie auf meinen Befehl hin angegriffen, kein Einziger ist entkommen. Das Schiff trieb eine Weile auf dem Meer, bevor es verschwand. Die Fluten haben sie alle unter sich begraben.‹

›Der Leviathan ist eine niedere Kreatur‹, wendet Sombre ein. ›Seine Kräfte sind viel schwächer als unsere. Ich bin sicher, dass er den Erzfeind nicht besiegen kann.‹

›Ich weiß‹, antwortet Zuïa. ›Das bedeutet, dass keiner der Flüchtlinge der Erzfeind gewesen sein kann und er auch nicht aus ihrer Nachkommenschaft hervorgehen wird.‹

Der Dämon grübelt. Er denkt nicht gerne abstrakt; »wenn« und »vielleicht« sind Wörter, mit denen er nichts anfangen kann, denn Saat hat ihn zu einem blutrünstigen Kämpfer gemacht, nicht zu einem scharfsinnigen Strategen.

›Wir werden sehen‹, sagt er schließlich. ›In der Zwischenzeit kannst du dich dem anderen Problem widmen.‹

›Euer Wunsch ist mir Befehl, Herr‹, versichert sie. ›Aber mir sind die Hände gebunden, solange ich nicht auf meine Heimatinsel zurückkehren kann. Und ich habe keine Möglichkeit, Ji zu verlassen.‹

›Was? Kannst du deinen Hohepriestern keinen Avatar senden?‹, fragt Sombre empört. ›Und ihnen befehlen, dich zu holen? Oder warum schwimmst du nicht einfach?‹

›Nicht jeder von uns hat die gleichen Kräfte‹, erinnert ihn seine Schwester. ›Davon abgesehen würden wir nur kostbare Zeit vergeuden.‹

Sombre lässt sie einen Augenblick lang im Ungewissen. Es gefällt ihm, dass sie von seiner Gnade abhängig ist. Wenn er wollte, könnte er sie jahrelang auf der Insel schmoren lassen, bis die Zeit für eine neue Inkarnation reif ist – schließlich ist es ihr göttliches Schicksal, immer wieder in einem neuen Körper geboren zu werden.

›Nun gut. Ich werde eine Eskorte schicken, die dich ins Lus'an zurückbringt. Aber wehe, du enttäuschst mich‹, droht er.

›Gewiss nicht, Herr. Bedenkt, dass ich mich Euch angeschlossen habe, noch bevor Ihr Eure Macht unter Beweis gestellt habt. Ich bin Eure treueste Verbündete.‹

Der Dämon verschließt seinen Geist wieder. Der Beweis seiner Macht. Aliandra die Sonnige. Die Abschreckung war notwendig, aber leider hat er vorschnell gehandelt. Hätte er sich noch ein wenig geduldet, wäre das andere Problem gar nicht aufgetreten.

Trotzdem denkt der Sprössling des Karu triumphierend an den Kampf gegen seine Schwester zurück: ihre nackte Angst. Das Wissen um seine Überlegenheit. Die unvergleichliche Befriedigung, einen göttlichen Funken verlöschen zu lassen. Der Dämon freut sich schon auf das nächste Opfer.

Und diesmal weiß er, dass er auf den richtigen Augenblick warten muss.

Einen halben Dekant nach Einbruch der Dämmerung erreichte die *Rubikant* den Hafen von Leem. Amanón war schon öfter in der Stadt gewesen, aber der Anblick überwältigte ihn jedes Mal aufs Neue. Die südlichste Stadt Gorans besaß den bedeutendsten Hafen des Großen Kaiserreichs, von dem Schiffe in sämtliche Länder des Westens und in die Unteren Königreiche ausliefen. Aus diesem Grund hatten die goronischen Herrscher auf die Befestigungsanlagen von Leem, die selbst im Halbdunkel noch gut zu erkennen waren, besonders viel Wert gelegt.

Zunächst fielen ihnen zwei gewaltige Türme ins Auge, die die Zufahrt zum Hafen flankierten. Eine ganze Garnison hielt hier Tag und Nacht Wache und hatte genug Munition gelagert, um eine ganze Flotte in Brand zu setzen, sollten sich tatsächlich einmal feindliche Schiffe nähern. Hinter den Türmen folgte eine Fahrrinne, die zu beiden Seiten von Festungsmauern begrenzt wurde. Unzählige Kanonenrohre ragten daraus hervor, die jeden Eindringling zu versenken drohten, und wenn dennoch ein feindliches Schiff dem Kugelhagel entkam, ließ sich der Kanal einfach mit einem gewaltigen Tor verschließen. Zum Glück kümmerten sich die Goroner nicht weiter um die Ankunft einer unbedeutenden Gabiere, und das Tor blieb offen, wie es in Friedenszeiten üblich war. Im Schein der im Wind schaukelnden Lampen segelte die *Rubikant* an den jahrhundertealten Mauern vorbei auf den eigentlichen Hafen zu.

»Unglaublich«, sagte Cael, der am Steuer stand. »Die Stadt ist ja größer als Lorelia!«

»Nur der Hafen«, erklärte sein Cousin. »Die meisten Schiffe, die hier anlegen, haben Waren für das ganze Kaiserreich geladen, da muss der Hafen groß genug sein.«

»Aber fällt unser kleines Boot dann nicht umso mehr auf?«

»Auch in Leem wird Fisch gegessen«, sagte Amanón grinsend. »Für ein Fischerboot interessiert sich hier bestimmt niemand.«

Unwillkürlich sah er zum Großmast hinauf, der den Angriffen des Leviathan wie durch ein Wunder standgehalten hatte. Auf seinen Vorschlag hin hatten sie das letzte Gwelom, das Bowbaq noch übrig gehabt hatte, an den Mast gebunden. Es war keine leichte Entscheidung gewesen, die Segel wieder aufzuziehen, aber sie hatten keine andere Wahl gehabt. Die Strömung hätte sie zu weit aufs offene Meer hinausgetrieben, in Richtung Yérim oder sogar der Unteren Königreiche, und für eine mehrtägige Seereise hatten sie nicht die richtige Ausrüstung. Außerdem lauerte Reexyyl immer noch irgendwo in den Tiefen des Mittenmeers.

Gleich nach Niss' Rettung hatten die Gefährten gesehen, wie die zweite Eskadrille Schlagseite bekam und schließlich mit dem Rumpf nach oben im Wasser trieb. Niemand zweifelte daran, dass das Ungeheuer wieder zugeschlagen hatte. Nachdem sie die *Rubikant* auf Kurs gebracht hatten, bangten sie lange, ob Reexyyl auch die Gabiere mit sich in die Fluten ziehen würde, doch die Augenblicke verstrichen und wurden zu Dekanten, ohne dass etwas geschah. Trotzdem waren sie erleichtert über Amanóns Idee. Der Stein würde an seinem Platz bleiben, bis sie die Gabiere nicht mehr brauchten – zumindest, bis sie in Goran ankamen.

Insgeheim bereute Amanón die Entscheidung, auch wenn er selbst keinen besseren Vorschlag gehabt hatte. Was blieb ihnen schon anderes übrig, als nach Goran zu fahren? Königin Chebree war die Einzige, die Sombre kannte und die außer ihnen von der Prophezeiung wusste. Außerdem hatte sie ihren Sohn auf die Suche nach Emaz Lana geschickt. Keb war überzeugt, dass seine Mutter etwas wusste, das den Erben nützlich sein konnte, aber

Amanón wurde sein Misstrauen einfach nicht los. Schließlich hatten sie es mit der einstigen Hohepriesterin des Dämons zu tun.

Er hätte sich weniger Sorgen gemacht, wenn nicht so viele Fragen unbeantwortet gewesen wären. Warum hatte Chebree Keb ihr Geheimnis nicht verraten? Warum bestellte sie Lana nach Goran und nicht nach Wallos? Und warum wartete sie auf halbem Wege, anstatt selbst nach Lorelia zu kommen?

Auf derlei Fragen antwortete Keb jedes Mal mit einem Schulterzucken. Er folgte einfach nur dem Befehl seiner Königin, ganz davon abgesehen, dass er zu Beginn seiner Reise keinen Grund gehabt hatte, sich über Chebrees Entscheidung zu wundern. Dass sie überstürzt aus Wallos aufgebrochen waren, war die einzige Auskunft, die die Gefährten ihm entlocken konnten. Und nein, er wüsste wirklich nicht, was seine Mutter bewegt haben könnte, ihre einstige Feindin zu sich zu rufen!

Das behauptete er zumindest. Zwar stand Keb im Kampf entschlossen an ihrer Seite, aber ansonsten tat er, als gingen ihn die Probleme der Erben nichts an. Würde so nicht auch jemand handeln, der vorhatte, sie zu verraten? Amanón hätte ihn gern als Verbündeten, ja als Freund betrachtet, doch unter diesen Umständen war das unmöglich. Saats Sohn war viel zu verschlossen, um mehr zu sein als ein Waffenbruder. Wie um seine Gedanken zu bestätigen, lungerte Keb auch an diesem Abend allein am Heck herum, während Nolan, Eryne, Cael, Zejabel und er selbst am Bug standen und die goronischen Festungsanlagen bewunderten.

Nachdem sie eine leichte Mahlzeit eingenommen und

sich von den Strapazen des Kampfes erholt hatten, waren fast alle an Deck gegangen. Seit Niss aufgewacht war, saß Bowbaq mit seiner Enkelin allein in der Kombüse. Zunächst wunderten sich die anderen nicht darüber, dass er sich so lange nicht blicken ließ, denn sie hatten einander sicher eine Menge zu erzählen.

Doch allmählich wurde Amanón ungeduldig: Er wollte den Bericht des Mädchens endlich selbst hören. Schließlich hatte sie miterlebt, wie ihre Großmutter mitsamt dem Rest der Familie verschwunden war. Ihr Wissen würde ihnen gewiss weiterhelfen. So ging er immer wieder zur Luke und spitzte die Ohren, um sich zu vergewissern, dass die beiden Arkarier nicht am Tisch eingeschlafen waren. Bowbaq war doch sonst nicht so redselig.

Amanón trieb sich gerade wieder einmal in der Nähe der Luke herum, als er Eryne auf sich zukommen sah. Seit Nolans Heldentat war sie ihrem Bruder nicht von der Seite gewichen. Sie lächelte ihm zu, während sie versuchte, ein Zittern zu unterdrücken, denn es war kühl geworden. Als er seine Jacke auszog, um sie ihr über die Schulter zu legen, fiel ihm auf, wie mitgenommen das Leder war. Die Krallen des Leviathan hatten die Brustpartie zerfetzt, und beim Kampf gegen die K'lurier hatte sich ein Dolch durch den Ärmel in seinen Arm gebohrt. Er hatte noch keine Zeit gehabt, die Flecken abzuwaschen, die sein eigenes Blut hinterlassen hatte. Eryne bemerkte es zum Glück nicht, oder sie fror so erbärmlich, dass sie sich nicht daran störte. Jedenfalls belohnte sie seine Aufmerksamkeit mit einem Lächeln.

»Ich möchte Euch danken«, sagte sie mit einem unergründlichen Ausdruck in den Augen.

»Nicht der Rede wert«, erwiderte Amanón, weil er glaubte, sie meine die Jacke. »In Kaul gehört so etwas zum guten Ton«, fügte er hastig hinzu.

»Ich spreche von dem, was auf der Insel passiert ist. Als Ihr meine Hand nahmt, um mir bei der Flucht aus der Höhle zu helfen. Ihr habt mir das Leben gerettet – Ihr habt uns allen das Leben gerettet. Das war sehr edel von Euch. Und mutig.«

»Ihr übertreibt«, stammelte Amanón. »Ich wollte verhindern, dass Ihr Euch erschreckt, wenn ich meine Fackel werfe … Außerdem stand ich direkt neben Euch …«

Eryne sah ihm einen Moment lang in die Augen und schenkte ihm ein strahlendes Lächeln. Dann küsste sie ihren Zeigefinger und berührte den völlig verdatterten Amanón behutsam an der Wange. »Ihr seid kein guter Lügner«, sagte sie leise, bevor sie sich abwandte. »Andere standen näher bei Euch als ich, das wissen wir beide ganz genau.«

Amanón rang nach Worten, doch so redegewandt er sonst auch war, diesmal fiel ihm einfach nichts Kluges ein. *Das hat mir gerade noch gefehlt,* dachte er, während er wieder zum Hafen hinübersah. Als wäre das Ganze nicht schon kompliziert genug!

Trotzdem klopfte sein Herz wie wild, und die Abendluft war ihm noch nie so erfrischend vorgekommen wie in diesem Moment.

Nachdem Cael die *Rubikant* mit Kebs und Nolans Hilfe an einer der Anlegestellen für Fischerboote festgemacht hatte, gesellten sie sich zu den anderen, die sich in der Kombüse versammelt hatten. Obwohl Cael erschöpft war und seine Wunde ihm wieder zu schaffen machte, hätte er um nichts in der Welt darauf verzichtet, Niss' Erzählung zu hören. Das Mädchen übte eine rätselhafte Anziehungskraft auf ihn aus. Seit dem Morgen verfolgte ihn der Eindruck, dass ihre Schicksale untrennbar miteinander verbunden waren. Außerdem wurde er das Gefühl nicht los, dass ihnen große Gefahr drohte, auch wenn er nicht sagen konnte, was es war.

Als er durch die Tür trat und ihrem Blick begegnete, erkannte er gleich, dass sie seine Vorahnung teilte. Obwohl sie noch kein Wort miteinander gewechselt hatten, erschien sie ihm so vertraut, als wären sie im selben Dorf aufgewachsen. Dabei hatten sie abgesehen von ihrem Alter und der schweren Bürde, von der die Anhänger um ihren Hals zeugten, nicht viel gemeinsam. Cael war in einer der Hauptstädte der Oberen Königreiche zur Schule gegangen, Niss hingegen in einem arkischen Klan unter Ziegen und Ponys aufgewachsen. Er war am Meer groß geworden, sie hatte die meiste Zeit des Jahres in einer Landschaft aus Schnee und Eis gelebt. Und er fühlte sich inmitten der Erwachsenen als Außenseiter, während die Jüngste unter ihnen mit den anderen ebenso unbekümmert umging wie mit ihrem Großvater.

Zur Feier des Tages hatten die beiden Arkarier aus den Überresten ihrer Vorräte ein Festmahl gezaubert. Vieles hatte Reexyyl in seiner Zerstörungswut zermalmt, und auch die spärliche Einrichtung war nicht verschont geblieben.

Das also hatte Bowbaq so lange in der Kombüse getrieben: Zusammen mit Niss hatte er aufgeräumt und für alle gekocht. Jetzt wies Niss jedem einen Platz am Tisch zu und versuchte dabei, sich die Namen ihrer neuen Freunde einzuprägen. Beim Anblick ihrer geröteten Augen wurde Cael klar, dass Bowbaq seiner Enkelin nichts verheimlicht hatte. Nicht einmal ihr konnten sie die Wahrheit ersparen.

Es überraschte ihn nicht, dass er ihr gegenüber sitzen sollte. Wahrscheinlich hätte er sich diesen Platz auch selbst ausgesucht. Er sah zu, wie Niss die Dame des Hauses spielte, aber als sie sich setzte, senkte er die Augen und vermied eine ganze Weile, sie anzusehen. Dann trafen sich ihre Blicke doch, und nachdem das Mädchen die Verlegenheit mit einem Lächeln verscheucht hatte, kam es Cael so vor, als wären sie endlich vollzählig. Sie waren schon eine merkwürdige Gesellschaft, mit einem wallattischen Prinzen am einen und einer Zü am anderen Ende des Tisches!

»Mit diesem Mahl feiern wir das neue Lebensjahr meiner Enkelin«, sagte Bowbaq bewegt. »Wir holen das Fest nach, das vor einer Dekade hätte stattfinden sollen.«

Die Erinnerungen an diesen traurigen Tag schnürten ihm die Kehle zu. Er verstummte, beugte sich zu Niss hinunter und drückte ihr einen schmatzenden Kuss auf die braunen Haare. Obwohl Cael Niss erst seit einem Tag kannte, hatte er sich bereits an ihren geistesabwesenden Gesichtsausdruck und den leeren, teilnahmslosen Blick gewöhnt. Jetzt hatte er einen völlig neuen Menschen vor sich: ein lebhaftes, fröhliches, bisweilen sogar schelmisches Mädchen. Und er musste sich eingestehen, dass er sie so noch viel hübscher fand.

»Willkommen im Irrenhaus, Kleine!«, sagte Keb und schnappte sich einen Teller.

»Gesegnet sei dein neues Lebensjahr«, wünschten ihr Eryne und Nolan in der gebotenen Form.

Auch Cael gratulierte ihr, aber so leise, dass ihn nur Amanón und Eryne, seine unmittelbaren Tischnachbarn, hören konnten. Niss bekam es trotzdem mit und zwinkerte ihm zu, woraufhin er sich prompt schämte, so schüchtern gewesen zu sein. Doch nach allem, was sie über die Götter erfahren hatten, fiel es ihm schwer, das Wort »Segen« so selbstverständlich zu benutzen wie früher. Vielleicht würde er es nie wieder über die Lippen bringen. Jedes Mal, wenn irgendwo ein Gebet oder eine Verwünschung ausgesprochen wurde, wuchsen die Unsterblichen im Jal weiter heran. Einige blieben im Dara, andere stiegen ins Karu hinab und waren für alle Zeiten verdammt. So harmlos ein Segenswunsch zum Geburtstag auch sein mochte, die Folgen schienen ihm unabsehbar.

Aus den Töpfen duftete es so verführerisch, dass die Erben keine großen Reden schwangen, sondern sich mit dem Appetit ausgehungerter Reisender fröhlich über das Essen hermachten. Nur Zejabel wirkte bedrückt, aber selbst Cael begriff, dass sie ihr Zeit lassen mussten. Keb hingegen war zur Abwechslung überaus gesprächig und beschrieb immer wieder mit unverhohlener Schadenfreude, wie der Leviathan die Besatzung der feindlichen Schiffe in Stücke gerissen hatte. Irgendwann bat ihn Eryne, »aus Rücksicht auf die Kleine« das Thema zu wechseln, aber natürlich protestierte Niss sofort und sagte, sie sei alt genug für solche Geschichten. So drehte sich das Gespräch noch eine ganze Weile um die dramatischen Ereignisse.

»So geht das jedes Mal«, sagte Bowbaq lachend. »Sobald sie für ein paar Tage aufwacht, lässt sie einen kaum zu Wort kommen!«

Erst als plötzlich Schweigen eintrat, ging ihm auf, was er gesagt hatte.

»Diesmal wird sie keinen Rückfall haben«, versprach er, mehr an sich selbst als an die anderen gewandt. »Da ist sie sich ganz sicher. Sie ist geheilt.«

»Was genau ist ihr denn eigentlich zugestoßen?«, fragte Eryne. »Ihr habt einen Unfall erwähnt, der sich vor drei Jahren ereignete?«

»Es liegt daran, dass sie ein Erjak ist, wie ich«, erklärte Bowbaq. »Sie kann in Gedanken mit Tieren sprechen und ...«

»Vor allem kann sie selbst sprechen!«, unterbrach ihn Niss mit gespielter Empörung. »Wenn du meine Geschichte hören willst, Eryne, dann frag doch einfach mich!«

Ihre unverblümte Art verblüffte Cael. Nicht einmal Amanón hatte nach drei gemeinsamen Tagen gewagt, Eryne zu duzen, und das, obwohl sie gleichaltrig waren.

»In Ordnung«, sagte die Lorelierin mit einem Lächeln. »Also, was ist dir zugestoßen, Niss vom Vogelklan?«

Das Mädchen wartete, bis alle Blicke auf sie gerichtet waren. Offenbar genoss sie es, im Mittelpunkt der Aufmerksamkeit zu stehen. »Es ist eigentlich ganz einfach«, sagte sie. »Ich war in den Tiefen Geist eines Eichhörnchens eingetaucht und kletterte fröhlich in den Zweigen herum, als plötzlich ein Anator angeschossen kam und dem Tier den Kopf abbiss. Seither steckte mein Geist im Tiefen Traum fest. Aber das ist jetzt vorbei!«

Sie erntete nichts als verwirrtes Schweigen und sechs verständnislose Blicke.

»Was faselt sie da?«, knurrte Keb. »Ich dachte, hier wird Itharisch gesprochen!«

»Ihr Geist befand sich im Körper des Eichhörnchens«, sprang Bowbaq seiner Enkelin bei. »Ich weiß, das hört sich seltsam an, aber … Sie hat den Tod tatsächlich erlebt. Es gibt Erjaks, die sich davon nicht mehr erholen.«

»Ich hatte Glück«, bestätigte Niss.

»Du kannst tatsächlich in den Körper eines Tiers schlüpfen?«, fragte Amanón nachdenklich.

»Nur bei Säugetieren«, entgegnete sie. »Und selbst dann klappt es nicht immer.«

»Und du kannst das auch, Bowbaq?«, fragte Amanón weiter.

»Ich habe es vor langer Zeit ein paarmal getan, als ich lernte, meine Erjak-Kräfte anzuwenden. Aber ich tue es nicht gern. Die Tiere drehen völlig durch, sobald die Verbindung gelöst wird, und außerdem ist es gefährlich. Niss hätte nie heimlich damit weitermachen dürfen«, sagte er mit einem strengen Blick auf seinen Schützling.

Niss setzte ein zerknirschtes Gesicht auf, aber Cael konnte sie gut verstehen. Es musste ein unglaubliches Gefühl sein, für eine Weile im Körper eines Pferds, Wolfs oder Eichhörnchens zu stecken.

Wahrscheinlich hätte auch er alle Warnungen in den Wind geschlagen, um zu erleben, was ein Tier dachte und empfand.

»Und dann?«, fragte Nolan neugierig. »Was ging in diesen drei Jahren in dir vor? Hast du mitbekommen, was um dich herum geschah?«

»Nein«, sagte Niss zur allgemeinen Enttäuschung. »Manchmal vielleicht, aber nur ganz vage. Mein Leben kommt mir vor wie eine blasse Erinnerung. Essen, spazieren gehen, das war alles ganz weit weg, als wäre das gar nicht ich, die das tat, sondern jemand anders. Meistens irrte ich im Tiefen Traum herum.«

»Was du den Tiefen Traum nennst, ist das … der Tod?«, fragte Nolan vorsichtig.

Schlagartig waren sie sehr ernst geworden, und alle starrten Niss gebannt an. Cael dachte kurz daran, dass es ihr vielleicht helfen würde, wenn er von seinen Erfahrungen mit der Stimme erzählte. Vielleicht könnte sie dann beim nächsten Mal besser gegen den Tiefen Traum ankämpfen, und ihre Freunde würden besser verstehen, was in ihr vorging.

»Ich weiß es nicht«, gestand sie nach kurzem Schweigen. »Vielleicht. Sobald ich aufwache, vergesse ich den Tiefen Traum. Ich weiß, dass er da war, dass er irgendwie wichtig ist, aber ich kann mich einfach nicht an Einzelheiten erinnern.«

»Das ist bestimmt auch besser so«, sagte Bowbaq tröstend.

»Und seit du bei uns bist?«, hakte Amanón nach. »An was erinnerst du dich da?«

»An fast nichts. Einmal bin ich in einer fremden Umgebung aufgewacht, in einer Herberge, aber nur ganz kurz. Dann habe ich mich auf einem Pferd sitzen sehen, das hinter meinem Großvater herritt. Wie viel Zeit zwischen diesen beiden Eindrücken lag, weiß ich nicht. Irgendwann später habe ich laut geschrien, weil ich plötzlich Menschen hinter einem Bullauge gesehen habe … Das waren die K'lurier, wie ihr sie nennt, stimmt's? Und dann …«

Der seltsame Blick, den sie Cael zuwarf, bestätigte seine schlimmsten Befürchtungen. Da er selbst keinerlei Erinnerungen an den Vorfall hatte, wusste sie als Einzige, was wirklich geschehen war.

»Dann habe ich euch kämpfen sehen«, sagte sie nur. »Das ist alles.«

»Weißt du denn noch, dass du auf Cael zugelaufen bist?«, fragte Eryne behutsam.

»Ja, er ist ohnmächtig geworden ... Dann bin ich wieder in den Tiefen Traum gefallen, bis ... bis ich unter Wasser aufgewacht bin. Ohne Nolan wäre ich ertrunken!«

Alle wandten sich dem Retter zu, der knallrot anlief. Nur Cael starrte weiter Niss an. Aus irgendeinem Grund hatte er das Gefühl, dass sie nicht die Wahrheit sagte oder ihnen zumindest etwas verschwieg. Ein Blick in ihre schönen braunen Augen verriet ihm, dass er sich nicht irrte.

»So entsetzliche Angst hatte ich noch nie«, sagte Niss kopfschüttelnd. »Ich war sicher, dass mich der Tod diesmal verschlingt. Ganz kurz habe ich wieder vor mir gesehen, was dem Eichhörnchen passiert ist. Und das hat mich geheilt!«

»Bisher hat sie nie etwas von dem Unfall gewusst, wenn sie aufwachte«, erklärte Bowbaq. »Ihr Geist war in der Erinnerung gefangen. Aber jetzt ist alles wieder in Ordnung. Sie wird nicht wieder im Tiefen Traum versinken.«

»Hoffentlich«, meinte Kebree. »Wir werden ja nicht immer da sein, um sie rauszufischen.«

Er erntete einige gezwungene Lacher, doch den Erben brannten noch mehr Fragen auf den Lippen – allen voran eine. Obwohl das Thema an einen wunden Punkt rührte, führte kein Weg mehr daran vorbei, und schließlich sprach Amanón aus, was alle dachten.

»Erinnerst du dich an den Moment, in dem deine Eltern verschwanden?«

Das Lächeln auf Niss' Gesicht erstarb. Sie warf ihrem Großvater einen Blick zu, bevor sie mit gesenktem Kopf antwortete. »Was ich gesehen habe, muss zum Traum gehören. In Wirklichkeit kann so etwas nicht passiert sein. Deshalb erzähle ich es lieber nicht.«

»Wir haben schon so einiges erlebt, was uns unwirklich vorkam«, sagte Amanón, um sie zu ermutigen.

»Du sagst, dass du dich nicht an den Tiefen Traum erinnern kannst«, pflichtete ihm Nolan bei. »Was du gesehen hast, kann also nicht aus dem Traum stammen.«

»Wir dürfen nichts unversucht lassen, um unsere Eltern wiederzufinden«, erklärte Eryne. »Alles, was du erzählst, kann uns helfen. Und wir lachen dich ganz bestimmt nicht aus.«

Sie warf Keb, der mit Unschuldsmiene in seinen Zähnen herumstocherte, einen strengen Blick zu. Niss wandte sich zu ihrem Großvater um, der sie mit einem Kopfnicken aufforderte, noch einmal zu berichten, was sie ihm zwei Dekanten zuvor anvertraut hatte.

»Ich wusste nicht einmal, dass wir am Fluss waren«, begann sie. »Wenn ich mich anstrenge, sehe ich die Kieselsteine am Ufer, die Bäume um mich herum, sogar meine Eltern, wie sie im Fluss schwimmen. Aber ich glaube, das bilde ich mir nur ein. Ich saß wahrscheinlich am Ufer, ohne mich zu rühren, ohne irgendetwas denken zu können. Erst als ich Schreie hörte, wachte ich auf. Na ja, vielleicht nur so halb … Großmutter Ispen und Tante Iulane rannten auf mich zu, Harqi trug Jeran und Tolomin, und Papa … Papa war schon verschwunden.«

Sie brach ab, und ihr Blick verdüsterte sich. Cael ahnte, dass sie nicht nur traurig war, sondern sich auch Vorwürfe machte. Sie hatte sicher ein schlechtes Gewissen, weil sie als Einzige überlebt hatte und ihnen nun nichts Verlässliches sagen konnte, um ihnen zu helfen.

»Erzähl ruhig weiter«, ermunterte sie Bowbaq. »Vielleicht fällt dir noch mehr ein.«

»Das glaube ich nicht«, sagte sie bekümmert. »Ich habe nur ... eine Art leuchtende Kugel gesehen. Wie eine kleine Sonne, die über dem Wasser schwebte. Aber sie war trotzdem so groß wie ein Haus, und etwas, das aussah wie Arme aus Licht, bewegte sich in alle Richtungen. Und jedes Mal, wenn die Sonne auf jemanden niedersank, verschluckte sie ihn ... Es ging blitzschnell, plötzlich war keiner mehr da! Ich wollte aufspringen, um Hilfe rufen, irgendetwas tun, aber der Tiefe Traum hielt mich fest. Ich weiß nicht einmal, ob ich dieses schreckliche Erlebnis nicht auch geträumt habe. Und dann konnte ich mich vor lauter Angst gar nicht mehr rühren.«

»Kein Wunder«, warf Eryne ein. »Ich wäre auch wie gelähmt gewesen!«

»Was ist mit der Kugel passiert?«, fragte Amanón.

»Sie ist ... geschmolzen. Und zwar ganz schnell. Sie ist einfach immer kleiner und kleiner geworden, bis sie verschwunden war! Ich war furchtbar traurig, dass meine Eltern weg waren, aber als ich wieder im Tiefen Traum versank, dachte ich, dass ich mir das alles nur eingebildet hätte. Und das mag ja auch stimmen. Wahrscheinlich habe ich eure Gespräche gehört und mir das Ganze ausgedacht.«

»Jedenfalls ist deine Geschichte nicht weniger verrückt

als das, was wir erlebt haben«, murmelte Nolan. »Ich für meinen Teil glaube, dass sie wahr ist.«

»Ich auch«, meinte Eryne. »Und außerdem stelle ich mir viel lieber vor, dass unsere Eltern von einer magischen Sonne entführt worden sind, als dass sie ein blutrünstiger Dämon angegriffen hat!«

»Aber vielleicht war die Kugel ein Dämon«, wandte Niss ein.

Früher hätten die Gefährten diese Vermutung wohl als Hirngespinst einer Dreizehnjährigen abgetan, aber jetzt wurde sie ernst genommen.

»Meine Eltern und meine Großmutter hatten große Angst«, fuhr sie fort. »Wer weiß, was die Sonne mit ihnen gemacht hat? Großvater ist sicher, dass es ihnen gut geht. Aber wo sind sie dann?«

»Sombre hat sie jedenfalls nicht in seiner Gewalt«, ließ sich Zejabel auf einmal vernehmen.

Die Erben fuhren herum, und auch Cael starrte die Zü mit großen Augen an. Die junge Frau hatte kaum ein Wort gesprochen, seit sie nach Leem aufgebrochen waren, und war auch am Tisch bislang still geblieben.

»Zuïa hätte es mir gesagt, wenn Eure Eltern tot oder Sombres Gefangene wären. Außerdem hat sie angedeutet, dass der Erzfeind nicht zwangsläufig einer von Euch sein muss.«

»Weißt du etwas über eine solche Art Sonnenmagie?«, fragte Amanón.

»Nein. Anscheinend weiß ich von allen hier Anwesenden am wenigsten«, entgegnete Zejabel bitter. »Es war mir neu, dass es Menschen gibt, die mit Tieren sprechen können. Eine Stadt mit einem so riesigen Hafen hätte ich mir nie vorstellen können, und ich kenne nicht einmal die Zutaten, aus denen dieses Gericht besteht«, schloss sie und schob ihren Teller von sich.

Dann stand sie zur allgemeinen Verblüffung abrupt auf. »Die ganze letzte Nacht musste ich mir von einer falschen Göttin anhören, was sie im Schilde führt. Bitte entschuldigt mich.«

Mit diesen Worten wandte sie sich ab und schloss sich in Caels Kajüte ein. Der Junge bereute nicht, sie ihr überlassen zu haben – solange sie sich nicht ewig darin verbarrikadieren würde.

»Arrogante Ziege«, sagte Eryne halblaut.

»Heute Mit-Tag hast du sie auch schon beschimpft«, empörte sich Nolan. »Sie hat doch niemandem was getan.«

»Aber fast«, erinnerte ihn seine Schwester. »Ich rate euch, heute Nacht wachsam zu sein! Niss und ich werden unsere Tür jedenfalls gut abschließen.«

Cael fand das zwar übertrieben, aber er hatte längst begriffen, dass Eryne einfach immer das letzte Wort haben musste. Die anderen dachten wohl dasselbe, denn niemand nahm die Zü in Schutz.

Eine Weile schwiegen sie betreten, dann stand einer nach dem anderen auf und half, den Tisch abzuräumen. Mehr würden sie an diesem Abend nicht herausfinden. Cael ahnte, dass ihn in der Nacht wieder einmal unzählige Fragen quälen würden: Wo waren seine Eltern? Wie mochte Sombre aussehen? Wer war der Erzfeind, und wie konnte er den Dämon bezwingen? Er fürchtete sich nun noch mehr vor der Stimme, die ihn in ein hasserfülltes Ungeheuer verwandelte, und davor, in seinen Albträumen vom Jal'karu, dem Leviathan und selbst von Zuïa heimgesucht zu werden … Und vor allem würde er an Niss denken. Und an die rätselhafte Verbindung zwischen ihnen beiden.

Zejabel spürte, wie ihr die Tränen kamen, und kämpfte so lange dagegen an, bis sie innerlich zu ersticken glaubte. Zuletzt fand sie gerade noch die Kraft, in die Kajüte zu laufen und sich im Dunkeln einzuschließen. Endlich konnte sie ihrem Kummer freien Lauf lassen. Wie hatte sie nur jahrelang so blind sein können? Würde sie je darüber hinwegkommen, die Marionette einer Dämonin gewesen zu sein? Eine Marionette, die nicht einmal so viel wert war, wie ihr immer vorgegaukelt worden war? Eine Marionette, die Zuïa bedenkenlos geopfert hätte, wenn es einem noch abscheulicheren Gott gefiel?

Sie bereute nicht, ihre Herrin verraten zu haben, aber die plötzliche Freiheit jagte ihr Angst ein. Wo sollte sie hin? Diese Frage quälte sie nun schon seit vier Dekanten. Außer der Insel kannte sie nichts. In ihrer Heimat war sie als Kahati wie eine Königin behandelt worden, doch überall sonst war sie ein Nichts, eine Vagabundin, die womöglich für vogelfrei erklärt werden würde. Die Dämonin würde Rache schwören und ihr die Züu-Mörder auf den Hals hetzen, vor denen sie nicht einmal der magische Stein beschützen konnte. Am Gift jener Waffe zu sterben, die sie selbst so oft benutzt hatte, war ein unerträglicher Gedanke.

Außerdem wusste sie nicht, ob sie das Amulett überhaupt behalten konnte. Ihr war klar, wie wichtig die Steine für die Erben waren.

Einen Augenblick lang war sie versucht gewesen, ihn zu stehlen, aber sie hatte den Gedanken sofort empört verworfen. Etwas so Niederträchtiges würde sie niemals tun, vor allem nicht jetzt, an der Schwelle zu einem neuen Leben. Lieber würde sie sterben, als die Fremden zu hintergehen, die ihr geholfen hatten.

Bislang hatte sie niemand gefragt, was sie nun vorhabe, doch was würde sie antworten, wenn es dazu kam? Und was sollte sie tun, wenn die anderen sie loswerden wollten? *Das wäre vielleicht nicht das Schlechteste,* dachte sie. Dann gäbe es wenigstens keine Ungewissheit mehr. Sie würde ihnen den Stein zurückgeben und so lange durch fremde Königreiche irren, bis Zuïas Rächer sie niederstreckten – oder Sombre sie fand.

Als sie an diesen neuen Feind dachte, schnürte sich ihr die Kehle zu. Wenn sich die Dämonen gegen die Welt verschworen, wie es der Pakt zwischen Zuïa und Sombre vermuten ließ, dann konnte sie noch so weit fliehen, sie wäre nirgendwo sicher. Ihr Leben war genauso in Gefahr wie das der Erben. Nur war sie nicht der Erzfeind und hatte damit auch keine Chance, den Dämonen zu entkommen.

Auf einmal riss sie ein Geräusch aus ihren Gedanken. Sie hob das Gesicht vom Kissen und stellte fest, dass jemand an ihre Tür pochte. Hatten die anderen etwa schon beschlossen, sie wegzuschicken? Sie hätte ihnen gern noch ihre letzten Geheimnisse verraten, bevor sie gehen musste. Aber wenn es an der Zeit war, Abschied zu nehmen, würde sie sich nicht lange bitten lassen. Nervös, aber energisch wischte sie sich übers Gesicht und öffnete die von den Krallen des Leviathan zerkratzte Tür. Nolan stand vor ihr.

»Ich möchte kurz mit dir reden«, sagte er.

Überrascht sah Zejabel, dass in der Kombüse alles dunkel war, bis auf ein kleines Nachtlicht und den Kerzenleuchter, den der junge Mann mit den sanften Augen trug. Alle anderen schienen zu Bett gegangen zu sein oder schliefen sogar schon. Hatte sie wirklich so lange geweint?

»Komm herein, aber blas die Kerze aus.«

Sie überließ es Nolan, die Tür zu schließen, legte sich wieder hin und lauschte auf seine vorsichtigen Schritte. Er kam näher und setzte sich aufs Bett.

Sie wusste selbst nicht, warum sie ihn eingelassen hatte, aber als sie seine leise, beruhigende Stimme im Dunkeln hörte, war sie froh darüber.

»Ich kann verstehen, wie du dich fühlst«, flüsterte er. »Es ist noch nicht lange her, da habe auch ich meinen Glauben verraten.«

Ohne dass sie nachfragen musste, erzählte er ihr von den K'luriern, angefangen von seiner Begegnung mit Maugane bis zum Kampf im Hafen von Lorelia. Zejabel unterbrach ihn kein einziges Mal, denn sein Geständnis lenkte sie zumindest für eine Weile von ihren eigenen Sorgen ab. Erst als er geendet hatte, kehrte ihre Angst schlagartig zurück.

»Deine Geschichte ist lehrreich«, sagte sie. »Aber du konntest dieses Kapitel abschließen und dein altes Leben wieder aufnehmen. Ich hingegen habe alles verloren. Ich bin wertlos.«

»Im Gegenteil«, widersprach Nolan. »Du hast die Augen geöffnet. Du hast dich dafür entschieden, der Dämonin nicht länger zu dienen. Das ist wertvoller, als dein Leben als Zuïas Sklavin es je war.«

»Spricht hier etwa der Priester der Eurydis?«, gab Zejabel schroff zurück. »Bekehren lassen will ich mich nicht.«

Verlegenes Schweigen trat ein. Nur das Ächzen der Planken und die Schlafgeräusche aus der Kombüse, wo Kebree und Bowbaq im Chor schnarchten, durchbrachen die Stille. Zejabel bereute ihre harschen Worte, aber als Sklavin würde sie sich auf keinen Fall beschimpfen lassen.

»Ich wollte dich nicht kränken«, sagte sie versöhnlich. »Aber ich bin nicht bereit, zu einem anderen Gott zu beten.«

»Das verlangt auch niemand«, beruhigte sie Nolan.

»Was wollt ihr dann?«, fuhr Zejabel auf. »Ihr reist nach Goran, aber was ist mit mir? Soll ich es euch leicht machen und einfach gehen? Oder bei euch bleiben, bis ihr beschließt, mich zu verbannen?«

Nolan legte sich neben sie, bevor er antwortete. »Was mich betrifft, so hoffe ich, dass du bleibst«, gestand er leise.

»Und warum? Um mich als Unterpfand zu behalten? In den Augen der Meinen bin ich nichts mehr wert! In dem Moment, in dem ich der Gött... der Dämonin den Gehorsam verweigerte, habe ich meinen Rang als Kahati verloren.«

»So berechnend ist keiner von uns«, sagte Nolan. »Ich wünsche mir, dass du bleibst, weil du nirgendwo eine Zuflucht hast. Genau wie wir.«

»Danke, aber ich brauche dein Mitleid nicht!«

»Das hat nichts mit Mitleid zu tun. Ich biete dir an, dich uns anzuschließen. Für dich wie für uns gibt es nur eine Hoffnung, irgendwann wieder ein normales Leben zu führen: Einer von uns muss der Erzfeind sein, von dem die Prophezeiung kündet. Wir müssen Sombre bezwingen. Kämpfe an unserer Seite – mit dir werden wir sehr viel stärker sein.«

Zejabel blieb eine Weile stumm. Sie hatte mit allem Möglichen gerechnet, nur damit nicht, auch wenn Nolans Vorschlag einem noch uneingestandenen Wunsch entsprach.

»Du kannst nicht für alle sprechen«, wandte sie ein. »Du bist weder der Älteste noch der Stärkste. Du bist nicht ihr Anführer.«

Nolan stieß ein gepresstes Lachen aus, das sie verwirrte.

»Aber vielleicht bin ich ja der Schlauste?«, sagte er obenhin. »Wie auch immer, ich bin sicher, dass alle einverstanden sind. Amanón hat bestimmt schon darüber nachgedacht, aber vorsichtig, wie er ist, wartet er immer bis zum letzten Moment, bis er eine Entscheidung trifft. Ich dachte nur, du würdest es lieber schon heute hören.«

Zejabel war so verblüfft, dass sie nicht gleich antwortete. Konnte es wahr sein? Bekam sie tatsächlich Gelegenheit, die Vergangenheit wiedergutzumachen und sich eine Zukunft zu verdienen? Boten sie ihr gar die Aussicht auf eine Gegenwart?

Ohne zu wissen, was in sie gefahren war, legte sie dem jungen Mann die Hand auf die Brust und spürte, wie ihn ein Schauer durchlief. Sie ließ ihre Finger zu seinem Hals gleiten, seinem Gesicht, seinem Mund … Und mit einer Innigkeit, die sie selbst nicht an sich kannte, küsste sie den reglos daliegenden Nolan auf die Lippen.

»Ich habe solche Angst«, hauchte sie. Wieder rollten ihr Tränen über die Wangen, salzig schmeckende Tränen. »Ich will nicht allein sein. Nicht heute Nacht.«

Als Nolan sie in den Arm nahm, brach sie in ersticktes Schluchzen aus. So lag sie eine ganze Weile fest an ihn geschmiegt, bis sie in einen unruhigen Schlaf fiel, der von

Albträumen beherrscht wurde – und von Bildern sanfter Zärtlichkeit.

Obwohl sie todmüde war, tat Eryne in dieser Nacht kaum ein Auge zu. In den letzten Tagen war einfach zu viel geschehen. So etwas konnte niemand aushalten, ohne an den Rand eines Nervenzusammenbruchs zu geraten! Sie wollte der Familie von Kercyan Ehre machen und stark sein, aber das war leichter gesagt als getan. Wehmütig dachte sie an die süßen Träume von einst, an die Sorglosigkeit, mit der sie im Haus ihrer Eltern Nacht für Nacht eingeschlummert war. Es kam ihr vor, als wäre das schon unendlich lange her. War sie tatsächlich diese kokette, unbekümmerte junge Dame gewesen? Offenbar schon. Aber diese Eryne gab es nicht mehr. Sie war zusammen mit Roban von Sarcy in den Tod gegangen.

Eryne merkte, dass sie sich verändert hatte, auch wenn sie es nicht wahrhaben wollte. Sie war und blieb eine gewöhnliche Sterbliche, selbst wenn alle das Gegenteil behaupteten. Zugegeben, sie hatte einige unerklärliche Dinge erlebt, aber deswegen musste sie noch lange nicht der Erzfeind sein. Was konnte sie schon gegen einen Dämon ausrichten? Sie hatte in ihrem ganzen Leben noch kein Schwert angerührt. Das waren Flausen, die Zuïa und ihre Gehilfin ihnen in den Kopf gesetzt hatten – alles Lügen, wie die Behauptungen, die sie in die Finsternis des Karu hatten locken sollen.

Nachdem sie sich dekantenlang den Kopf zermartert hatte, war sie am nächsten Morgen schlechter Laune. Zum Glück war Niss eine angenehm zurückhaltende Zimmergenossin, und Eryne bemühte sich, möglichst leise zu sein, als sie aufstand und in die Kombüse ging. Dort traf sie allerdings nur auf Cael, der wieder einmal in Corenns Tagebüchern las.

»Wo sind die anderen?«, fragte sie, nachdem sie ihm einen Guten Morgen gewünscht hatte.

»Manó, Bowbaq und Keb sind oben an Deck«, gab er Auskunft. »Nolan und Zejabel sind … noch nicht aufgestanden«, fügte er verlegen hinzu.

Überrascht drehte sich Eryne zur Koje ihres Bruders um. Dann wanderte ihr Blick zur Tür der zweiten Kajüte, und sie spürte, wie ihre Wangen zu glühen begannen. Auf einmal hielt sie es keinen Moment länger unter Deck aus und rannte die Treppe hinauf.

Der graue Himmel, der über der Stadt hing, trübte ihre Stimmung noch mehr. Obwohl es nach Regen aussah, herrschte im Hafen munteres Treiben. Hunderte Träger eilten mit Säcken, Fässern und anderen Behältern hin und her: Sie entluden die Trieren, Vierruderer und Großsegler, deren Besatzungen bereits mit dem Ablegemanöver begannen, um an den Festungsmauern von Leem entlang wieder aufs Meer hinaus zu steuern. Andere Schiffe warteten darauf, beladen zu werden, bevor sie auf dem Kanal weiter ins Landesinnere bis zum Alt und von dort aus in die Hauptstadt segelten. Dieser Route, die drei bis vier Tage in Anspruch nahm, wollten auch die Erben folgen.

Eryne zögerte kurz, ob sie sich tatsächlich den Blicken der Menschenmenge aussetzen wollte, aber die Fischer und Matrosen schienen anderes zu tun zu haben, als sie anzuglotzen. Mürrisch schlenderte sie über das Deck und stieß auf Kebree, der an den Fockmast gelehnt dasaß. Unverbesserlich, wie er war, hatte er seinen Verband abgenommen. Unter dem offenen Pelzmantel war seine bloße Brust zu sehen. Eryne setzte schon zu einer Ermahnung an, als Keb ihr mit einem Grinsen den Wind aus den Segeln nahm.

»Ihr seid allein?«, fragte sie, während er aufstand.

»Jetzt nicht mehr!«, erwiderte er augenzwinkernd. »Was meinst du, sollen wir miteinander durchbrennen?«

»Ihr könnt mir ja noch nicht mal ein Pferd bieten!«, sagte sie lachend.

»In Wallos habe ich mehr als vierzig. Und wenn mir hier keiner eins verkaufen will, stehle ich eben welche. Niemand würde uns finden. Nicht einmal Sombre.«

Eryne war gern auf den Scherz eingegangen, doch Kebs Blick verwirrte sie. Er meinte es doch nicht etwa ernst? Gewiss, in mancher Hinsicht fand sie ihn durchaus anziehend, aber alles aufgeben und sich mit ihm ins Abenteuer stürzen? Selbst wenn sie nicht in Lebensgefahr schweben würden und sich unter anderen Umständen begegnet wären, war das nicht so einfach.

»Wo ist Amanón?«, fragte sie nach einer langen Pause.

Kebs Gesicht verfinsterte sich. »Mit Bowbaq unterwegs. Sie wollten ein paar Sachen besorgen und den Zoll für den Kanal bezahlen. Mich haben sie zum Aufpasser bestimmt, aber davon habe ich die Nase voll«, sagte er verdrießlich.

Er wandte sich ab und stapfte so schnell davon, dass sein langes Haar im Wind flatterte. In dieser Laune wollte Eryne ihn nicht so einfach ziehen lassen, schließlich hatte er den Erben schon oft geholfen – ihr ganz besonders.

»Ke'b'ree!«, rief sie ihm nach. »Was werdet Ihr tun, wenn wir in Goran sind?«

Der Krieger drehte sich grinsend um und kam langsam zu ihr zurück.

»Ich werde meine Mutter in die Arme schließen«, gestand er freimütig. »Und dann setze ich mich an eine Festtafel und trinke auf unser Überleben! Warum? Hast du Angst, ich könnte gleich weiter nach Wallos reiten?«

»Nein, es ist nur … Ich …«

Für gewöhnlich war Eryne nie um eine Antwort verlegen, aber Kebs direkte Art machte sie sprachlos. Die Wahrheit konnte sie ihm schließlich nicht sagen. »Niemand von uns weiß, wohin es uns danach verschlägt«, murmelte sie. »Ich war nur neugierig, was Ihr vorhabt.«

Er sah ihr eine Weile spöttisch in die Augen und trat dann näher, bis er so unanständig dicht vor ihr stand, dass ihr ganz heiß wurde.

»Warum sprichst du es nicht aus?«, fragte er plötzlich sehr ernst.

»Aber … Was denn?«, stammelte Eryne errötend. »Ich … Ich weiß nicht …«

Keb neigte sich sachte zu ihr. Er wirkte noch größer und kräftiger als sonst, und sein herber Geruch kam ihr verführerischer vor denn je.

»Ich weiß nicht, wovon Ihr redet«, log sie mit Mühe.

Der Krieger stand einen Augenblick wie versteinert da, bevor er mit verärgerter Miene zurücktrat. »Nun gut«, sagte er schroff. »Dann ist wohl klar, dass ich bei euch nichts mehr verloren habe. Sobald wir in Goran sind, kann ich endlich wieder meine Freiheit genießen.«

Diesmal rief Eryne ihn nicht zurück, als er davonmarschierte. Dafür sah sie mit Bestürzung, dass Amanón und Bowbaq mit Paketen beladen am Kai standen und sie fassungslos anstarrten. Als ihr Amanóns Blick begegnete, wurde ihr alles zu viel, und sie flüchtete sich ans andere Ende des Schiffs, um allein zu sein. Schlechter konnte ein Tag wirklich nicht beginnen.

»Sieht nach zwei wunden Herzen aus«, flüsterte Bowbaq seinem Begleiter zu. »Das liegt an den Kämpfen, die wir hinter uns haben. Wenn ihr Leben in Gefahr ist, werden die Menschen empfindsamer.«

»Das wird es wohl sein«, antwortete Amanón bitter.

Die Erben wollten sich in Leem nicht länger aufhalten als nötig, und so nahmen sie Kurs auf Norden, sobald die Ausfahrt freigegeben wurde. Die Route nach Goran war so stark befahren, dass die Hafenmeisterei einen hohen Zoll erheben konnte. Die Kapitäne, die morgens als Erste die riesige Schleuse zum Kanal passieren wollten, mussten dafür ungefähr so viel ausgeben, wie die *Rubikant* insgesamt gekostet hatte. Nur wer mit besonders edlen Waren handelte oder irgendwie mit dem Kaiser verwandt war, zahlte einen niedrigeren Preis. So liefen zunächst einige prächtige Schiffe aus, bevor die einfachen Boote an der Reihe waren. Die Gabiere der Erben kam erst an dreißigster Stelle, aber sie nahmen die lange Wartezeit in Kauf, um Geld zu sparen.

Einige herumstreunende Kinder winkten oder pfiffen ihnen zu, während sie im Schatten der bemoosten Mauern zum Kanal segelten. Einen Augenblick lang hatte Nolan das Gefühl, wieder in der Heiligen Stadt zu sein. Die Turmspitzen und Kuppeln, die hier und da in den Himmel ragten, erinnerten ihn unweigerlich an die jahrhundertealte Silhouette der Tempel von Ith, ebenso wie die majestätischen Bogen der Brücken, unter denen sie hindurchfuhren. Aber zur Stadt der tausend Heiligtümer war es ja auch nicht weit. Leem hatte einst sogar zum Itharischen Reich gehört, bevor sich die Itharer wieder in ihre Hauptstadt zurückgezogen und sich auf die Religion besonnen hatten.

Nolan hatte schon lange nicht mehr mit solcher Wehmut an die Heilige Stadt gedacht. Die Ereignisse der letzten Tage hatten alle seine Überzeugungen auf den Kopf gestellt, und nun wusste er gar nicht mehr, woran er glauben sollte.

Dennoch hatte er nach dem Aufstehen beschlossen, sein Novizengewand anzulegen und den feinen Flaum abzurasieren, der ihm am Kopf nachgewachsen war. Zum Gebet fühlte er sich noch nicht bereit, aber wenn er den Göttern schon nicht aus vollem Herzen dienen konnte, so hatten sie doch ein Zeichen der Achtung verdient. Immerhin hatten sie die Erben bis jetzt davor bewahrt, ihren Feinden zum Opfer zu fallen. Sie hatten Niss vor dem sicheren Tod gerettet. Und sie hatten dafür gesorgt, dass eine junge Frau ihre Verfehlungen erkannt hatte: Zejabel.

Nach ihrem Kuss war die schöne Fremde in seinen Armen eingeschlafen. Ihn hatte die vergangene Nacht so aufgewühlt, dass er nicht in Worte fassen konnte, was er empfand, und seine Gefährten fragten nicht nach. Zwar hatte Keb ein paar anzügliche Bemerkungen fallen lassen, und Eryne sah ihn jedes Mal groß an, wenn sich ihre Blicke trafen, aber das tat seiner heiteren Stimmung keinen Abbruch. Er wollte Zejabel den Trost spenden, den er selbst erfahren hatte, und ihr helfen, wie er es bei Maugane nicht hatte tun können. Außerdem fühlte er sich unwiderstehlich von ihr angezogen …

Es überraschte ihn nicht, dass ihn die Zü am Morgen eher kühl behandelt hatte. Sie schämte sich, Schwäche gezeigt zu haben, und musste sich unter so vielen Fremden als Außenseiterin fühlen. Es war Amanón, der ihr schließlich das Selbstvertrauen zurückgab, auch wenn er sich dessen gar nicht bewusst war: Er hatte ihr einen ganzen Köcher voller Pfeile gekauft.

Zejabel nahm das Geschenk mit einem schlichten »Danke« entgegen, ohne sich anmerken zu lassen, wie bewegt sie war. Mit dieser Geste hatte Amanón ihr wortlos zu verstehen gegeben, dass sie willkommen war – zumindest für einige Tage.

Nolan musste lächeln, als irgendwo eine Glocke zu schlagen begann und kurz darauf ein vielstimmiges Geläut das Ende des zweiten Dekants verkündete. Er hätte es schade gefunden, wenn ihm das Konzert der sechshundert bronzenen Glocken, für die Leem berühmt war, entgangen wäre.

Ausgerechnet in diesem Augenblick trat Zejabel zu ihm. Seit dem Morgen hatten sie kaum ein Wort gewechselt.

»Ich … Ich muss dich um einen Gefallen bitten«, sagte sie verlegen. »Ich würde mich gern umziehen. Dieses Gewand steht für etwas, das ich nicht mehr ertrage.«

Nolan musterte die roten Gewänder der jungen Frau. Ohne die aufgestickten religiösen Symbole würde sie damit keine besondere Aufmerksamkeit erregen, aber er verstand ihren Widerwillen nur zu gut.

»Vielleicht könntest du mir ein Gewand leihen«, fuhr Zejabel fort. »Im nächsten Hafen werde ich meinen

Schmuck verkaufen, mir alles besorgen, was ich brauche, und Amanón das Geld für die Pfeile zurückgeben. Aber bis dahin …«

»Ich werde dir ganz bestimmt keins von meinen hässlichen Sackkleidern überlassen«, widersprach Nolan mit einem Lächeln. »Warte hier.«

Er eilte in die Kombüse und klopfte an Erynes Tür. Seine Schwester war gerade dabei, Niss zu kämmen. Umso besser, dann hatte sie sicher nichts dagegen, sich als Nächstes mit Zejabels Garderobe zu befassen.

Leider quittierte Eryne seine Bitte mit einem ungehaltenen Seufzen. Kurz befürchtete er sogar, dass sie sich weigern würde, der Zü auch nur das kleinste Stückchen Stoff zu leihen.

»Was bleibt mir anderes übrig?«, lenkte sie schließlich ein. »Bring sie her, ich werde schon etwas in ihrer Größe finden. Das meiste wird ihr an der Brust allerdings zu weit sein!«

Nolan überhörte die spitze Bemerkung und gab seiner Schwester einen Kuss auf die Wange, bevor er Zejabel holen ging.

Als die Zü erfuhr, was er vorhatte, protestierte sie entsetzt, aber es gelang ihm trotzdem, sie unter Deck zu bugsieren, wo sie Eryne sofort in Beschlag nahm.

»Mal sehen«, überlegte sie mit einem prüfenden Blick auf Zejabels Figur. »Wie wäre es, wenn wir erst einmal dieses fürchterliche Kopftuch abnehmen?«

Ein Schatten huschte über das Gesicht der Zü. Sie zögerte kurz, dann löste sie langsam die Tücher, die sie um den Kopf geschlungen trug.

»Es ist das Symbol der Kahati«, erklärte sie mit gepresster Stimme. »Ich lege es zum ersten Mal im Beisein anderer ab. Das war mir nicht erlaubt.«

Nolan begriff, dass es ihr vorkommen musste, als stünde sie nackt vor ihnen. Er bemühte sich, nicht hinzusehen, während Eryne und Niss, die auf dem Bett saß, jeden Handgriff mit unverhohlener Neugier beobachteten. Als alle Tücher zu Boden geglitten waren, bewunderte er Zejabels tiefschwarzes Haar, das ihr kurzgeschnitten und kraus am Kopf lag, hob sich die Komplimente aber für später auf, um sie nicht noch mehr in Verlegenheit zu bringen.

»Sehr schön!«, sagte Eryne. »Jetzt können wir versuchen, etwas zu finden, das Eurem … Stil entspricht.«

Sie schritt gleich zur Tat und begann in ihrer Tasche zu wühlen. Nachdem sie mehrere Röcke, Blusen und taillierte Oberteile hervorgezogen hatte, breitete sie die Ausbeute auf dem Bett aus. Nolan war es ein Rätsel, wie sie sich in so kurzer Zeit wieder eine so umfangreiche Garderobe zugelegt hatte.

»Wir können zur Anprobe übergehen«, verkündete sie. »Nolan?«

Ihr Bruder sah sie fragend an, bevor er begriff, dass seine Anwesenheit in der Kajüte unerwünscht war. Er nickte Zejabel aufmunternd zu und ging. Allerdings hatte er ein ungutes Gefühl dabei, die beiden Frauen allein zu lassen. Er blieb in der Kombüse, um eingreifen zu können, falls es zum Streit kam.

Seine Geduld wurde auf eine harte Probe gestellt, denn die Anprobe zog sich in die Länge. Manchmal drangen die Stimmen von Eryne und Niss durch die Wand, ohne dass er verstehen konnte, was sie sprachen. Was mochte da drinnen vor sich gehen? Einmal kam ihm sogar der Gedanke, seine Schwester könnte ihren Spaß daran haben, sich über die Zü lustig zu machen, aber so gemein war sie zum Glück nicht, das wusste er.

Nachdem er fast zwei Dezimen gewartet hatte, steckte Niss endlich den Kopf durch die Tür und rief ihn wieder herein. Seine Anspannung verflog sofort, als er die Kajüte betrat und Zejabel erblickte.

Sie war so schön, dass es ihm den Atem verschlug. Sie trug eine leichte, weite Hose in Rot- und Brauntönen und eine helle, figurbetonende Bluse. Außerdem hatte die Lorelierin mit ihren Reispudern wahre Wunder bewirkt. Die rote Kriegsbemalung war feinen Tuschestrichen und zarten Farben gewichen, wodurch Zejabels anmutiges Gesicht viel besser zur Geltung kam. Wer von ihrer kriegerischen Vergangenheit wusste, erkannte noch an dem feurigen Blitzen ihrer Augen, dass sie eine Kämpferin war, ein Fremder hingegen würde an ihr nur die Schönheit der Bewohner der Unteren Königreiche bewundern.

»Sehr hübsch«, brachte Nolan heraus.

»Leider weigert sie sich, diese grässlichen Armreifen abzulegen«, empörte sich Eryne. »Die verschandeln alles!«

»Sie schützen meine Handgelenke«, antwortete die Zü knapp. »Ich brauche sie, wenn ich schieße.«

»Das verstehe ich ja, aber warum tragt Ihr nicht einfach Schoner aus Leder, wie alle anderen auch? Die könntet Ihr sogar unter den Ärmeln verbergen. Wer verführerisch aussehen will, muss dafür auch Nachteile in Kauf nehmen!«

Nolan sah seine Schwester verblüfft an. Sie schien ganz in ihrem Element zu sein. Mit Feuereifer drehte und wendete sie Zejabel, strich hier eine Falte glatt, zupfte dort ein Band zurecht oder tupfte etwas überschüssigen Puder ab. Zejabel ließ alles folgsam über sich ergehen. Was sie wohl selbst von dieser Verwandlung hielt?

»Du hast dich ja noch gar nicht gesehen!«, rief er plötzlich, als ihm auffiel, dass es in der Kajüte keinen Spiegel gab.

Er lief in die Kombüse und holte eine Pfanne, deren Oberfläche glänzend genug war, um sich darin zu spiegeln. Mit unergründlicher Miene betrachtete Zejabel ihr Gesicht und wandte sich dann zu Eryne um, die ungeduldig auf ihr Urteil wartete.

»Ihr habt ein Gespür dafür, was schön macht«, sagte sie. »Ihr habt mir sehr geholfen, und ich danke Euch.«

»Nicht der Rede wert«, antwortete Eryne gerührt. »Und vergesst nicht, mit einem Lächeln wärt Ihr noch hübscher.«

»Ich werde mich bemühen«, versprach Zejabel ernsthaft. »Aber ich habe eben nicht Eure Kräfte.«

Erynes Gesicht versteinerte. Nolan ahnte, dass er das Gespräch besser beenden sollte, doch er kam nicht mehr dazu, sich einzumischen.

»Meine Kräfte?«, schnappte Eryne. »Was redet Ihr da?«

»Das wisst Ihr sehr wohl«, erwiderte die Zü ruhig. »Die Kraft, die Euch zur schönsten Frau der Welt macht. Die Kraft, die Euch die Herzen der Männer zufliegen lässt – allein auf diesem Schiff sind es zwei, die Euch lieben. Und die Kraft, die bewirkt, dass alles, was Ihr berührt, noch vollkommener wird.«

»Ich verstehe nicht, was Ihr meint«, fauchte Eryne. »Was für eine merkwürdige Art, anderen Komplimente zu machen!«

»Ich will Euch nicht schmeicheln. Ich stelle nur fest, dass Zuïa mich wenigstens in einem Punkt nicht belogen hat. Ihr habt übernatürliche Fähigkeiten. Ihr seid tatsächlich ein Kind des Jal'dara.«

»Dummes Zeug!«, rief Eryne wütend. »Das ist doch lächerlich! Ich bin nicht Euer unseliger Erzfeind!«

Da sie völlig außer sich schien, machte Nolan einen Schritt auf sie zu, um sie zu beschwichtigen – und hielt mitten in der Bewegung inne. Zejabel war noch nicht fertig.

»Ob Ihr der Erzfeind seid, weiß ich nicht. Aber für mich steht außer Frage, dass Ihr eine Göttin seid.«

Zum wiederholten Mal ging Niss unter Deck, um an die Kajütentür zu klopfen, aber da Eryne auch diesmal nicht öffnete, kehrte sie mit einem kurzen Blick zu Cael nach oben zurück. Seit ihrem Streit mit Zejabel hatte sich Eryne nicht blicken lassen, doch niemand wagte, sie in ihrer Angst oder Wut zu stören. An Deck wurde der Vorfall dafür umso heftiger diskutiert.

Zejabel hatte offen ausgesprochen, was sie insgeheim geahnt hatten. So erfuhr Niss, dass ihre Zimmergenossin im Jal'dara gezeugt worden war, und bekam in allen Einzelheiten zu hören, welche Rolle sie bei ihrer Rettung gespielt hatte und was ihr auf dem Platz der Büßer widerfahren war. Auch die erstaunliche Intuition, mit der sie auf Ji den Weg zur Pforte gefunden hatte, kam wieder zur Sprache. All das zusammengenommen hatte die Erben längst stutzig gemacht, doch trotzdem begriff Niss nicht, was an Eryne übermenschlich sein sollte. Sie fand es nur traurig, dass es ihr so schlecht ging und sie ihr nicht helfen konnte – vor allem jetzt, wo sie wusste, dass sie Eryne ihr Leben verdankte.

Da die Hauptperson fehlte, kamen die Erben in ihren Überlegungen nicht so recht weiter. Die Umstände ihrer Empfängnis mochten ihr zwar einige übersinnliche Fähigkeiten verliehen haben, und diese Fähigkeiten konnten im Kampf gegen Sombre durchaus nützlich sein, aber solange sie nicht mehr darüber wussten, drehten sie sich nur im Kreis.

So beschlossen sie zu warten, bis Eryne wieder auftauchte. Niss vertrieb sich die Zeit, indem sie die Landschaft betrachtete. An manchen Stellen lagen die Ufer weit voneinander entfernt, an anderen war der Kanal so schmal, dass ihn nur ein Schiff passieren konnte. Die goronischen Baumeister hatten jedes kleine Gewässer und jeden Fluss genutzt, um einen Wasserweg zwischen Leem und dem Alt zu schaffen, und so war eine abwechslungsreiche Route entstanden. Am Ufer reihten sich Weiler in allen erdenklichen Größen: Mal war es nur eine Ansammlung von Bauernhöfen, mal ein kleines Städtchen, das sich hinter hohen Festungsmauern verbarg.

Menschen bekam Niss allerdings kaum zu Gesicht. Die wenigen Goroner, die sie am Ufer entdeckte, waren meistens Soldaten auf Streife. Das Kaiserreich verfügte über eine der größten Armeen der Welt, und das war auch auf dem Land spürbar. Selbst die Dorfbewohner, die samt und sonders den landesüblichen Zweispitz trugen, sahen so kriegerisch aus, dass Niss aus dem Staunen nicht mehr herauskam.

Seit sie endgültig wieder aufgewacht war, sog Niss alle

Eindrücke begierig in sich auf. Schließlich hatte sie drei Jahre ihres Lebens verloren, drei Jahre, in denen sie nichts erlebt und nichts gelernt hatte ... Manchmal ertappte sie sich sogar bei dem Gedanken, sie sei erst zehn Jahre alt. Wie dumm von ihr! Glücklicherweise hatte der Tiefe Traum nicht verhindert, dass sie körperlich und geistig herangereift war.

Nur eins war noch genau wie früher: ihre Faszination für Tiere. Trotz der schrecklichen Erfahrung mit dem Eichhörnchen erfreute sie sich an jedem noch so kleinen Lebewesen. Sie war versucht, ihre Erjak-Kräfte auszuprobieren, ganz kurz nur ... Natürlich würde sie nicht wieder in einen fremden Körper schlüpfen, bestimmt nicht, aber eine kleine Unterhaltung wäre doch sehr spannend, wenn sich nur ein Versuchsobjekt hätte finden lassen.

Vom Deck der *Rubikant* aus war das nämlich gar nicht so einfach. Die Spezies, die sie am häufigsten entdeckte, war eine dem Rebhuhn ähnelnde Wasservogelart, die sogenannte Floßwachtel, die sich schwimmende Nester baute. Darauf ließen sich die Vögel bis zum Ozean treiben, wo ihre flügge gewordenen Jungen das Nest verließen. Während dieser mehrere Dekaden dauernden Reise versuchten die Vogelpärchen verzweifelt, ihre kleinen Flöße von steinigen Ufern, Raubfischen und Jagdnetzen fernzuhalten – ein Kampf, der von vornherein verloren schien. Niss freute sich jedes Mal, wenn sie im Kielwasser der Gabiere ein noch unversehrtes Nest entdeckte, aber leider blieb ihr der Geist dieser Tiere verschlossen.

Die einzigen Säugetiere, die ihr hin und wieder unter die Augen kamen, waren fette Ratten und Margoline, die im Kanal plantschten, doch sie tauchten so schnell wieder ab, dass sich der Versuch nicht lohnte. Außerdem wusste Niss von früher, dass diese Tiere nur eine begrenzte Anzahl von Regungen kannten: Hunger, Angst und der Fortpflanzungstrieb waren ihre einzigen Empfindungen. Nein, für ihr erstes Experiment nach so langer Zeit wollte sie lieber die Gedanken eines Pferdes, eines Hundes oder einer Katze lesen. Einem Schneelöwen würde sie hier ja wohl kaum begegnen.

Die Reise wäre ihr viel kurzweiliger vorgekommen, wenn sie mit Cael hätte plaudern können, aber er schien ihr beharrlich aus dem Weg zu gehen. Vielleicht war das Tagebuch seiner Großtante tatsächlich so spannend, dass er sich gar nicht davon trennen konnte. Jedenfalls ließ Niss ihn in Ruhe, seit er es höflich abgelehnt hatte, mit ihr an Deck zu gehen. Sie fand das sehr schade, denn sie hätte gern etwas Zeit mit einem Gleichaltrigen verbracht und wollte außerdem herausfinden, was es mit dem seltsamen Erlebnis auf sich hatte, an das sie sich erinnerte. Als sie wie im Traum gesehen hatte, wie er ... Doch dazu würde sie ihn wohl später ausfragen müssen. Wenn überhaupt.

Der seltsame Wallatte hatte sich irgendwo verkrochen, und Nolan und Zejabel steckten seit dem Mit-Tag die Köpfe zusammen und unterhielten sich so vertraulich, dass niemand sie zu stören wagte. Also verbrachte Niss den Tag mit ihrem Großvater und Amanón, die sich am Steuer abwechselten und Anekdoten von ihren Reisen erzählten. Für eine Weile gelang es ihr, den Ernst ihrer Lage zu vergessen, die schmerzliche Sehnsucht nach den Eltern, die Hoffnungslosigkeit der Gefährten und die arme Eryne, die nicht wahrhaben wollte, welche Bürde ihr das Schicksal aufgeladen hatte ...

Die Sonne stand schon tief am Horizont, als die Gabiere endlich das Ende des Kanals erreichte. Nun mussten sie nur noch eine Schleuse passieren und würden dann zwei weitere Tage auf dem Alt bis Goran weitersegeln. Die meisten Schiffe legten in dem kleinen Städtchen an der Schleuse an, und auch Amanón steuerte die *Rubikant* an einen etwas abseits gelegenen Steg.

»Heute Abend essen wir in einem Wirtshaus«, verkündete er, während er die Leinen festzurrte. »Und zwar im besten, das wir finden! Sagst du Eryne Bescheid?«

Niss nickte eifrig und hüpfte schon in Richtung Kombüse, da hörte sie, wie Amanón zu Bowbaq gewandt mit einem Seufzer hinzufügte: »Ich wüsste nicht, womit wir sie sonst aus ihrer Kajüte hervorlocken sollten.«

Amanóns Vorschlag wurde einstimmig angenommen. Nachdem sie so vielen Gefahren getrotzt hatten, waren sie froh, das enge Schiff einmal verlassen zu können. Während sie sich ausgehbereit machten, kam eine geradezu ausgelassene Stimmung auf. Jeder noch so kurze Moment der Unbeschwertheit war ihnen willkommen, denn was die nächsten Tage bringen würden, stand in den Sternen.

Auch Eryne hatte sich einverstanden erklärt, ließ die anderen aber lange warten. Nach geraumer Weile kam sie endlich zum Vorschein. Amanón, der im Schein der Laternen am Kai auf- und abmarschierte, sah sie an Deck auftauchen und blieb wie vom Donner gerührt stehen. Eryne hatte sich selbst übertroffen.

Vielleicht hatte sie nur ihre rot geweinten Augen kaschieren wollen – das jedenfalls war ihr gelungen. Das

Fräulein von Kercyan hatte sich herausgeputzt wie für einen Hofball. Amanón hatte noch nie eine Frau so schön gefunden. Obwohl es ihm unangenehm war, konnte er nicht umhin, sie mit den Augen zu verschlingen und jedes noch so kleine Detail zu bewundern: das kunstvoll hochgesteckte Haar, das prachtvolle grüne Kleid mit dem spitzenbesetzten Ausschnitt, die Seidenhandschuhe, die edlen Strümpfe, die unter dem langen Rock hervorlugten … Am meisten aber verwirrte ihn das strahlende Lächeln, das ihm die zukünftige Herzogin schenkte. Vergessen waren seine Neugier, die bohrenden Fragen, die er so bald wie möglich mit allen besprechen wollte. Er brachte es einfach nicht über sich, ihr damit den Abend zu verderben. Jedenfalls nicht gleich.

Den anderen ging es wohl ähnlich, denn niemand erwähnte, worüber sie sich den ganzen Tag die Köpfe heißgeredet hatten. Außerdem war es schon spät, und ihnen knurrten die Mägen.

Nachdem Amanón das Zeichen zum Aufbruch gegeben hatte, brachte er noch rasch ein Stück Stoff an der Luke an, damit sie sehen konnten, ob jemand in ihrer Abwesenheit unter Deck herumgeschnüffelt hatte. Als er die Gabiere als Letzter verließ, hoffte er inständig, dass ihnen wenigstens heute Abend Ruhe vergönnt wäre.

Bald spazierte die kleine Gruppe so gut gelaunt wie schon lange nicht mehr durch die Straßen der Stadt. Zejabel und Nolan liefen in ein Gespräch vertieft nebeneinander her, Bowbaq hatte Niss an die Hand genommen und lächelte zufrieden in sich hinein, und Keb mit seinen in die Stirn hängenden Haaren und dem Pelzmantel bildete die Nachhut. Amanón lief zwischen Eryne und

Cael, bis dieser plötzlich langsamer wurde, um auf Keb zu warten, und seinem Cousin dabei verschwörerisch zuzwinkerte.

»Ich war noch nie in einem anderen Land«, sagte Eryne nach einer Weile. »Ehrlich gesagt war ich überhaupt noch nie länger aus Lorelia weg!«, fügte sie mit einem kleinen Lachen hinzu.

»Habt Ihr denn nie Euren Bruder in der Heiligen Stadt besucht?«, fragte Amanón verwundert.

»Nein. Anfangs kam Nolan noch recht häufig nach Hause und schrieb uns regelmäßig. Mutter und Vater sind viel gereist, nach Ith, Kaul oder Arkarien. Wenn ich mitgekommen wäre, hätten wir uns schon viel früher kennengelernt!«

»Es ist nie zu spät«, erwiderte Amanón. »Ich finde es nur schade, dass wir uns nicht unter anderen Umständen begegnet sind.«

Er bereute seine Worte sofort. Seit vier Tagen kämpfte er gegen Gefühle an, die er in ihrer gegenwärtigen Lage für unangebracht hielt, und heute Morgen waren sie noch stärker geworden – seit er Kebree und Eryne dabei ertappt hatte, wie sie sich fast geküsst hätten.

So schwer es ihm auch fiel, er musste einen kühlen Kopf bewahren und ermahnte sich krampfhaft zur Vernunft. Dass er sich zu Eryne hingezogen fühlte, lag einzig und allein an der Ausnahmesituation, in der sie sich befanden, wenn nicht gar an ihrer geheimnisvollen Herkunft, wie Zejabel angedeutet hatte. Sie war im Jal'dara gezeugt worden – das erklärte ihre überirdische Schönheit und ihre unwiderstehliche Wirkung auf viele Männer. Dem durfte er nicht zu viel Bedeutung beimessen.

Er musste sich auf die Gefahr besinnen, in der sie schwebten. Nichts anderes hätten seine Mutter und sein Vater getan. Seine Eltern hatten die Erben der vorigen Generation mit Mut und Umsicht durch alle Gefahren geführt, bis alle wohlbehalten nach Hause zurückgekehrt waren. Auch Rafa der Stratege, sein Vorfahr, hatte mehreren Gesandten das Leben gerettet. Er musste sich ihrer würdig erweisen, durfte nicht blind vor Begehren und Eifersucht handeln … oder vor Liebe.

Auch wenn ihn jedes Mal, wenn er dem Blick der schönen, rätselhaften Eryne begegnete, ein Schauer durchlief.

Cael sah sich neugierig in dem goronischen Städtchen um, auch wenn es bei weitem nicht so faszinierend war wie das reiche Lorelia oder das unterirdische Labyrinth von Ji. Die Bauweise der Häuser beeindruckte ihn dennoch: Alle Gebäude, bis hin zu den einfachsten Behausungen, sahen aus wie kleine Burgen. Auch nach den Einheimischen drehte er sich immer wieder um, so sehr erstaunten ihn die maßgeschneiderten bodenlangen Mäntel, die hier alle trugen. An manchen Kreuzungen standen Statuen der Göttin Mishra, der Hauptgöttin Gorans, die mit einem Bärenkopf dargestellt war.

Beim Anblick dieser Denkmäler geriet er ins Grübeln. Wenn die Unsterblichen tatsächlich existierten, weilte dann auch Mishra unter den Menschen, befand sie sich vielleicht in eben diesem Moment irgendwo zwischen Goran und Leem? Wenn ja, in welcher Gestalt? Als Mensch? Als Tier? Oder als Zwitterwesen, wie die Statuen? Er stellte sich vor, wie eine der steinernen Figuren plötzlich zum Leben erwachte und sich auf die ahnungslosen Passanten stürzte. Mishra galt zwar als Göttin der Gerechtigkeit, aber manche der Statuen sahen genauso furchterregend aus wie Reexyyl.

Die Erben wussten immer noch viel zu wenig über die Kinder des Jal. Wenn sie hoffen wollten, Sombre zu bezwingen, mussten sie noch mehr über das Wesen der Götter in Erfahrung bringen. Es sei denn, Königin Chebree würde ihnen weiterhelfen, doch das bezweifelte selbst Cael. Nach dem Kampf in der lorelischen Herberge hatte er beschlossen, Keb zu vertrauen, aber die Geschichte mit der angeblichen Botschaft für Emaz Lana warf mehr Fragen auf, als Keb beantworten konnte, und dass sich der Krieger ständig absonderte, machte die Sache nicht besser. Wenn er sich überhaupt einmal zu Wort meldete, dann nur, um einen Witz zu reißen oder eine verächtliche Bemerkung fallen zu lassen. An ihren Beratungen beteiligte er sich nie, und von sich selbst erzählte er so gut wie nichts. Dennoch hatte Cael ihn irgendwie gern, seit sie beide von den K'luriern verwundet worden waren. Während sie so nebeneinander herliefen, fiel ihm auf, dass er fast nichts über den Mann wusste, der angeblich Saats Sohn war. Jetzt hatte er die Gelegenheit, mehr herauszufinden.

»Habt Ihr nicht manchmal Heimweh nach Eurem Land?«, fragte er beiläufig.

Keb warf ihm einen kurzen Blick zu, dann grinste er breit. »Wir haben zusammen gekämpft. Und König bin ich auch noch nicht. Also lass das ›Ihr‹.«

»Gern«, sagte Cael erfreut. »Fehlt dir Wallatt nicht ein bisschen?«

»Doch, sehr sogar«, antwortete Keb. »Eigentlich dachte ich, dass mich einer von euch bittet, nach Goran bei euch zu bleiben, aber da habe ich mich wohl geirrt. Also werde ich nach Hause zurückkehren.«

»Aber natürlich kannst du bleiben!«, rief Cael. »Ich will es, und die anderen auch!«

»Danke, aber eine Ausnahme gibt es da wohl«, sagte Keb mürrisch. »Außerdem habe ich einiges zu tun. Die Solener und Thalitten haben unsere Abwesenheit sicher genutzt, um an unseren Grenzen Unruhe zu stiften. Da muss ich für Ordnung sorgen.«

Caels Blick wanderte zu der Lowa, die Keb unter dem Pelzmantel an der Hüfte hing. Er selbst trug Létis Rapier, und auch Amanón und Nolan hatten ihre Waffen dabei. Nur Bowbaq hatte seine Kaute zurückgelassen, um dem Abend mit seiner Enkelin den Anschein von Normalität zu geben. Zejabel hatte zwar auf den sperrigen Bogen verzichtet, sich dafür aber mit Amanóns ramgrithischem Dolch bewaffnet. Innerhalb weniger Tage hatten die Erben gelernt, stets auf einen Kampf gefasst zu sein – Keb hingegen kannte das seit frühester Kindheit.

»Wie habt ihr eigentlich die feindlichen Linien umgangen?«, fragte Cael weiter. »Ist es nicht gefährlich, wenn die Königin und der Thronerbe gemeinsam auf Reisen gehen?«

»Das haben unsere Hauptmänner auch gesagt«, sagte Keb und lachte laut auf. »Aber meine Mutter weiß ihre Untergebenen in die Schranken zu weisen. Wir ritten in der Nacht los und hatten nur eine kleine Eskorte dabei. Damit sind wir unter mehr oder weniger großen Opfern durchgekommen. Auf der Seite der Thalitten, versteht sich«, fügte er mit einem schiefen Grinsen hinzu.

»Die Eltern von Eryne und Nolan hätten sich wahrscheinlich nicht so weit in den Osten vorgewagt«, dachte Cael laut. »Deine Mutter wollte ihnen wohl ein Stück entgegenkommen, um ihnen die Reise zu erleichtern.«

»Das vermute ich auch. Aber sag das mal deinem verbohrten Vetter! Der ist genauso stur, wie seine Ledersachen nach Kohl stinken!«

»Du weißt eben nichts Genaues«, verteidigte Cael seinen Cousin. »Überleg doch mal! Du bist deiner Mutter nach Goran gefolgt und hast dann den halben Kontinent durchquert, ohne dich zu fragen, was das Ganze soll! Du musst zugeben, dass das seltsam ist.«

Bislang hatte Keb halbwegs freundlich dreingeblickt, aber jetzt verdüsterte sich seine Miene wieder. Dabei hatte Cael nicht das Gefühl, etwas Unverschämtes gesagt zu haben.

»Ich bin übrigens auch dieser Bande hier gefolgt, ohne irgendwelche Fragen zu stellen«, brummte Keb. »Du scheinst zu vergessen, dass Che'b'ree auch meine Königin ist. Sie hat verhindert, dass mein Volk aus seinem Land vertrieben wurde, und so unseren Stolz und unsere Ehre gewahrt. Die Befehle einer solchen Frau stellt niemand infrage, nicht einmal ihr Sohn.«

Daraufhin schwieg Keb so beharrlich, dass Cael ein schlechtes Gewissen bekam. Ganz Unrecht hatte Keb nicht, ganz abgesehen davon, dass in Wallatt andere Sitten und Bräuche herrschten als in den Oberen Königreichen. Es würde ja auch niemand vom goronischen Kaiser verlangen, die Befehle an seine Minister zu rechtfertigen. Nachdem der Krieger zwei Dezillen lang geschmollt hatte, hielt Cael es nicht mehr aus.

»Verzeih mir. Es ist nur … Wir machen uns eben alle Sorgen, wie es weitergeht.«

Keb warf ihm einen verdrießlichen Blick zu und nahm dann die Entschuldigung an, indem er ihm so heftig auf den Rücken schlug, dass ihm die Luft wegblieb. Hatte er etwa vergessen, dass er fast genauso kräftig war wie Bowbaq und zudem eiserne Handschützer trug?

»So jung, und schon so viel Ehre im Leib!«, sagte Keb. »Weißt du was, Bruder? Heute Abend stoßen wir beide auf das Wohl unserer Mütter an.«

Cael nickte und dachte, dass er in seinem ganzen Leben noch nicht mehr als zehn Gläser Wein getrunken hatte. Wenn Keb einen Saufkumpan suchte, war er bei ihm an der falschen Adresse. Und dass er sich für unerwünscht hielt und dabei an jemand ganz Bestimmtes dachte, ließ für den Abend nichts Gutes befürchten.

Zu Zejabels Leidwesen entschieden sich die Erben für ein Wirtshaus namens »Katzenwels«, vermutlich das teuerste in der ganzen Stadt. Seit sie in den Rang der Kahati erhoben worden war, hatte die Zü im Lus'an ein Leben in Saus und Braus geführt, aber jetzt hätte sie einen ruhigen Abend auf der Gabiere vorgezogen. Sie war nur Nolan zuliebe mitgekommen.

Den ganzen Tag lang hatte er sich bemüht, ihr die Befangenheit zu nehmen. Zunächst hatte er ihr alles berichtet, was er über die weisen Gesandten, Nol den Seltsamen und das Jal wusste, ihr dann von den Erben und ihren Familien erzählt und schließlich die Ereignisse geschildert, die zu ihrer Zusammenkunft in Lorelia geführt hatten.

Seither fühlte sich die Zü ihnen allen weniger fremd, und genau das hatte Nolan wohl erreichen wollen. Gleichzeitig bestätigten seine Worte die Überzeugungen, zu denen sie gelangt war. Ja, Zuïa war eine Dämonin aus der Unterwelt des Karu und nicht die gerecht strafende Göttin, der zu dienen sie geglaubt hatte. Ja, sie hatte gut daran getan, sie zu verraten und mit den Unbekannten zu fliehen, die sie so bereitwillig in ihrer Mitte aufgenommen hatten. Und ja, sie betrachtete es als ihre Pflicht, ihnen im Kampf gegen Sombre zu helfen – sei es auch nur, um den schützenden Dara-Stein so lange wie möglich behalten zu können.

Dennoch fühlte sich Zejabel in diesem fremden Reich, dessen Sprache sie nicht beherrschte und dessen Sitten sie nicht kannte, nicht wohl in ihrer Haut. Sie ärgerte sich, den Wortwechsel zwischen Amanón und dem Wirt nicht zu verstehen, auch wenn er nur um einen Tisch bat. Außerdem konnte sie sich einfach nicht an ihre neuen Kleider gewöhnen. Da nützte es auch nichts, dass Nolan ihr ständig Komplimente machte. Ihr war klar, dass sie in den Kleidern schöner aussah, aber mit ihrem alten Gewand hatte sie sehr viel besser kämpfen, klettern oder einfach nur schnell laufen können. Nun kam sie sich fast verkleidet vor.

Sie bekamen einen Tisch etwas abseits der übrigen Gäste zugewiesen, wie Amanón es gewünscht hatte. Der Saal war ohnehin nicht voll besetzt. Der Preis der goronischen Spezialitäten, die hier serviert wurden, zwang die meisten Seeleute, sich anderswo nach einer erschwinglichen warmen Mahlzeit umzusehen, weshalb im »Katzenwels« nur einige wenige Offiziere und wohlhabende Kaufleute saßen. Zejabel fiel auf, dass Niss, Eryne und sie selbst die einzigen Frauen im Raum waren.

Amanón gab die Bestellungen auf, aber Zejabel hörte nur mit halbem Ohr hin. Sie kannte nicht einmal die Hälfte der Gerichte, deren Namen er ihnen übersetzte. So überließ sie Nolan die Auswahl und versuchte wieder einmal vergeblich, Eryne in ein Gespräch zu verwickeln. Die Lorelierin war offenbar fest entschlossen, sie zu ignorieren, dabei mussten sie ihre Unterhaltung vom Morgen unbedingt fortsetzen! Zejabel konnte verstehen, dass es eine verwirrende Vorstellung sein musste, eine echte Göttin zu sein, aber Eryne hatte immerhin den ganzen Tag Zeit gehabt, sich an den Gedanken zu gewöhnen.

Schließlich wurde der Fisch aufgetragen, eine Art Schleie, wie ihr Nolan erklärte, der das Gericht aus Ith kannte. Sie musste zugeben, dass es vorzüglich schmeckte. Auch die anderen langten kräftig zu und wurden immer fröhlicher, je mehr sich die Teller und Weinkrüge leerten. Bowbaq und Eryne begannen sogar schon, grundlos zu kichern, und Kebree machte der Lorelierin unverhohlen schöne Augen. Amanón hingegen sah im Laufe des Essens immer mürrischer drein und sprach beinahe nur noch mit Niss und Cael. Er zählte ihnen seine Leibgerichte aus den Unteren Königreichen auf, schien aber mit den Gedanken woanders zu sein.

Irgendwann kamen die Söhne des Wirts in Livree aus der Küche und stimmten mit Zupforgel und Posaune eine muntere Weise an. Prompt sprang Keb von seinem Stuhl auf und entführte Eryne zu einem Tanz, den sie ihm offenbar ein paar Tage zuvor versprochen hatte. Auch Nolan brachte eine schüchterne Aufforderung über die Lippen, aber Zejabel lehnte entgeistert ab – solches Gehüpfe hatte nicht zu ihrer Ausbildung als Kahati gehört. Eryne und Keb schien es allerdings großen Spaß zu machen, zwischen den Tischen herumzuwirbeln.

Amanón wirkte weit weniger begeistert. Seine Miene war so finster wie sein Haar und der sorgfältig gestutzte Bart. Er sagte kein Wort, bis sich die beiden Tänzer wieder setzten, und seufzte schwer, als Kebree allen nachschenkte.

»Vielleicht sollten wir diesen Moment der Ruhe nutzen. Wir müssen reden«, murmelte er schließlich.

Erynes Fröhlichkeit verflog schlagartig. Sie warf Zejabel einen vernichtenden Blick zu und wandte sich dann zu Amanón um.

»Fragt sich nur, worüber«, sagte sie schroff. »Ihr wollt uns doch wohl nicht den Abend verderben?«

»Ihr wisst ganz genau, worüber wir sprechen müssen«, entgegnete er.

»Vielleicht ist das nicht der passende Moment, Manó«, mischte sich Nolan ein.

»Seht Ihr, mein Bruder ist ganz meiner Meinung!«, rief Eryne triumphierend.

»Nein. Er will damit nur sagen, dass Ihr zu viel getrunken habt«, konterte Amanón.

Mittlerweile lag eine solche Spannung in der Luft, dass keiner zu sprechen wagte. Alle beobachteten Erynes starre Miene und fragten sich, was in ihr vorging. Das Schweigen zog sich in die Länge, bis sich Kebree auf einmal vorbeugte.

»Wir wissen doch alle, worum es hier geht«, sagte er halblaut. »Nichts hindert dich daran, sie ebenfalls aufzufordern.«

Es klang wie ein Scherz, aber der Blick, den die beiden Männer wechselten, sprach eine andere Sprache. Alle begriffen, dass die Stimmung jeden Moment umzuschlagen drohte, selbst Eryne.

»Na schön, bringen wir es hinter uns«, fuhr sie dazwischen. »Was war noch gleich die Frage? Ob ich wirklich eine Göttin bin? Aber natürlich bin ich das!«, sagte sie ironisch. »Nur merkwürdig, dass mir der Wein offenbar genauso zu Kopf steigt wie jedem anderen auch.«

»Nicht so laut, Eryne«, bat Nolan.

»Warum? Mir hört ja ohnehin niemand zu!«, zischte seine Schwester. »Ihr glaubt, dass ich ein Kind des Dara bin, aber betrachten mich diese Kerle da drüben etwa mit frommer Ehrfurcht? Sie sehen mich als das, was ich bin: eine Frau, eine ganz gewöhnliche Sterbliche!«

»Ich glaube, sie bewundern vor allem dein Aussehen, Freundin Eryne«, bemerkte Bowbaq.

»Niemand von uns behauptet, die Wahrheit zu kennen«, sagte Amanón. »Ihr habt Recht, vielleicht seid Ihr keine Göttin. Aber es sind einige Dinge vorgefallen, die wir uns nicht erklären können. Je eher wir also alle gemeinsam darüber nachdenken, desto besser. Vergesst nicht, dass uns Sombre in Goran auflauern könnte. Oder auf dem Schiff. Oder sogar vor dieser Tür! Er könnte uns jederzeit und überall erwischen. Jeder von uns muss darauf gefasst sein, gegen ihn sein Bestes zu geben.«

Obwohl Amanón lediglich das letzte Wort behalten wollte, klang sein Appell so dramatisch, dass die Fröhlichkeit in der Runde endgültig erlosch. Die Gesichter der Erben verdüsterten sich, und einige runzelten sorgenvoll die Stirn. Zejabel nahm den Faden dankbar auf.

»Dass Ihr eine Göttin seid, muss nicht zwangsläufig heißen, dass Ihr der Erzfeind seid. Aber als Göttin könntet Ihr Eurem Bruder und Euren Freunden eine wertvolle Hilfe sein – und vielleicht sogar Euren Eltern.«

Die Zü rechnete mit einem weiteren Wutausbruch, doch Eryne riss nur die grünen Augen auf und musterte sie stumm. Die Stimmung in der Wirtsstube war mit einem Mal sehr gedämpft. Nachdem die Musikanten keine weiteren Gäste zu einem Tanz hatten bewegen können, räumten sie ihre Instrumente beiseite, so dass nur noch das Knistern des Kaminfeuers und die leisen Unterhaltungen an den Tischen zu hören waren.

»Wie stellt Ihr Euch das vor?«, fragte Eryne nach einer Weile. »Was ändert das schon? Ich habe Stimmen gehört und eine Pforte gefunden. Na und? Verglichen mit den Fähigkeiten von Niss und Bowbaq sind das nur Kleinigkeiten, die ich nicht mal unter Kontrolle habe!«

»Ich kann Euch beibringen, sie zu kontrollieren«, sagte die Zü unvermittelt.

Damit hatte niemand gerechnet, nicht einmal Nolan, obwohl er schon vieles von ihr wusste. Der Novize starrte sie mit großen Augen an, die anderen wandten sich hoffnungsvoll zu ihr um. Nur Eryne sah noch entsetzter aus als zuvor.

»Als Kahati musste ich meinen Körper und meinen Geist darauf vorbereiten, Zuïa zu empfangen. Sie hat mich einiges gelehrt, was Euch nützlich sein könnte.«

»Und was soll das sein?«, protestierte Eryne. »Auf Dächer klettern oder irgendwelchen Unglücksraben die Kehle durchschneiden? Danke, ich verzichte.«

»Lasst sie doch ausreden«, bat Amanón.

»Ich kann Euch zeigen, wie Ihr die Entsinnung erreicht«, fuhr Zejabel fort. »Wer sich in diesen Zustand versetzt, kann die Gedanken anderer hören.«

»Das können die Arkarier auch«, mischte sich Keb ein. »Es ist doch völlig überflüssig, die Herzogin zu verärgern und uns den Abend zu verderben, wenn dabei nichts Neues herauskommt.«

»Ich weiß nicht viel über die Kraft der Erjaks, aber mir scheint, dass die Entsinnung etwas ganz anderes ist. Wir müssen nicht in einen Geist eindringen, um seine Gedanken zu lesen, der Betreffende bemerkt es nicht einmal. Wir hören einfach nur zu. Nicht anders, als die Götter es tun.«

»So war es doch auch auf dem Platz der Büßer«, rief Cael. »Ihr habt die Gedanken der Leute um uns herum gehört!«

»Angenommen, es wäre so – ich wüsste nicht, warum ich dafür in Kauf nehmen sollte, den Verstand zu verlieren!«, entgegnete Eryne hitzig. »Warum wendet Ihr diese Technik nicht selbst an, wenn Ihr so viel davon haltet?«

»Weil ich kein Kind des Dara bin«, sagte Zejabel. »Eure Fähigkeiten sind mir nicht gegeben. Ich bin nur darauf vorbereitet worden, den Gedanken eines … eines Dämons zu lauschen.« Sie war selbst überrascht, wie schwer es ihr fiel, das Wort laut auszusprechen. Hastig beschloss sie, ihr Geständnis zu Ende zu bringen.

»Gewiss befürchtet Ihr, dass Zuïa eines Tages von meinem Körper Besitz ergreifen wird. Das wird nicht geschehen. Nur wenn die Kahati zu völliger Selbstaufgabe bereit ist, kann die Göttin in ihr wiedergeboren werden. Und das bin ich nicht mehr.«

»Außerdem trägst du einen Dara-Stein«, erinnerte sie Nolan. »Damit bist du für Zuïa unauffindbar.«

»Eben!«, trumpfte Eryne auf. »Eure Geschichte ergibt keinen Sinn! Wie kann ich, um es mit Euren Worten zu sagen, Niss' Gedanken gelesen haben, wo wir doch beide von einem Stein geschützt werden?«

»Ich weiß es nicht«, gab Zejabel zu. »Aber vor zwei Tagen wusste ich noch nicht einmal, dass es solche Amulette überhaupt gibt. Das alles ist mir neu.«

»Die Gwelome schützen uns vor Magie und machen uns für die Götter unsichtbar«, überlegte Nolan. »Vielleicht können wir daraus schließen, dass du doch keine Göttin bist.«

»Oder noch nicht«, mischte sich Amanón ein.

Das Lächeln, das sich auf Erynes Gesicht angedeutet hatte, verflog.

»Von Sombre wissen wir, dass es eine Weile dauerte, bis sich seine Fähigkeiten voll entfaltet hatten«, erklärte Amanón. »Inzwischen, so vermuten wir wenigstens, ist er ›vollendet‹. Womöglich macht auch Ihr eine Entwicklung durch, wer weiß?«

»Wer weiß? Ja, was weiß denn ich!«, empörte sich Eryne. »Wenn Ihr wie eine Jahrmarktsattraktion behandelt würdet, wärt Ihr bestimmt weniger neugierig. Zum letzten Mal: Ich will kein Wort mehr über Entsinnung, Kinder des Jal und diesen ganzen Hokuspokus hören!«

Wutentbrannt sprang sie auf, streifte ihren linken Seidenhandschuh ab und hielt ihnen reihum die Hand unter die Nase. Auf ihrer Handfläche verlief ein frischer, daumenlanger Kratzer.

»Seht Ihr? Diese Wunde habe ich mir selbst zugefügt, um ganz sicher zu sein«, sagte sie. »Ich habe den Schmerz gespürt und das Blut fließen sehen, genau wie bei jedem anderen! Wer von Euch will jetzt noch behaupten, ich sei eine Göttin?«

Ohne eine Antwort abzuwarten, drehte sie sich um und stürmte hinaus. Zejabel sah ihr erstaunt nach. Sie hätte Eryne nicht für so kühn gehalten – oder für so leichtsinnig.

»Ich rede mit ihr«, sagte Nolan.

Er lief seiner älteren Schwester nach. Die anderen ahnten, was sich draußen abspielen würde: Sie würde weinen, er würde sie trösten, ihr versprechen, sie künftig mit der Sache in Frieden zu lassen, und ihr zureden, in Ruhe über alles nachzudenken.

»Dass sie blutet, tut nichts zur Sache«, sagte Zejabel mit einem Schulterzucken. »Auch Zuïas Körper kann verwundet, ja sogar vernichtet werden, ohne dass die Dämonin deswegen stirbt. Jeder Gott und jede Göttin hat eine andere Gestalt und andere Fähigkeiten.«

»Ich weiß«, meinte Amanón traurig. »Aber Eryne muss sich erst darüber klar werden, welche das sind, bevor sie versuchen kann, sich damit abzufinden.«

Die Spannungen zwischen Eryne, Zejabel, Keb und Amanón hatten den Erben die Lust an der Unterhaltung genommen, und so fand der Abend ein jähes Ende. Sie verließen das Lokal und kehrten auf die Gabiere zurück, wo sich die meisten sofort schlafen legten.

Nur Keb ging wieder einmal eigene Wege: Er sah nicht ein, warum er sich den Spaß verderben lassen sollte, und verschwand im Straßengewirr des goronischen Städtchens. Einen halben Dekant lang wartete Amanón auf seine Rückkehr, während er an Deck saß und trüben Gedanken nachhing. Wie kalt es geworden war, fiel ihm erst auf, als Nolan neben ihn trat und sich die Hände rieb.

»Du solltest zu Bett gehen«, sagte er. »Ich habe in Lorelia erlebt, wie sich Keb die Nächte um die Ohren schlägt. Es kann gut sein, dass er erst morgen früh wiederkommt.«

»Dieser Trottel wird in Schwierigkeiten geraten und im Kerker landen«, seufzte Amanón. »Wenn wir nicht zu einem Treffen mit seiner Mutter unterwegs wären, würde ich die Segel setzen, ohne auf ihn zu warten.«

»Das denkst du doch nicht wirklich.«

»Wenigstens denke ich überhaupt etwas«, erwiderte er mürrisch. »Im Gegensatz zu ihm. Allerdings scheint dieser Unterschied manchen unter uns nicht viel zu bedeuten.«

Er biss sich auf die Lippe, als könnte er damit zurücknehmen, was er gerade ausgesprochen hatte. Es war eigentlich nicht seine Art, in Selbstmitleid zu versinken. Vielleicht war ihm der Wein doch zu Kopf gestiegen? Zum Glück war Nolan so höflich, nicht auf seine Bemerkung einzugehen.

»Hast du eine Idee, was nach Goran unser nächstes Ziel sein könnte?«, fragte er.

»Eigentlich nicht. Es ist noch zu früh, um darüber zu sprechen.«

»Usul?«, fragte Nolan mit forschendem Blick.

Amanón konnte seine Überraschung nicht verhehlen.

Wie konnte Nolan ahnen … Aber im Grunde war es kein Wunder, dass er denselben Gedanken gehabt hatte. Oft vergaß Amanón, dass er nicht der Einzige war, der sich Sorgen um die Zukunft machte. Vermutlich hatte schon jeder von ihnen an Usul den Wissenden gedacht, denn wer hätte ihnen besser über ihre Eltern, den Erzfeind und ihre Aussichten im Kampf gegen Sombre Auskunft geben können als der Gott der Weissagungen? Es hatte nur noch niemand gewagt, es auszusprechen.

»Das wäre eine Möglichkeit«, bestätigte er. »Es ist sogar die einzige Möglichkeit«, verbesserte er sich dann. »Wir haben eigentlich keine andere Wahl.«

»Von Goran ist es nicht weit nach Ith«, murmelte Nolan. »Dort fing alles an, die Dunkle Bruderschaft, das Wiederaufleben der Alten Religion … Wenn wir dorthin reisen, könnte ich …«

Amanón sah ihm in die Augen. Darüber hatte er auch schon nachgedacht.

»So weit sind wir noch nicht«, wehrte er ab. »Wir müssen noch eine Antwort auf viele Fragen finden, bevor wir uns in die Höhle des Löwen wagen können.«

Nolan nickte ernst, wünschte ihm eine Gute Nacht und wandte sich ab. »Wenn du runterkommst, klopf viermal an die Tür«, sagte er noch. »Keb kennt die Abmachung. Mach dir keine allzu große Sorgen um ihn.«

Und schon war Amanón wieder allein. In einem Anfall von Ungeduld sprang er auf den Anlegesteg hinüber, durchkämmte die an den Hafen angrenzenden Straßen und steckte den Kopf in jede Schänke, die noch geöffnet hatte. Sich um den Wallatten Sorgen machen? Wozu? Der Kerl kümmerte sich ja auch nicht darum, was aus ihnen allen wurde! War ihm überhaupt klar, in welch unangenehme Lage er sie brachte, wenn er einfach verschwand? Wie sollten sie bei der Königin vorsprechen, wenn sie nicht wussten, wo ihr Sohn abgeblieben war?

Nachdem er einen halben Dekant lang vergeblich durch das Hafenviertel gestreift war, hatte er die Nase gestrichen voll. Er sollte längst da sein, wo er hingehörte: bei den anderen. Doch kaum war er zur Gabiere zurückgekehrt, stellte er zu seiner Verblüffung fest, dass Keb in seinen Pelzmantel eingewickelt an Deck schlief und dabei schnarchte wie ein Wildschwein.

»Mistkerl«, murmelte er.

Wie vereinbart klopfte er viermal an der Luke und stieg dann in die Kombüse hinab, in der ihn angenehme Wärme umfing. Nolan war nicht weiter überrascht, als er ihm sagte, dass Keb immer noch unterwegs war.

Am nächsten Tag war die Stimmung an Bord der *Rubikant* alles andere als gut. Eryne ging Zejabel und Amanón aus dem Weg, Amanón war böse auf Kebree, und der ließ die anderen wie immer links liegen.

Wer nicht in seiner Ecke schmollte, versuchte sich an Deck nützlich zu machen. Bowbaq verbrachte den Großteil des Tages damit, die Schäden zu reparieren, die der Leviathan dem Schiff zugefügt hatte, und erzählte Niss währenddessen, was in den drei Jahren ihrer »Abwesenheit« geschehen war. Zejabel machte zunächst ein paar Dehnübungen, denen die anderen staunend zusahen, und versuchte dann, die auffälligen religiösen Symbole von ihrem Kahati-Gewand zu lösen. Sie war zu sehr an die Bequemlichkeit ihrer alten Kleider gewohnt, um ganz auf sie verzichten zu wollen.

Nolan vertiefte sich in die Lektüre des Buchs der Weisen. Er spürte Eurydis gegenüber eine Hingabe und einen Lerneifer, wie er sie schon lange nicht mehr empfunden hatte. Insgeheim hoffte er, eine Stelle zu finden, die Eryne in ihrer Verwirrung und Verzweiflung helfen könnte, obwohl er das Buch eigentlich gut genug kannte, um zu wissen, dass dort nirgendwo von den Pforten ins Jal oder dem Zustand der Entsinnung die Rede war. Dennoch klammerte er sich an die Hoffnung, wenigstens auf eine kleine Andeutung oder eine Spur zu stoßen. Seine Schwester hatte sich wieder in ihrer Kajüte eingeschlossen, als könnte sie damit alles Unbekannte aussperren, und er ertrug es einfach nicht, sie so leiden zu sehen.

Da Keb seine Hilfe nicht anbot und Amanón ihn nicht darum bitten wollte, wechselte er sich mit seinem Cousin am Steuer ab. Der Alt war ein tückisches Gewässer, und sie durften keinen Augenblick lang unachtsam sein. Noch dazu waren auf dem größten Fluss der Oberen Königreiche Schiffe aller Art unterwegs: Schuten, Feluken, Barken, Galeoten und einige Varianten, die Cael noch nie gesehen hatte.

Bowbaq geriet ganz aus dem Häuschen, als er ein Lesqi entdeckte, ein arkisches Kanu, das Cael ins Träumen brachte. Was machten die beiden Fallensteller wohl hier, so weit vom Weißen Land entfernt? Bis wohin wollten sie mit ihrem Boot aus gespannten Tierhäuten fahren? Waren sie vielleicht nach Ith unterwegs? Seit der Schlacht am Blumenberg unterhielten die arkischen Klans und die Einwohner der Heiligen Stadt enge Beziehungen, und die tapferen Kämpfer, die vor mehr als zwanzig Jahren die Stadt gerettet hatten, wurden dort noch immer wie Helden empfangen.

Während Cael die vorbeiziehende Landschaft betrachtete, fiel ihm ein, dass der Alt die Grenze zwischen Arkarien und dem Großen Kaiserreich bildete. Am linken Ufer sah er bald nur noch unberührte Natur und gelegentlich eine Ansammlung Blockhütten. Auf der goronischen Seite wurde die Besiedlung hingegen immer dichter, bis sie ein befestigtes Städtchen nach dem anderen passierten und schließlich gegen Abend die Ausläufer großer Städte wie Partacle erreichten.

Amanón hatte den anderen eingeschärft, dass sie noch vor Einbruch der Nacht einen Hafen ansteuern mussten, denn die meisten Orte im Landesinnern verwehrten fremden Schiffen die Einfahrt, sobald es dunkel wurde. Einem uralten Aberglauben zufolge, der sich hartnäckig gehalten hatte, würde eines Tages ein Heer von Toten auf Geisterschiffen den Fluss hinabgesegelt kommen, um sich an den Lebenden zu rächen. Deshalb befürchteten die Bewohner bei jedem im Dunkeln eintreffenden Schiff, es mit der Vorhut der Gespensterflotte zu tun zu haben.

Cael fragte sich, wie diese Legende entstanden sein mochte. War sie nur ein Ammenmärchen? Oder handelte es sich um eine Prophezeiung von Usul, den Undinen oder einer anderen Gottheit, die in die Zukunft blicken konnte? So viel die Erben inzwischen über die Unsterblichen wussten, so ahnungslos waren sie doch immer noch. Das war ihm wieder klar geworden, als er Corenns Aufzeichnungen zum dritten Mal gelesen hatte, ohne die Antworten zu finden, die er suchte. Als Amanón kam, um ihn am Steuer abzulösen, wagte er endlich, die Frage zu stellen, mit der er sich seit Tagen herumquälte.

»Könntest du mir das letzte Heft deiner Mutter zeigen?«, fragte er geradeheraus.

Sein Cousin sah ihn stumm an. Dann zog er das Heft aus der Tasche, musterte es kurz und drückte es ihm in die Hand.

»Versprich dir nicht zu viel davon«, sagte er.

Dennoch hatte Cael es auf einmal sehr eilig. Er bedankte sich und rannte zum Heck, wo er im schwächer werdenden Abendlicht allein sein konnte. Amanón hatte ein so großes Geheimnis um diesen Teil des Tagebuchs gemacht, dass er unbedingt wissen wollte, was darin stand.

Schon in den ersten Zeilen wandte sich Corenn direkt an ihren Sohn. Das war nicht weiter verwunderlich, denn schließlich hatte sie das Testament ausdrücklich für ihn verfasst. Die Ratsfrau schilderte ihre persönlichen Überlegungen zu den Pforten und dem Jal, auch wenn sie nicht viel darüber wusste. Nur in einem war sie sich ganz sicher: Die Pforten, die über die gesamte bekannte Welt verteilt waren, waren von den Ethekern errichtet worden. Das war zwar eine wichtige Erkenntnis, brachte sie aber nicht weiter, weil über diese untergegangene Kultur so gut wie nichts bekannt war.

Außerdem berichtete Corenn, wie ihr ein in der vergessenen Sprache dieses Volkes verfasstes Manuskript in die Hände gefallen war und unter welchen Umständen sie den kostbaren Fund zusammen mit ihrem ursprünglichen Tagebuch im Tiefen Turm von Romin zurücklassen musste. Sie empfahl Amanón, sich näher mit der geheimnisvollen ethekischen Sprache zu befassen, da diese Kenntnisse den Erben, insbesondere dem Erzfeind, von Nutzen sein würden. Sie selbst hatte sich erfolglos an der Entschlüsselung der Schrift versucht und schließlich jedes Zeichen, das im Laufe der Jahrhunderte entdeckt worden war, fein säuberlich in ihr Tagebuch kopiert. Auf knapp dreißig Seiten hatte sie rätselhafte Symbole und Textfragmente verschiedenster Herkunft aneinandergereiht.

Cael sah zwar die Ähnlichkeit zwischen den Abbildungen im Heft und den Zeichen auf der Pforte von Ji, aber er konnte sich nicht vorstellen, wie irgendjemand diese Sprache übersetzen sollte. So etwas wäre pure Zauberei!

Nachdem er einige weitere Absätze über die Etheker überflogen hatte, gelangte er zu den letzten Seiten. Hier wurde Corenn endlich deutlicher. Sie schilderte Lanas Geständnis, dass Eryne im Dara gezeugt worden sei, und ging davon aus, dass sich die Tochter der Kercyans von gewöhnlichen Sterblichen unterscheiden würde. Aber vor allem schrieb sie ausführlich über die schrecklichen Schreikrämpfe, die Cael in den ersten Dekaden seines Lebens gehabt hatte und hinter denen sie Sombre vermutete.

Diese Absätze las Cael immer und immer wieder, hin- und hergerissen zwischen Wut und Angst. Warum hatten sie ihm das all die Jahre über verheimlicht? Selbst Bowbaq, der mehrere Tagesreisen von Kaul entfernt lebte, hatte davon gewusst. Und was genau hatte der Dämon ihm angetan, als er noch in der Wiege lag?

Er brauchte nur daran zu denken, da kam es ihm schon vor, als vernähme er wieder die Stimme. Und Eryne jammerte herum, weil sie die Gedanken anderer Leute hörte! Wenigstens hatte sie Niss retten können. Er hingegen musste befürchten, sich von einem Tag auf den anderen in ein blutrünstiges Ungeheuer zu verwandeln.

Jedenfalls hatte Amanón ihm tatsächlich nichts verheimlicht, denn auch das letzte Heft lieferte ihm nicht die erhofften Antworten. Wer konnte ihnen jetzt noch helfen? Chebree, die sie morgen treffen würden? Das glaubte er nicht. Wenn sie ihre Eltern finden und Sombre mitsamt seiner dämonischen Verbündeten besiegen wollten, brauchten sie viel mächtigere Hilfe. Von Nol dem Seltsamen, zum Beispiel. Doch dafür würden sie ins Jal'dara reisen müssen, und das war praktisch unmöglich.

Die Nacht brach an, und Cael stand auf, um seinem Cousin beim Anlegen in einem kleinen Hafen zur Hand zu gehen. Die Gabiere war ihnen mittlerweile so vertraut, dass sie das Manöver innerhalb weniger Dezillen erledigt hatten. Danach folgte Cael Amanón in die Kombüse, wo er ihm das letzte Heft seiner Großtante zurückgab.

»Die Seiten mit den Symbolen kannst du auch nicht übersetzen, oder?«, fragte er sicherheitshalber.

»Ich hatte bislang keine Zeit, sie mir genauer anzusehen«, sagte Amanón seufzend. »Aber ich kann mir nicht vorstellen, wie das gehen soll, wenn ich keinerlei Anhaltspunkte habe. Schließlich hat es meine Mutter jahrelang vergeblich versucht.«

»Wovon sprecht ihr?«, mischte sich Nolan ein.

Amanón schilderte ihm in wenigen Worten, worum es ging, woraufhin Nolan das Heft interessiert durchblätterte. Bowbaq und Niss sahen es sich ebenfalls neugierig an, und sogar Keb schwang sich aus seiner Koje, wo er den halben Tag verbummelt hatte, um einen herablassenden Blick auf die Schriftzeichen zu werfen. Nur Eryne und Zejabel fehlten, da sich beide in ihre Kajüten zurückgezogen hatten.

»Corenn ist großartig«, sagte Bowbaq bewundernd. »Sie hat dich so gut wie möglich vorbereitet. Sie denkt wirklich an alles.«

»Glaubst du, dass sie dich aus diesem Grund ermuntert hat, Sprachen zu studieren?«, fragte Nolan im Scherz.

Amanón überlegte kurz und lächelte dann. »Jedenfalls hat sie mir nicht abgeraten. Ich fand diesen Beruf schon immer wunderbar. Manchmal braucht es nur einen Übersetzer, um einen Krieg zwischen zwei Völkern zu verhindern.«

»Na sicher«, spottete Keb. »Ich würde zu gern sehen, wie du mit den thalittischen Schamanen verhandelst. Zum Totlachen.«

Amanón funkelte ihn wütend an und wollte gerade antworten, als Zejabel aus ihrer Kajüte kam und sich zu ihnen setzte. Wie selbstverständlich reichte Nolan das Heft an sie weiter.

»Die Feder ist oft stärker als das Schwert«, giftete Amanón. »Das weiß jeder.«

»Das wissen vor allem jene, die kein Schwert haben«, höhnte Keb. »Und die Feder nützt auch nicht viel, wenn die Schrift hinterher niemand mehr lesen kann! Was machst du denn mit deinem Buch, wenn uns das nächste Mal irgendwelche Verrückten ans Leder wollen? Knallst du ihnen das Ding dann an den Schädel?«

»Geht es um das hier?«, fragte Zejabel.

Sie deutete auf die ethekischen Schriftzeichen. Da Amanón und Keb zu sehr mit ihrer Rangelei beschäftigt waren, um sie zu beachten, nickte Cael ihr zu.

»Zuïa besitzt Hunderte Bücher in dieser Schrift«, sagte die Zü. »Ich glaube sogar, dass sie diese Sprache benutzte, als sie den Leviathan rief.«

Während alle sie verblüfft anstarrten, blätterte sie das Heft aufmerksam durch.

»Kannst du die Schrift lesen?«, fragte Cael schüchtern.

»Nein. Ich hatte gerade erst angefangen, sie zu lernen, als wir nach Ji aufbrachen. Warum? Steht da etwas Wichtiges?«

Statt einer Antwort vergrub Amanón enttäuscht das Gesicht in den Händen.

Nach einem langen Gespräch mit Zejabel kam Amanón zu der Überzeugung, dass es mithilfe von Zuïas Bibliothek möglich wäre, Ethekisch zu lernen. Offenbar gab es dort sogar Lehrbücher, die der Ausbildung der Kahatis dienten. Alle bedauerten, dass Zejabel nicht früher mit dem Unterricht begonnen hatte, und Amanón haderte geradezu mit dem Schicksal.

»Wenn wir diese Seiten übersetzen könnten, wüssten wir mehr über die Götter, da bin ich mir sicher«, klagte er, als sie sich zum Abendessen versammelt hatten. »Und alles, was wir über Sombre und seine möglichen Schwächen herausfinden können, wäre eine große Hilfe!«

»Das können wir vergessen«, sagte Bowbaq. »Wir werden wohl kaum zur Insel der Züu fahren, nur um ein Buch zu stehlen.«

Nolan warf Zejabel einen Blick zu, aber ihre Miene blieb reglos. Seit sie ihre Gebieterin verraten hatte, ließ sie sich nur selten zu einer Gefühlsäußerung hinreißen.

»Dort leben nicht nur Mörder«, wandte Amanón ein. »Kaufleute und Fischer aus Mythr oder anderswoher treiben regen Handel mit den Inselbewohnern. Die Einheimischen sind einfache Leute wie überall auf der Welt.«

»Ja, aber sich in Zuïas Palast zu schleichen, ist was anderes«, meinte Bowbaq. »Ich bin schon einmal von einem dieser vergifteten Dolche verletzt worden. Wenn Freund Reyan nicht das Gegengift gehabt hätte, wäre ich in weniger als einer Dezille tot gewesen. Mir steht nicht der Sinn danach, mich Hunderten solcher Klingen auszusetzen!«

»Vermutlich ist das Lus'an streng bewacht?«, fragte Nolan.

Zejabel sah ihn traurig an, dann nickte sie kurz.

»Genug davon«, entschied Eryne. »Ich verstehe Eure Hoffnung, Amanón, und wir alle wissen, wie wichtig es wäre, diesem Rätsel auf den Grund zu gehen. Aber wir dürfen uns nicht in solche Gefahr begeben, ohne ganz sicher zu sein, dass es uns weiterbringt. Zumindest nicht alle auf einmal.«

Bei diesen Worten sah sie die Zü am anderen Ende des Tisches vielsagend an, doch Zejabel blieb stumm. Die Erinnerungen an die Insel und ihr früheres Leben als Kahati hatten sie tief erschüttert. Glücklicherweise war Nolan nicht der Einzige, der das bemerkte: Auch Amanón begriff, dass er ihr besser nicht weiter zusetzte.

»Na schön«, seufzte er. »Vergessen wir es fürs Erste. Ich weiß ja selbst, wie verrückt die Idee klingt. Ich hoffe nur, dass wir einen anderen Weg finden.«

Er entschuldigte sich und stand auf, um wie gewohnt eine Runde zu drehen und sich zu vergewissern, dass alles in Ordnung war. Wenig später folgte ihm Keb, den es wahrscheinlich in die nächste Schänke trieb. Bowbaq und

Cael erboten sich, an Deck das Geschirr zu säubern, während Eryne und Niss, die diesmal das Kochen übernommen hatten, sich zum Schlafengehen bereit machten. Zum ersten Mal an diesem Tag war Nolan mit Zejabel allein.

»Lass es dir ja nicht einfallen, auf die Insel zurückzukehren«, sagte er mit gesenkter Stimme. »Das wollte meine Schwester damit nicht sagen.«

»O doch, das wollte sie«, erwiderte die Zü. »Und sie hat Recht! So könnte ich mich wenigstens nützlich machen. Wenn uns diese Bücher im Kampf gegen den Dämon helfen …«

»Aber das wäre dein sicherer Tod! Allein ist das nicht zu schaffen.«

»Im Gegenteil – mit euch im Schlepptau wäre es viel schwieriger. Die Straßen ins Lus'an werden zu gut bewacht, man müsste den Weg durch die Sümpfe nehmen. Und einen grässlicheren Ort gibt es auf der ganzen Welt nicht, das kannst du mir glauben.«

»Untersteh dich«, sagte Nolan und zwang sich zu einem Lächeln.

Zejabel sah ihn ungehalten an. Hatte sie ihnen nicht klar und deutlich gesagt, dass sie sich von niemandem Befehle erteilen ließ?

»Untersteh dich«, wiederholte er. »Wenn überhaupt, dann gehen wir alle gemeinsam. Erinnerst du dich, wie du sagtest, dass wir, die Erben der weisen Gesandten, etwas Besonderes in uns tragen? Eine Kraft, einen Funken Glück, den Zauber des Dara oder was es auch sein mag, das uns die Stärke gibt, alles zu überstehen, wenn wir nur zusammen sind? Nun, ich glaube, dass du Recht hast. Und ich glaube, dass auch du dieses Besondere in dir trägst.«

»Da spricht wieder der Priester«, entgegnete Zejabel. »Oder der Schmeichler.«

Nolans Herz begann auf einmal schneller zu schlagen: Einen winzigen Augenblick lang hatte sie gelächelt! Er wollte sich seine Freude nicht anmerken lassen, um sie nicht in Verlegenheit zu bringen, aber es war das Schönste, was er seit Sonnenaufgang gesehen hatte. »Betrachte es als Rat eines Freundes«, sagte er. »Du hilfst uns viel mehr, wenn du nicht auf Zuïas Insel zurückkehrst. Du kannst kämpfen und bist eine hervorragende Schützin … Und demnächst wirst du Eryne beibringen, ihre Kräfte zu kontrollieren.«

Zejabel wirkte unschlüssig.

Ist sie nicht viel zu jung, um Entscheidungen von solcher Tragweite treffen zu müssen?, dachte Nolan plötzlich. Dann besann er sich darauf, dass mit Ausnahme von Bowbaq niemand älter war als dreiundzwanzig und jeder von ihnen eine schwere Bürde trug.

»Deine Schwester will der Wahrheit nicht ins Auge sehen«, sagte Zejabel. »Sobald irgendjemand davon anfängt, wird sie wütend oder zieht sich zurück.«

»Sie wird sich bald beruhigen«, beteuerte Nolan. »Eryne ist einer der großherzigsten Menschen, die ich kenne, auch wenn sie das gern überspielt. Wenn es darauf ankäme, würde sie für uns alle ihr Leben geben, glaub mir. Wir müssen ihr Zeit lassen.«

Zejabel sah ihn einen Moment lang an, dann stand sie auf und berührte sacht seine Hand. Es war nur eine flüchtige Bewegung, aber Nolan kam die Geste unendlich zärtlich vor.

»Danke«, sagte sie.

Nolan lächelte ihr zu, und die Zü verschwand in ihrer Kajüte. Als sie noch in Zuïas Dienst stand, hatte sie dieses Wort sicher nicht allzu oft gebraucht. Das war schon die zweite Veränderung, die er innerhalb kurzer Zeit an ihr beobachtete.

Wie schon in der Nacht zuvor blieb Nolan lange am Tisch sitzen und starrte unverwandt Zejabels Tür an. Sie hatte ihn nicht gebeten, zu ihr zu kommen, und er hatte sie nicht danach gefragt. Jene Nacht, in der sie aneinandergeschmiegt in ihrem Bett geschlafen hatten, war eine Ausnahme gewesen, das wussten sie beide. Nur die Zukunft würde zeigen, wie es zwischen ihnen weiterging …

Trotzdem war Nolan so aufgewühlt wie seit Monden nicht mehr. Er saß da, betete für die Erben und ihre Eltern und dankte der Göttin für das Glück, das ihm selbst in diesen dunklen Zeiten so unverhofft begegnete.

In dieser Nacht waren es nicht ihre Ängste, die Eryne unruhig schlafen ließen. Sie hatte in letzter Zeit so oft wach gelegen, dass sie völlig übermüdet zu Bett gegangen war und die Augen erst wieder aufschlug, als die Morgensonne durch das Bullauge in die Kajüte schien. Trotzdem fühlte sie sich wie gerädert, denn sie hatte die ganze Nacht hindurch wirr geträumt.

Sie blieb noch eine ganze Weile in ihrer Koje liegen und dachte über die seltsamen Traumbilder nach: eine unzusammenhängende, willkürlich wirkende Abfolge von Orten, Szenen und Gesichtern, die sie nicht kannte – und doch hatte sie das Gefühl, dass sie alle tatsächlich existierten. Noch schlimmer war, dass diese Träume nicht ihrem eigenen Geist, sondern den Gedanken anderer zu entspringen schienen. Natürlich dachte sie unwillkürlich an das, was Zejabel behauptet hatte, schob die Vorstellung aber sofort empört beiseite. Dieses unsinnige Gerede musste sie unterschwellig beeinflusst haben, das war alles. Sie hatte einfach nur besonders lebhaft geträumt.

Doch während sie neben der schlafenden Niss lag und zur Holzmaserung der Decke hochstarrte, fiel ihr wieder ein, dass sie schon als Kind etwas Ähnliches erlebt hatte. Damals war es sogar vorgekommen, dass sie zu Ende erzählen konnte, was ihre Eltern oder Nolan geträumt hatten, ohne dass sie hätte erklären können, woher sie das alles wusste. Ihre Familie hatte damals großen Spaß an der Sache gehabt – bis das Ganze von einem Tag auf den anderen aufgehört hatte, vor nun schon zehn Jahren, als Eryne vom Mädchen zur Frau geworden war.

Warum hatte sie diese Erlebnisse jetzt wieder? Was hatte die erneute Veränderung bewirkt? So sehr sie sich auch dagegen sträubte, sie konnte nicht leugnen, dass die Träume der vergangenen Nacht sie stark an die unerklärlichen Visionen ihrer Kindheit erinnerten – und seit dem Vorfall auf dem Platz der Büßer wurde es von Tag zu Tag schlimmer. Bowbaq war überzeugt, dass Caels Vater ihnen mithilfe magischer Kräfte eine Botschaft hatte zukommen lassen. War dieser Yan dafür verantwortlich, dass sie plötzlich eine solche Wandlung durchmachte? Hatte er damit etwas in Gang gesetzt? Vielleicht lag es aber auch an den verstörenden Erlebnissen der letzten Zeit. Das Verschwinden ihrer Eltern, der Schreck beim Wiedersehen mit Nolan, der brutale Mord an Roban von Sarcy, der Kampf gegen die Legionäre, die Flucht mit Keb, die Erschütterungen der vergangenen Tage. Wer konnte schon sagen, wie ein zwar ausgeglichenes, aber doch empfindsames Gemüt auf solche Aufregungen reagierte?

Letztlich war es auch egal, was ihre Visionen hervorrief. Vielleicht würde sie nie erfahren, warum sie plötzlich angefangen hatte, Stimmen zu hören. Viel mehr interessierte sie die Frage, wann endlich damit Schluss sein würde!

Eryne schlüpfte aus dem Bett und zog sich leise an. Eins jedenfalls wusste sie jetzt schon: Sie würde niemandem von ihren seltsamen Träumen erzählen. Allein der Gedanke, Zejabel und Amanón könnten wieder mit ihren lächerlichen Behauptungen anfangen, war eine Zumutung. Mit seinem Ausbruch im Wirtshaus hatte der Kaulaner schließlich bewiesen, dass er sich nicht immer auf Diplomatie verstand.

Ihr Verhältnis zu Amanón und zu Keb machte ihr das Herz zusätzlich schwer. Eryne war nicht naiv, sie wusste ganz genau, was in den beiden jungen Männern vorging, und das bereitete ihr Kopfzerbrechen. Wie sollte sie dem einen zulächeln, ohne den anderen zu kränken? Wie konnte sie Dankbarkeit oder Freundschaft zum Ausdruck bringen, ohne ihnen falsche Hoffnungen zu machen?

Sich für einen ihrer beiden so gegensätzlichen Verehrer zu entscheiden oder sich gar auf eine kleine Romanze einzulassen, kam auf keinen Fall infrage. Eryne hatte sich geschworen, die Gruppe bis zum bitteren Ende zusammenzuhalten. Es war schon schwer genug gewesen, die Zü in ihre Gemeinschaft aufzunehmen, auch wenn Zejabel äußerst zurückhaltend war. Bis auf diese Göttinnen-Geschichte natürlich.

Obwohl sich Eryne bemühte, leise zu sein, wachte Niss

auf und räkelte sich gähnend. Als das Mädchen sie anstrahlte, fühlte sie sich gleich viel besser. Sie war selbst überrascht, in ihrer zehn Jahre jüngeren Zimmergenossin unverhofft eine Freundin gefunden zu haben. Niss konnte keiner Fliege etwas zuleide tun und war so unbeschwert, fröhlich und offen, wie sie zuvor unzugänglich und verloren gewirkt hatte. Manchmal konnte Eryne nicht umhin, ihre ungezwungene Art mit dem hämischen, heuchlerischen Wesen ihrer Bekannten bei Hofe zu vergleichen. Die Reichen und Schönen des Königreichs kamen dabei nicht gut weg, und die zukünftige Herzogin fragte sich immer öfter, ob sie nicht selbst auch einiges falsch gemacht hatte.

Immerhin hatte sie sich in letzter Zeit große Mühe gegeben. Im Verlauf ihrer gemeinsamen Reise hatte sie vieles klaglos hingenommen, worüber sie sonst gejammert hätte: den Mangel an Bequemlichkeit, das salzige Essen oder das Zusammenleben auf engstem Raum, das es schwierig machte, bei körperlichen Verrichtungen den Anstand zu wahren. Sie hatte angeboten, ihre Kajüte mit Niss zu teilen, hatte bereitwillig ihre Kleider verliehen und überall mit angepackt, wo ihre Kräfte es ihr möglich machten. Dennoch fühlte sie sich immer noch als Außenseiterin. Selbst Zejabel schien sich leichter einzugewöhnen! Cael beispielsweise, so kam es ihr vor, ging mit der Zü schon vertrauter um als mit ihr. Das schmerzte Eryne zwar, aber sie wusste nicht, wie sie es ändern sollte, ohne dafür ihre gute Erziehung aufzugeben. Sie konnte sich nicht vorstellen, alle Welt zu duzen, wie es Kebree tat, oder gar ein Schwert zu tragen, als wäre sie ein gemeiner Söldner.

Dieser letzte Gedanke brachte sie auf eine Idee. Nun wusste sie, wie sie jede Annahme, sie könnte eine Göttin sein, im Keim ersticken würde. Am Abend zuvor hatte sie den Fehler begangen, sich besonders schön zu machen, um ihre körperlichen – und damit menschlichen – Vorzüge zu betonen. Doch damit hatte sie das glatte Gegenteil bewirkt. Heute würde sie ihre Strategie ändern und sich sehr viel einfacher kleiden, so schwer ihr das auch fiel.

Niss sah erstaunt zu, wie Eryne das Gewand aus zarter Seide, das sie gerade erst angezogen hatte, wieder abstreifte. Noch viel verblüffter war sie aber, als ihre Zimmergenossin den langen Rock und das Mieder hervorkramte, mit denen sie sich in Lorelia als einfache Bäckersfrau verkleidet hatte. Eryne ging sogar so weit, ihr Haar zu einem Knoten zusammenzustecken, wie sie es sonst nur tat, wenn sie ein Bad nehmen wollte. Niss musste grinsen, und Eryne marschierte hinaus in die Kombüse, bevor sie es sich anders überlegen konnte. Ihr Entschluss stand fest: Sie wollte endlich wie ein ganz gewöhnlicher Mensch behandelt werden!

Cael und Nolan schliefen noch, nur Bowbaq war schon mit den Frühstücksvorbereitungen beschäftigt. Als er Eryne sah, blieb ihm der Mund offen stehen. Dann fing er sich wieder und begrüßte sie mit gewohnter Herzlichkeit.

Unzufrieden mit dieser ersten Reaktion ging sie an Deck, wo sie fast mit Amanón zusammenstieß. Ganz der formvollendete Kavalier, ließ er ihr sofort den Vortritt, konnte seine Überraschung aber ebenso wenig verbergen wie Bowbaq. Na schön, sie musste ihnen eben Zeit geben, sich daran zu gewöhnen.

Einen Augenblick später kam Kebree herbei, blieb neben Amanón stehen und musterte Eryne von oben bis unten. Der Wallatte mit seiner Vorliebe für Frauen aus dem gemeinen Volk würde ihren neuen Aufzug sicher gutheißen.

»Willst du den ganzen Tag so bleiben?«, fragte er nach kurzem Nachdenken.

»Aber … ja«, erwiderte sie. »Das ist viel bequemer.«

»Es ist nur … Heute Abend sind wir vielleicht schon in Goran. Und meine Mutter ist immerhin eine Königin, also … Da gebietet es das Zeremoniell …«

Schlimmer noch als das Herumdrucksen des Kriegers war die Andeutung eines Lächelns auf Amanóns Gesicht, das sich schließlich zu einem Grinsen auswuchs und Eryne die Schamesröte ins Gesicht trieb. Sie ließ Keb gar nicht erst ausreden, wandte den beiden Männern den Rücken zu und lief wieder zurück in die Kombüse.

Zejabel trat gerade aus ihrer Kajüte. Als Eryne ihre Kleidung erblickte, wurde ihr noch heißer. »Ach, Ihr tragt also wieder Euer Mördergewand?«, fauchte sie.

»Ich habe die religiösen Symbole abgelöst«, verteidigte sich Zejabel. »So fühle ich mich wohler.«

»Wie schön für Euch!«

Mit dieser schnippischen Bemerkung zog sich Eryne in ihre Kajüte zurück, wo sie über einen Dekant damit zubrachte, sich zurechtzumachen. Als sie wieder zum Vorschein kam, fein und elegant wie eine Prinzessin, hatte die Gabiere schon wieder ein gutes Stück Weg Richtung Goran zurückgelegt. Über Kebs und Amanóns Grinsen sah sie stur hinweg.

Nie wieder würde sie versuchen, sich als jemand auszugeben, der sie nicht war. Und wem das nicht gefiel, der hatte eben Pech gehabt!

Ein Gutes hatte die Sache jedoch: An diesem Tag wagte es niemand mehr, sie als Göttin zu bezeichnen.

Nachdem das Wetter drei Tage lang durchwachsen gewesen war und sich die Sonne zumeist hinter grauen Wolken versteckt hatte, zog sich der Himmel nun endgültig zu und ließ immer wieder Regenschauer auf die *Rubikant* niedergehen. Niss hielt sich trotzdem so oft wie möglich im Freien auf. Sie fand es unerträglich, unter Deck eingepfercht zu sein. Schließlich war sie über drei Jahre hinweg in ihrem eigenen Geist gefangen gewesen: Jetzt wollte sie endlich etwas von der Welt sehen.

Im Nieselregen zu stehen, war ihr immer noch lieber, als in der stickigen Kombüse herumzusitzen, in der sie nicht nur alle Mahlzeiten einnahmen, sondern in der auch fünf Männer ihr Nachtlager aufgeschlagen hatten. Dadurch war die Luft so abgestanden, dass sie jedes Mal froh war, wenn sie den Raum verlassen und tief durchatmen konnte. Aber vielleicht war sie ja die Einzige, der es so ging. Zu Hause in Arkarien waren ihr die Winter auch immer endlos vorgekommen. Die Hütte ihrer Eltern war mit allem ausgestattet, was sie brauchten, um es in der kalten Jahreszeit warm und behaglich zu haben, doch nach einigen Monden war es ihr unweigerlich langweilig geworden. Sie war einfach nicht dafür geschaffen, in geschlossenen Räumen herumzusitzen, ganz besonders dann nicht, wenn sie sich nicht beschäftigen konnte, wie jetzt auf der Gabiere.

Die Erwachsenen schienen da sehr viel geduldiger zu sein. Zumindest hatte jeder von ihnen einen Weg gefunden, die Zeit totzuschlagen. Nachdem sie zu Mit-Tag gegessen hatten, holte Nolan ein paar hübsche itharische Würfel hervor, ein Geschenk seines Vaters, der ein leidenschaftlicher Spieler war. Mehr oder minder erfolgreich versuchte er, Kebree und Zejabel so vergnügliche Spiele wie Gejac, Zwei Brüder und Kaiser beizubringen, die außerhalb der Oberen Königreiche unbekannt waren. Die übrigen Erben spielten ebenfalls die eine oder andere Partie mit, nur Niss stand nicht der Sinn danach.

Sie stellte sich lieber an die Reling und betrachtete die Landschaft, obwohl es nicht viel zu sehen gab und die Ufer immer wieder hinter einem Regenschleier verschwanden. Im Grunde fand sie es ganz schön, das Deck für sich allein zu haben, oder zumindest fast. Ihr Großvater und Amanón wechselten sich an der Pinne ab, und auch diese traute Zweisamkeit gefiel ihr. Als Cael irgendwann die Rolle des Steuermanns übernahm, freute sie sich umso mehr. Endlich würden sie sich einmal ernsthaft unterhalten können.

Auf diese Gelegenheit wartete Niss schon lange, eigentlich seit dem Tag ihrer Heilung, aber der Junge schaffte es immer, einem Gespräch unter vier Augen aus dem Weg zu gehen. Es war ihm sichtlich unangenehm, dass sie nun zu ihm kam, denn diesmal konnte er sich unmöglich aus dem Staub machen. Schließlich durfte er die Gabiere nicht steuerlos über den Fluss treiben lassen, wo sie jederzeit auf eine Sandbank aufzulaufen oder ein kleines Floß zu rammen drohte. Als sich Niss in ihrem durchnässten Mantel auf die kleine Bank neben ihm setzte, wurde ihr bewusst, dass sie selbst auch nervös war. Sie zerbrach sich den Kopf, wie sie das Gespräch am besten eröffnen sollte. Da kam ihr die zündende Idee.

»Großvater hat mir erzählt, dass dein Vater auch Erjak ist«, sagte sie geradeheraus.

Cael wandte sich zu ihr um und sah sie mit großen Augen an. Hoffentlich hatte sie nichts Falsches gesagt! Aber er schien einfach nur erstaunt zu sein.

»Das wusste ich nicht«, gestand er. »Mir war ja auch neu, dass er ein Magier ist, und ein guter noch dazu. Jeden Tag erfahre ich mehr darüber. Selbst Tante Corenn hat offenbar verborgene Fähigkeiten.«

»Und du?«, fragte Niss sofort.

Der Junge zögerte, bevor er antwortete. »Im Rechnen bin ich ganz gut«, scherzte er mit einem traurigen Lächeln. »Aber das wird uns gegen Sombre wohl kaum helfen.«

»Bist du sicher, dass du kein Erjak bist?«, hakte Niss nach. »Mit Magie kenne ich mich nicht aus, aber die Fähigkeit, mit Tieren zu sprechen, scheint erblich zu sein. Bowbaqs Urgroßvater war zum Beispiel auch Erjak. Hast du es nie ausprobiert?«

»Ich wüsste gar nicht, wie ich so etwas angehen sollte!«, sagte Cael erstaunt.

»Ich kann es dir erklären, wenn du willst. Du versuchst es ein paarmal, und wenn es dann nicht klappt, steht eindeutig fest, dass du die Gabe nicht hast.«

Cael erwiderte ihren Blick stumm. Sie konnte nur erahnen, was in ihm vorging. Als Bowbaq ihr angeboten hatte, sie in die Geheimlehre der arkischen Klans einzuweihen, war sie noch ein ganz kleines Mädchen gewesen und hatte vor Freude Luftsprünge gemacht.

»Das ist vielleicht keine so gute Idee«, sagte er schließlich. »Ich habe in letzter Zeit viel nachgedacht. Du weißt, dass ich … so eine Art Stimme höre, die mich ganz durcheinanderbringt. Ich glaube, dass mir mein Vater und meine Großtante deswegen nichts von ihren Fähigkeiten erzählt haben. Es könnte zu gefährlich sein.«

Niss nickte widerstrebend. Sie sah das anders: Je eher Cael seine möglichen Talente anzuwenden lernte, desto schneller würde er sein Gleichgewicht wiederfinden. Natürlich war er der Einzige, der wirklich wusste, was die Stimme mit ihm anstellte. Es sei denn …

»Ich erinnere mich an etwas, das vor meiner Heilung liegt«, sagte sie nach einer Weile.

Der Junge verkrampfte sich, wie sie erwartet hatte. Vielleicht waren irgendwo in seinem Gedächtnis die gleichen Bilder vergraben? Aber diesmal wirkte er geradezu verängstigt, als fürchtete er sich vor dem, was sie wusste.

»Ich habe dich gesehen«, fuhr sie fort. »Oder besser, ich habe euch gesehen. Du warst da, aber … gleich zweifach. Wie Zwillinge.«

»Was redest du da?«, rief Cael erschrocken. »Du hast geträumt, mehr nicht.«

»Nein«, widersprach Niss behutsam. »An den Tiefen Traum habe ich keine Erinnerungen. Das war echt.«

»Das ist doch absurd! Wie kann es echt gewesen sein? Wo ist das passiert? Und wer war dieses andere Ich?«

Er brach unvermittelt ab. Sein Gesicht war in einer Grimasse der Angst erstarrt. Niss wagte es nicht, die Vermutung auszusprechen, dass der andere Cael die fremde Stimme war. Er musste seine eigenen Schlüsse ziehen.

»Ihr wart in der Kombüse«, fuhr sie fort. »Hier auf diesem Schiff. Und ihr habt gekämpft.«

»Gegen die K'lurier«, ergänzte er. »Das haben mir die anderen erzählt.«

»Nein. Ich weiß, dass die Mörder im Raum waren, aber die habe ich nicht gesehen. Da warst nur du und … das andere Du. Und ihr habt gegeneinander gekämpft.«

Cael schüttelte aufgebracht den Kopf, aber sein Gesicht war bleich wie der Mond. Er stand eine ganze Weile reglos da, ohne ein Wort zu sagen. Niss wartete still ab.

»Warum erzählst du mir das alles?«, fragte er hart. »Das sind deine Träume, nicht meine!«

»Ich hatte das Bedürfnis, es dir zu sagen«, gestand Niss offen. »Ich dachte, dass du dich vielleicht auch daran erinnerst.«

»Da hast du dich getäuscht«, fuhr er sie an. »Und bitte sei so nett, es nicht zu erwähnen, wenn Amanón und die anderen dabei sind. Ich werde ohnehin schon schief angesehen, da kann ich solche Märchen wirklich nicht gebrauchen.«

Sein schroffer Ton verletzte Niss so sehr, dass sie zunächst nicht antworten konnte. Dann nickte sie hastig und lief ans andere Ende des Schiffs.

Kurz darauf fegte ein neuer Schauer über das Deck, aber sie machte sich nicht die Mühe, ihre Kapuze aufzusetzen. Wenigstens kaschierte der Regen die ersten Tränen, die sie seit ihrer Heilung vergoss.

Nachdem sie die Stadt Lodacre erreicht hatten, verließen die Erben den Alt mit seinen heimtückischen Strudeln und Untiefen und segelten den Beremen hinauf, einen der beiden Flüsse, die Goran umschlossen. Auch hier herrschte reger Verkehr, aber das Wasser floss so ruhig dahin, dass sie besser vorankamen und den letzten Abschnitt ihrer Reise in weniger als zwei Dekanten zurücklegten.

Als sie sich der Hauptstadt des Großen Kaiserreichs näherten, versammelten sich alle an Deck. Obwohl die Wolken tief am Himmel hingen, waren die Umrisse der grün schimmernden Kuppeln und Prachtbauten auf den Hügeln des Stadtkerns schon von weither zu erkennen. Die gewaltigen Paläste schienen über eine ganze Heerschar von Häusern mit Spitzbogenfenstern zu herrschen. In ihrer Größe und Unnahbarkeit gaben sie den Reisenden das Gefühl, überhaupt nicht voranzukommen, und vor lauter Staunen über den majestätischen Anblick bemerkten die Erben kaum, wie die Zeit verging.

Amanón zeigte ihnen den erhabenen Palast der Freiheit, der Mishra geweiht war und über den die anderen so viel gehört hatten, dass sie ihn auch ohne seine Erklärung erkannt hätten. Nicht umsonst galt der Tempel als eines der drei größten Gebäude, die je von Menschenhand errichtet worden waren. Der riesige Bär aus schwarzem Marmor, der über der Freitreppe thronte, war an sich schon ein Wunderwerk. Hatte die Göttin darin womöglich ihre geheimen Gemächer, so wie Zuïa im Lus'an lebte? Das war schwer vorstellbar, denn im Gegensatz zu den Mördern im roten Gewand, die im Verborgenen agierten, hießen die goronischen Priester in diesem Ort der Einkehr jeden Gläubigen willkommen, ganz nach dem Vorbild der Heiligen Stadt, die jeder Religion offenstand.

Amanón war nicht zum ersten Mal in der Stadt, aber die Befestigungsanlagen, die Goran ringsum schützten, waren ihm noch nie so drohend erschienen wie jetzt. Es musste daran liegen, dass sie als Verfolgte kamen ... Wie in Leem führte der Kanal an einer hohen Mauer mit unzähligen Schießscharten und Zinnen entlang, hinter denen eine ganze Reihe von Katapulten stand. In der Ferne sahen sie bereits die Einfahrt zum Hafen, die mit einem mindestens zwanzig Schritte hohen zweiflügeligen Tor verschließbar war. Die Winde, die das Tor bewegte, musste gigantisch sein. Glücklicherweise hatte das Große Kaiserreich diese Schutzvorrichtung seit über einem Jahrhundert nicht mehr gebraucht, doch Amanón wusste, dass die Zahnräder regelmäßig gewartet wurden und tadellos funktionierten.

Noch bevor die Schiffe das Tor passierten, fuhren sie unter einer mächtigen Brücke hindurch, die vom Fluss aus nicht zugänglich war. Als sich die Gabiere genau unter dem Bogen befand, wies Amanón die Gefährten auf die Öffnungen im Stein hin, aus denen die Wachen kesselweise flüssiges Feuer auf mögliche Eindringlinge gießen konnten. Die Anlage war im dreizehnten Äon gebaut worden, um den Raubzügen arkischer und thalittischer Piraten Einhalt zu gebieten. Geglückt war den Stadtherren dieses Vorhaben nicht: Die Seeräuber waren einfach etwas weiter flussabwärts an Land gegangen und hatten an den Stadttoren angegriffen. Dennoch war die Brücke immer noch eine Schlüsselstelle für die Verteidigung der Stadt.

Als die *Rubikant* in den eigentlichen Hafen einlief, zogen graue Wolken auf, und kaum zurrten Amanón und Cael die Leinen fest, begann es in Strömen zu regnen. Die anderen blieben in der Kombüse, und so waren die beiden Cousins die Ersten, die die jahrhundertealten Kais von Goran betraten – bis ausgerechnet Keb ihnen seine Hilfe anbot.

Seit sie Lodacre passiert hatten, konnte Keb kaum noch stillsitzen. Er lief an Deck auf und ab, mischte sich in jede Unterhaltung ein und sprach in einem fort von dem Wiedersehen mit seiner Mutter, auch wenn es keiner mehr hören konnte. *Er merkt nicht einmal, wie traurig er uns macht,* dachte Amanón bitter. Er sehnte sich mehr denn je nach Corenn und Grigán, und die anderen vermissten ihre Eltern sicher genauso schmerzlich.

»Na, diese Knoten lösen sich so schnell nicht mehr«, sagte Keb und rieb sich die Hände. »Wollen wir los?«

»Du weißt doch, was wir besprochen haben«, bremste ihn Amanón. »Ich muss erst noch ein paar Dinge erledigen. So war es abgemacht.«

»Ach, darum kannst du dich morgen kümmern«, sagte Keb verächtlich. »Hast du keine Lust, mit ein oder zwei hübschen Dirnen in ein schönes heißes Bad zu steigen? Ich jedenfalls habe die Nase voll von diesem alten Kahn und dem ständigen Regen!«

»Es wäre ja nichts Neues, wenn du dir erst mal einen antrinken gehst«, entgegnete Amanón.

Kebs höhnisches Grinsen wich einem drohenden Blick, den Amanón stur erwiderte. Cael musste sich zwischen die beiden stellen, um die Lage zu entschärfen.

»Ich könnte schon vorgehen«, sagte Keb schließlich. »Dann lasse ich euch eben später holen.«

»Auch dazu hatten wir eine Abmachung. Du kannst tun und lassen, was du willst, aber für uns gilt dasselbe. Wenn du allein losziehst, setzen wir sofort die Segel. Wir gehen zusammen oder gar nicht.«

Diese Antwort verstimmte Keb noch mehr. In seinem Blick lag blanke Feindseligkeit. »Du erbärmlicher Tintenkleckser«, knurrte er und ballte die Fäuste. »Na los, mach deine Besorgungen. Ich warte auf dich, wenn dir so viel daran liegt. In einem Dekant ist meine Aufgabe erfüllt, dann bin ich wieder mein eigener Herr.«

Er wollte an Cael vorbei in Richtung Kombüse, doch Amanón packte ihn am Arm und hielt ihn eisern fest. Lauernd starrten sie einander an. Vor vier Tagen hatten sie sich schon einmal im strömenden Regen gegenübergestanden, als sie gemeinsam gegen die K'lurier gefochten hatten. Wäre diese Erinnerung nicht gewesen, hätte Amanón es womöglich zum offenen Kampf kommen lassen. Er besann sich gerade noch rechtzeitig.

»Ich beeile mich«, meinte er nur. »Sag den anderen, sie sollen sich bereit machen.«

Keb nickte grimmig und lief die Treppe hinunter. Amanón ballte nun seinerseits die Fäuste, um vor Wut nicht laut loszubrüllen. Sein Vater hätte eine solche Unverschämtheit niemals hingenommen. Er hätte nicht einmal das Schwert zu ziehen brauchen, um die Beleidigung mit gebührender Härte zu quittieren.

Der Gedanke, dass Corenn ihn vielmehr dafür gelobt hätte, einen kühlen Kopf bewahrt zu haben, tröstete ihn wenig. Keb mochte ein gewandter und mutiger Kämpfer sein, aber er würde ihm ganz sicher keine Träne nachweinen, wenn er sie endlich verließ. Selbst wenn die Möglichkeit bestand, dass der Sohn von Saat und der Hohepriesterin Sombres der Erzfeind war – und damit der Einzige, der sie alle retten konnte.

Zejabel fühlte sich in der fremden Stadt völlig verloren. Diese Gegend sah ganz anders aus als die betörend schöne Landschaft im Lus'an, und selbst der Himmel, der sich blauschwarz verfärbt hatte, wirkte bedrohlich.

Auch die goronische Architektur gab ihr Rätsel auf. Zwischen den dicken Mauern der ein- oder zweigeschossigen Häuser war zumeist ein kleiner Spalt frei gelassen, der sich als schmales Gässchen zwischen den Gebäuden hindurchwand. Für einen Erwachsenen oder Jugendlichen waren diese Durchgänge zu schmal, aber dafür fanden dort herrenlose Hunde, Katzen und andere halb verwilderte Tiere Unterschlupf. Noch dazu schienen die Lücken als Abflussrinne und Abfallgrube zu dienen, was allerlei Ungeziefer anzog.

In den Vierteln am Fuße der Hügel herrschte beißender Gestank, und überall wimmelte es von Ratten und anderem Getier. Zejabel war in dieser Hinsicht zwar weniger empfindlich als Eryne, die bei jedem vorbeihuschenden Schatten einen spitzen Schrei ausstieß, aber angewidert war sie trotzdem. Das also war die Hauptstadt eines der mächtigsten Länder der Oberen Königreiche? Nicht einmal die Züu, die als bettelarme Vagabunden durch die Welt zogen, würden sich mit einem Leben in dieser Kloake abfinden.

Doch dann veränderte sich die Umgebung, je weiter sie unter Kebrees Führung in die Hügelviertel hinaufstiegen: Wie erdrückt von den riesigen Palästen und mit Bärenstatuen geschmückten Tempeln standen dort vornehme Villen und bürgerliche Residenzen eng zusammengedrängt. Das Gewimmel auf den Straßen schüchterte Zejabel ein. Sie hatte sich gerade erst an die verschiedenen Gepflogenheiten ihrer Gefährten gewöhnt, an ihre Akzente und die Gerichte aus ihren Heimatländern. Was sollte sie nun von dieser Menschenmenge halten, in der ihr alles fremd war? Mit ihren Zweispitzen, langen Mänteln und den religiösen Masken, die manche aufgesetzt hatten, kamen ihr die

Goroner rätselhaft und unberechenbar vor, und die blanken Klingen, die gelegentlich unter den dunklen Umhängen aufblitzten, trugen auch nicht gerade zu ihrer Beruhigung bei. Sie war froh, ihren Bogen mitgenommen zu haben, und ab und zu dachte sie wehmütig an ihren vergifteten Hati … Aber nur ab und zu.

Den anderen schien es nicht viel besser zu ergehen. Amanón marschierte schweigend und mit sorgenvoller Miene vor sich hin, Niss und Cael hatten schon seit mehreren Dekanten nicht mehr gelächelt und schienen jedes Gespräch miteinander zu vermeiden. Eryne war seit der Geschichte mit dem Bäckerinnenrock auf alle böse und hatte offensichtlich nicht vor, der wallattischen Königin zuliebe aus ihrem Schmollwinkel zu kommen, und Nolan unterhielt sich flüsternd mit Bowbaq, der ihm sein Unbehagen anvertraut hatte, seine einstige Feindin zu treffen. Doch das durfte Kebree, der als Einziger bester Laune war und nur Unsinn im Kopf hatte, selbstverständlich nicht hören.

Am meisten Spaß machte es ihm, die Schaulustigen an den Fenstern mit Grimassen zu erschrecken oder sie gar anzubellen. Das Ergebnis war immer das Gleiche: Hastig wurde ein Fensterladen zugeschlagen, woraufhin sich einige Passanten in langen Mänteln verwirrt nach ihnen umdrehten. Glücklicherweise beschränkten sie sich darauf, ihnen eine Weile hinterherzustarren. Die bunte Schar der Erben musste auf die Bewohner, die an eine einheitliche Tracht gewöhnt schienen, seltsam wirken: Zejabel erinnerte sich, dass sie bei ihrer ersten Begegnung ebenfalls nicht schlecht gestaunt hatte. Ein bärtiger Riese, eine elegante Dame, ein Priesteranwärter mit geschorenem Schädel, ein junger Mann in schwarzer Lederkluft, ein langhaariger Wallatte und sie selbst … Da waren Cael und Niss noch am unauffälligsten.

Dabei hatte sich Keb große Mühe mit seinem Aussehen gegeben. Nachdem er tagelang wie ein Vagabund herumgelaufen war, hatte er sich rasiert und gekämmt und sogar seine Stirn mit einer schmalen Silberkette geschmückt. Den herb riechenden Pelzmantel hatte er gegen einen granatroten Umhang aus seinem Reisebündel eingetauscht, den er stolz hinter sich herflattern ließ. Außerdem hatte er sich dazu durchgerungen, statt seiner wildledernen Jägerkluft ein Hemd und eine Hose aus Leinen anzuziehen. Wären die Lowa, die eisernen Handschützer und seine rohe Art nicht gewesen, hätte sie ihn fast für den Prinzen halten können, der er angeblich war.

Jedenfalls legte er ein so zügiges Tempo vor, dass die Erben nach zwei Dezimen schon die halbe Stadt durchquert hatten. Zejabel fand den Gedanken, so weit vom Schiff entfernt zu sein, alles andere als beruhigend. Die Gabiere war so etwas wie ihre Zuflucht geworden, ihr einziges Obdach, ihr Zuhause. Zur Sicherheit versuchte sie, sich den Weg so gut wie möglich einzuprägen, aber das war in dem düsteren Dämmerlicht, das zwischen den gleichförmigen, von dunklen Schluchten getrennten Häusern herrschte, kein einfaches Unterfangen. Sie konnte nur hoffen, nicht allein zum Hafen zurückfinden zu müssen, zumal sie kein Wort Goronisch sprach.

Erleichtert stellte sie fest, dass sie ihr Ziel fast erreicht haben mussten: Kebree winkte sie in eine Sackgasse, in der zu beiden Seiten wuchtige Häuser aufragten, und führte sie zu dem größten Gebäude.

»Da wären wir«, sagte er und strahlte über beide Ohren. »Die Residenz der B'ree in Goran!«

Die Erben konnten sich seiner Begeisterung nicht so recht anschließen. Zejabel fragte sich sogar, ob sie es wagen würde, über die Schwelle zu treten.

Cael traute seinen Ohren kaum, aber trotz seines breiten Grinsens schien Keb es ernst zu meinen. Der Junge trat ein paar Schritte zurück, um die Fassade zu mustern. Nie und nimmer hätte er gedacht, dass sich eine wallattische Königin – oder überhaupt irgendjemand – in einem solchen Klotz niederlassen würde.

Wie die meisten Gebäude der Stadt wirkte die Residenz wie eine Festung. Mächtige Mauern aus grauem Stein, schmale Fensteröffnungen, die wie Schießscharten aussahen, und eine schwere, mit Eisenbändern beschlagene Tür ... Aber das Schlimmste waren die Wasserspeier, die von der Fassade auf sie herabblickten, einer grotesker als der andere: Menschen mit den Gliedmaßen von Tieren, zähnefletschende Dämonen oder Schlangen mit riesigen Fangzähnen. Manche erinnerten Cael sogar an Reexyyl, den Leviathan. Wen würde bei diesem Anblick nicht das kalte Grausen packen?

»Das ist ja grottenhässlich«, sagte Eryne unumwunden. »Wer das gebaut hat, muss von Sinnen gewesen sein.«

»Schön ist es nicht, das gebe ich zu«, sagte Keb belustigt. »Aber es ist eines der ältesten Gebäude im ganzen Kaiserreich. Und du wirst sehen, innen ist es zehnmal so prunkvoll wie das Haus deiner Eltern.«

Ohne ihre Antwort abzuwarten, sprang er die Stufen hinauf und hämmerte mit dem Türklopfer, der die Gestalt eines Bärenkopfs hatte, gegen das Tor. Cael hielt vorsorglich Abstand, und auch die anderen beschlich das ungute Gefühl, die Wasserspeier könnten jeden Moment zum Leben erwachen und die Störenfriede bestrafen. Stattdessen schwang die Tür auf, und ein unfreundlich dreinblickender Krieger kam zum Vorschein.

»Prinz Ke'b'ree!«, sagte er erstaunt.

Mehr verstand Cael nicht, denn die beiden Männer sprachen auf Wallattisch weiter. Der Unbekannte war noch keine dreißig Jahre alt, konnte also nicht in der Schlacht am Blumenberg gekämpft haben. Doch genauso hatte sich Cael die Barbaren vorgestellt, nachdem er Keb kennengelernt hatte: massiger Körper, lange dunkle Haare, ungewaschene Kleider und eine Lowa in der Hand. Die Waffe des Türhüters erinnerte allerdings eher an eine Lanze als an die Kreuzung aus Streitkolben und Schwert, die Keb trug.

Jedenfalls schien die Behauptung des Kriegers, er sei ein waschechter Prinz, tatsächlich zu stimmen. Der Wächter behandelte seinen künftigen König mit merklicher Ehrerbietung, auch wenn Keb mit ihm sprach wie mit einem Bruder. Aber war er mit den Erben nicht ebenso unbekümmert umgegangen?

Cael spürte, wie die Anspannung seiner Freunde stieg, je länger das unverständliche Gespräch dauerte. Vermutlich bedauerte Amanón, nicht auch Wallattisch gelernt zu haben, wo er doch schon so viele Sprachen beherrschte! Mit verbissener Miene trat sein Cousin von einem Fuß auf den anderen und ließ Keb nicht aus den Augen, als der seine Begleiter nacheinander vorstellte. Schließlich trat der Wächter zurück, und Keb wandte sich zu ihnen um.

»Die Königin ist nicht da und wird wohl erst heute Abend zurückkehren«, erklärte er sichtlich enttäuscht. »Was soll's, in der Zwischenzeit können wir ein paar Becher leeren.«

»Wo ist sie denn?«, fragte Amanón.

»Keine Ahnung. Der Wächter weiß es auch nicht«, sagte Keb verärgert. »Gibt dein König etwa seinen Dienern Bescheid, wenn er den Palast verlässt?«

Darauf hatten die Kaulaner keine Antwort: Die Regierungsgeschäfte im Matriarchat lagen in den Händen des Rats der Mütter, der aus achtundzwanzig gleichermaßen geachteten Ratsfrauen bestand. Der Titel der Monarchin kam vielleicht noch am ehesten der Großen Mutter zu. Aber Keb schien ohnehin kein Interesse an weiteren Diskussionen zu haben. Er verschwand im Haus, während der Wächter darauf wartete, dass die anderen endlich eintraten.

»Also?«, fragte Nolan. »Was machen wir?«

»Es wäre dumm, den ganzen Weg umsonst zurückgelegt zu haben«, meinte Bowbaq. »Mir ist eigentlich nicht danach, Saats Witwe zu begegnen, aber wenn sie uns tatsächlich helfen kann …«

Amanón sah einen nach dem anderen an, seufzte schwer und stieg als Erster die Treppe hinauf. Wenig später standen sie in einem langen, nur von Kerzen beleuchteten Gang. Der Wächter wies wortlos auf eine Tür am anderen Ende, aus der helles Licht drang. Als sie darauf zugingen, fiel Cael auf, dass sich der Mann wieder am Eingang postierte. Sollte er die Villa vor ungebetenen Besuchern schützen oder verhindern, dass die Gäste wieder herauskonnten?

Sie kamen an einigen dunklen Gemächern vorbei, bevor sie in einen weitläufigen Saal gelangten. Keb hatte ihnen nicht zu viel versprochen: Sie waren wie geblendet von der Pracht, die sie plötzlich umgab. Ein Teil des Raums war mit kostbaren romischen Möbeln eingerichtet, darunter einem massiven Esstisch, an dem gut fünfundzwanzig Gäste tafeln konnten. Am anderen Ende befand sich ein offener Kamin. Vor dem Feuer, das in einem Becken aus purem Marmor loderte, verführten zahlreiche Teppiche und Kissen zum Müßiggang. Keb hatte sich bereits genüsslich auf dem weichen Lager ausgestreckt und beobachtete seine Gefährten, die sich staunend umsahen.

Nach einer Weile fand Cael den Saal weit weniger einladend, als es zunächst den Anschein gehabt hatte. Er blickte sich noch einmal prüfend um, bevor ihm klar wurde, woran das lag: Der Raum hatte etwas von einem Gefängnis. Es gab nur eine einzige Fensterreihe, und die Öffnungen waren schmal und mit Fensterläden verrammelt. Auch die vier Türen, die in den Saal führten, waren geschlossen, bis auf die Tür zum Gang, die sie offen gelassen hatten. Obendrein traten die beiden wallattischen Krieger, die sich kurz darauf zu ihnen gesellten, eher wie Sträflingsaufseher auf. Nachdem sie sich vor ihrem Prinzen verbeugt hatten, stellten sie sich mit gezogenen Lowas an die Wand.

»Was wollen die hier?«, fragte Amanón zähneknirschend. »Sag ihnen, dass sie in ihr Quartier zurückkehren sollen.«

»Sag es ihnen doch selbst«, spottete Keb. »Allerdings sprechen sie kein Itharisch. Und ich habe keine Lust, heute Abend auf meine Diener zu verzichten.«

»Diener?«, wunderte sich Eryne. »Das sind Soldaten!«

»Na und? Deswegen können sie trotzdem Fleisch braten, ein Fass anzapfen oder den Boden scheuern! Mehr verlangen wir nicht von ihnen, solange wir keine Gelegenheit haben, in den Kampf zu ziehen. Die Königin würde sich niemals mit Knechten umgeben, die nicht mit der Lowa umgehen können.«

»Aha. Und Ihr habt uns ein Festmahl versprochen«, sagte Eryne abfällig. »Offenbar wird hier auf dem Boden gegessen! Das ist also das ›Zeremoniell‹, von dem Ihr gesprochen habt!«

»Ihr werdet besser speisen und trinken als in Lorelia«, sagte Keb. »Übrigens habe ich schon eine ganz ausgetrocknete Kehle, so nah am Feuer.«

Er gab einem der Krieger einen kurzen Befehl, woraufhin dieser durch eine Tür verschwand. Amanón lief unruhig auf und ab, bis der Mann mit zwei Weinkrügen und mehreren Kelchen zurückkehrte und sie auf einem niedrigen Tisch abstellte. Zu ihrem Leidwesen erschien gleich darauf ein dritter Krieger, um ihnen einzuschenken.

»Wie viele denn noch?«, stöhnte Bowbaq.

Cael konnte seine Nervosität gut verstehen. Der Riese hatte in der Schlacht am Blumenberg Schreckliches erlebt, und es musste schlimm für ihn sein, seinen einstigen Feinden derart ausgeliefert zu sein.

»Sie waren zu elft, als ich aus Goran aufgebrochen bin«, antwortete Keb. »Aber es ist gut möglich, dass meine Mutter einige zurückgeschickt oder Verstärkung geholt hat.«

Offenbar fragte er seinen Landsmann danach, als der ihm einen Kelch reichte, ließ die Antwort jedoch unübersetzt.

»Wie kommt es, dass sich so viele Wallatten im Großen Kaiserreich aufhalten dürfen?«, wunderte sich Cael. »Seid ihr nicht schon seit Urzeiten verfeindet?«

Keb stürzte sein Glas in einem Zug hinunter, bevor er antwortete. Bowbaq beendete seinen Rundgang durch den Saal, setzte sich neben ihn und bekam einen Kelch in die Hand gedrückt. Auch Niss und Nolan ließen sich vor dem Feuer nieder, lehnten den Wein aber dankend ab.

»Wir erwähnen Wallatt einfach nicht«, erklärte Keb. »Außerdem haben die Goroner gerade anderes im Sinn, schließlich lauern die Thalitten gleich hinter dem Tal der Krieger. Und diese Residenz gehört den B'ree schon so lange, dass sie einfach zum Stadtbild gehört. Die Königin ist in den letzten zwanzig Jahren zwar nicht öfter als dreimal hier gewesen, aber trotzdem wagt es niemand, ihr ihren Besitz abzuerkennen.«

»Deswegen ist hier so lange nicht mehr gelüftet worden«, stichelte Eryne.

Sie stand neben einem mächtigen Stuhl aus Ebenholz, der mit kunstvollen Ornamenten verziert war. War das der Thron der Königin?

»Für gewöhnlich schicken wir ein paar Männer voraus, um alles vorzubereiten«, sagte Keb beleidigt. »Aber meine Mutter hatte es diesmal so eilig, deiner Mutter zu helfen, dass sie sich mit solchen Kleinigkeiten nicht aufgehalten hat.«

Darauf wusste Eryne nichts zu sagen. Stattdessen streifte sie weiter durch den Saal und sah sich die verschiedenen Kunstgegenstände an. Cael interessierte sich eher für die Waffensammlung, die an einer Wand ausgestellt war. Außer einigen Lowas in verschiedenen Ausführungen gab es eine ganze Reihe Waffen aus Eisen, von denen er viele nicht einmal beim Namen nennen konnte: Dolche mit Doppelklingen, zackenbesetzte Peitschen und andere fürchterliche Beweise für die Zerstörungslust des Menschen. Konnte Kebree damit umgehen? Bestimmt.

»Habt ihr Hummeln im Hintern? Ihr macht mich ganz verrückt«, beschwerte sich Keb irgendwann. »Setzt euch doch endlich, zum Henker noch mal!«

Er selbst blieb seelenruhig liegen und ließ sich schon zum dritten Mal Wein nachschenken. Nolan winkte Zejabel zu sich, die sich daraufhin ebenfalls vor den Kamin setzte, und schließlich suchte sich auch Cael ein Kissen aus. Nur Eryne und Amanón liefen immer noch durch den Saal, wobei sich der Kaulaner weniger für die Kunst interessierte, sondern vor allem die drei schweigsamen Wachen im Auge behielt.

Wie ein Hammerschlag hallte plötzlich der Türklopfer durch den Gang und schreckte sie auf. Mit angehaltenem Atem hörte Cael, wie der Wächter das Eingangstor öffnete, und zu seiner Bestürzung trappelten gleich darauf Schritte in ihre Richtung. Es klang wie eine ganze Schar von Kriegern.

Und noch bevor er aufstehen konnte, schritt Saats Witwe über die Schwelle ihres Thronsaals.

Kaum hatte sie an der Spitze ihrer fünfköpfigen Leibgarde den Raum betreten, blieb die Königin wie angewurzelt stehen. Eryne konnte nur vermuten, dass Chebree ebenso verblüfft war wie sie selbst, denn ihr Gesicht war verdeckt. Doch dass es sich um die wallattische Herrscherin handelte, musste ihr niemand sagen: Nur eine Barbarenkönigin würde sich derart kleiden.

Die einstige Emaz trug eine eiserne Maske, die von der Stirn bis zu den Wangenknochen reichte und ihre Augen verbarg. Ihre Kopfbedeckung, die bis zum Nacken ging, und ihr schwerer Mantel bestanden aus feinen Metallketten. Vor ihnen stand eine hochgewachsene, unbesiegbar wirkende Kriegerin in blitzender Rüstung. Diese Königin strahlte keine Eleganz aus, sondern schiere Überlegenheit.

Trotzdem begannen ihre Lippen leicht zu zittern, als sie nach der ersten Überraschung den Blick über die Anwesenden schweifen ließ und Kebree am Kamin sitzen sah. Ihr Sohn erhob sich, um sie zu begrüßen, und Eryne traute ihren Augen kaum, als er vor der Königin niederkniete und ihren Eisenhandschuh küsste. Gleich darauf fiel er wieder in die ungestüme Art zurück, die sie so gut kannten, und umarmte seine Mutter herzlich.

Nach kurzem Zögern gab Chebree ihre kühle Haltung auf und drückte ihren Sohn so fest an sich, als hätten sie sich ein Jahr lang nicht gesehen. Dann trat sie beiseite, um ihre Garde vorbeizulassen, einige ältere Krieger, die ihren Prinzen achtungsvoll und freundschaftlich grüßten. War das wirklich der raue Bursche aus der Herberge in Lorelia, der nun so ehrerbietig behandelt wurde? Die vielen Waffenträger machten Eryne nervös. Falls dieser Empfang eine Falle war, wären ihre Gegner in der Überzahl.

Sie entspannte sich etwas, als die Königin die Männer fortschickte. Dann nahm Chebree endlich ihre Maske und die eiserne Kapuze ab und wandte ihnen das Gesicht zu.

Erstaunt sah Eryne, wie makellos und zugleich unendlich traurig ihre Züge waren. Chebree musste einmal eine wunderschöne Frau gewesen sein, doch Zeit und Kummer hatten ihre Spuren hinterlassen. In ihre schwarzen Haare mischten sich weiße Strähnen, ihr Blick wirkte stumpf, und unter den Augen lagen dunkle Schatten. Wären die tiefen Sorgenfalten auf ihrer Stirn nicht gewesen, hätte man ihr Antlitz immer noch als ebenmäßig und anmutig bezeichnen können. Für ihr Alter war sie eine sehr schöne Frau. *Aber nicht so schön wie Lana,* dachte Eryne mit dem Stolz einer Tochter.

»Du bist also zurück«, sagte Chebree mit einem vagen Lächeln. »Und wer sind deine Freunde?«

»Diese beiden sind die Kinder von Emaz Lana, und die anderen begleiten sie«, erklärte Keb sichtlich zufrieden.

Er stellte ihr nacheinander jeden vor, selbst Amanón und Zejabel, von denen er wenig hielt. Eryne deutete eine Verbeugung an. Sie wusste noch nicht, ob sie die Königin bewundern oder verachten sollte, aber aus Rücksicht auf Keb war sie gern bereit, ihr mit dem gebotenen Respekt zu begegnen.

Chebree hingegen schien nicht gerade begeistert, die Kinder ihrer einstigen Feinde vor sich zu haben. Eryne hatte sogar das Gefühl, dass in ihrem harten, ernüchterten Blick fast so etwas wie Angst aufflackerte, als sie ihre Besucher ansah. Erst Bowbaqs Name riss sie aus der Starre.

»Du hast in der Schlacht von Ith gekämpft«, sagte sie unverblümt. »Warst du zugegen, als Saat getötet wurde?«

Die Erben hielten den Atem an, während Chebree ungeduldig auf seine Antwort wartete.

»Ich war dabei«, bestätigte Bowbaq. »Ich habe gegen ihn

gekämpft, ihn aber nicht getötet. Keb sagte, dass sein Tod auch keine Bedeutung hat.«

Die Königin warf ihrem Sohn einen langen Blick zu, bevor sie sich wieder Bowbaq zuwandte. »Da täuschst du dich«, entgegnete sie. »Für mich ist er sogar von großer Bedeutung.«

Sie öffnete die Schnallen ihres Mantels, zog das schwere Kleidungsstück aus und legte es auf einer Truhe aus geschnitztem Holz ab. Unter ihrer kriegerischen Kluft trug sie ein edles Kleid, das einer Königin würdig war, doch als sie nach der Lowa griff, die sie noch umgegürtet hatte, bekam Eryne Angst um Bowbaq.

»Der Tod dieses Unmenschen war das Beste, was dem wallattischen Volk passieren konnte«, sagte Chebree und legte ihre Waffe ab. »Seid willkommen. Wir haben viel zu besprechen.«

Auch wenn Chebree die Erben nicht gerade herzlich empfangen hatte, schien sie nichts gegen ihren Besuch einzuwenden zu haben, und so rang sich Amanón schließlich dazu durch, seine Wachsamkeit zu senken. Die Königin lud ihre Gäste ein, am Kamin zu warten, während einige ihrer Männer Pasteten, Körbe mit Obst, bunte Käseteller und Krümelbrot, Sülzen, Schinken und andere Leckerbissen auf die Tafel stellten. Hinter der schaurigen Fassade der Residenz verbarg sich offenbar ein unerschöpflicher Vorratskeller: Im Laufe ihrer Unterhaltung beobachtete Amanón mit Staunen, wie die Wachen gebratenes Wild und verschiedene Suppen und Eintöpfe auftischten. Darum also hatte Keb einen so gewaltigen Appetit: Anscheinend pflegte die wallattische Königsfamilie immer so üppig zu speisen.

Fürs Erste sprach der Krieger kräftig dem Wein zu. Aus Höflichkeit nahm Amanón einen Kelch entgegen, nippte aber nur daran, denn in dieser Lage musste er unbedingt einen klaren Kopf behalten. Auch die anderen ließen sich mehr oder minder bereitwillig einschenken, ohne jedoch mit Kebs Trinklust mithalten zu können. Der Wallatte sprach schon mit schwerer Zunge und lachte dröhnend, als Chebree ihnen vorschlug, auf die tapferen Kämpfer anzustoßen, die in der Schlacht von Ith gefallen waren. Auf alle tapferen Kämpfer, gleich welcher Herkunft, fügte sie hinzu.

»Meine Mutter würde sich über Eure Worte freuen«, sagte Nolan wehmütig. »Als Emaz hat sie immer versucht, die Lorelier von ihren alten Feindbildern abzubringen. Von den drei eurydischen Tugenden liegt ihr der Frieden ganz besonders am Herzen.«

»Das kann ich aus eigener Erfahrung bestätigen«, sagte die Königin mit unergründlicher Miene.

Sie hob ihren Kelch an die Lippen, und die Gäste taten es ihr gleich. Als sie ihre Gläser wieder abgestellt hatten und plötzlich Stille eintrat, beschloss Amanón, den Stier bei den Hörnern zu packen.

»Warum habt Ihr Keb beauftragt, Lana zu Euch zu bringen?«, fragte er ohne Umschweife.

Gebannt warteten die Erben auf Chebrees Antwort, während die Königin einen nach dem anderen prüfend ansah. Amanón musste unweigerlich daran denken, dass diese Frau seine Mutter hatte erstechen wollen, als Corenn ihr schutzlos ausgeliefert gewesen war. Zum Zeichen ihres guten Willens mochte sie zwar ihre Waffe abgelegt haben, aber das hieß noch lange nicht, dass er ihr vertraute.

»Weil der Bezwinger mir einen Besuch abgestattet hat«, erwiderte sie düster.

Bei diesem Geständnis stockte ihm der Atem. Auch Keb schien fassungslos: Sein fast schon einfältiges Grinsen erstarb, und er starrte seine Mutter halb ungläubig, halb entgeistert an. Wenigstens hatte er sie in dieser Hinsicht nicht angelogen, dachte Amanón. Keb wusste tatsächlich nicht, welche Absichten Chebree hegte. Beruhigt war er deswegen noch lange nicht, ganz im Gegenteil.

»Ihr habt ihm gegenübergestanden und seid trotzdem noch am Leben?«, fragte er misstrauisch.

Niemandem entging, was er ihr damit unterstellte. Keb funkelte ihn so böse an, dass Amanón schon befürchtete, er würde ihm für diese Beleidigung die Faust ins Gesicht rammen, doch Chebree legte ihrem Sohn beschwichtigend die Hand auf den Arm.

»Ich habe den Dämon belogen, um mein Leben zu retten«, erklärte sie ruhig. »Er bot mir an, ihm wieder zu dienen, und zum Schein willigte ich ein. Andernfalls hätte ich den nächsten Morgen nicht mehr erlebt.«

»Und was wollte er von dir?«, knurrte Keb.

»Wie hat er Euch überhaupt gefunden?«, fragte Eryne entsetzt. »Ihr tragt doch einen Dara-Stein! Wirkt der Schutz etwa nicht mehr?«

»Die Amulette verhindern, dass die Götter unsere Gedanken lesen können«, antwortete die Königin. »Sie machen uns nicht für ihre Augen unsichtbar. Sombre hat mich einfach in meinem Palast in Wallos aufgesucht. Er wusste ja, wo er die Königin finden würde.«

»Aber was wollte er?«, polterte Keb noch einmal. »Er wird dich ja wohl um etwas gebeten haben!«

Mit einem strengen Blick wies sie ihn in die Schranken. Er schluckte seine Empörung hinunter, griff nach einem vollen Krug und schenkte sich Wein nach.

»Ganz einfach«, sagte sie tonlos. »Er hat mir befohlen, was er all seinen Verbündeten aufgetragen hat, das Einzige, was er nicht selbst tun kann, ohne sein Leben in Gefahr zu bringen: den Erzfeind zu töten.«

Die Nachricht machte Amanón eher betroffen, als dass sie ihn überraschte. Auch den anderen hatte es die Sprache verschlagen: Bowbaq schüttelte unaufhörlich den Kopf, Zejabel, Cael und Nolan machten ernste Gesichter und Niss starrte die Königin an, als wäre sie Sombre höchstpersönlich. Eryne war die Einzige, die ihrem Entsetzen Luft machte.

»Also verschwört sich bald die ganze Welt gegen uns!«, rief sie aus. »Warum fahren nicht gleich Blitz und Donner auf uns herab, und die Erde öffnet sich unter unseren Füßen?«

»Dafür würde Sombre sorgen, wenn es in seiner Macht stünde«, sagte Chebree. »Dessen bin ich mir sicher.«

»Und welche Belohnung hat er Euch versprochen, wenn Ihr uns tötet?«, fragte Amanón.

Sein Ton war heftiger, als er gewollt hatte, aber die Königin schien keinen Anstoß daran zu nehmen. Sie betrachtete ihren Sohn, der sich wieder auf den Kissen ausgestreckt hatte.

»Er hat mir nur eins in Aussicht gestellt: mein Leben zu verschonen. Ich habe die Alte Religion, seine Religion, jahrelang bekämpft, und das weiß er. Nach einem solchen

Verrat würde er mir natürlich nicht anbieten, an seiner Seite zu herrschen.«

»Aber warum hat er sich dann überhaupt an Euch gewandt?«, fragte Nolan.

Sie seufzte leicht und schloss kurz die Augen. Vielleicht wurde sie von Erinnerungen überwältigt. Trotz ihrer würdevollen, ruhigen Haltung schien sie innerlich unvorstellbare Qualen zu leiden.

»Ich bin die älteste noch lebende Sterbliche, die er kennt«, sagte sie. »Und ich war seine Emaz. Er war sicher, dass es mir gelingen würde, unsere einstigen Feinde wiederzufinden. *Seine* einstigen Feinde«, verbesserte sie sich.

»Um sie zu töten«, ergänzte Amanón.

Chebree nickte langsam, während die Erben niedergeschlagen die Köpfe hängen ließen.

»Ich habe nicht vergessen, dass ich Lana mein Leben verdanke«, fuhr Chebree fort. »In der Nacht nach Sombres Besuch brach ich nach Goran auf und schickte Keb zu ihr, um sie hierher zu bitten. Ich wollte sie vor der Rückkehr des Dämons warnen.«

»Das hättet Ihr doch auch mit einer einfachen Nachricht tun können«, bemerkte Amanón. »Aus welchem Grund seid Ihr nicht selbst nach Lorelia gereist?«

»Was die Königin tut und lässt, geht dich nichts an«, fuhr ihn Keb an und hielt drohend seinen Kelch in Amanóns Richtung. »Bedanke dich lieber für ihren Edelmut.«

Wieder warf Chebree ihrem Sohn einen seltsamen Blick zu. Dann erhob sie sich und ging zu der gedeckten Tafel.

»Ich war nicht sicher, ob Lana kommen würde, wenn sie die Wahrheit erfährt. Und ich hoffte … dass Eure Eltern sie begleiten würden. All jene, die Saat besiegten.«

Die Erben sahen sich fragend an, während die Königin einen bronzenen Teller nahm und sich einige kleinere Häppchen auflud. Daraufhin rappelte sich auch Keb auf und wankte auf den Tisch zu.

»Das hätten sie bestimmt getan«, sagte Bowbaq. »Meine alten Freunde hätten sich bei Reyan versammelt und wären dann gemeinsam hergekommen.«

»Aber warum?«, wunderte sich Eryne. »Was habt Ihr Euch von dieser Begegnung erhofft?«

Die Königin kehrte mit dem gefüllten Teller zu ihnen zurück und setzte sich, bevor sie antwortete. »Ich wollte Eure Eltern dazu bringen, den Dämon zu jagen. Ich wäre sogar bereit gewesen, sie zu begleiten. Wollt Ihr mir nicht berichten, was aus ihnen geworden ist? Und falls Ihr hungrig seid – bitte bedient Euch.«

Die Gäste folgten ihrer Aufforderung, auch wenn nicht alle Appetit verspürten. Einem wohlerzogenen Lorelier wie Nolan kam es zunächst seltsam vor, sich zum Essen auf den Boden zu setzen, aber dann fand er die Teppiche und Kissen doch sehr bequem. Wären die stummen Wachen an den Wänden und die Erinnerung an seine Eltern nicht gewesen, hätte er den Abend sogar genießen können. Zejabel, die anmutig wie eine Katze neben ihm lag, hatte daran keinen unwesentlichen Anteil.

Nachdem er den ersten Bissen heruntergeschluckt hatte, erklärte er sich bereit, von ihrer Reise zu berichten. Ohne auf Einzelheiten einzugehen, fasste er zusammen, weshalb sie nach Goran gekommen waren und was sie auf dem Weg dorthin erlebt hatten. Die Geheimnisse, die er dabei verraten musste, ließen sich ohnehin nicht mehr wahren, seit sie Kebree eingeweiht hatten. Der Krieger verehrte seine Mutter so sehr, dass er ihr sicher alles anvertrauen würde, was er wusste.

Chebree hörte aufmerksam zu, doch je mehr er erzählte, desto besorgter wurde ihre Miene. Dass die Dunkle Bruderschaft und sogar die lorelische Graue Legion ihre Finger im Spiel hatten, schien sie nicht zu überraschen. Der Schilderung ihres Kampfes gegen Zuïa und den Leviathan vor der Pforte ins Jal'karu lauschte sie hingegen mit besonderem Interesse – gewiss beantworteten ihr die Hinweise auf Sombres Herkunft viele Fragen, die sie sich schon als Hohepriesterin des Dämons gestellt hatte. Zuletzt beschrieb Nolan, wie Niss das Verschwinden ihrer Familie beobachtet hatte. Er betonte, dass sie ihre Geschichte glaubhaft fanden, obwohl das Mädchen ihren Erinnerungen nicht traute.

Nach gut zwei Dezimen endete sein Bericht über die Stationen ihrer Reise, und bis auf Keb und Bowbaq, die noch Hühnchenschenkel und Käse mit Rosennüssen verputzten, hatten alle aufgegessen. Die Gefährten hatten sich zwar nicht die Bäuche vollgeschlagen, aber doch so gut gespeist, dass sie allmählich schläfrig wurden und sich von der Wärme und dem sanften Licht des Kaminfeuers einlullen ließen. Niss war sogar schon eingeschlummert. Hätte sich Nolan nicht bemüht, klar und zusammenhängend zu erzählen, wäre er längst vom Schlaf übermannt worden. Selbst die Königin, auf deren Antwort er nun gespannt wartete, schien mit der Müdigkeit zu kämpfen.

»Was sollen wir Eurer Ansicht nach tun?«, fragte er schließlich. »Was hättet Ihr unseren Eltern für den Kampf gegen Sombre geraten?«

Chebree unterdrückte ein Gähnen, stand auf und musterte ihre Gäste, die sich fast alle auf den Kissen ausgestreckt hatten. Sie wirkte noch bedrückter als zuvor, geradezu schicksalsergeben. »Ich weiß es nicht«, sagte sie offen. »Ich scheine ebenso viel Hoffnung in Eure Eltern gesetzt zu haben wie Ihr in mich. Ihnen ist es immerhin gelungen, Saat zu besiegen, während Ihr nicht einmal wisst, wie Ihr gegen Sombre vorgehen sollt. Wie kann ich Euch helfen, wenn Ihr selbst keinerlei Anhaltspunkte habt?«

Nolan war tief enttäuscht, aber er fühlte sich schon so benommen, dass er kaum noch denken konnte. Ein Blick auf Amanón verriet ihm, dass es ihm nicht besser erging. Hatte die Reise sie etwa so erschöpft, dass sie in Chebrees Palast einschlafen würden, einfach so, auf dem Boden?

»Wir sind vergeblich gekommen«, sagte Amanón mit schwerer Zunge. »Eine dreitägige Flussfahrt, und alles umsonst.«

»Ihr wisst vieles, das uns sicher weiterhelfen kann«, beharrte Nolan, obwohl ihm schon fast die Augen zufielen. »Wie sieht der Dämon aus? Wo hält er sich auf? Was hat er vor?«

Die Königin gähnte wieder und winkte einen der vier Wachen herbei. Ohne ein Wort reichte er ihr ein kleines, kostbar wirkendes Fläschchen. Sie entkorkte es, setzte es an die Lippen und trank es halb leer.

»Sombre erscheint in Gestalt eines jungen Mannes«, sagte sie. »Aber ich habe ihn auch schon das Aussehen eines Ungeheuers annehmen sehen, wie Ihr es Euch in Euren schlimmsten Albträumen nicht vorstellen könnt. Wo er jetzt ist, weiß ich nicht. Und zu seinen Plänen kann ich Euch nicht mehr sagen, als Ihr mir schon berichtet habt.«

Nolan wollte nicken, doch stattdessen sackte ihm der Kopf nach vorn: Er musste für einen Moment eingeschlafen sein. Er konnte sich nur noch mit Mühe aufrechthalten, während die Königin wieder munter zu werden schien.

»Kann er dieses seltsame Licht lenken, dass Niss' Eltern entführt hat?«, brachte er heraus. »Steckt er dahinter?«

Chebree dehnte und streckte sich. Bowbaq, Cael und Zejabel waren Niss ins Reich der Träume gefolgt. Irgendwo in Nolans Hinterkopf spukte der Gedanke herum, dass diese plötzliche Müdigkeit nicht normal sein konnte. Selbst Keb sah aus, als würde er jeden Moment über seinem Teller zusammensacken. Nur Eryne, Amanón und er selbst waren noch wach – aber wie lange noch?

Falls die Königin ihm antwortete, hörte er es nicht mehr. Er versuchte aufzustehen, kam irgendwie auf die Füße, indem er seinen Stockdegen als Stütze gebrauchte, und schleppte sich zu Amanón, um ihn an der Schulter zu rütteln. Nachdem der Kaulaner ihn müde angeblinzelt hatte, schüttete er sich ein Glas Wasser ins Gesicht und rappelte sich ebenso mühsam wie Nolan hoch. Die Wallattenkönigin sah ihnen zu. In ihrer Miene lagen weder Hass noch Freude, nur die Gewissheit, dass sie gewonnen hatte.

»Es tut mir aufrichtig leid«, sagte sie tonlos.

Ein Verrat. Viel zu langsam, viel zu zögerlich versuchte Nolan, seinen Degen zu ziehen. Amanón hatte schon längst sein Krummschwert in die Höhe gerissen und zielte auf den Kopf der Königin, aber Keb war trotz seiner Benommenheit schneller und rempelte ihn so heftig an, dass Amanón zurückstolperte. Dann baute sich Keb mit grimmigem Gesicht vor den Erben auf und schwang drohend seine Lowa.

»Ke'b'ree … Bitte!«, flehte Eryne mit versagender Stimme.

Nolan drehte sich nicht zu seiner Schwester um, aus Angst, die scharf geschliffene Eisenstange in den Rücken zu bekommen. Als sich die Wachen schützend vor ihre Königin stellten, begriff er, dass sie keine Chance hatten. Er ließ sogar den Griff seiner Waffe los. Ihm fehlte die Kraft, den Degen zu ziehen, und eigentlich war er auch schon zu schwach, um sich noch auf den Beinen zu halten … In diesem Moment merkte er, dass er längst auf die Knie gefallen war, ohne sich daran erinnern zu können.

Es war ihm unbegreiflich, woher Amanón die Energie nahm, sein Schwert zu heben. Lange würde der Kampf zwischen den beiden Rivalen sicher nicht dauern, so unbeholfen waren ihre Bewegungen. In Kebs Fall war das kein Wunder, bei den vielen Kelchen, die er geleert hatte. Aber er war ein Krieger, der eigenhändig drei Legionäre besiegen konnte, während Manó seine Waffe seit weniger als zwei Dekaden trug. Bei aller Hoffnung wusste Nolan, was kommen würde. Amanón versuchte es mit zwei, drei ungeschickten Angriffen, die Keb ungerührt parierte, und stürzte sich dann mit dem Schwert voran auf den Wallatten. Keb wehrte ihn mit einer blitzschnellen Bewegung ab und schlug ihm den eisernen Schaft seiner Waffe gegen die Schläfe. Amanón brach zusammen.

Das Letzte, was Nolan hörte, bevor er selbst ohnmächtig wurde, war der gellende Schrei seiner Schwester.

Der Schädel brummte ihm so gewaltig, dass er sich wie so oft ärgerte, wieder einmal zu viel getrunken zu haben. Seine

Kehle war ausgedörrt wie das Leder eines Langhorns, und er fühlte sich so schwach wie vor vier Tagen, als der verdammte K'lurier ihm sein Messer in die Brust gebohrt hatte. Zum Glück wurde es allmählich besser: Seine Kräfte kehrten zurück, und das sogar erstaunlich schnell. Nach einer Weile bekam er die Augen auf und konnte seine Gedanken ordnen. Irgendetwas war ganz und gar schiefgelaufen.

Mit einem Ächzen streckte Kebree die Glieder und griff wie gewohnt als Erstes nach seiner Lowa. Sie lag neben ihm in den Kissen am Kamin, wo er offenbar kurz eingenickt war. Er konnte sich nicht erinnern, sich hingelegt zu haben, aber was davor passiert war, wusste er noch ganz genau.

Der Saal schien leer zu sein. Erst als er sich aufsetzte, entdeckte er seine Mutter, die mit einem leeren Fläschchen in der Hand hinter ihm kniete. Hatte sie ihm dieses Zeug etwa in den Mund geträufelt? Ja, und das war offenbar nicht das Einzige, was sie ihm verabreicht hatte. Sie hatte etwas in den Wein oder das Essen gemischt!

»Wo sind sie?«, fragte er und stand auf. Dabei wurde ihm so schwindelig, dass er sich an der Wand abstützen musste.

Seine Mutter erhob sich ebenfalls und sah noch trauriger aus als sonst. Obwohl er es in all den Jahren immer wieder versucht hatte, war es ihm nur selten gelungen, sie zum Lächeln zu bringen.

»Wer? Die Wachen?«

»Die Leute, die mit mir hergekommen sind!«, antwortete er barsch. »Sind sie tot?«

»Nein. Die Männer haben sie in den Keller getragen. Sie schlafen sicher immer noch.«

»Du bist mir eine Erklärung schuldig«, sagte Keb. »Wie kommst du dazu, uns zu vergiften?«

»Das war kein Gift«, widersprach sie. »So könnte ich den Erzfeind ohnehin nicht töten. Ich wollte sie vorerst nur außer Gefecht setzen.«

Keb traute seinen Ohren nicht. Das konnte nur ein schlechter Scherz sein – oder ein böser Traum. »Und jetzt?«, fragte er. »Was hast du jetzt vor? Willst du sie dem Dämon ausliefern?«

Das Schweigen seiner Mutter sprach Bände. Fluchend schlug er mit der Faust gegen die Wand. Für gewöhnlich hätte die stolze Wallattenkönigin niemals zugelassen, auf diese Art verhört zu werden – einen solchen Ton hätte sie weder ihrem Sohn noch sonst jemandem erlaubt. Sie musste sich etliches vorzuwerfen haben.

»Ich tue es für dich«, erklärte sie und trat zögernd auf ihn zu. »Sombre ist tatsächlich zu mir gekommen, und er hat gedroht, dich zu töten, wenn ich ihm den Gehorsam verweigere.«

»Die B'ree lassen sich von niemandem erpressen!«, herrschte Keb sie an. »Du hättest ihn zu den Feiglingen schicken sollen, die sich allen und jedem zu Füßen werfen!«

»Aber ich will dich nicht verlieren«, wimmerte sie. »Und der Dämon hätte dich gejagt, glaub mir! Er ist längst nicht mehr die Bestie, die er damals war. Er ist reifer geworden, listiger … und vorsichtiger. Das macht ihn noch gefährlicher. Er weiß, dass du der Sohn von … Dass du mein Sohn bist. Deiner Herkunft wegen fürchtet er dich fast ebenso sehr wie die Erben. Seine Drohung war eindeutig: Sie oder du.«

»Diese Entscheidung hättest du mir überlassen können«, sagte Kebree und begann, im Saal auf und ab zu laufen.

»Du hättest genauso gehandelt wie ich«, behauptete Chebree. »Wärst du etwa bereit gewesen, dich für ein paar Unbekannte zu opfern? Ich weiß, dass du einige Zeit mit ihnen verbracht und sie näher kennengelernt hast. Und mir ist nicht entgangen, wie du Lanas Tochter ansiehst. Aber es sind Fremde, Ke'b'ree. Die Brut meiner alten Feinde. Und du hast nicht gezögert, deine Waffe gegen sie zu erheben, um mich zu beschützen.«

»Ohne diese Lana wären wir gar nicht hier! Und ich habe auch noch ständig vom Ehrgefühl der wallattischen Königinnen gefaselt, um sie zum Mitkommen zu überreden!«

Chebree schlug die Augen nieder, was er noch nie erlebt hatte. Keb war außer sich vor Wut und Empörung. Er hätte seinen Gefühlen wohl mit den Fäusten Ausdruck verliehen, wenn sie nicht seine Mutter gewesen wäre.

»Es ist bedauerlich, dass du deine Aufgabe so gut erfüllt hast«, gestand sie. »Ehrlich gesagt wollte ich dich vor allem von Wallos fernhalten, um dich so lange wie möglich vor Sombre zu schützen. Insgeheim hoffte ich sogar, du würdest dich meinen einstigen Feinden anschließen. Ihnen wäre es vielleicht gelungen, den Dämon herauszufordern und uns alle aus seinen Fängen zu befreien. Aber leider sind die Würfel nun gefallen.«

Keb fuhr aufgeregt herum. »Es ist noch nicht zu spät! Befrei sie und lass uns ziehen!«

»Diese Rechnung wird nicht aufgehen. Das sind nichts als Kinder, die einen alten Mann im Schlepptau haben. Sie hatten nicht einmal einen Schlachtplan. Sieh dir doch an, wie leicht wir sie überwältigt haben.«

»Du hast erst vorhin entschieden, uns zu betäuben?«, fragte Keb verblüfft. »Gib ihnen eine Chance. Ich bin sicher, dass der Ramgrith und der Priester eine Idee haben.«

»Haben sie auch nur irgendeine Vorstellung davon, wie sie den Dämon töten können?«, konterte Chebree.

Keb zuckte mit den Schultern und hob dann ratlos die Hände.

»Siehst du?«, trumpfte sie auf. »Ich kann Sombre nicht bezwingen, und trotzdem weiß ich schon mehr als sie. Vergiss sie, mein Sohn. Sie werden dich nur mit ins Verderben stürzen.«

Als er seine Mutter ansah, hatte er den Eindruck, einer Fremden gegenüberzustehen. Das Gefühl schmerzte und verwirrte ihn, aber es war ihm zur zweiten Natur geworden, mit ungewohnten Empfindungen umzugehen. Er hatte gelernt, jedes Leid zu ertragen, so groß es auch sein mochte.

»Sag mir, was du weißt«, befahl er hart.

Chebree runzelte zornig die Stirn, doch dann wurden ihre Züge wieder weich. »Du hast recht«, sagte sie. »Du solltest alles wissen. Es könnte dir nützlich sein, falls der Dämon sein Wort bricht.«

Draußen sprühte ein feiner Regen auf die Wasserspeier an der Fassade. Kebree hörte mit steinernem Gesicht zu, während die Königin ihm ihre Geheimnisse ins Ohr flüsterte. Als sie geendet hatte, weinten die Fratzen im Gemäuer eisige Tränen. Einen Augenblick lang starrte Keb seine Mutter an, die seinen Blick schweigend erwiderte. Dann trat er zurück und deutete anklagend mit dem Finger auf sie.

»Das hättest du mir viel früher erzählen müssen.«

»Ich wollte dich nur schützen«, wiederholte sie. »Ich hatte Angst, dass du gegen den Dämon in den Kampf ziehen würdest.«

»Diese Entscheidung hättest du mir überlassen müssen. Und du wärst besser geflohen oder hättest gekämpft, anstatt dich dieser Missgeburt zu unterwerfen!«

»Du weißt nicht, was du da sagst«, sagte Chebree mit zitternder Stimme. »Keb, es ist zu spät – Sombres Schergen sind schon hierher unterwegs! Du begehst denselben Fehler wie dein Vater!«, schrie sie.

Keb riss die Tür auf und blieb auf der Schwelle stehen. Seine Hände zitterten. Sie hatte es zum ersten Mal ausgesprochen. Zum allerersten Mal.

»Nein, es ist nicht zu spät«, widersprach er und wandte sich endgültig ab. »Tu, was du für richtig hältst. Ich kann und will so nicht leben.«

Als er die Tür hinter sich schloss, glaubte er, einen erstickten Schluchzer zu hören. Doch das konnte nicht sein. Eine Kriegerkönigin weinte genauso wenig wie ein stolzer Prinz.

Mit feuchten Augen und zugeschnürter Kehle tastete Chebree nach dem Amulett in ihrer Tasche und betrachtete es lange. Dann ließ sie sich auf dem Thron im großen Saal ihrer Residenz in Goran nieder. Ihr Leben hatte jeden Sinn verloren. Wie konnte die Liebe zu ihrem Sohn zu einem solchen Zerwürfnis führen? Warum musste ihr Wunsch, ihr einziges Kind zu beschützen, seine Zuneigung zu ihr zerstören?

Auf diese Fragen wusste sie keine Antwort. Seit sie dem verfluchten Hexer begegnet war, gab es nur Leid und Unglück in ihrem Leben. Sie konnte noch so viel Reue zeigen – nichts würde ihre Fehler ungeschehen machen. Keb hatte recht: Sie musste auf ihre innere Stimme hören. Sie hatte keine andere Wahl, als zu Ende zu bringen, was sie begonnen hatte.

Ihre Hand zitterte, als sie den Dara-Stein auf den Tisch legte. Noch strichen ihre Finger über das Kleinod aus dem Jal, dessen Oberfläche weich und rau zugleich war. Seit jener Nacht, in der ihre Welt auf den Kopf gestellt worden war, hatte sie sich nie mehr von ihm getrennt, es war geradezu ein Teil ihrer selbst geworden. Kein einziges Mal hatte sie den Stein abgelegt, nicht einen Augenblick lang. Doch jetzt zog sie ihre Hand zurück, und ein Schauer durchlief sie. Damit war sie dem Dämon schutzlos ausgeliefert.

Um es möglichst schnell hinter sich zu bringen, schloss sie die Augen und konzentrierte sich auf das Bild des jungen Mannes mit den nachtschwarzen Augen. Sie fühlte sich in die Zeit vor zwanzig Jahren zurückversetzt, als sie Sombres Hohepriesterin gewesen war und Zeremonien zur Anbetung des Dämons erfunden hatte. Nur hatte sie damals nicht geahnt, dass die Gebete tatsächlich einen Unsterblichen erreichten.

›Sombre, höre mich‹, rief sie ihn in Gedanken.

›Sprich‹, befahl der Dämon.

Sie erbebte und öffnete die Augen. Seine Stimme hatte so unvermittelt und deutlich in ihren Ohren geklungen, dass sie ihn vor sich glaubte. Doch der Saal war leer.

›Ich …‹, begann sie.

›Ich weiß‹, unterbrach sie Sombre. ›Deine Gedanken haben es mir verraten. Also hat Zuïa versagt … Aber die Flüchtigen sind nun doch gefasst. Das freut mich. Du hast mich nicht enttäuscht.‹

›Ich kann sie nicht selbst töten‹, rief ihm die Königin voller Anspannung in Erinnerung. ›Wenn einer von ihnen der Erzfeind ist …‹

›Bald ist alles vorbei. Deine Männer haben meine Diener verständigt, wie vereinbart. Erwarte ihre Ankunft. Sie kümmern sich um alles.‹

Bei dieser Ankündigung begann Chebree, die das gespenstische Gespräch bereits an den Rand des Nervenzusammenbruchs gebracht hatte, am ganzen Leib zu zittern. ›Aber dann wird auch mein Leben in Gefahr sein! Muss ich wirklich hierbleiben? Kann ich Euch nicht auf andere Weise dienen?‹

Der Dämon schwieg so lange, dass ihr Leben schon verwirkt schien.

›Wie du wünschst‹, sagte er schließlich. ›Aber du hast nicht mehr viel Zeit. Meine Kreatur ist schon auf dem Weg.‹

Chebree nickte, auch wenn sie nicht wusste, ob Sombre sie sehen konnte. Am liebsten hätte sie sofort ihr Amulett gepackt und wäre aus Goran geflohen.

Doch der Dämon hatte in ihren Gedanken gelesen. Eine Frage musste sie unbedingt noch stellen.

›Mein Herr, was habt Ihr mit meinem Sohn vor?‹

Auch diesmal blieb eine Antwort aus. War das ein grausames Spiel, an dem sich Sombre ergötzte, oder hatte er seinen Geist bereits vor ihr verschlossen?

Mit pochendem Herzen wartete sie noch eine Dezille,

bevor sie fieberhaft nach dem Dara-Stein griff und sich von ihrem Thron erhob. In diesem Augenblick klopfte es an der Tür zum Gang, doch es war nicht wie erhofft ihr Sohn, sondern der Anführer der Wachen.

»Majestät … Der Prinz hat die Schlüssel zu den Verliesen verlangt«, sagte der Mann verlegen. »Ich dachte, das solltet Ihr wissen.«

Chebree nickte beiläufig, während sie ihre Lowa packte und sich den Eisenmantel um die Schultern legte. Ihr Sohn hatte also seine Wahl getroffen. Sie konnte ihm nur noch Glück wünschen. Wenn er sich beeilte, würde er vielleicht mit den Erben entkommen – er schien ja fest an diese Kinder zu glauben.

»Lass ihm seinen Willen«, erwiderte sie. »Und ruf deine Männer zusammen. Wir brechen sofort auf.«

Als sie sich die Kettenkapuze übergezogen hatte, warteten ihre Krieger bereits im Gang auf sie. Wenn es sein musste, würden sie ihr bis ans Ende der Welt folgen – aber so weit würde sie ihr Weg hoffentlich nicht führen. Sobald sie und ihre Eskorte die Gasse vor der Residenz verlassen hatten, atmete sie ein wenig auf. Doch erst einige Straßen weiter wagte sie es, stehen zu bleiben, die Maske abzunehmen und ihren Tränen freien Lauf zu lassen.

Flieh, mein Sohn!, betete sie stumm. *Flieh, und komm den Klauen des Dämons nie wieder zu nah!*

Das Erste, was Niss spürte, war die Kälte, die ihr in die Glieder kroch. Einen Augenblick lang glaubte sie, wieder in den eisigen Fluten des Mittenmeers versunken zu sein, und dieser Gedanke war so grauenvoll, dass sie auf einen

Schlag wach wurde. Mit wild pochendem Herzen öffnete sie die Augen und starrte an die niedrige Decke eines steinernen Gewölbes, das im Schein einer Lampe feucht glänzte. Wo war sie? Und wie war sie hierher gekommen?

Nachdem sich die erste Verwirrung gelegt hatte, setzte sie sich stöhnend auf und stellte fest, dass sie auf einem unebenen, kalten Steinboden gelegen hatte. Kein Wunder, dass ihr jeder Knochen wehtat. Im nächsten Moment entdeckte sie ihre Freunde und vergaß vor lauter Überraschung den Schmerz.

Auch die anderen lagen ohne Matratzen oder Decken auf der nackten Erde und schliefen so tief und fest, dass Niss es mit der Angst zu tun bekam. Nur Keb war nirgendwo zu sehen. Was war passiert? Nolans Bericht war das Letzte, an das sie sich erinnerte. Sie musste währenddessen eingenickt sein.

Ihre Bewegungen waren noch unsicher und ihre Beine furchtbar steif, aber sie schaffte es trotzdem, aufzustehen. Als sich der Schwindel gelegt hatte, blickte sie sich in dem Gewölbe um. Es sah aus wie ein Gefängnis. Die schwere Tür hatte auf der Innenseite weder Klinke noch Schloss, ansonsten war der Raum völlig leer, es gab nicht einmal einen Schemel oder einen Nachttopf. Nach den Spinnennetzen und Staubflocken in den Ecken zu urteilen, war das Verlies schon lange nicht mehr benutzt worden. Warum waren sie hier eingesperrt? In ihrer Vertrauensseligkeit kam Niss gar nicht auf den Gedanken, die Königin oder gar Keb könnten sie verraten haben.

Als Erstes musste sie die anderen wecken – vielleicht wussten sie eine Antwort. Aber ihre Knie waren immer noch weich wie Butter. So schwer war ihr das Wachwerden sonst nie gefallen. Sie erinnerte sich, dass sie ein Glas Wein getrunken hatte: War das der Kater, über den die anderen immer gescherzt hatten? Wohl kaum. Dass sich ihre Freunde überhaupt nicht rührten, war nicht normal. Ihr kam ein schrecklicher Gedanke: War ihnen etwa ein Rauschmittel verabreicht worden?

Kaum war sie etwas sicherer auf den Beinen, tappte sie zu ihrem Großvater. Sein Gesicht sah ganz friedlich aus, aber dass er nicht schnarchte, bestätigte ihre Befürchtung, dass es sich nicht um gewöhnlichen Schlaf handelte. Aus dem Verdacht wurde Gewissheit, als sie Bowbaq heftig schüttelte, ohne ihm auch nur die geringste Regung zu entlocken. Niss bekam entsetzliche Angst, dass er vielleicht nie mehr aufwachen würde. Panik stieg in ihr hoch, und sie trommelte auf ihn ein, zerrte an seinem Bart und kniff ihn sogar in den Arm. Zu ihrer unendlichen Erleichterung knurrte er schließlich missmutig und schlug die Augen auf.

»Hmpf, Niss, leg dich wieder hin«, brummte er schlaftrunken.

Stattdessen zog ihn seine Enkelin energisch am Arm, um ihn zum Aufstehen zu zwingen. Sie schaffte es zwar nicht, ihn von der Stelle zu bewegen, aber immerhin wurde er dadurch endgültig wach. Zuerst sah er sich verwirrt in dem Verlies um, so wie Niss einige Dezillen zuvor. Dann verwandelte sich die Verblüffung auf seinem Gesicht allmählich in Entsetzen, und er streckte den Arm aus, um den neben ihm liegenden Amanón an der Schulter zu rütteln. Als er sich nicht rührte, entdeckten sie das Blut an seiner Schläfe.

»Was ist passiert?«, fragte Bowbaq erschrocken. »Wo ist Kebree?«

»Keine Ahnung«, sagte Niss.

Beim Anblick von Amanóns Wunde war ihre Benommenheit schlagartig verschwunden. Niss lief zu Cael, Eryne und den anderen, um sich zu vergewissern, dass sie unverletzt waren, während Bowbaq versuchte, Amanón wachzurütteln. Vor lauter Sorge schüttelte er ihn wie eine Lumpenpuppe, bis der Arme das Gesicht verzog und die Augen aufschlug. Sie ließen ihm Zeit, zu sich zu kommen, und weckten erst Zejabel, dann Nolan und schließlich auch die anderen aus ihrem Tiefschlaf. Bald streckten alle ihre klammen Glieder oder hielten sich stöhnend den schwindelnden Kopf. Niss musste unwillkürlich an Untote denken, die sich ächzend aus ihren Gräbern erhoben. So abwegig war die Vorstellung nicht: Es hätte nicht viel gefehlt, und sie wären aus ihrem todesähnlichen Schlummer nicht mehr erwacht.

»Wo sind wir?«, fragte Cael mit schwerer Zunge.

»Was ist passiert?«, wiederholte Bowbaq.

»Sie haben uns die Waffen abgenommen«, murmelte Zejabel.

Das Stimmengewirr verstummte. Da Niss nicht einmal ein Messer bei sich getragen hatte, war ihr dieser Umstand noch gar nicht aufgefallen. Aber sie hätte es sich denken können: Wer würde sie schon mitsamt ihrer Waffen ins Gefängnis werfen, damit sie sich verteidigen konnten?

»Keb und Chebree haben uns verraten«, sagte Amanón bitter.

In wenigen Sätzen schilderte er, was nur drei von ihnen noch miterlebt hatten, und befeuchtete währenddessen ein Taschentuch, um sich das Blut von der Schläfe zu wischen. Eryne half ihm, die Wunde zu reinigen, und er ließ sie mit schmerzverzerrtem Gesicht gewähren. Erynes Miene hingegen war wie versteinert. Sie hatte noch kein Wort gesprochen: Kebs Treuebruch hatte sie tiefer erschüttert als die anderen.

»Was sollen wir jetzt tun?«, fragte Cael, als Amanón geendet hatte. »Hier kommen wir nicht raus.«

»Ich sehe nur eine Möglichkeit«, erwiderte Amanón. »Wir müssen uns alle zusammen auf die Wallatten stürzen, sobald sie die Tür öffnen.«

»Unbewaffnet?«, fragte Nolan entgeistert. »Das klingt ziemlich … gefährlich.«

»Ich übernehme das«, sagte Zejabel. »Seid unbesorgt.«

»Ich helfe dir«, verkündete Bowbaq. »Meine Arme sind lang genug, um die Verräter meine Faust spüren zu lassen, bevor mich ihr Dolch erreicht.«

Die anderen bewunderten den Mut der beiden, aber Niss dachte mit Schrecken an die riesigen Lowas der königlichen Wachen. Weder ihr Großvater noch die Zü würden ihre Gegner überwältigen können, ohne von ihnen verwundet zu werden.

Sie wollte gerade protestieren, als das Geräusch von Schritten hinter der Wand sie verstummen ließ. Als sich ein Schlüssel im Schloss drehte, stellten sich Zejabel und Bowbaq leise zu beiden Seiten der Tür auf. Dann wurde die Tür mit einem heftigen Fußtritt aufgestoßen.

Die Erben waren so verdattert, dass sie sich nicht rührten. Auf der Schwelle stand Kebree, allein und mit ihren Waffen unter dem Arm.

»Schon wach?«, fragte der Krieger mit einem seltsamen Funkeln in den Augen. »Umso besser. Wir sollten uns schleunigst aus dem Staub machen.«

Keb hatte seinen Umhang und die Stirnkette abgelegt und trug nun einen Mantel, der dem seiner Mutter ähnelte. Mehr konnte Eryne nicht erkennen, denn plötzlich sprang Zejabel mit einem Satz auf ihn zu und stieß ihn gegen die Wand. Blitzschnell entriss sie ihm einen Dolch und hielt ihm die Klinge an die Kehle. Keb wehrte sich nicht.

»Na los«, sagte er herablassend. »Wenn ihr Dummköpfe nicht begreift, dass ich hier bin, um euch zu helfen, habe ich mich wohl in euch geirrt. Dann bringen wir es lieber gleich zu Ende.«

Statt einer Antwort nahm die Zü ihm die restlichen Waffen ab, warf sie auf den Boden und schubste sie mit dem Fuß zu den anderen. Die hoben ihre Ausrüstung mit so offenkundiger Erleichterung auf, dass Eryne bedauerte, nicht auch etwas zu haben, mit dem sie sich verteidigen konnte. Einen Augenblick lang beneidete sie Zejabel um ihre Schnelligkeit und ihr Geschick, bevor ihre Gedanken wieder zu Kebree wanderten. Konnte es wirklich sein, dass … Nein! Manche Dinge waren nicht so schnell vergeben und vergessen.

»Elender Verräter, Ihr habt Amanón angegriffen!«, warf sie ihm zornig an den Kopf. »Ihr hättet ihn töten können!«

»Er hat sich auf meine Mutter gestürzt«, verteidigte sich Keb. »Wenn ich ihn tatsächlich hätte umbringen wollen, wäre er längst tot. Aber du bist ja wieder ziemlich munter, oder?«

Amanón sah ihn finster an, während er sein Krummschwert am Gurt befestigte. Eryne kannte ihn mittlerweile gut genug, um seinen Zwiespalt zu erahnen: Sollte er Keb noch einmal vertrauen?

»Wo sind die Wachen?«, fragte Nolan.

»Sie haben die Residenz zusammen mit der Königin verlassen, bevor die feindliche Truppe eintrifft. So schnell, wie sie sich aus dem Staub gemacht haben, schätze ich mal, dass wir auch nicht länger herumtrödeln sollten.«

»Was hast du hier noch verloren?«, stieß Amanón, der seinen Groll nicht länger zurückhalten konnte, plötzlich hervor. »Warum bist du nicht mit deinen Leuten mitgegangen, um dem Dämon die Füße zu küssen?«

Der Krieger warf ihm einen vernichtenden Blick zu, wehrte sich aber immer noch nicht gegen den Griff der Zü.

»Ich verneige mich vor niemandem«, sagte er kalt. »Lieber sterbe ich bei dem Versuch, Sombre in den Arsch zu treten, als ihm in selbigen zu kriechen.«

Eryne war schockiert, obwohl sie wusste, dass er unter Anspannung nur noch wüster fluchte als sonst. Amanón trat unschlüssig von einem Fuß auf den anderen, sah die anderen fragend an und griff schließlich nach der Lowa des Kriegers.

»Lass ihn los«, sagte er zu Zejabel.

Die Zü trat langsam zurück und hob dann ihren Bogen und Köcher auf. Wortlos streckte Amanón Keb die eiserne Waffe hin. Eryne fand diese Geste so edelmütig, dass sie Amanón bewundernd nachsah, während er den Kerker verließ, gefolgt von Cael, Nolan und den anderen. Vielleicht lag es daran, dass sie ihn schon tot geglaubt hatte, aber es kam ihr fast so vor, als spürte sie so etwas wie Liebe für ihn …

Sie war so in Gedanken versunken, dass sie nicht gleich bemerkte, wie Keb sich ihr näherte. Als er ihre Hand ergriff, fuhr sie erschrocken zusammen. Die Zärtlichkeit, mit der er das tat, brachte sie vollends aus der Fassung.

»Hör zu«, sagte er. »Ich wusste nicht, was meine Mutter vorhatte, verstehst du? Ich war nicht eingeweiht.«

»Lasst uns später darüber sprechen«, entgegnete sie verlegen.

»Nein«, beharrte er. »Es ist wichtig, Eryne. Ich habe dich nie belogen. Nie. Ich will nur, dass du das weißt.«

Sie nickte. Sie hatte nicht damit gerechnet, dass seine Worte ihr derart nahegehen würden. Kebree hatte sie zum ersten Mal beim Vornamen genannt, ohne ein spöttisches »Prinzessin«, »Herzogin« oder Ähnliches hinzuzusetzen. Und er hatte mit solcher Leidenschaft und solchem Ernst gesprochen … Noch dazu hatte er seine eigene Mutter und Königin verraten, um sie zu retten! Zum zweiten Mal innerhalb kürzester Zeit wurde ihr ganz flau im Magen.

»Ich glaube Euch«, versicherte sie mit zitternder Stimme. »Lasst uns jetzt gehen.«

Kebree ließ ihre Hand nicht los, während sie Seite an Seite durch einen Gang mit weiteren Verliesen rannten. Waren sie immer noch in der Residenz mit den steinernen Fratzen? Chebree hatte das Ganze wirklich eingeschickt eingefädelt. Sie waren ihr genau über ihrem eigenen Kerker in die Falle gegangen.

Bowbaq und die anderen warteten am Ende des Gangs, beschienen vom fahlen Licht einer Laterne. Eryne erschauerte beim Anblick der engen Kammer, in der sich ihre Freunde versammelt hatten: An den Mauern hingen Ketten mit Halsbändern, die eindeutig der Folter dienten. Keb verlor kein Wort über die zweifelhaften Verhörmethoden seiner Ahnen, überließ Eryne dem Schutz ihres Bruders und setzte sich an die Spitze der Gruppe, um sie auf eine niedrige Stiege zu führen, dem einzigen Ausgang aus dem Gewölbe. Nach rund zwanzig Stufen gelangten sie durch eine offene Falltür in einen weiteren Keller, und dieser Saal kam ihrer Vorstellung vom Untergeschoss der königlichen Residenz schon näher: In dem kühlen Gewölbe lagerten Fässer, Flaschen und sogar Käselaibe. Mehr konnte Eryne nicht erkennen, denn Keb brachte sie schon zur nächsten Treppe.

Dass er es so eilig hatte, machte ihr Angst. Als die anderen ihre Waffen wieder angelegt hatten, hatte sie sich in Sicherheit gewähnt, aber die Gefahr schien noch nicht gebannt zu sein, sonst wäre Keb nicht so hastig Treppe um Treppe hinaufgerannt. Was mochte Chebree im Schilde führen? Warum hatte sie ihre Gefangenen nicht einfach getötet? Der Gedanke, sie könnte Sombre höchstselbst gerufen haben, ließ Eryne schneller laufen. Plötzlich hatte sie das Gefühl, dass sie überhaupt nicht vorankamen.

Über Treppen und Flure, durch dunkle Zimmerfluchten und enge Rumpelkammern gelangten sie schließlich wieder in den großen Saal mit dem Kamin, in dem das Feuer fast heruntergebrannt war. Keb rannte geradewegs weiter zum Eingangstor, dicht gefolgt von Amanón und Zejabel. Fieberhaft schob er die Riegel beiseite und stieß mit den Schultern die eisenbeschlagenen Türflügel auf.

Da Eryne das Schlusslicht bildete, konnte sie nur zwischen den anderen hindurch nach draußen spähen, bis Keb plötzlich alle zurückdrängte. Aber was sie in diesem kurzen Moment sah, war so grauenhaft, dass ihr die Verzweiflung den Boden unter den Füßen wegzuziehen drohte. Diesmal schien das Schicksal das endgültige Todesurteil über sie gefällt zu haben. Eine Schar dunkler Gestalten stand vor dem Tor und rückte drohend näher. Menschen in langen Mänteln und mit schaurigen Masken, die Sombre mit Schwertern bewaffnet und deren Herzen er mit Hass erfüllt hatte.

Cael machte mit den anderen kehrt und rannte los, die Hand so fest um den Griff seines Rapiers geklammert, dass die Knöchel weiß hervortraten. Er hatte etwa zehn Goroner gesehen, aber im Halbdunkel dahinter konnten gut noch mehr verborgen sein. Wären sie nur ein paar Augenblicke später aus dem Kerker entkommen, hätten die Unbekannten sie im Keller überrumpelt. Keb hatte es gerade noch geschafft, das Eingangstor wieder zu verriegeln, doch das Holz würde den heftigen Schlägen, die von außen dagegendonnerten, nicht lange standhalten. Cael fragte sich, woher die Männer diese unheimliche Kraft nahmen – es klang fast, als rüttelte eine riesige Bestie an der massiven Tür.

»Wer war das?«, fragte Amanón keuchend.

»Keine Ahnung«, gab Keb zurück. »Wieder mal ein Haufen Irrer!«

»Wohin bringst du uns?«, wollte Bowbaq wissen. »Gibt es noch einen anderen Ausgang?«

»Wir versuchen es über das Dach«, rief Keb über die Schulter und hetzte eine weitere Treppe hinauf. »Ein anderer Weg fällt mir nicht ein.«

Wieder durchquerten sie eine lange Zimmerflucht. Nolans und Bowbaqs Laternen warfen zitternde Lichtflecken an die dunklen Mauern. Unten krachte es so laut, dass sie schon dachten, die Tür habe nachgegeben, doch kurz darauf dröhnten noch wildere Schläge durchs Haus. Als sie endlich das Dachgeschoss erreicht hatten, blieb Keb unter einer Falltür stehen, die gerade breit genug für einen Erwachsenen war. Unaufgefordert griff Cael nach der Leiter, die neben ihm lag. Mit der Hilfe seines Cousins schob er sie an ihren Platz und unterdrückte in der Staubwolke, die dabei aufwirbelte, ein Husten.

»Zejabel zuerst«, befahl Amanón und zog sein Krummschwert.

Die Zü verlor keine Zeit, schob sich ihren Bogen auf den Rücken und kletterte geschmeidig wie eine Katze die Leiter hinauf. Mit zwei raschen Bewegungen entriegelte sie die Falltür und stieß sie nach oben. Am klaren Himmel glänzten die Sterne über Goran, und der Geruch von Regen und Moder schlug ihnen entgegen. Ein heftiger Wind hatte die schwarze Wolkendecke weggefegt, die noch vor einem Dekant über der Stadt gehangen hatte.

»Die Luft ist rein«, rief die Zü, nachdem sie sich auf das Dach gezogen hatte.

Bowbaq ließ Niss als Erste hinaufklettern, während Amanón Eryne heranwinkte. Ihre Nerven waren so angespannt, dass sie unwillkürlich aufschrie, als unten das Eingangstor mit einem dumpfen Krachen barst. Hastig folgte Bowbaq den beiden, dann erklomm Cael die dünnen Sprossen, so schnell er konnte. Sobald er unter freiem Himmel stand, schöpfte er ein wenig Hoffnung, doch Dezillen später ließen ihn Schritte im Treppenhaus erzittern. Nolan beeilte sich, zu ihnen zu stoßen, und Amanón und Keb entschieden in einem kurzen Wortwechsel, wer dem anderen den Rücken decken sollte. Zutiefst erleichtert streckte Cael seinem Cousin die Hand entgegen, um ihm aufs Dach zu helfen. Die anderen hatten bereits rund um die Falltür Stellung bezogen. Zejabel legte einen Pfeil auf, um den ersten Gegner zu erschießen, der hinter Keb zum Vorschein kommen würde. Bowbaq schleppte einen riesigen Steinblock herbei, den er aus dem Sims gebrochen hatte. Amanón und Nolan robbten zur Dachkante und spähten hinunter, um nachzusehen, ob sich noch Goroner auf der Straße befanden. Cael wagte erst durchzuatmen, als Keb ebenfalls in Sicherheit war. Ohne sich absprechen zu müssen, packten sie die Leiter und zogen sie zu sich hoch. Im selben Augenblick stürmten ihre Feinde den Speicher.

Zejabel schoss ihren Pfeil ab, Keb trat die Falltür zu, und Bowbaq wälzte den Stein darauf, den kein anderer auch nur eine Handbreit von der Stelle hätte bewegen können. Dennoch hatte Cael gerade noch etwas hinter den Angreifern erblickt – einen riesenhaften Schatten, der sich entsetzlich schnell bewegte.

»Sie haben ein Ungeheuer dabei«, sagte er mit tonloser Stimme.

Zejabel fuhr schaudernd herum. Auch sie hatte irgendein fremdartiges Wesen erspäht, womöglich hatte sie es sogar mit ihrem Pfeil getroffen. Aber noch bevor sie etwas erwidern konnte, wurde von innen so heftig gegen die Falltür gestoßen, dass der Stein zu wackeln begann. Kurz darauf krachte etwas schwer zu Boden, dann folgten neue, noch brutalere Schläge. Fassungslos sahen sich die Erben an.

»Wir sollten nicht hierbleiben«, sagte Bowbaq schließlich und riss sie damit aus ihrer Starre.

»Wir stehen auf dem Dach«, meinte Nolan. »Wie können wir von hier weg?«

»Wir machen es wie die Kinder«, rief Keb und schulterte die Leiter. »Kommt mit.«

Er führte sie zum Rand, legte die Leiter quer und schuf so einen Übergang zum Nebengebäude. Glücklicherweise waren die Dächer der Stadt gerade schräg genug, dass das Regenwasser in die Gässchen zwischen den Häusern ablief. So konnten sie hoffen, auf diesem Wege einigermaßen weit zu kommen.

»Das ist viel zu gefährlich«, sagte Eryne, die totenbleich geworden war.

»Gefährlicher, als hierzubleiben?«, gab Keb zurück.

Er zauderte nicht lange, sondern lief aufrecht Sprosse für Sprosse über den Abgrund hinweg, sprang auf das gegenüberliegende Dach und hielt dann die Leiter fest. Während die anderen ihm folgten, kauerte sich Zejabel neben Amanón an die Kante, die der Straße zugewandt war.

Einige Goroner waren wieder aus dem Gebäude gestürmt und richteten ihre abscheulichen Masken suchend nach oben. Als sie die beiden auf dem Dach entdeckten, war es zu spät: Zejabels Pfeile sirrten hinunter und streckten zwei der Gestalten nieder. Die übrigen Männer flohen mit wehenden Mänteln zurück ins Haus.

»Ich hätte auf meinen Vater hören sollen«, bemerkte Amanón. »Er wollte unbedingt einen Bogenschützen aus mir machen.«

Er lief zur Leiter, während Zejabel den Hauseingang im Auge behielt, bis er das gegenüberliegende Dach erreicht hatte. Dann stieß sie als Letzte zu den anderen, die schon ungeduldig auf sie warteten. Der Stein auf der Falltür wackelte nicht mehr, was nur eins bedeuten konnte: Die Kreatur und ihre Verbündeten hatten einen anderen Plan ersonnen.

Hastig flohen die Erben von Dach zu Dach, doch ihre Verfolger erspähten sie von der Straße aus, huschten ihnen hinterher und waren jetzt vorsichtig genug, sich nicht aus der Deckung der Häuser zu wagen. Zejabel hatte ihre Pfeile zwar griffbereit, konnte ihre schwarzen Mäntel im Schatten der Mauern aber nicht sehen. Wenn sie die Ohren spitzte, hörte sie die Rufe, mit der sie sich von einer dunklen Nische zur nächsten verständigten. Es schienen mindestens zehn oder zwölf zu sein, und sie waren ihnen hartnäckig auf den Fersen.

»Das ist sinnlos«, keuchte Amanón. »Irgendwann stürmen sie ein anderes Haus und klettern hoch zu uns aufs Dach.«

Eine Antwort erübrigte sich, als plötzlich ein dumpfes Grollen von der Straße heraufdrang. Jetzt gab es keinen Zweifel mehr: Sie wurden tatsächlich von einem Ungeheuer verfolgt. Mit einem Pfeil in der Sehne ihres Bogens lugte Zejabel nach unten, konnte aber keine Bewegung ausmachen. Im gleichen Moment erklang das Grollen von der anderen Seite des Gebäudes.

»Es ist unglaublich schnell«, sagte Cael mit aschfahlem Gesicht.

»Oder es sind mehrere«, stöhnte Nolan.

Einen Augenblick lang standen sie unschlüssig herum, dann rannten sie Keb nach, der die Leiter bereits zum nächsten Dach hinüberschob. Über die Richtung brauchten sie nicht lange nachzudenken, denn das Haus, auf dem sie sich befanden, grenzte nur an ein einziges Nachbargebäude. Ausgerechnet hier war die Gasse jedoch so breit, dass ihre Behelfsbrücke nur ganz knapp auf der Dachkante auflag.

»Das schaffe ich nicht«, jammerte Eryne. »Bis da drüben sind es fast fünf Schritte, und nach unten dreimal so viel!«

»Hab keine Angst«, sagte Niss ruhig. »Mach es mir einfach nach.«

Ohne zu zögern, betrat das Mädchen die Leiter. Ihr Großvater stürzte herbei und hielt das Ende fest, während Niss mit ausgestreckten Armen zur anderen Seite hinüberbalancierte. Die Sprossen waren breit genug, um den Füßen Halt zu bieten, aber Zejabel bewunderte dennoch ihren Mut. Nur wenige ihrer Rivalinnen um den Titel der Kahati waren so kühn gewesen.

Als Nächster überquerte Keb die Brücke in einer Geschwindigkeit, die an Leichtsinn grenzte. Als er drüben war, gab sich auch Eryne einen Ruck, denn das Grollen wurde immer lauter. Das Geschöpf musste ganz nah sein. Sie wimmerte vor Angst, während sie sich vorantastete, und seufzte erleichtert, als Keb sie zu sich aufs Dach hob.

Bowbaq wollte seine Enkelin nicht länger allein lassen und betrat die Brücke als Nächster. Als er es halb geschafft hatte, machte sich Cael bereit – da brach die Leiter unter dem Gewicht des Riesen. Noch während alle entsetzt aufschrien, wurde er von der Finsternis verschluckt und schlug tief unter ihnen mit einem dumpfen Krachen auf.

Zejabel beugte sich vor und sah ihn schemenhaft am Boden. Eine um die andere Dezille verstrich, ohne dass er sich rührte. Als sie zu Eryne, Keb und Niss auf dem Nachbardach hinüberblickte, ging hinter ihnen eine Falltür auf, aus der mehrere Goroner sprangen.

Keb fuhr herum, stieß einen wilden Kriegsschrei aus und stürmte auf die Männer zu. Zejabel fluchte. Er befand sich genau in ihrer Schusslinie.

Niss kauerte immer noch an der Dachkante und schrie verzweifelt den Namen ihres Großvaters, während Eryne die Angreifer entgeistert anstarrte. Kurz entschlossen warf die Zü Pfeil und Bogen beiseite, trat einige Schritte zurück, nahm Anlauf und sprang über den Abgrund auf das andere Dach.

Sie schaffte es knapp und verzerrte das Gesicht, als ihr Knöchel umknickte. Reflexhaft rollte sie sich ab, um den Fuß zu entlasten, atmete tief durch und zog ihren Dolch, um Keb zu Hilfe zu kommen.

Sie würde ganz sicher nicht tatenlos zusehen, wie die neue Göttin, der sie zu dienen gedachte, vor ihren Augen niedergestochen wurde.

Nolan schrie auf, als er Bowbaq ins Leere stürzen sah. Dann sprang Zejabel mit einem gewaltigen Satz auf das andere Dach, und sein Herz setzte für einen Moment aus. Er starrte Cael und Amanón ungläubig an – und vernahm ein drohendes Knurren in seinem Rücken.

Die drei fuhren gleichzeitig herum und rissen mit zitternden Händen ihre Waffen hoch. Sie hatten damit gerechnet, dass ihnen das unheimliche Geschöpf gleich an die Gurgel springen würde, aber es war nichts zu sehen, obwohl die fürchterlichen Laute, die es ausstieß, ganz nah klangen. Plötzlich begriff Nolan, dass es die Wand hinaufkletterte. In wilder Angst lief er auf Zejabels Bogen zu, doch zu spät: Die Kreatur, die ihnen der Dämon auf den

Hals gehetzt hatte, schob eine krallenbewehrte Hand über den Dachsims und hangelte sich mit einem einzigen Zug zu ihnen herauf.

Vielleicht war die Kreatur sogar selbst ein Dämon – abscheulich genug sah sie jedenfalls aus. Die Bestie hatte eine Art Katzenfell, dabei den Körperbau eines Gorillas, und war in etwa so groß wie Bowbaq. Kein Wunder, dass sie das Eingangstor mühelos aufgebrochen hatte! Der Kopf hingegen ähnelte den wilden Pavianen von Ezomine mit ihren fletschenden Kiefern und blutunterlaufenen Augen, mit denen sie das Affenungeheuer nun bösartig anfunkelte, während es auf sie zustampfte. Ein Albtraum hatte Gestalt angenommen.

Nolan stand wie versteinert da. Die Erscheinung war so grässlich, dass er sich keinen Fingerbreit von der Stelle rühren konnte – nicht einmal der mächtige Reexyyl hatte ihm solche Angst eingejagt. Die Bestie, die sich mal auf zwei, mal auf vier Beinen fortbewegte, schien ihm das Unmenschliche schlechthin zu sein. Als wäre sie nur auf der Welt, um alles Leben zu vernichten, als verkörperte sie das, was die Menschen das Böse nannten und die Erben unter anderem Namen kennengelernt hatten: Karu.

Wie ein unbeteiligter Zuschauer sah er mit an, wie sich Amanón schützend vor sie stellte, um den Angriff der Kreatur abzuwehren. Prompt raste sie los und stürzte sich mit ihrer ganzen ungeheuerlichen Kraft auf ihn. Manó kam gar nicht mehr dazu, seine Waffe hochzureißen, da erwischte ihn schon eine riesige Pranke, und als er zu Boden ging, sprang die Bestie ihm auf den Rücken. Er konnte nur noch schreien und hilflos mit dem Schwert herumfuchteln.

In diesem Moment bohrte Cael der Bestie sein Rapier gut einen Fuß tief in die Flanke und lenkte sie damit von ihrem Opfer ab. Mit einem wütenden Knurren fuhr sie herum und streckte die Krallen nach dem Jungen aus, während Amanón stöhnend wieder auf die Füße kam. Cael blieb nichts anderes übrig, als weiter und weiter zurückzuweichen. Da rammte Amanón der Kreatur sein Krummschwert so tief in den Rücken, wie er nur konnte. Viel richtete er damit nicht aus, denn aus der Wunde troff nur dünnes schwarzes Blut. Die beiden Kaulaner versuchten trotzdem, weiter von zwei Seiten anzugreifen, auch wenn sie dem Ungeheuer offenbar nicht sonderlich gefährlich werden konnten.

Nolan stand ein wenig abseits und hatte sich noch immer nicht vom Fleck gerührt. Sein Blick wanderte von dem Stockdegen, den er in der Hand hielt, zurück zu seinen Freunden, die sich jedes Mal, wenn sie von einem Schlag umgeworfen wurden, wieder aufrappelten. Eine Welle der Scham verdrängte seine Angst, und plötzlich packte ihn solche Wut, dass er seine Waffe umklammerte und auf die Bestie zulief, ohne zu bemerken, dass er dabei laut brüllte. Kaum hatte sie ihm die furchterregenden Augen zugewandt, rammte er ihr den Degen in den Magen. Ein Schwall Blut quoll hervor.

Gleich darauf versetzte sie ihm einen heftigen Schlag gegen die Schulter und fegte ihn zu Boden. Nolan ließ sich von den blutigen Striemen auf seinem Arm nicht beeindrucken und sprang sofort hoch, um erneut anzugreifen. Wie wild schlug er zu, immer heftiger und verzweifelter, je näher ihm das geifernde Maul kam. Jeden Augenblick, den er standhielt, schien er dem Tod abzuringen, seinem Tod, und irgendwann hatte er das Gefühl, nicht mehr nur gegen eine Bestie zu kämpfen, sondern einen heiligen Feldzug zu führen, gegen alle, die Eurydis nach dem Leben trachteten, gegen alle Dämonen und Dämonenanbeter der Welt.

Und mitten in diesem Blutbad, in dem er eine Kühnheit und Kraft entwickelte, wie er sie noch nie an sich erlebt hatte, kam ihm plötzlich ein seltsamer Gedanke. Zum ersten Mal fragte er sich, ob nicht er selbst der Erzfeind war.

Niss hörte zwar, dass um sie herum der Kampf tobte, und blickte sogar kurz von Eryne zu Zejabel und Kebree, die die goronischen Angreifer zurückzudrängen versuchten, aber sie konnte an nichts anderes denken als an ihren Großvater, der fünfzehn Schritte unten ihr lag.

Wie in Zeitlupe hatte sie ihn fallen gesehen und beobachtet, wie sich auf seinem Gesicht Überraschung und Entsetzen abzeichneten. Dann hatte ihn der dunkle Abgrund verschluckt, bis sein Körper wenige Augenblicke später mit einem dumpfen Geräusch, das ihr durch Mark und Bein ging, am Boden aufschlug. Seither konnte sie nur hilflos auf die reglos daliegende, vom fahlen Licht der Sterne beschienene Gestalt hinunterstarren.

So sehr sie sich auch den Kopf zerbrach, sie sah einfach keine Möglichkeit, zu ihm in die Gasse zu gelangen. Der einzige Weg hinunter führte durch das Treppenhaus, durch das die Angreifer strömten – es sei denn, sie stürzte sich ebenfalls vom Dach. Beides wäre wohl lebensmüde. Dass sie nichts tun konnte, machte sie schier wahnsinnig: Es blieb also nur zu hoffen, dass ihre Freunde die Goroner besiegten und die abscheuliche Kreatur nicht vom anderen Dach herübersprang. Sie betete darum, dass ihr geliebter Großvater den Sturz ohne größere Verletzungen überstanden hatte und durchhalten würde, bis seine Freunde ihn retteten.

Während sie stumm um sein Leben flehte, sah sie plötzlich eine Bewegung in der angrenzenden Straße. Sie erschauerte, als zwei Unbekannte in die Gasse einbogen. Die Männer trugen zwar lange Mäntel, aber keine Masken. Waren sie etwa harmlos und würden Bowbaq vielleicht sogar zu Hilfe kommen?

Mit pochendem Herzen verfolgte sie, wie die Goroner auf ihn zutraten und sich über ihn beugten. Doch dann schlug die aufkeimende Hoffnung in blanke Angst um: Einer der Unbekannten zog ein Schwert!

Ohne zu überlegen, verließ Niss ihren Körper und schlüpfte in den Geist des Bewaffneten. Sie hatte ihre Gabe nicht verloren. Trotz der Panik des Mannes schaffte sie es, in die Tiefen seiner Gedanken vorzudringen und die Kontrolle über seinen Körper zu gewinnen. Es war nicht schwerer als bei einem Tier.

Mit einem Mal war Niss nicht mehr auf dem Dach und starrte hinunter, sondern sah durch die Augen des Goroners, der mit dem Schwert in der Hand neben Bowbaq stand. Gerade wollte sein Begleiter auf den wehrlos daliegenden Riesen einstechen, da hielt sie ihn mit einem Schwerthieb auf.

Noch nie zuvor hatte sie einen Menschen verletzt, aber ihr blieb keine andere Wahl: Der Mann hätte ihren Großvater erbarmungslos getötet. Bevor er zusammenbrach, warf er seinem Komplizen einen verständnislosen Blick zu. Niss stieß ihn angewidert zur Seite und beugte sich ängstlich über Bowbaq.

Als sie sah, dass er auf einem Haufen Unrat gelandet war, den der Regen und die Last der Jahre zu einer übel riechenden, fußhohen Schicht zusammengedrückt hatten, schöpfte sie wieder Hoffnung. Hatte der weiche Untergrund Bowbaqs Sturz abgefedert? War er einigermaßen glücklich gelandet und nicht mit dem Kopf aufgeschlagen? Niss konnte jedenfalls keine Schädelverletzung feststellen.

Um endgültig Gewissheit zu haben, nahm sie seine Hand und versuchte, den Puls zu fühlen. Zu ihrer grenzenlosen Erleichterung schlug sein Herz.

Zumindest vorerst noch. Womöglich benötigte er rasch Hilfe, während die Kämpfe auf dem Dach unvermindert weitergingen.

Da kam Niss in den Sinn, dass sie das Ganze mithilfe ihres geliehenen Körpers beschleunigen konnte. Sie rannte aus der Gasse, suchte die aufgebrochene Haustür und sprang die Treppen hinauf bis zum Dachgeschoss, wo sich die Goroner unter der Falltür drängten.

Der Erste, den sie niederstreckte, brach zusammen, ohne einen Laut von sich zu geben. Der zweite stöhnte kurz auf, aber so leise, dass die anderen ihn nicht hörten. Mit jedem Gegner, den sie aus dem Hinterhalt erstach, ließ ihre Abscheu nach. Sie würde so lange weitermorden, bis sie zu Keb und Zejabel vordrang – oder von einem ihrer Feinde in den Tod geschickt wurde und endgültig im Tiefen Traum versank.

Zejabel und Keb kämpften wie besessen, aber die Angreifer waren hartnäckig und mit ihren Schwertern einfach im Vorteil. Zejabel, die nur mit einem einfachen ramgrithischen Dolch bewaffnet war, musste immer wieder Schnittverletzungen in Kauf nehmen, um lebensbedrohlicheren Hieben auszuweichen. Eryne sah aus sicherem Abstand zu und zuckte jedes Mal zusammen, wenn die Zü getroffen wurde. Sie blutete bereits aus unzähligen Wunden.

Eryne begriff, warum Zejabel Schwierigkeiten hatte, mit einer gewöhnlichen Waffe umzugehen: Bei dem vergifteten Hati hatte ein kleiner Kratzer genügt, um den Gegner zu töten. Trotzdem gelang es der Zü mit Müh und Not, einen der Goroner niederzustechen. Keb hingegen hatte schon drei Männer auf dem Gewissen und nur eine einzige Schramme am Oberschenkel.

Gemeinsam hatten sie die ersten Angreifer einigermaßen in Schach halten und sogar verhindern können, dass weitere Männer aufs Dach kletterten. Doch plötzlich strömte eine ganze Horde Langmäntel durch die Falltür, als würden sie von unten heraufgetrieben.

Keb wich vor der Übermacht zurück und schwang seine Lowa, während Zejabel zu Eryne rannte und vor ihr in Kampfstellung ging. Eryne war verwirrt und beschämt zugleich. Sie hatte der Kriegerin, die sie vor Zuïa gerettet hatte, keinerlei Freundschaft entgegengebracht, und doch stellte sie sich nun schützend vor sie – ganz zu schweigen von dem halsbrecherischen Sprung, mit dem sie ihnen zu Hilfe gekommen war.

Ob ihre Freunde die Goroner würden besiegen können, war ungewiss, und Eryne wagte nicht einmal, auf das andere Dach hinüberzusehen, wo ihr Bruder, Cael und Amanón gegen ein schreckliches Ungeheuer kämpften. Vor lauter Angst kauerte sie sich neben Niss, um sich trostsuchend an sie zu klammern, und schrie entsetzt auf, als sie das Mädchen reglos und mit verdrehten Augen daliegen sah. Ihre Atemzüge und ihr Herzschlag jedoch waren regelmäßig – was war geschehen?

Eryne blickte auf. Das Unglück nahm einfach kein Ende. Zwei Goroner lagen in einer größer werdenden Blutlache am Boden, Zejabel stand vor ihr und presste eine Hand auf den Magen. Eine Hand, die sich langsam rot färbte.

»Ich habe versagt«, sagte sie nur.

Dann knickte sie ein und fiel schwer zur Seite. Eryne stürzte zu ihr und bettete vorsichtig Zejabels Kopf in ihren Schoß. Aus dem Augenwinkel sah sie, wie zwei der Angreifer von Keb abließen und auf sie zurannten.

»Lasst mich nicht allein«, schluchzte sie. »Das dürft Ihr nicht … Ich brauche Euch!«

»Ihr seid … eine Göttin«, stieß die Zü mühsam hervor. »Wehrt Euch.«

Eryne stand auf und starrte den Goronern entgegen. Zejabel war zu geschwächt. Sie waren verloren.

»Wehrt Euch!«, wiederholte Zejabel mit letzter Kraft.

Völlig kopflos rannte Eryne zu einer der Leichen und entriss ihr das blutverschmierte Schwert. Die Mörder gingen in einigem Abstand zu ihr in Kampfstellung. Eryne graute es beim Anblick der blanken Klingen so sehr, dass sie nahe daran war, ihre Waffe wegzuwerfen und vom Dach zu springen. Doch der Gedanke an ihre Familie und ihre Freunde hielt sie zurück. Sie musste zumindest versuchen, Niss und Zejabel zu beschützen, auch wenn es aussichtslos war.

Der Mann zu ihrer Linken griff als Erster an, und sie parierte so unbeholfen, dass er sie am Handgelenk traf. Während Blut über den Schwertgriff lief und der Schmerz ihr im Kopf pochte, entspannten sich die beiden Angreifer merklich. Sie hatten erkannt, dass sie es mit einer Anfängerin zu tun hatten – schlimmer noch, sie sahen schon vor sich, wie sie ihr den Bauch aufschlitzten und sie in die Gosse hinunterwarfen.

Panik stieg in ihr auf, als ihr klar wurde, dass sie soeben die Gedanken ihrer Feinde gelesen hatte. Die Bilder von Schmerz und Tod, in die sie nun eintauchte, ließen sie schier durchdrehen – bis der Mann zur Rechten sich vornahm, auf ihr Bein zu zielen, und sie instinktiv zurücksprang. Dann fasste der zweite den Entschluss, mit der Schwertspitze zuzustechen. Sie brauchte nur im richtigen Moment einen winzigen Schritt zur Seite zu tun, um der Klinge auszuweichen. Sie hätte sogar ihre Waffe auf seinen ausgestreckten Arm niedersausen lassen können, wenn sie gewollt hätte. Ja, warum eigentlich nicht?

Fiebrige Aufregung packte sie, als ihr klar wurde, dass sie auf diese Weise doch noch eine Chance hatte. Anstatt die Gedanken ihrer Gegner abzuwehren, konzentrierte sie sich nun darauf, lauschte aufmerksam, lockte sie geradezu herbei, um ihre Bewegungen im Kampf vorherzusehen. Nebenher erfuhr sie eine Fülle von Einzelheiten: ihre Namen, ihre geheimen Sehnsüchte, unter welchen Umständen sie sich der neu gegründeten Sekte angeschlossen hatten und warum sie dem Dämon dienten. Doch sie achtete nicht weiter darauf, sondern lauerte nur auf die Gedanken, die ihr die geplanten Angriffe der Männer verrieten – oder ihre Schwachstellen.

Als sie sich nicht mehr gegen die Stimmen wehrte, ging alles wie von selbst: Noch bevor der Mann links von ihr zu einer brutalen Attacke ansetzte, wich sie bis zum Dachrand zurück und sprang in dem Moment zur Seite, in dem er sich auf sie stürzte. Sein Schrei hallte noch durch die Häuserschlucht, nachdem er in fünfzehn Schritten Tiefe aufgeprallt war.

Der andere ließ sich nicht entmutigen, aber Eryne fühlte sich kaum noch ernsthaft bedroht. So ging es eine ganze Weile hin und her, ohne dass sich eine Gelegenheit bot, ihm den Garaus zu machen. Sie mochte ihm zwar in Gedanken voraus sein, aber die Waffe konnte sie trotzdem nicht besser führen als zuvor. Außerdem kostete es sie große Überwindung, einen Menschen kaltblütig zu ermorden.

Doch als sie die Gesichter früherer Opfer in den Erinnerungen des Mannes sah, verlor sie jeden Skrupel. Jetzt hatte sie keine Hemmungen mehr, die Klinge in dem Augenblick auszustrecken, in dem der Mann ihr die bloße Kehle darbot. Der Goroner ging zu Boden, während ein Schwall Blut unter seiner Maske hervorquoll.

Nur wenige Schritte entfernt schlug Keb seinem sechsten und letzten Gegner den Schädel ein. Die anderen flohen zur Falltür, manche waren schon im Dachgeschoss verschwunden. Plötzlich waren Schreie zu hören, und kurz darauf kam wie durch ein Wunder wieder Leben in Niss. Munter sprang sie hoch und lief auf Keb zu.

Erleichtert ließ Eryne die Waffe fallen. Der Schmerz in ihrem Handgelenk war schlimmer geworden. Als sie die Augen hob, begegnete sie Zejabels Blick. Keine von ihnen sagte ein Wort. Dafür war es noch zu früh, denn die Schlacht auf dem anderen Dach war längst nicht vorbei.

Sie hatten der Bestie schon zwanzig, dreißig Wunden zugefügt, aus denen das schwarze Blut in Strömen floss, doch ihre Kraft und Mordlust schien einfach nicht nachzulassen. Amanóns Lederkluft hing ihm nur noch in Fetzen am Leib, Nolans gesamter Oberkörper war blutig gekratzt, und auch Cael hatte einiges abgekommen. Er wusste schon nicht mehr, wie oft sich die Krallen der Kreatur in seine Haut gebohrt hatten. Die Wunden brannten wie Feuer. Es war reines Glück, dass sie den messerscharfen Zähnen bislang entkommen waren.

Wären sie nicht zu dritt gewesen, hätte sie die Kreatur längst in der Luft zerrissen. Der Dämon war zwar viel stärker als sie, aber sein tierischer Instinkt trieb ihn dazu, sich jedes Mal zu dem Gegner umzudrehen, der ihn als Letzter getroffen hatte. So retteten Amanón, Cael und Nolan einander abwechselnd das Leben, indem sie die Aufmerksamkeit des Untiers auf sich lenkten, sobald einer von ihnen in zu großer Gefahr schwebte. Wenn es ihren Kreis einmal durchbrach und sich von hinten auf einen stürzen wollte, umzingelten die anderen es sofort wieder.

Doch das machte sie natürlich nicht unangreifbar, und Cael spürte seine Kräfte schwinden. Irgendwann würde er eine Bewegung falsch einschätzen oder zu spät reagieren, und dieser Fehler würde ihm zum Verhängnis werden. *Wer von uns wird als Erster Schwäche zeigen und totgebissen werden?* Diese Vorstellung wurde so übermächtig, dass er an nichts anderes mehr denken konnte. *Will dieser verdammte Dämon denn gar nicht sterben?*

Er begann zu befürchten, dass sie die Bestie nicht töten konnten. Schließlich lag es nur in der Macht eines Gottes, einem anderen Gott das Leben zu nehmen, und diese Kreatur schien aus der Unterwelt des Karu zu stammen.

Diese Sorge wurde bald von einer zweiten, noch größeren verdrängt: Seine innere Stimme erwachte. Er hatte von Anfang an damit gerechnet und inständig gehofft, dass er diesmal nicht dem Wahn verfallen würde. Doch vergeblich. Bilder von Hass und Angst stiegen in ihm auf, bis er nichts anderes mehr spürte. Binnen kürzester Zeit würde er sich in eine rasende, mordgierige Bestie verwandeln.

Während er zugleich gegen den Dämon und den aufwallenden Wahnsinn ankämpfte, fiel ihm das Gespräch mit Niss wieder ein. Sie hatte behauptet, zwei Caels gesehen zu haben. Vermutlich hatte sie sich das eingebildet, aber andererseits musste sie während ihrer langen Versunkenheit im Tiefen Traum und als Erjak so viele ungewöhnliche Dinge gesehen haben, dass vielleicht ein Funken Wahrheit darin steckte.

Er hatte keine Wahl. Die Stimme konnte jeden Moment die Oberhand über seinen Körper gewinnen, und dann wäre er blind vor Zerstörungswut. Also tat Cael etwas, das er noch nie getan hatte: Er hörte auf, sich gegen den Anderen zu wehren, und überließ ihm freiwillig einen Platz in seinem Geist.

Es war ganz anders als erwartet. Seltsamerweise war er immer noch er selbst und merkte doch, dass er nicht mehr der Cael von gerade eben war. Er war … die Vereinigung von beiden. Ein Großteil von ihm war noch der Junge, der im Großen Haus von Kaul zur Schule gegangen war, und ein ganz kleiner Teil gehörte dem Wesen, das der Stimme gehorchte.

Und das war schon genug, um seinen Siegeswillen anzufachen. Plötzlich führte er sein Rapier viel geschickter und empfand den Dämon nicht mehr als unbezwingbaren Gegner, sondern als niederes Geschöpf, das ihnen schon viel zu lange auf der Nase herumtanzte. Mit einer Reihe blitzschneller, zielsicherer Angriffe fügte er dem Ungeheuer neue, klaffende Wunden zu und zog damit seine geballte Wut auf sich. Er konnte gerade noch zurückspringen, bevor es ihn am Kopf erwischte.

Ermutigt von diesem Erfolg wagte er, seinen Geist noch weiter für die Stimme zu öffnen. Mit dem Hass und der Machtgier, die sie in ihm schürte, wuchsen auch seine Kraft und seine Gewandtheit. Ihm war klar, wie gefährlich sein Experiment werden konnte, wenn er es zu weit trieb. Doch die Aussicht, seinen Wahn endlich kontrollieren zu können, war so berauschend, dass er alle Vorsicht vergaß. Bald nahm die Stimme in ihm genauso viel Platz ein wie der Cael, der er für gewöhnlich war – und zwang so den Dämon, der bisher stets als Erster angegriffen hatte, in die Verteidigung.

Unzählige Male schlug er zu und verwundete die Bestie an allen Stellen, die er erreichen konnte, bis sie nur noch ein wimmerndes Häuflein Elend war. Manó und Nolan nutzten die unerwartete Gelegenheit, um ihrerseits verstärkt anzugreifen. Zuletzt wehrte sich ihr Gegner kaum noch, und Cael trat einen Schritt zurück, um sich an seinem Leid zu weiden, bevor er mit einem gehässigen Grinsen das Rapier zum Todesstoß hob. In diesem Moment streckte Amanón das Untier mit einem kräftigen Hieb nieder und verdarb ihm alles.

»Dazu hattest du kein Recht!«, kreischte Cael vollkommen außer sich vor Wut. »Das war mein Sieg!«

Keuchend und zu Tode erschöpft stand Amanón da und starrte ihn entgeistert an. Erst als sein Blick zu dem Rapier wanderte, das Cael auf ihn gerichtet hatte, bemerkte der Junge, was er da tat. Für den Bruchteil einer Dezille, der ihm wie eine Ewigkeit vorkam, fragte er sich sogar, ob er nicht zustoßen und seine Überlegenheit beweisen sollte …

Doch dann zog sich die Stimme langsam in die Tiefen seines Geistes zurück und entließ ihn in unendliche Einsamkeit und Schwäche.

Ungeduldig wie noch nie zieht Usul in seiner Höhle Kreis um Kreis. Nach Tagen der Ungewissheit, in denen er nur grübeln und mutmaßen konnte, scheint ein Teil der Zukunft endlich entschieden. Alles andere ist noch vage und unbestimmt, aber trotz der unzähligen Wege, die die Geschichte einschlagen kann, steht ein Ereignis fest.

Einige Sterbliche werden zu ihm kommen.

Und der Gott weiß schon jetzt, welche Fragen sie ihm stellen werden.

Die Reise der Krieger geht weiter:

Pierre Grimbert
DIE Krieger
Die Stimme der Ahnen

AHNENTAFEL

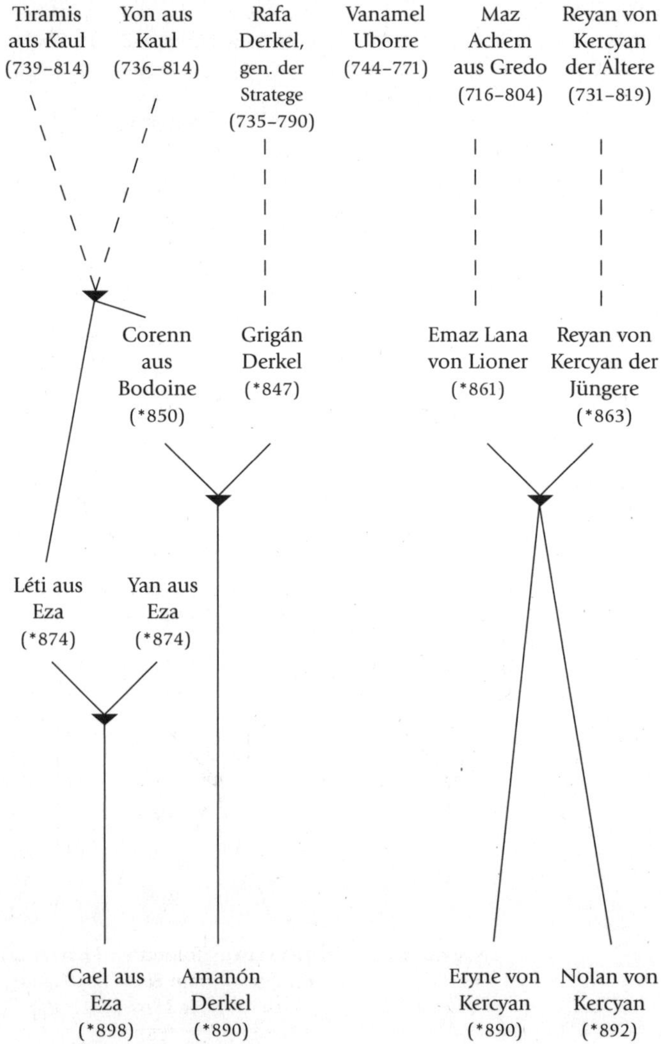
Tiramis aus Kaul (739–814)
Yon aus Kaul (736–814)
Rafa Derkel, gen. der Stratege (735–790)
Vanamel Uborre (744–771)
Maz Achem aus Gredo (716–804)
Reyan von Kercyan der Ältere (731–819)
Corenn aus Bodoine (*850)
Grigán Derkel (*847)
Emaz Lana von Lioner (*861)
Reyan von Kercyan der Jüngere (*863)
Léti aus Eza (*874)
Yan aus Eza (*874)
Cael aus Eza (*898)
Amanón Derkel (*890)
Eryne von Kercyan (*890)
Nolan von Kercyan (*892)

DIE WEISEN VON JI UND IHRE ERBEN

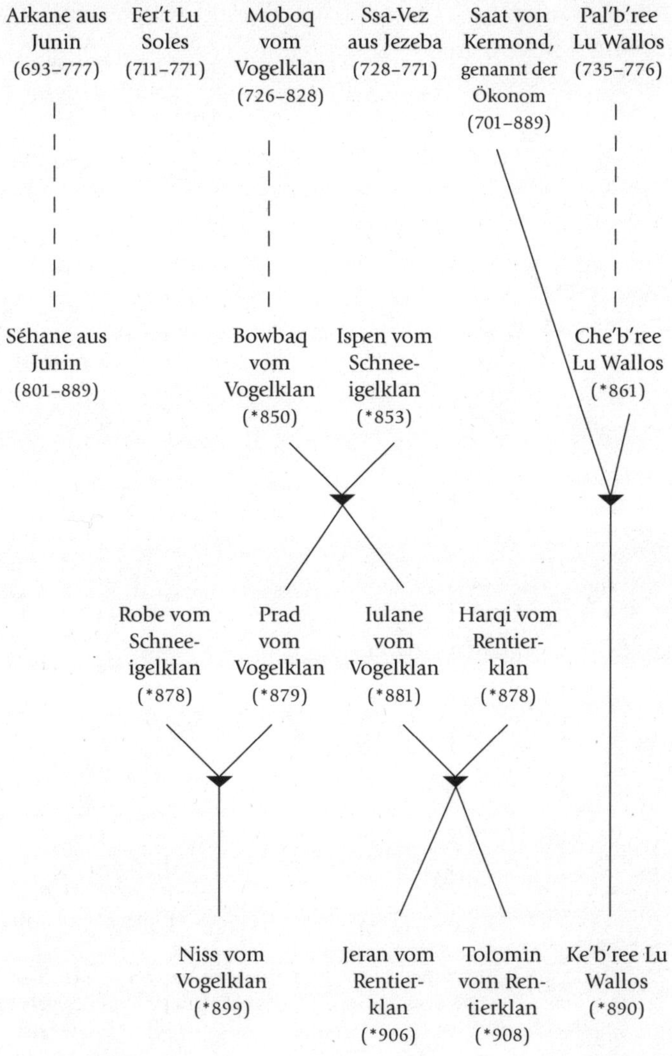

KLEINES LEXIKON DER BEKANNTEN WELT

ALIOSS

Der Anführer. Alioss ist der Gott der Familienväter, Klanchefs und Königsgeschlechter Gritehs. Nur Männer der oberen Stände dürfen ihm dienen: Krieger, Priester, Edelmänner und Handwerker. Frauen, Bettlern und Verbrechern ist es verboten, auch nur den Namen des Allmächtigen auszusprechen.
Die Göttin Aliara erfüllt eine ähnliche Rolle für die weiblichen Einwohner Gritehs, auch wenn sie kein so hohes Ansehen genießt. In den Unteren Königreichen muss der König jedem Tempelbau seinen Segen erteilen, und kein König würde je erlauben, dass sich Frauen in einem Tempel versammeln.

ALT

Der Alt ist der größte Fluss der bekannten Welt. Er entspringt in den höchsten Bergen des Rideau, fließt durch Itharien und Romin und mündet schließlich in den Spiegelozean.
Einer goronischen Legende zufolge werden die Toten eines Tages in riesigen Geisterschiffen den Fluss heruntergefahren kommen, um sich für alles Leid zu rächen, das ihnen zu Lebzeiten angetan wurde. Hin und wieder behauptet jemand, die Vorhut dieser Armee der Finsternis gesehen zu haben. Aus diesem Grund lassen manche Häfen nach Einbruch der Dunkelheit kein Schiff mehr einlaufen.

ALTES LAND

Anderer Name des Königreichs Romin.

ALUÉN

Auch wenn sein Geburts- und Todesjahr nicht überliefert sind, geht man davon aus, dass Aluén gegen Ende des achten Äons kurz nach dem Untergang des Itharischen Reichs in Partacle herrschte.

Während sich die Itharier der Religion zuwandten, nachdem Eurydis ihnen zum zweiten Mal erschienen war, lieferten sich die befreiten Völker blutige Bürgerkriege um die Reichtümer, die die einstigen Eroberer zurückgelassen hatten. Es heißt, dass Aluén einen Schatz anhäufte, der sogar den des Kaisers von Goran übertraf.

Dieser Schatz ist jedoch spurlos verschwunden. Einer Legende zufolge soll ein Teil des Schatzes im Grab seines Besitzers versteckt sein, allerdings weiß heute niemand mehr, wo sich dieses Grab befindet. Sieben Grabstätten wurden bereits erfolglos durchsucht, aber die Schatzjäger geben die Hoffnung nicht auf.

AMARIZIER

Amarizische Priester führen ein gottesfürchtiges und frommes Leben. Die meisten bleiben bis zu ihrem Tod innerhalb der Mauern eines Gemeinschaftstempels und vollziehen die religiösen Riten. Für manche Amarizier ist es jedoch der höchste Beweis ihrer Liebe zu Gott, Ungläubige zu bekehren, und so ziehen sie durch die Lande, um »verlorene Seelen« zu retten.

Amarizier lehnen Theoretiker ab, da sie es für anmaßend halten, den göttlichen Willen auszulegen.

Es gibt viele Ausprägungen des amarizischen Glaubens – vermutlich vielleicht ebenso viele wie Dörfer der bekannten Welt. In den Oberen Königreichen wird Odrel am häufigsten verehrt.

AÒN

Fluss in den Unteren Königreichen, der in den Jezebahöhen entspringt und bei Mythr ins Feuermeer mündet. Viele große Städte der Unteren Königreiche liegen am Ufer des Aòn: La Hacque natürlich, aber auch Quesraba, Tarul und Irzas. Es hält sich hartnäckig das Gerücht, der Unrat der Menschen ziehe in der heißen Jahreszeit Raubfische aus dem Meer an. Sie schwämmen den Fluss bis La Hacque hoch und schreckten auch nicht davor zurück, Menschen anzugreifen und zu zerfleischen. Obwohl es in der Vergangenheit tatsächlich einige Attacken von Ipovanten gab und einmal sogar den Angriff eines Dornhais, sind solche Vorfälle äußerst selten.

ARGOS

Die Argosfelsen befinden sich in den Unteren Königreichen, ganz im Osten der Jezebahöhen. Berühmt sind sie vor allem für ihr Echo, das eindrucksvollste der bekannten Welt. Zahlreiche Legenden ranken sich um diese Felsen.

Es heißt, das Echo von Argos habe ein Gedächtnis, und wer nur stumm dastehe und geduldig abwarte, dem gäben die Felsen irgendwann die Geheimnisse preis, die ihnen im Laufe der Jahrhunderte anvertraut wurden.

ARKISCH

Wichtigste Sprache Arkariens.

AVATAR

Inkarnation oder Verkörperung einer Gottheit in einer anderen Gestalt als seiner eigentlichen.

BELLICA

Die Bellica ist eine Spinne, die im Norden der Fürstentümer heimisch ist. Ihr Biss ist für den Menschen nicht tödlich, und sie greift nur bei zwei Gelegenheiten an: wenn ihr Nest bedroht ist oder wenn sie einer Artgenossin begegnet. Aufgrund dieser Eigenschaft eignet sich diese Spinnenart gut für Schaukämpfe. Bellica-Kämpfe sind in den Unteren Königreichen ein beliebter Zeitvertreib. Es werden regelrechte Turniere veranstaltet, und die Wetteinsätze erreichen schwindelerregende Höhen. Der Todeskampf zweier Bellica-Spinnen ist ein beeindruckendes Schauspiel. Wenn die beiden handtellergroßen Tiere aufeinander losgelassen werden, stellen sie sich zunächst auf ihre vier Hinterbeine und versuchen, die Gegnerin mit Drohgebärden einzuschüchtern: Sie bewegen ihre Kieferklauen, vollführen nervöse kleine Sprünge und klappern mit den Beißwerkzeugen.

Es ist jedoch äußerst ungewöhnlich, dass eine der Gegnerinnen zu diesem Zeitpunkt aufgibt. Als Nächstes folgt ein Kampf auf Leben und Tod, in dem sich die Spinnen ineinander verbeißen. Sie versuchen, ihre Widersacherin mit ihrem Gift zu lähmen oder sie in ein Netz einzuspinnen. Oft gewinnt die scheinbare Verliererin im letzten Moment die Oberhand. Manche Spinnen stellen sich tot, um ihre Gegnerin zu täuschen. Andere gewinnen den Kampf, obwohl sie mehrere Beine verloren haben.

Die Siegerin frisst immer den Kopf der Verliererin, und zwar nur den Kopf. Eine Spinne, die man daran hindert, verliert ihre Angriffslust und stirbt.

BROSDA

Ein Gott, der vor allem im Matriarchat von Kaul verehrt wird. Er ist der Sohn des Xéfalis und dem Spiegelbild Echoras.

Brosda ist der Gott der Fischer. Sein Reich ist weder das Wasser noch das Land, sondern die Grenze zwischen beiden. Er ist ein neutraler Gott und wird je nach Ort und Epoche verehrt oder gefürchtet. In den Geschichten über Brosda kommen auch Seeungeheuer vor, was vor allem den Kindern gefällt.

BRUDER

Die Mitglieder der Großen Gilde bezeichnen sich gegenseitig als Brüder. Andere Verbrechergilden haben die Bezeichnung übernommen.
Manche geben ihren Mitgliedern bei Eintritt sogar einen neuen Namen und bilden regelrechte »Familien«.

CREVASSE

Hauptstadt Arkariens, die zum Klan des Falkens gehört. Eigentlich haben nur Bewohner des Weißen Landes Zutritt zur Stadt, Fremde sind nur in Ausnahmen erlaubt. Diejenigen, die das Glück hatten, Crevasse besuchen zu dürfen, vergleichen sie wegen ihrer Größe mit Lorelia und wegen der Schönheit ihrer Bauwerke mit Romin.
Der Legende zufolge wurde die Stadt an einem Ort errichtet, an dem sich drei Minen befinden: eine Eisen-, eine Kupfer- und eine Goldmine. Dies sei auch der Grund für den unermesslichen Reichtum des Falkenklans, aus dem zwei Drittel der arkischen Könige stammen und der somit die Geschicke des größten Lands der bekannten Welt lenkt.

DAÏ

Die Daï ist eine kleine Schlange, die in den Unteren Königreichen vor allem in den Ausläufern der Gebirge heimisch ist. Das ausgewachsene Tier ist zwei Fuß lang und wird bis

zu drei Jahre alt. Seine Hautfarbe wechselt je nach Jahreszeit von Dunkel- zu Hellgelb.
Das Gift der Daï ist nicht tödlich – jedenfalls nicht in der üblichen Dosis –, erzeugt aber eine euphorische Trance mit Halluzinationen. Die Daï beißt ihre Beute in regelmäßigen Abständen, versetzt sie so in einen Tiefschlaf und hält sie über mehrere Dekaden am Leben, ähnlich wie Spinnen.
Das Gift ist eine beliebte Droge. Die Zucht von Daï-Schlangen hat in den Unteren Königreichen eine lange Tradition. Bei einigen Stämmen gilt es als Mutprobe, sich von einer Daï beißen zu lassen, da ihr Gift nicht wieder aus dem Körper gesaugt werden kann. Aber wie alle Drogen wird sie vielen zum Verhängnis: Man hört immer wieder von Menschen, die sich freiwillig in eine Schlangengrube stürzen und dort den Tod finden.

DARN-TAN

Darn-Tan war Graf von Uliterra, einer ehemaligen lorelischen Provinz zwischen dem Herzogtum Cyr-la-Haute und dem Herzogtum Kercyan. Einst führte Uliterra aus Gründen, die in Vergessenheit geraten sind, Krieg gegen das benachbarte Fürstentum Elisere und dessen Herrscher Iryc von Verona.
Der Brauch wollte, dass der Sieger den unterlegenen Herrscher, seine Familie und sein Domizil verschonte. Doch Darn-Tan war bekannt dafür, diese Sitte zu missachten. Einige Jahre zuvor hatte er das Schloss von Orgerai angezündet und den Fürsten und dessen zwei Töchter an einen Balken knüpfen lassen. Darn-Tan hatte auch diesmal nicht die Absicht, seinen Feind mit dem Leben davonkommen zu lassen, und so ersann er eine komplizierte List. Er rech-

nete damit, dass Iryc von Verona ihm misstrauen und einen Hinterhalt wittern würde, und genau dann würde seine Falle zuschnappen.
Iryc von Verona, der keine Heimtücke kannte, entging dem Hinterhalt, indem er sich verhielt, wie Darn-Tan es nie erwartet hätte: arglos.

DEKADE
Zehn Tage. Zeiteinheit des eurydischen Kalenders.
Die Tage einer Dekade tragen Ordnungszahlen. Der erste Tag ist der Prim, der letzte der Zim. Die anderen Tage vom zweiten bis zum neunten heißen: Des, Terz, Quart, Quint, Sixt, Septim, Okt und Non.
Die Dekade der Erde und die des Feuers haben nur neun Tage. Der Okt wird übersprungen, auf den Septim folgt sogleich der Non. Die Maz haben hierfür eine religiöse Erklärung: Der Wegfall des Okten versinnbildlicht Eurydis' Sieg über die acht Drachen von Xétame.

DEKANT
Zeiteinheit goronischen Ursprungs. Ein Dekant entspricht dem Zehntel eines Tages, also ungefähr zwei Stunden und fünfundzwanzig Minuten unserer Zeit. Der erste Dekant beginnt mit Sonnenaufgang, wenn der zehnte Dekant des Vortages endet. Das Ende des dritten Dekants wird als Mit-Tag bezeichnet.
Das gemeine Volk gebraucht diese Zeiteinheit im Alltag eher grob, während die Gelehrten sehr viel präziser sind. Sie richten sich nicht nur nach der Sonnenuhr, sondern berechnen mit komplizierten Formeln den genauen Zeitpunkt des Sonnenaufgangs über der Stadt Goran. Diese Methode ist auch die einzige, die es ermöglicht, in der

Nacht – also vom siebten bis zum zehnten Dekant – den Wechsel der Dekanten exakt zu bestimmen.

DEZILLE

Zeiteinheit goronischen Ursprungs. Eine Dezille entspricht dem Zehntel einer Dezime, also ungefähr einer Minute und sechsundzwanzig Sekunden unserer Zeit. Gemeinhin wird es nicht für nötig gehalten, die Zeit in noch kleinere Einheiten zu unterteilen. Offiziell existieren allerdings noch Divisionen und Schläge. Eine Division misst ungefähr acht Sekunden, ein Schlag weniger als eine Sekunde.

DEZIME

Zeiteinheit goronischen Ursprungs. Eine Dezime entspricht dem Zehntel eines Dekants, also ungefähr vierzehn Minuten unserer Zeit.

DONA

Die Göttin der Händler. Sie ist die Tochter Wugs und Ivies. Der Legende nach erschuf sie das Gold, um damit ihren Körper zu bedecken und so die Schönheit ihrer Cousine Isée zu übertreffen. Anschließend schenkte sie ihre Schöpfung den Menschen, damit diejenigen, die wie sie vom Schicksal benachteiligt wurden, mit ihrer Klugheit auftrumpfen können, die durch den Besitz des Edelmetalls versinnbildlicht wird.
Zu Donas Unglück entschied der junge Gott Hamsa, den sie zum Schiedsrichter erkoren hatte, sich jedoch abermals für Isée. Daraufhin beschloss Dona, nie mehr auf das Urteil eines Einzigen zu vertrauen. Sie nahm sich zahlreiche Liebhaber und gilt seither auch als Göttin der Sinnesfreuden.
In Lorelien gibt ein Händler, der ein gutes Geschäft ab-

geschlossen hat, üblicherweise einem fremden Mädchen, das in Armut lebt, ein Almosen. Dieses Geld wird »Donas Anteil« genannt. Leider gerät der Brauch immer mehr in Vergessenheit, da die meisten Anhänger Donas finden, die Opfergabe, die sie an den Tempel entrichten, sei ein ausreichender Beweis ihrer Hingabe.
Kein geschäftstüchtiger Händler würde je vergessen, Dona ein Opfer zu bringen, und sei es nur, um sich die Gunst derjenigen »Priesterinnen« zu sichern, die der Göttin der Sinnesfreuden besonders ergeben sind.

DORNHAI

Der Dornhai oder auch Kletterhai ist ein Raubfisch im Feuermeer, der häufig mit der Panzermuräne verwechselt wird. Die durchschnittliche Größe eines ausgewachsenen Dornhais liegt bei fünf bis sieben Schritten, aber wenn man alten ramythischen Seemännern glaubt, existieren auch Exemplare mit einer Länge von zehn Schritten oder mehr.
In den Meeren tummeln sich jedoch weit imposantere Lebewesen, und der Dornhai wird nicht wegen seiner Größe gefürchtet. Er ist berüchtigt für seinen Blutdurst und vor allem für die zahlreichen ausfahrbaren Haken, die sich zwischen seinen Schuppen am Bauch befinden. Die Haken tragen ein Gift in sich, mit dem der Dornhai seine Beute lähmt.
Außerdem benutzt der Dornhai diese Haken, um wie eine Raupe lautlos an der Außenwand von Schiffen hochzuklettern. Aus diesem Grund gilt er als der gefährlichste Raubfisch, und die Hochseefischer haben sich zahlreiche Schutzmaßnamen ausgedacht. Zum Beispiel weisen viele Schiffe einen »Glockenkranz« auf, ein schlauchförmiges, mit Alteisen gefülltes Netz, das rings um den Rumpf gehängt wird. Aus Aberglauben scheuen sich Seeleute, den Namen eines

Mannes auszusprechen, der einem Dornhai zum Opfer gefallen ist, bevor sie das Festland erreicht haben.

EIHER

Arkisch. Fabeltier des Weißen Landes. Der Eiher wird entweder als riesiger Reiher mit Hörnern entlang der Wirbelsäule beschrieben oder als Schildkröte, deren Speichel in der Luft zu einem Pfeil gefriert, wenn sie ihr Opfer anspuckt. Obwohl diese beiden Beschreibungen unvereinbar sind, behauptet so mancher alteingesessene Arkarier, den Eiher in einer mondlosen Nacht bei der Jagd beobachtet zu haben. Aus Höflichkeit glauben die Arkarier beide Versionen.

EMAZ

Hohepriester des Großen Tempels der Eurydis und geistliche Oberhäupter aller Gläubigen. Es gibt vierunddreißig Emaz. Der Titel wird jeweils von einem Emaz auf einen Maz übertragen.

ERJAK

Arkisch. Jemand, der die Fähigkeit besitzt, die Gedanken der Tiere zu lesen und ihnen seine eigenen zu übermitteln.

EURYDIS

Hauptgöttin der Oberen Königreiche. Itharische Moralpriester brachten die Eurydisverehrung an die entlegensten Orte der bekannten Welt.
Die Geschichte der Göttin ist seit jeher mit der Heiligen Stadt verbunden. Im sechsten Äon waren die Itharier – die damals noch nicht so hießen – nichts als ein loser Zusammenschluss ehemaliger Nomadenstämme. Sie lebten am Fuß des Blumenbergs, einem der ältesten Berge des Rideau.

Dieser Bund soll das Werk eines einzigen Mannes gewesen sein. Es heißt, König Li'ut von Ith wollte ein neues, mächtiges Königreich gründen und scharte alle unabhängigen Klans westlich des Alt um sich.

Er widmete sein ganzes Leben der Erfüllung dieses Traums, doch der Bau der Stadt Ith – der Heiligen Stadt, wie sie heute genannt wird – nahm mehr Zeit in Anspruch, als ihm zur Verfügung stand. Nach seinem Tod brachen die alten Rivalitäten zwischen den Klans erneut aus. Ohne Li'uts diplomatisches Geschick war der schöne Traum zum Scheitern verurteilt.

Daraufhin soll die Göttin Eurydis dem jüngsten Sohn Li'uts erschienen sein und ihm befohlen haben, das Werk seines Vaters fortzuführen. Comelk – so war sein Name – dankte der Göttin für ihr Vertrauen, äußerte jedoch die Befürchtung, nichts gegen die Zwietracht der Stämme ausrichten zu können. Eurydis bat ihn daraufhin, alle Klanführer zusammenzurufen, und Comelk kam ihrem Wunsch nach.

Eurydis sprach zu jedem von ihnen und befahl ihnen, dem Pfad der Weisheit zu folgen. Die Klanführer lauschten ihren Worten andächtig, denn so barbarisch und großmäulig sie auch waren, ließen Aberglaube und Tradition sie die Macht der Göttin fürchten.

Als sich Eurydis zurückgezogen hatte, beratschlagten die Anführer lange und befragten die Stammesältesten und Seher. Schließlich wurden alle Streitpunkte beigelegt. Die Klanführer schworen einander ewigen Frieden und schlossen den Itharischen Bund.

Die Jahre vergingen, und Ith entwickelte sich von einer ansehnlichen zu einer wahrhaft eindrucksvollen Stadt. Zu jener Zeit konnte nur noch Romin mit der Hauptstadt des jungen Königreichs wetteifern. Die Stämme vermischten sich, und der alte Zwist geriet mehr und mehr in Vergessenheit. Itharien war auf dem besten Weg, ein Leuchtfeuer der bekannten Welt zu werden. Und so kam es auch, allerdings nicht im guten Sinne.

Trunken von der neuen Macht, die ihnen mehr oder weniger in den Schoß gefallen war, begannen die Nachfahren der alten Stämme von ihrer Überlegenheit über den Rest der bekannten Welt zu sprechen, bis es einigen in den Sinn kam, dies auch beweisen zu wollen. Zunächst beschränkten sich die Itharier auf kleinere Überfälle, doch schon bald folgten Scharmützel an den Grenzen und schließlich regelrechte Eroberungsfeldzüge, die immer blutiger wurden. Gegen Ende des achten Äons herrschte Itharien über das gesamte Gebiet zwischen dem Rideau im Osten, der Velanese im Westen, dem Mittenmeer im Süden und der Stadt Crek im Norden. Die Itharier waren grausame Eroberer: Sie plünderten, brandschatzten, verwüsteten ganze Landstriche und metzelten Tausende dahin.

Eines Tages, als die Heerführer wieder einmal zusammenkamen, um eine Invasion Thalitts zu planen, erschien Eurydis zum zweiten Mal.

Es heißt, sie habe die Gestalt eines zwölfjährigen Mädchens angenommen, und so wird sie auch heute meist dargestellt. Dennoch glaubten einige der gestandenen Feldherren vor Angst zu sterben, so groß war der Zorn der Göttin.

Sie sprach kein Wort, sondern begnügte sich damit, jedem Heerführer des itharischen Reichs – denn so nannte man es inzwischen – in die Augen zu sehen.

Der Blick war ihnen Warnung genug. Sie gaben alle Angriffspläne auf und befahlen ihren Kriegern, die Waffen niederzulegen und sich aus den eroberten Gebieten zurückzu-

ziehen. Die Heerführer nahmen es auf sich, das itharische Denken und Handeln tiefgreifend zu verändern.
Eine Generation später hatte sich das gesamte itharische Volk der Religion zugewandt. In der nächsten Zeit erfuhren sie großes Unglück, da sich die von ihnen unterjochten Völker – wie das junge goronische Volk – nun ihrerseits als Henker aufführten. Das itharische Reich musste immer mehr Gebiete abtreten, bis es nur noch sein ursprüngliches Territorium umfasste: die Umgebung der Stadt Ith und den Hafen von Maz Nen.
Im Laufe der Jahre begannen die Itharier mit einer anderen Art der Eroberung, die eher dem Willen der Göttin entsprach: Die Maz zogen durch die bekannte Welt und bis an die entlegensten Orte, um Eurydis' Moral zu verkünden. Dies nützte auch den weniger entwickelten Völkern, denn die Itharer brachten ihnen nicht nur die Religion, sondern auch Errungenschaften wie Kalender, Schrift, Kunst und Technik, die sie sich bei ihren Eroberungszügen angeeignet hatten.
Manche Theoretiker prophezeien, dass die Göttin bald ein drittes Mal erscheinen wird. Natürlich wird sie das irgendwann tun, da sie ja bereits zweimal erschienen ist. Die wichtigste Frage, die die Itharier sich stellen, lautet: Welchen Weg werden wir als Nächstes einschlagen?

EZOMINE

Ezomine sind Steine, die Licht ausstrahlen. Sie sehen aus wie gemeine Quarze, und ihre Kraft wird erst im Dunkeln sichtbar.
Die Stärke des Lichts ist unterschiedlich. Manche behaupten, Steine gesehen zu haben, deren Licht fünfzig Schritte weit reiche. Doch die meisten Ezomine leuchten nicht einmal so hell wie eine gewöhnliche Kerze.

Wenn der Stein auseinanderbricht, verliert er seine Kraft. Seit Äonen studieren die Gelehrten das Geheimnis der Ezomine, aber keine der Theorien, die sie über den Ursprung der rätselhaften Kraft entwickelt haben, konnte bislang bewiesen werden.
Unter Sammlern, Abenteurern und Schatzjägern sind die Steine sehr begehrt.

FRUGIS

Das Frugis ist ein Seil mit drei Enden, dessen Name auf den legendären König und Magier zurückgeht, der drei Äonen, bevor das Friedensabkommen der Fürstentümer geschlossen wurde, in Lineh herrschte. Das Seil ist auf verschiedene Arten beschrieben worden. Die gängigste lautet wie folgt: Man habe drei Seile genommen, jedes von ihnen zu einem V gelegt und die Spitzen aneinandergelegt. Dann habe man die Hälften zusammengeflochten und so ein kräftiges Tau mit drei gleich langen Enden erhalten. Die Angaben zur Länge der Enden schwanken zwischen sechs und neunundneunzig Schritten. Das Frugis-Seil soll die geheimnisvolle Macht besitzen, denjenigen, der eines seiner Enden hochklettert, an jeden Ort zu bringen, an dem eins der anderen Enden hängt. Sollte es dieses Seil jedoch tatsächlich geben, wüsste heute niemand mehr, wie man es gebraucht.

GESCHWÄTZIGE MUSCHEL

Zu Zeiten der Zwei Reiche verbreiteten romische Seeleute die Geschichte dieses kuriosen Gegenstands. Heutzutage hört man eher Spaßvögel von ihr sprechen als echte Schatzjäger. Angeblich handelt es sich um eine Gironenmuschel, in die einst ein Dämon die Stimme einer Frau einsperrte, die allzu schwatzhaft war. Doch selbst dieser Fluch brachte die Arme nicht zum Verstummen, und man sagt, dass jeder, der die Muschel in die Hände bekommt, sie so schnell wie möglich wieder loswerden will, da das unaufhörliche Geschwätz unerträglich ist.

GISLE

Grenzfluss zwischen dem Matriarchat von Kaul und dem Königreich Lorelien.

GILDE DER DREI SCHRITTE

Zusammenschluss der Prostituierten Lorelias.
Früher durften die Freudenmädchen ihrem ›Geschäft‹ nur in der sogenannten Unterstadt nachgehen. Allerdings gab es so viele von ihnen, dass es häufig zu Streit und sogar Handgreiflichkeiten kam. Deshalb gingen die Zuhälter irgendwann dazu über, jeder Frau ein Stück Straße zuzuweisen, das genau drei Schritte maß.
Manche Zuhälter haben diesen Brauch beibehalten, obwohl die meisten Prostituierten heutzutage im Hafenviertel zu finden sind, das sehr viel größer ist.

GROSSE GILDE

Zusammenschluss der meisten Verbrecherbanden der Oberen Königreiche. Die Große Gilde hat keine feste Ordnung oder Hierarchie, sondern ist im Grunde eine Übereinkunft der Banden, einander keine Gebiete und Betätigungsfelder streitig zu machen, derart, wie sie auch die Gilden eines Königreichs oder einer Stadt schließen.
Trotz häufiger Streitigkeiten gelingt es den Banden manchmal, gemeinsame Operationen durchzuführen, vor allem beim grenzüberschreitenden Schmuggel.

Offiziell lässt die Gilde die Finger von Meuchelmorden. Ihre Spezialität sind Erpressung, Entführung, Betrug, Schmuggel und natürlich sämtliche Formen von Raub und Diebstahl. Trotzdem fällt auf, dass den Mitgliedern neuer Banden, die sich nicht an die Übereinkunft halten, ein recht kurzes Leben beschieden ist …

GROSSES HAUS

Sitz der Regierung des Matriarchats von Kaul. Hier halten die Mütter ihre Ratsversammlungen ab, und hier haben sie ihre privaten Gemächer und Studierzimmer. Alle Einwohner Kauls können in das Große Haus kommen und ihre Beschwerden vortragen. Fünfzehn Personen halten sich von morgens bis abends bereit, um sie zu empfangen. Mehrmals im Jahr stehen die Arbeits- und Versammlungssäle des Großen Hauses allen Neugierigen offen.

GROSSTERRA

Hauptstadt und größte Insel des Schönen Landes, einer Inselgruppe im romischen Meer.

HATI

Heiliger Dolch der Züu. Der vollständige Name, wie man ihn in alten Schriften findet, lautet ›Zuïaorn'hati‹, wörtlich übersetzt ›eine Wimper Zuïas‹.
Den Hati bekommt ein Novize von einem Judikator überreicht, nachdem er seine erste Mission erfüllt hat, üblicherweise mit bloßen Händen. Dadurch wird er in den Kreis der Boten Zuïas aufgenommen und erhält das Recht, über Leben und Tod seiner weniger glücklichen Landsleute zu richten.

HELANIEN

Eine der fünf Provinzen des Königreichs Romin. Ihre Hauptstadt ist Manive, ihr Wappenbild die Rose von Manive.

HEILIGE STADT

Anderer Name Iths, der Hauptstadt des Königreichs Itharien. Häufig bezeichnet der Name auch nur das religiöse Viertel, eine Enklave mit einer eigenen Festungsmauer, eigenen Gesetzen und eigenen Bürgern – eine Stadt in der Stadt.

ITHARISCHE WÜRFELSPIELE

Diese Spiele sind in der gesamten bekannten Welt verbreitet. Ihr Ursprung ist ungewiss. Sicher ist allerdings, dass sie sich im siebten und achten Äon mit den Eroberungsfeldzügen der itharischen Armee ausbreiteten und rasch von allen besiegten Völkern übernommen wurden. Der itharische Würfel hat sechs Seiten. Auf vieren ist je ein Element abgebildet: Wasser, Feuer, Erde und Wind. Jeweils eins dieser Elemente erscheint auch auf der fünften und sechsten Seite. Folglich gibt es vier Sorten von Würfeln: einen weißen für den Wind, einen roten für das Feuer, einen grünen für die Erde und einen blauen für das Wasser.

Wie viele Würfel für ein Spiel benutzt werden, hängt von den Regeln ab und wird zwischen den Spielern ausgehandelt. Im Normalfall reichen vier Würfel aus – ein Soldat –, doch es gibt auch Spiele, die mit zwanzig oder mehr Würfeln gespielt werden.

Stern, Prophet, Kaiser, Zwei Brüder und Gejac sind die bekanntesten, wenn auch längst nicht alle itharischen Würfelspiele.

JAHRMARKT (LORELISCHER)

Der Jahrmarkt ist eine der ältesten lorelischen Traditionen. Vom Tag des Händlers bis zum Tag des Kupferstechers in der zehnten Dekade entfallen jegliche Steuern auf die Ein- und Ausfuhr von Waren – solange ihr Handel nicht gegen die Gesetze des Königreichs verstößt. Die meisten Gelegenheitsverkäufer, Handwerker, Fremde und Kuriositätenhändler bieten ihre Waren zu dieser Zeit feil.

Der Jahrmarkt zieht eine Menge Menschen an, von denen ein Drittel gar nichts kaufen will, sondern nur der zahlreichen Attraktionen wegen kommt: Straßentheater, Spiele, Bankette und vieles andere. Manche dieser Vergnügungen werden vom König spendiert, der damit sein Ansehen verbessern will.

Für die königliche Schatzkammer ist der Jahrmarkt dennoch einträglich, da jeder, der einen Stand eröffnen will, einen Obolus entrichten muss. Die Kontrollen sind streng, und Verstöße werden mit der sofortigen Beschlagnahmung sämtlicher Waren geahndet.

Der Jahrmarkt findet auch in anderen großen Städten Loreliens statt: Benelia, Lermian und Le Pont. Er hat dort eine gewisse lokale Bedeutung, ist aber nicht mit dem der Hauptstadt vergleichbar.

JAHRZEHNT

Zehn Jahre.

JELENIS

Lorelisch. Die Jelenis sind Soldaten der ältesten Leibwache Loreliens. Sie sind vor allem berühmt dafür, König Kurdalene im sechsten Äon beschützt zu haben.

Die Jelenis sind auch die königlichen Hundeführer. Ihnen

gehören über sechzig weiße Doggen, obwohl diese Rasse wegen ihrer Aggressivität nahezu ausgerottet ist. Jedes Tier ist mehr als vierhundert Terzen wert und der Stolz des jeweiligen Königs.
Es heißt, es brauche mindestens fünf erfahrene Krieger, um einen Jelenis und seinen Hund zu besiegen.

JERUSNIEN
Eine der fünf Provinzen des Königreichs Romin. Ihre Hauptstadt ist Jerus, ihr Wappenbild das Kreuz von Jerus.

JEZ
Einwohner des Sultanats von Jezeba.

JEZAC
Wichtigste Sprache des Sultanats von Jezeba.

JUDIKATOR
Religiöser Führer der Boten von Zuïa.

JUNEISCH
In Junin und den meisten anderen Fürstentümern gesprochene Sprache. Das Hochjuneische wird nur noch in offiziellen Schriften, im Handel und in der Literatur verwendet, während sich die Sprache der einfachen Leute, die einst eine Mundart war, im Laufe der Zeit von ihrem Ursprung entfernt hat und heute eine eigene Sprache darstellt.

KALENDER
In den Oberen Königreichen gilt der itharische Kalender. Er ist in 338 Tage, 34 Dekaden und 4 Jahreszeiten unterteilt. Das Jahr beginnt am Tag des Wassers, dem Frühlingsan-

fang. Zwei Dekaden bestehen nur aus neun statt aus zehn Tagen: Die Dekade vor dem Tag der Erde und die vor dem Tag des Feuers. Der Tag beginnt mit Sonnenaufgang.
Jeder Tag und jede Dekade trägt einen bestimmten Namen, der ursprünglich religiöser Herkunft war und mit der Verehrung der Göttin Eurydis zusammenhing, deren Botschaft von Moralpriestern bis in die entlegensten Winkel der bekannten Welt getragen wurde. Mit der Zeit bildeten sich an verschiedenen Orten regionale Besonderheiten heraus. So heißt der Tag des Hundes, der im Großen Kaiserreich Goran keine besondere Bedeutung hat, in der Umgebung von Tolenks Tag des Wolfes und ist einer der höchsten Feiertage. Die Dekade des Jahrmarkts, die mit dem Tag des Händlers beginnt, ist in Lorelien von größter Wichtigkeit, in Memissien aber belanglos.
Kaum jemand kennt sämtliche Tage des Kalenders auswendig oder weiß um ihre Bedeutung für die Eurydisverehrung – abgesehen von den Priestern natürlich. Für die Einwohner der Oberen Königreiche ist der Kalender so selbstverständlich wie Sonnenauf- und -untergang. Die meisten wissen nicht einmal, dass er religiösen Ursprungs ist. Es gibt noch andere Kalender in der bekannten Welt, die auf königlichen Erlässen, nicht-eurydischen Religionen oder ganz einfach Stammestraditionen beruhen. Viele orientieren sich an den Mondphasen, wie zum Beispiel der alte romische Kalender, der aus 13 Zyklen zu je 26 Tagen besteht.

KAULANER
Bewohner des Matriarchats von Kaul.

KAULI
Wichtigste Sprache des Matriarchats von Kaul.

KLEINE KÖNIGREICHE

Anderer Name der Fürstentümer.

KONZIL

Versammlung der arkischen Klanchefs.

KURDALENE

Kurdalene war ein lorelischer König, der in die Geschichte einging, weil er gegen die Züu kämpfte. Damals übten die Anhänger der Rachegöttin mit Drohungen, Erpressungen und Morden einen solchen Einfluss auf die Edelleute und Bürger Loreliens aus, dass der König keine Entscheidung treffen konnte, ohne sie vorher von den Mördern im roten Gewand absegnen zu lassen.

Irgendwann riss Kurdalene der Geduldsfaden, und von jenem Tag an tat er alles, um die Religion auszurotten – zumindest in Lorelia. Er überlebte fast zwei Jahre, indem er sich mit einigen ihm treu ergebenen Wachen in einem Flügel seines Palastes verbarrikadierte. Schließlich gelang es den Züu, ihn zu ermorden.

LA HACQUE

Der Legende zufolge wurde die Handelsstadt der Unteren Königreiche von einem lorelischen Edelmann gegründet. Wahrscheinlicher ist jedoch, dass eine Gruppe reicher Reeder am Ufer des Aòn ein Kontor errichteten, wodurch sich ein bereits bestehendes Dorf entwickelte. Jedenfalls finden sich in der Stadt, die oft als die schönste der Unteren Königreiche bezeichnet wird, zahlreiche Gebäude mit lorelischer Architektur. Auch einige Straßen erinnern an die König-Kurdalene-Straße oder an die Bellouvire-Allee in Lorelia.

La Hacque war lange die einzige Stadt, die von den Stammeskriegen verschont blieb, die diesen Teil der Welt heimsuchten. Im Jahre 878 wurde sie von Yussa-Söldnern im Dienste Alebs des Einäugigen erobert, dem König von Griteh und Quesraba. Seither gibt es südlich der Louvelle keine freie Stadt mehr.

LEEM (DIE GLOCKEN VON)

In Leem kam es einst zu einem derartigen Anstieg der Verbrechen, dass man den Eindruck hatte, die Stadt sei in fester Hand von Dieben, Plünderern, Brandstiftern, Mördern und anderen finsteren Gesellen. Vergeblich verdoppelten und verdreifachten die Nachtwächter die Anzahl ihrer Runden; die Schurken waren einfach zu gut organisiert.
Daraufhin hatte der damalige Bürgermeister die Idee, an den Häusern der Honoratioren Glocken anbringen zu lassen. Wenn sich ein Würdenträger bedroht fühlte oder Zeuge eines Verbrechens wurde, läutete er die Glocke, um den Nachtwächter herbeizurufen. Meist war dieser jedoch nicht schnell genug, da die Übeltäter schon beim ersten Glockenschlag die Flucht ergriffen. Dennoch besserte sich die Lage etwas.
Die gemeinen Bürger folgten dem Beispiel, und bald hatte jeder Handwerker und Händler eine Glocke an seiner Werkstatt oder seinem Laden angebracht. Nach einigen Jahren gab es in Leem so viele Glocken, dass kaum noch Verbrechen verübt wurden.
Allerdings nahmen die Schurken Rache, indem sie jedes Haus mit einer Glocke anzündeten.
Heutzutage hängen immer noch an über sechshundert Häusern Leems Glocken, die jedoch nur noch selten geläutet werden, hauptsächlich zu Festtagen.

LERMIAN (DIE KÖNIGE VON)

Vor fünf Jahrhunderten war Lermian die Hauptstadt eines blühenden Königreichs, das dem aufstrebenden Großen Kaiserreich Goran oder dem expandierenden Lorelien in nichts nachstand. Die königliche Familie saß seit elf Generationen auf dem Thron, und die Dynastie drohte nicht auszusterben, da König Oroselem und seine Frau Federis drei Söhne und zwei Töchter hatten.

Lermian hatte romische Invasionen, die itharische Herrschaft und goronische Expansionsgelüste ohne größeren Schaden überstanden. Auch allen Einflussversuchen Bledevons trotzte das Königreich tapfer. Der lorelische König wollte Lermian annektieren, da es wie eine Insel mitten in seinem Reich lag. Doch es war nicht Bledevons Art, die Stadt, die er als Bollwerk gegen Goran brauchte, von seiner Armee stürmen zu lassen. Oroselem wusste das nur zu gut und schmetterte belustigt alle Einschüchterungsversuche, Versprechen und Intrigen des lorelischen Königs ab.

Lermian hätte eine der einflussreichsten Städte der Oberen Königreiche werden können – mehr noch, als sie es heute ist –, wenn seine Herrscher nicht ein grausames Schicksal ereilt hätte. Oroselem starb an einer Lebensmittelvergiftung, nachdem er etwas Verdorbenes gegessen hatte. Sein ältester Sohn saß ganze sechs Tage auf dem Thron, bevor er von der Burgmauer stürzte und seinen Verletzungen erlag. Der mittlere Sohn regierte etwas mehr als acht Dekaden, bis er plötzlich spurlos verschwand. Da der jüngste Sohn noch zu jung war, um den Thron zu besteigen, wurde der Prinzgemahl als Regent eingesetzt, doch er musste nach einem Jahr abdanken, weil er infolge eines Reitunfalls den Verstand verloren hatte. Der Gatte der zweiten Prinzessin verzichtete auf die Ehre, die Geschicke des Königreichs zu lenken, und ging mit seiner Frau ins Exil. Königin Federis bat daraufhin ihre Ratgeber, einen Regenten aus ihrer Mitte zu bestimmen. Ein einziger Ratgeber stellte sich zur Wahl, doch er wurde wenige Tage später in der Stadt von einer Räuberbande niedergestochen.

Niemand wollte nun mehr die Regentschaft übernehmen. Die Königin, die sich selbst dazu nicht in der Lage sah, akzeptierte schließlich ein von Bledevon vorgeschlagenes Abkommen. Lermian wurde ein Herzogtum Loreliens, und das Königreich versprach der Stadt im Gegenzug Schutz durch seine Armee.

Der Fluch, der auf Oroselems Dynastie gelastet hatte, schien aufgehoben. Königin Frederis und ihr jüngster Sohn erreichten beide ein hohes Alter.

Böse Zungen munkelten etwas von einer Mordserie und verdächtigten sogar König Bledevon. Doch der lorelische Hoftheoretiker zerstreute alle Zweifel, indem er bewies, dass es der Wille der Götter gewesen sei, beide Königreiche unter einer Krone zu vereinen. Von diesen tragischen Geschehnissen rührt die volkstümliche Wendung her »so tot wie die Könige von Lermian sein«.

LOUVELLE

Grenzfluss zwischen den Fürstentümern und den Unteren Königreichen.

LUREEISCHER GESANG

Im Altitharischen bedeutete »Lur« Späher. Lurée ist aber auch ein beliebter Gott. Übersetzt heißt sein Name »der Wächter«. Lurée wacht vor allem über Neugeborene, aber auch über glückliche Familien. Auf diesen beiden Tatsachen beruht vermutlich der Brauch des lureeischen Gesangs.

Es heißt, solange der Gesang irgendwo auf der Welt erklinge, bringe er all jenen Glück, die irgendwann in ihrem Leben eine Strophe gesungen hätten. In Ith wird der Gesang nie unterbrochen: Zahlreiche Freiwillige stehen Tag und Nacht Schlange, um eine der fünf Stimmen im Chor zu übernehmen. Die wenigsten kommen aus Selbstlosigkeit, aber alle erfüllen ihre Aufgabe gewissenhaft, wenn sie an der Reihe sind.
Der Kult des Lurée ist wie die Eurydisverehrung eine Moralreligion, wie der Liedtext eindeutig zeigt. Im Verlauf der Jahrhunderte haben die lureeischen Maz mehr als dreißig Strophen zu den ursprünglichen siebzehn hinzugefügt. In ihnen werden Nächstenliebe, Freundlichkeit, Treue, Bescheidenheit und andere Tugenden gepriesen. Dahinter verbirgt sich die Überzeugung, niemand könne einen Text laut aufsagen, ohne von ihm beeinflusst zu werden: Aus einem Samenkorn im Wind kann ein Baum wachsen …

LUS'AN
Zü. Mystischer Ort der Zuïa-Religion, an dem die Boten nach ihrem Tod von der Göttin empfangen werden. Sie finden dort ewiges Glück und gehen Zuïa bei ihrem Großen Werk zur Hand.
Lus'an ist auch der Name einer kleinen Provinz auf der Heimatinsel der Züu. Dort leben die Judikatoren und ihre Sklaven, Fremden ist der Zutritt verboten. Die wenigen Abenteurer, die es wagten, die Insel zu betreten, sind nie zurückgekehrt.
In den Mooren Lus'ans sind die Geister der untauglichen Boten gefangen und derjenigen, die die Göttin verraten haben. Sie irren dort für alle Ewigkeit in unermesslicher Schwermut umher.

LUSEND RAMA

Der hoch zu Pferd Sitzende. Gott der Reiter und Beschützer aller Nomaden und Boten. Er wird vor allem in den Unteren Königreichen verehrt. Außerdem ist er der Hüter der Stammesgesetze. Sein Urteil wird ebenso gefürchtet wie sein Ehrgefühl bewundert.

Künstler stellen ihn meist auf dem Rücken eines schwarzen Hengsts mit blinden Augen dar. So wird er in der Chronik des Pferdekönigs beim Kampf gegen die zwei Riesen von Irimis beschrieben. Manchmal wird er auch in der Gestalt eines Zentauren gemalt. Dieses Bild stammt aus der Taspriá, der ältesten religiösen Schrift der Unteren Königreiche.

MAÏOK

Arkisch. Mutter.

MARGOLIN

Nagetier von mittlerer Größe. Ausgewachsen kann es bis zu zwei Fuß lang werden. Es gibt mehrere Unterarten: das Kupfermargolin, das Plärrmargolin, das Fressmargolin und andere.

Margoline sind vor allem im Süden und in der Mitte der Oberen Königreiche heimisch und leben in Wiesen, im Wald oder am Ufer von Flüssen. Wegen ihrer hohen Vermehrungsrate, ihrer Bösartigkeit und der Ungenießbarkeit ihres Fleischs gelten sie als Schädlinge. Ihr Fell, aus dem die Handwerker Pelze, Lederbeutel und Kleider herstellen, ist jedoch sehr begehrt.

MASKE

In Itharien ist es üblich, eine Maske zu tragen. Obwohl die Itharier aus religiösen Gründen ansonsten eher schlichte Kleidung bevorzugen, ist die Maske eine Art Statussymbol.

Die Maske ist keineswegs Pflicht, und von zehn Ithariern, denen man an einem Tag begegnet, tragen sie vielleicht nur vier. Dennoch gibt fast jeder Bewohner der Heiligen Stadt an, irgendwann in seinem Leben die Maske getragen zu haben oder sie im Alter tragen zu wollen.
Die Erklärung für diesen religiösen Brauch verliert sich in den Tiefen der Vergangenheit. Schon die Ureinwohner der Gegend, die Vorfahren der heutigen Itharier, trugen zu gewissen Anlässen Masken.
Die eurydischen Priester übernahmen die Tradition, weil sie darin ein hervorragendes Mittel sahen, die dritte Tugend der Weisen Eurydis umzusetzen: Toleranz. Das Tragen der Maske ebnet alle Unterschiede ein und stellt die unter einem glücklichen Stern Geborenen mit den weniger Begünstigten auf eine Stufe. Obwohl dieser Gedanke umstritten ist, tragen die Itharier weiterhin ihre Masken.

MAZ

Ehrentitel vor allem in der Eurydisverehrung. Andere Religionen haben ihn übernommen.
Mit einer Ausnahme kann der Titel nur von einem Maz auf einen seiner Novizen übertragen werden, wenn dieser ihn sich durch seine Hingabe verdient. Der Große Tempel muss die Übertragung absegnen. Sie kann sofort in Kraft treten oder erst beim Tod des Maz, je nach Abmachung. Es ist einem Maz streng verboten, den Titel einem Mitglied seiner Familie zu vermachen.
Allerdings kann der Titel einem Novizen auch außer der Reihe verliehen werden, um ihm für ein besonderes Verdienst zu danken. Häufig wird der Titel posthum als Ausdruck der Dankbarkeit verliehen, wenn jemand sein ganzes Leben der Eurydisverehrung geweiht hat, und in diesem

Fall kann er natürlich nicht weitergereicht werden. Eine solche Auszeichnung kann nur ein Emaz vergeben.
Die Rechte und Pflichten eines Maz sind nicht festgelegt und hängen von der persönlichen »Laufbahn« ab. Manche bekleiden wichtige Ämter in den Tempeln, andere unterrichten nur hin und wieder einige Novizen, und wieder andere treten nie einen Dienst an.
Niemand kennt die Anzahl der lebenden Maz, abgesehen von den Archivaren des Großen Tempels, die ihre Liste ständig auf dem neuesten Stand halten. Viele Priester außerhalb Ithariens nennen sich unrechtmäßig Maz, was die Schätzungen nicht gerade erleichtert. Der Legende zufolge gab es ursprünglich 338 Maz, so viele, wie ein Jahr Tage hat, und 34 Emaz, nach der Anzahl der Dekaden.

MÈCHE

Kleiner Fluss im Matriarchat von Kaul. Die Hauptstadt Kaul liegt an seinem Ufer. Zufluss der Gisle.

MEMISSIEN

Eine der fünf Provinzen des Königreichs Romin. Ihre Hauptstadt ist Jidée, ihr Wappenbild ein großer Platinschmetterling.

MERBAL

Merbal war einst der Anführer einer legendären Räuberbande, die für ihre Grausamkeit und Barbarei berüchtigt war. Heute fällt es schwer, bei den Schauergeschichten, die über ihn kursieren, zwischen Wahrheit und Lüge zu unterscheiden. Es gilt jedoch als sicher, dass Merbal die grausame Angewohnheit hatte, von jedem seiner Opfer einen Becher Blut zu trinken.

Der Glaube einer Sekte namens ›die Vampire von Jidée‹ beruht auf dieser Legende.

MISHRA

Die Verehrung Mishras ist mindestens so alt wie der Große Sohonische Bogen. Mishra war die Hauptgöttin der Goroner, bevor die itharische Armee im achten Äon die Stadt Goran einnahm. Nach der Befreiung, als die Itharier die Waffen niederlegten und sich der Religion zuwandten, wurde die Verehrung Mishras wieder populär. Aus der Stadt Goran ging erst das Königreich Goran und schließlich das Große Kaiserreich Goran hervor, und die Religion breitete sich im Land aus.

Mishra ist die Göttin der Gerechtigkeit und der Freiheit. Ein jeder hat das Recht, sie anzurufen. So kam es vor, dass Völker, die vom Großen Kaiserreich Goran besiegt worden waren, die Göttin ihrer Eroberer um Hilfe anflehten.

Sie ist mit keiner bekannten Gottheit verwandt. Manche Theoretiker behaupten, sie sei die Schwester Hamsas. Zu Mishras Ehren wurden nur wenige Tempel gebaut – eine Ausnahme ist der prachtvolle Palast der Freiheit in Goran. Viele Gläubige verehren Miniaturen der Göttin oder eines Bären, ihres Sinnbilds.

MIT-TAG

Höchststand der Sonne, in unserer Welt 12 Uhr. Allgemein wird das Ende des dritten Dekants als Mit-Tag bezeichnet.

MOÄL

Der Moäl ist ein Baum, der nur in den Wäldern der Kleinen Königreiche wächst. Alle Versuche, ihn anderswo anzupflanzen, scheiterten, was die fähigsten Botaniker vor ein Rätsel stellt.

Der Moäl ähnelt der weit verbreiteten Grule sehr, und es fällt häufig schwer, sie auseinanderzuhalten. Der Unterschied ist eigentlich nur zu Beginn der Jahreszeit des Wassers sichtbar, wenn die Zweige des Moäls mehrere Tage lang blassgrüne Blüten austreiben.
Es heißt, wenn man beim Vollmond eine Goldmünze unter einen Moäl legt und nur lange genug zum Nachtgestirn hinaufsieht, erscheint der Kobold, der in dem Baum haust. Wenn ihm der Glanz der Münze gefällt, tauscht er sie gegen einen Wunsch ein.
Selbst diejenigen, die das für einen Aberglauben halten, sind überzeugt, dass es Unglück bringt, den Zweig eines Moäls abzubrechen.

MONARCH

Goldmünze im Königreich Romin.

MONDKÖNIGIN

Kleine Muschel mit glatter Oberfläche und nahezu runder Form, die wegen ihrer Seltenheit äußerst kostbar ist. Es gibt drei Sorten von Mondköniginnen: eine weiße, die am häufigsten vorkommt, eine blaue, die schon weniger gängig ist, und schließlich eine gefleckte, die äußerst selten ist. Eine Zeit lang dienten die blauen und gefleckten Mondmuscheln in einigen entlegenen Orten des Matriarchats von Kaul als Währung, und bei manchen alten Leuten kann man noch heute mit ihnen bezahlen. Die Muschel ist auf alle Münzen geprägt, die von der Schatzkammer des Matriarchats ausgegeben werden. Nach ihr ist auch die offizielle Währung benannt: die Königin. Es gibt Münzen zu einer, drei, zehn, dreißig und hundert Königinnen. Die Hundert-Königinnen-Münzen sind etwa so groß wie eine Hand und dienen nicht als Zahlungsmittel. Sie fungieren lediglich als Garantie bei Transaktionen zwischen dem Matriarchat und seinen Nachbarn.

MORALIST

Die Moralpriester stützen sich auf religiöse Schriften und Überlieferungen, um die moralischen Werte zu verbreiten, die gemeinhin als die wichtigsten gelten: Mitgefühl, Toleranz, Wissen, Aufrichtigkeit, Achtung, Gerechtigkeit, usw. Häufig sind Moralpriester Lehrer oder Philosophen, die sich aus Bescheidenheit darauf beschränken, eine kleine Gruppe von Schülern zu unterrichten. Die wichtigste Moralreligion ist die Eurydisverehrung.

MORGENLAND

Bezeichnung für die Länder östlich des Rideau.

NAMEN

Die Bedeutung der Namen hängt natürlich vom Geburtsland ab. In Kaul, Romin oder Goran werden seit Jahrhunderten einfach immer dieselben Namen weitergegeben, und niemand macht sich großartig Gedanken über ihre Herkunft. Doch das gilt nicht für alle Völker der bekannten Welt.
In Itharien ist es üblich, ein Neugeborenes auf das erste Wort zu taufen, das es spricht. Da jedes Lallen als Wort gilt, das die Menschen zwar nicht verstehen, für die Götter aber von Bedeutung ist, sind die gängigsten itharischen Namen Nen, Rol, Aga und ähnliche Ein- und Zweisilber. Die Interpretation bleibt den Eltern überlassen, und es ist auch möglich, mehrere Silben aneinanderzureihen. Itharische Namen sind meist kurz und leicht auszusprechen.

Arkische Namen werden nicht endgültig vergeben. Im Verlauf seines Lebens nimmt ein Arkarier verschiedene Namen an. So heißen die meisten Neugeborenen Gassan (Säugling) oder Gassinuë (Winzling). Arkische Eltern suchen sehr früh nach der Besonderheit ihres Kindes und benennen es entsprechend, bis ein Namenswechsel geboten ist. So bedeutet Prad »der Neugierige«, Iulane »das junge Mädchen«, Ispen »die Liebreizende«, Bowbaq »der Riese«, usw. Jeder gibt sich Mühe, sich keinen Namen wie »der Grausame«, »der Geizhals«, »der Untreue« oder andere Beleidigungen einzuhandeln. Selbstverständlich verbietet es die Höflichkeit der Arkarier, jemanden nach einem körperlichen Makel zu benennen, doch bei Feindschaften wird dieser Grundsatz gern einmal vergessen.
Die Züu, die der Rachegöttin dienen, nehmen am Ende ihres Noviziats einen neuen Namen an. Als Zeichen ihrer Unterwerfung unter Zuïa wählen sie einen Namen mit dem Anfangsbuchstaben »Z«, der ihnen zugleich Macht über das gemeine Volk der Züu verleiht.

NIAB

Kauli. Der Niab ist ein Tiefseefisch, der nur nachts an die Oberfläche kommt. Die kaulanischen Fischer spannen ein großes dunkles Tuch kurz über der Wasseroberfläche zwischen mehrere Schiffe, um ihn zu täuschen. Dann müssen sie die Fische nur noch einsammeln, weil sie in eine Art Dämmerzustand verfallen. Als »Niab« bezeichnet man auch jemanden, der allzu leichtgläubig und arglos ist.

OBERE KÖNIGREICHE

Streng genommen sind damit das Königreich Lorelien, das Große Kaiserreich Goran und das Königreich Itharien gemeint, manchmal auch noch das Königreich Romin. In den Unteren Königreichen zählt man jedoch alle Länder nördlich des Mittenmeers dazu, also auch das Matriarchat von Kaul und Arkarien.

ODREL

Odrel ist ein Gott, der vor allem in den Oberen Königreichen verehrt wird. Odrel soll der zweite Sohn Echoras und Olibars sein.
Ein fleißiger Priester sammelte einst mehr als fünfhundertfünfzig Geschichten über den traurigen Gott, wie Odrel manchmal genannt wird. Die bekannteste ist die Geschichte der tragischen Liebe Odrels zu einer Schäferin, die mit dem Tod der Menschenfrau und ihrer drei Kinder endet. Als Odrel seiner Geliebten in den Tod folgen will, muss er qualvoll erfahren, dass dies als Einziges auf der Welt nicht in seiner Macht steht.
Der Priester fasst die Ergebnisse seiner Forschungen wie folgt zusammen: »Niemand hat so viel Unglück erfahren wie Odrel. Aus diesem Grund wenden sich all jene an ihn, die ein Unheil oder einen Schicksalsschlag erlitten haben, die von Trauer, Reue oder bösen Erinnerungen gequält werden, die in Ungnade gefallen sind oder in Armut leben, die Ungerechtigkeiten, Verzweiflung oder andere Prüfungen des Lebens durchstehen müssen. Er ist der einzige Gott, der sie versteht und ihnen Trost spenden kann, da er selbst Mitleid erregt.«

PAÏOK

Arkisch. Vater.

PHRIAS

Der Verfolger. Phrias ist ein Gott, der durch böse Gedanken und finstere Gebete der Menschen beschworen wird. Er macht, dass ein Seil reißt, ein Hund zubeißt, das Feuer aus dem Kamin springt oder der Boden plötzlich rutschig wird. Dieser Dämon nährt sich vom Hass und erfüllt die schwärzesten Wünsche.

PRESDANIEN
Eine der fünf Provinzen des Königreichs Romin. Ihre Hauptstadt ist Mestebien, ihr Wappenbild ein Gyolendelfin.

RAMGRITH
Bewohner des Königreichs Griteh. Wichtigste Sprache dieses Königreichs.

RAT DER MÜTTER
Oberste Versammlung und Regierung des Matriarchats von Kaul.
Jedes Dorf hat einen solchen Rat, deren Vorsitz die Dorfmutter innehat, während die Dorfälteste als ihre Beraterin dient.

RIDEAU
Der Rideau ist ein Gebirge, das im Westen an das Große Kaiserreich Goran und das Königreich Itharien und im Osten an das Morgenland grenzt.

ROCHANE
Fluss, der in den Nebelbergen entspringt und in das romische Meer mündet. Er fließt durch die romischen Provinzen Helanien und Presdanien. An seinen Ufern liegen zwei der größten Städte des Alten Landes: Mestebien und Trois-Rives.

ROMERIJ
Legendäre Stadt, auf dessen Ruinen Romin gebaut ist.
romisches Alphabet
Das romische Alphabet ist das komplizierteste Alphabet der bekannten Welt, das noch in Gebrauch ist. Es besteht aus einunddreißig Buchstaben, von denen siebzehn einen Akzent tragen können. Diese achtundvierzig möglichen Buchstaben geben jedoch noch keine Laute wieder. Erst aus der Kombination von zwei, drei oder vier Buchstaben entstehen Silben. Die Schreibweise jeder Silbe hängt wiederum davon ab, welche Silben ihr vorausgehen und auf sie folgen.
Selbst die Rominer benutzen im Alltag eine vereinfachte Version. Das ursprüngliche Alphabet wird nur noch für offizielle Schriften verwendet. Musiker nutzen es außerdem für Gesangspartituren, da seine Variationsmöglichkeiten es erlauben, jede noch so kleine Stimmmodulation zu notieren.
Gelehrte aus allen Königreichen studieren das romische Alphabet wegen seines streng mathematischen Aufbaus.

SCHIEBEN
Schieben ist ein Spiel mit großem Körpereinsatz, das vor allem im Alten Land und im Norden der Fürstentümer populär ist. Zwei Gegner stellen sich jeweils auf ein Bein, legen die Handflächen aneinander und verschränken die Finger. Derjenige, der als Erster das zweite Bein auf den Boden stellen muss, hat verloren. Die Hände müssen sich die ganze Zeit berühren. Wie der Name schon sagt, ist es die beste Taktik, mit aller Kraft zu schieben.

SEMILIA

Unabhängiges Fürstentum, das unter dem Schutz Loreliens steht.

TAL DER KRIEGER

Landstreifen zwischen den nördlichen Ausläufern des Rideau und dem Spiegelozean. Sowohl das Große Kaiserreich Goran als auch das Königreich Thalitt erheben Anspruch auf das Gebiet. Seit Jahrhunderten liefern sie sich im Tal der Krieger erbitterte Gefechte.

TERZ

Die Terz ist die offizielle Währung Loreliens. Es gibt Silberterzen – das gängigste Zahlungsmittel – und Goldterzen, auf die das Konterfei des Königs geprägt ist.
Die lorelischen Goldterzen sind berühmt für den hohen Goldgehalt ihrer Legierung.
Die Untereinheit der Terz ist der Tick. Eine Silberterz ist zwölf Tick wert.
Der Wert einer Goldterz hängt vom jeweiligen Geldwechsler ab, liegt aber bei mindestens fünfundzwanzig Silberterzen.

THEORETIKER

Priesterkaste, die sämtlichen Göttern dient, selten auch nur einigen oder gar einem einzigen Gott. Die Theoretiker versuchen, aus den göttlichen Zeichen den Willen der Allmächtigen herauszulesen. In den Tempeln genießen sie kein hohes Ansehen, aber an den Höfen der Könige und Fürsten sind sie sehr gefragt. Häufig sind sie auch Astrologen und Ratgeber.
Der bekannteste Theoretiker war Jéron der Zarte, der die

Einwohner Romins vor dem Ertrinken rettete, obwohl der König seiner Prophezeiung keinen Glauben schenkte.

UBESE

Fluss, der in den Jezebahöhen entspringt und durch die Kleinen Königreiche fließt. Bis zum Abschluss des ersten Friedensabkommens kämpften die Fürstentümer lange Zeit um die Vorherrschaft über die Ubese.
Die Ubese ist ein breiter, gemächlich dahinfließender Strom und bildet in der Ebene von Junin einen See. Ein bewachtes Wehr am Südeingang des Sees schützt die Hauptstadt der Fürstentümer vor einem Angriff der Unteren Königreiche auf dem Wasserweg.

UNTERE KÖNIGREICHE

Bezeichnung für die Länder südlich der Louvelle. Oft werden jedoch auch die Fürstentümer hinzugezählt.

URAE

Fluss, der in den Brantacken entspringt und ins romische Meer mündet. Die romische Pronvinz Uranien ist nach ihm benannt. Romin, die Hauptstadt des Alten Landes, liegt an seinem Ufer.
Die Urae genießt den traurigen Ruf, der dreckigste Fluss der bekannten Welt zu sein. Man sagt, in seinem schlammigen Grund verberge sich ein größerer Schatz als der des Kaisers von Goran. Aber das ist sicher nur ein Bild, um das Ausmaß der Verschmutzung zu beschreiben. Dennoch hält sich das Gerücht hartnäckig, da immer wieder Flussschiffer zu plötzlichem Reichtum gelangen und über die Herkunft des Geldes schweigen.

URANIEN
Eine der fünf Provinzen des Königreichs Romin. Ihre Hauptstadt ist Romin, ihr Wappenbild der Kronenadler aus den Nebelbergen.

VELANESE
Lorelischer Fluss. An seiner Quelle liegt die Stadt Le Pont.

DIE WEISE
Die Göttin Eurydis wird auch ›die Weise‹ genannt.

WEISSES LAND
Anderer Name für das Königreich Arkarien.

YÉRIM-INSELN
Die Inselgruppe Yérim besteht nur noch aus zwei Inseln: Yérim selbst und der Insel Nérim. Zwei kleinere Inseln sind beim Ausbruch des Yalma – des größten Vulkans der Inselgruppe – im Meer versunken. Eine fünfte Insel erhob sich aus den Fluten, verschmolz mit Yérim und gab der Hauptinsel ihre heutige Form.
Der Vulkanausbruch geht auf das Jahr 552 zurück. Zwei Jahrhunderte zuvor hatte das Große Kaiserreich die Inselgruppe besiedeln lassen, ohne auf Widerstand zu stoßen, da kein anderes Königreich Anspruch auf diesen trostlosen Fleck Erde erhob. Kaiser Uborre, der die Besiedlung befohlen hatte, wollte von Yérim aus die Unteren Königreiche angreifen, verwarf die Idee aber wieder, als sich herausstellte, dass es zu kostspielig war, den Hafen und das Fort zu unterhalten, die eilig auf Yérim errichtet worden waren.
Zurück blieben nur eine kleine Garnison und eine Flotte

von zehn Galeerenschiffen. Die unfähigsten Soldaten wurden nach Yérim versetzt und unter den Befehl von unfähigen Offizieren gestellt. Bald wurde das Fort zum Gefängnis umgebaut, und immer mehr Verurteilte wurden ohne Hoffnung auf Rückkehr nach Yérim verschifft. Die Ausgestoßenen der goronischen Gesellschaft – Gefangene wie Aufseher – sollen das Wappenbild Yérims entworfen haben: ein schwarzes Stirnband, das Symbol der Verschwörer und Feinde des Kaisers.

Als im Jahre 552 der Vulkan ausbrach, nutzten die dreitausend Gefangenen die Gelegenheit zur Revolte. Die Hälfte der auf Yérim stationierten Soldaten schloss sich ihnen an. Die Gefechte waren rasch beendet, doch bald brachen Kämpfe zwischen den verschiedenen Rädelsführern aus. Inmitten der Unruhen entdeckten die einstigen Gefangenen das reiche Kupfervorkommen der Insel, das bei einem Vulkanausbruch an die Oberfläche gekommen war.

Anstatt von der Insel zu fliehen, beschlossen die Goroner, die Galeeren, die bei der Revolte verschont worden waren, zur Verschiffung des Erzes zu nutzen. So brachten sie Yérim endgültig in ihre Gewalt. Die Bewohner fürchteten einen Gegenangriff Gorans, doch bald stellte sich heraus, dass sich das Große Kaiserreich wenig um den Verlust scherte und nicht noch mehr Kriegsschiffe verlieren wollte.

Als die Kupferminen erschöpft waren, sattelten die Yérimer um und wurden Piraten, Söldner und Schmuggler. Drei Jahrhunderte später wird die Insel immer noch ›Gorans Gefängnis‹ genannt und gilt nach wie vor als äußerst gefährlich.

Entdecken Sie das Geheimnis
einer verwunschenen Welt!

> LESEPROBE

Fabrice Colin

Mary Wickford

PROLOG

»Die Welt ist groß, Mary. Wir können nicht alles wissen.« Diese Worte hatte er auf seinem Sterbebett geflüstert; er war kaum zu verstehen. Draußen erwarteten mich die Schiffe des Imperiums, und wieder einmal sah es so aus, als stünde mein gesamtes Leben auf der Kippe. Ich war erschöpft und verschreckt und wusste nicht einmal, was er wohl mit »Welt« meinte.

Heute Abend jedoch, an diesem Abend, während ich beim Schein eines Talglichtes mit der einen Hand in Winslows gewaltigem Werk *America principus* blättere und mit der anderen die zitternde Feder halte, um diese Zeilen zu schreiben, erinnere ich mich der Worte meines Pastors mit einer neuen und schmerzlichen Klarheit.

Ich denke an das Jahr zurück, in dem alles begann, lange vor meiner Geburt. Ich sinne darüber nach, wie sich die Ereignisse überstürzten und gleich Motiven einer gewaltigen Sinfonie ineinander verflochten. Mit einem Mal wird mir klar, dass an dieser Geschichte, sollte sie sich noch einmal abspielen, nicht ein einziges Wort anders wäre. Denn das ist die Art und Weise, wie die Menschen ihren Weg gehen: dem Schicksal und einem so verzweigten Flechtwerk von Ursache und Wirkung unterworfen, dass es ihnen unmöglich ist, zum verborgenen Sinn der Dinge vorzustoßen, solange sie nicht gelebt haben. Und anschließend …

Dies hier ist keine Lebensbeichte. Es sind auch keine Memoiren, sondern der möglichst getreuliche Bericht einer besonders turbulenten Zeit in meinem Leben. Die Ereignisse spielten sich in einer Epoche ab, die Historiker als »Fall von Gotham« bezeichnen. Es war eine Art Apokalypse, eine Offenbarung, die das Gesicht unserer Hauptstadt für immer veränderte. Oh ja, ich habe den Umsturz miterlebt und dabei eine mehr als aktive Rolle gespielt. Dennoch glaube ich nicht, dass ich der Auslöser war. Ich bin nur das letzte Glied in einer langen, aus Liebe und Hass entstandenen Kette, die bis in das Dunkel der Vorzeit zurückreicht, und ich weiß von einem Menschen, der in diesem Augenblick gleich mir seine Erlebnisse niederschreibt und dessen Verantwortung an dem, was geschehen ist, der meinen zumindest gleichkommt.

Ich behaupte nicht, dass alles wahr ist. Zwar habe ich mir Mühe gegeben, mir alles so genau wie möglich ins Gedächtnis zurückzurufen, doch so manches Mal lässt uns die Erinnerung im Stich oder die Sicht auf die Dinge verändert sich. Bei allem jedoch, was ich geschrieben habe, sah ich mich vor, immer gerecht zu bleiben.

Ich weiß nicht, in welchem Zeitalter und unter welchen Bedingungen Ihr diese Zeilen lesen werdet. Es gibt Dinge, die schwer zu erklären sind, wenn man diese bewegte Epoche nicht selbst miterlebt hat. Daher habe ich an bestimmten Stellen Auszüge aus Büchern und Zeitungen eingefügt. Das Ganze ist nicht unbedingt als Roman im herkömmlichen Sinne anzusehen, denn alles, was ich niedergeschrieben habe, ist tatsächlich geschehen. Trotzdem müsst Ihr mir nicht unbedingt glauben, denn letztendlich spielt es nämlich keine Rolle. Wichtig ist nur, dass meine Geschichte wirklich geschehen ist, und dass Ihr sie lest.

Schließt nun also die Türen, lehnt Euch in einen bequemen Sessel zurück und erklärt allen anderen, dass Ihr nicht zu Hause seid. Ich werde Euch in die Ferne entführen – sehr weit fort.

Denkt Euch, wir befinden uns im Jahr des Herrn anno 1670. Auf der anderen Seite des Ozeans wird gerade der ehrwürdige und geschätzte Galileo Galilei, der sein hundertsechstes Wiegenfest und gleichzeitig den dreißigsten Jahrestag seines Exils feiert, von König Ludwig XIV. auf dem Vorplatz der Kathedrale Notre-Dame mit großem Pomp geehrt. Es ist Morgen, und die Franzosen sind glücklich. Sie ahnen noch nichts.

In weniger als einer Stunde wird man den Premierminister des englischen Königs Karl II., den Dichter John Milton, ermordet auffinden, rings um ihn verstreut die blutbefleckten Seiten des Manuskripts seines epischen Gedichts *Das verlorene Paradies.* Wieder einmal wird es Krieg geben. Man spürt es. Man fürchtet sich davor. In der aufgewühlten Welt kursieren Gerüchte, dass die Artilleristen schon ihre Kanonen polieren und Generäle zerknitterte Schlachtpläne glattstreichen, dass sich Truppen sammeln und man finstere Bündnisse schließt. Noch ist es nur ein Flüstern, doch schon bald wird das Echo der Katastrophe bis ins ferne Amerika hinüberhallen.

Doch heute noch nicht.

Denn hier, in diesem düsteren, vernebelten Tal, wo es seit drei Tagen wahre Sturzbäche regnet, Flüsse über die Ufer treten und Schlammlawinen von den Bergen abgehen, entlädt sich ein so heftiges Gewitter, dass man nichts anderes mehr hört. Den Menschen ist es gleich, was im fernen Europa vor sich geht; sie senken die Köpfe, löffeln ihre Suppe und warten zitternd darauf, dass der zornige Himmel sich beruhigt.

Es ist fast drei Uhr morgens und wir befinden uns im Gasthof *Zum Schwarzen Bären* in den Adirondack-Bergen. Im Kamin knistern die Scheite. Alle sind in den Gastraum hinuntergekommen. Wie könnte man in einer solchen Nacht auch Schlaf finden? Um die Zeit totzuschlagen, wird gegessen, über wunderbare Jagdpartien und noch unerforschte Wälder geredet; man erörtert die kurz zuvor unterzeichneten Handelsverträge mit den Irokesen im Norden und erzählt sich lachend den neuesten Klatsch aus Gotham.

Rings um den großen Tisch hat sich eine bunt zusammengewürfelte Gesellschaft versammelt: zwei Kartografen, ein Söldner, drei Trapper und eine Gruppe holländischer Pelzhändler. Nur ein junger Mann im langen Mantel sitzt ein wenig abseits, das Gesicht unter einer Kapuze verborgen. Niemand spricht ihn an. Nachdem der einäugige Ben seine Töpfe gesäubert hat, serviert er den Gästen Glühwein in großen Krügen. Seine Frau Lucy zwängt sich mit einem Tablett zwischen den Tischen hindurch. Die Holländer machen zwar Lärm und poltern herum; trotzdem freut sich Ben, dass sie da sind. In den fünf Jahren, in denen er den Gasthof betreibt, hat er noch nie ein solches Wetter erlebt.

Er schaut aus dem Fenster. Der nahe Wald verbirgt sich hinter einem dichten Regenvorhang. In regelmäßigen Abständen zucken Blitze über den Himmel und Donnergrollen hallt durch das Tal.

Früher gab es hier nichts als wilde, wundervolle Natur, den Wind, der in den Bäumen sang, Silberkarpfen, die dazu sprangen ... und ein paar Indianer. Ben ist sich nicht ganz sicher, ob die Welt seither eine bessere geworden ist. Doch er weiß ganz genau, dass er um keinen Preis irgendwo anders sein möchte. Wer die Ruhe der Berge schätzen gelernt hat, braucht alles andere nicht mehr.

Während Bens Gedanken sich in der unendlichen Nacht verlieren und sein Blick den im Sturm wankenden Baumwipfeln folgt, schaut seine Frau in die andere Richtung.

Doch was sie dort sieht, gefällt ihr ganz und gar nicht.

»Ben?«

Der Gastwirt dreht sich um. Lucy wirkt beunruhigt. Sie wischt über die beschlagene Fensterscheibe. Lichter sind am Ende der Straße aufgetaucht und kommen näher. Um diese Uhrzeit – mitten in der Nacht!

Ben stellt sich neben seine Frau. Die Gäste haben aufgehört zu reden. Auch sie spüren etwas.

Draußen sind jetzt Fackeln zu erkennen, mindestens zwanzig an der Zahl. Man hört das Wiehern von Pferden und Hufgetrappel auf dem Weg.

Niemand rührt sich mehr.

Plötzlich wird die Tür aufgestoßen. Ein eisiger Luftzug dringt in den Gastraum, als eine kräftige Gestalt im Türrahmen auftaucht. Der Mann tritt ein. Er trieft vor Nässe. Sein weites, weißes Gewand ist mit winzigen, schwarzen Kreuzen übersät, seine spitze Kapuze hat nur einen schmalen Schlitz für die Augen.

Die Heilige Inquisition!

Der Mann klopft seine Stiefel an der Türschwelle ab. Knarrend fällt die Tür hinter ihm ins Schloss. Der Regen draußen wird noch stärker und allein das Knacken der Scheite im Kamin übertönt sein Rauschen. Im Gürtel des

Inquisitors steckt eine Pistole. Der Mann streicht über den Kolben und sieht sich im Gastraum um.

»Wir suchen eine junge Frau«, sagt er. »Wir wissen, dass sie sich hier versteckt.«

Der Gastwirt hebt die Augenbrauen und bemüht sich, ganz gelassen zu bleiben. Doch sein Herz klopft zum Zerspringen. Hinter dem Tresen steht Lucy und wirft ihm einen flehenden Blick zu.

»Bitte vielmals um Entschuldigung, Monsignore, aber hier ist nur meine Frau.«

Der Inquisitor schiebt ihn beiseite und tritt an den Tisch. Die Holländer haben ihre Krüge abgestellt. Ihre Angst ist deutlich zu spüren. Mit einer langsamen Bewegung greift der Söldner nach seinem breitkrempigen Hut, den er auf der Bank abgelegt hatte, und setzt ihn auf. Als der Inquisitor ihm forschend ins Gesicht sieht, senkt er den Blick nicht. Plötzlich steht der junge Mann mit der Kapuze auf und geht zur Treppe. Der Inquisitor ruft ihn zurück.

»He du!«

Da hat der andere bereits einen Fuß auf der untersten Stufe. Der Inquisitor packt ihn am Ärmel und zwingt ihn, sich umzudrehen.

»Nicht so hastig, mein Junge!«

Der junge Mann versucht, sich loszureißen.

»Hast du etwa Angst? Du scheinst sehr in Eile zu sein.«

Der Junge antwortet nicht.

»Wie wäre es, wenn du uns dein hübsches Gesicht zeigen würdest?«

Der junge Mann bleibt stumm. Mit einem kleinen Klaps fegt ihm der Inquisitor die Kapuze vom Kopf. Die Gäste halten den Atem an.

Es ist gar kein junger Mann. Die Gesichtszüge sind fein, von scheuer Zartheit, und die roten Locken werden im Nacken von einer Kupferspange zusammengehalten. In den grünen Mandelaugen spiegeln sich die Flammen des Kamins.

Ohne ein Wort fährt der Inquisitor mit der Hand durch das Haar des Mädchens und öffnet mit geübter Bewegung die Spange, worauf die Locken befreit fallen. Der Inquisitor berührt ihre blasse Wange.

»Wie heißt du?«

»Fasst mich nicht an!«

Sie stößt ihn zurück. Ein Donnerschlag, stärker als alle bisherigen, lässt die Gaststube erzittern. Regen peitscht gegen die Scheiben. Auf dem Gesicht des Inquisitors zeichnet sich ein Lächeln ab.

»Wen wolltest du täuschen, elende Hure?«

An die Gäste gewandt fährt er fort:

»Schaut sie euch gut an! Das ist das Gesicht des Dämons.«

In diesem Augenblick erhebt sich der Söldner. Sofort zieht der Inquisitor seine Pistole und zielt auf ihn.

»Du da, setz dich!«

Doch der Söldner hört nicht auf ihn. Langsam bewegt er sich vorwärts. Der Inquisitor legt den Finger auf den Abzug.

»Bist du etwa taub?«

Der Mann bleibt stehen. Dreimaliges Klopfen hallt durch die Gaststube, dann öffnet sich erneut die Tür. Ein zweiter Kirchenmann betritt den Raum. Seine Kapuze gleitet nach hinten. Der Anzahl der Kreuze auf seinem Gewand nach zu schließen, ist er von geringerem Rang.

»Meister?«

»Ich habe unsere Hexe gefunden, Bruder. Zwar scheint das nicht allen Anwesenden genehm zu sein, doch ich wette, dass wir das schnell wieder in Ordnung bringen können. Nicht wahr, mein Freund?«

Der Söldner lächelt unter seinem Hut.

»Lasst sofort das Mädchen los. Ich bitte übrigens nie ein zweites Mal!«

»Ich fürchte, du hast die Tragweite der Situation nicht erf...«

Ohne ihm Zeit zu lassen, den Satz zu vollenden, springt der Söldner zur Seite, zieht eine Pistole unter dem Gewand hervor und drückt ab. Der Inquisitor feuert zurück. Seine Kugel zertrümmert eine Fensterscheibe. Doch plötzlich lässt er die Waffe fallen. Seine Hand verkrampft sich über der Herzgegend; er betrachtet seine Finger und versucht noch, sie an die Lippen zu führen. Dann bricht er zusammen.

Er ist tot.

Sein Kamerad an der Tür steht wie versteinert. Der Söldner hält ihn mit seiner Waffe in Schach.

»Geh und sag deinen Freunden, dass alles in Ordnung ist. Sag ihnen, dass ihr die Hexe habt.«

Der Mann tastet nach dem Türknauf.

»Und mach die Tür hinter dir zu. Oh, ehe ich es vergesse: Solltest du meine Anweisung nicht Wort für Wort befolgen, schieße ich durchs Fenster. Du magst versuchen, in Deckung zu gehen, doch dazu wird dir keine Zeit bleiben. Auf diese Entfernung verfehle ich mein Ziel nie. Das wäre wahrlich ein dummes Ende, und wir wollen das doch vermeiden, ja?«

Der Inquisitor nickt ergeben und verlässt den Gastraum. Draußen warten etwa zwanzig seiner Kameraden, die sich im strömenden Regen im Halbkreis aufgestellt haben. Einige Fackeln sind bereits erloschen. Die Pferde schnauben und trampeln nervös auf der Stelle.

»Und?«

Der Mann, der gesprochen hat, ist ein hochrangiger Vorgesetzter. Auch wenn man seine Gesichtszüge nicht sehen kann, ist nicht schwer zu erraten, dass es kein Lächeln sein dürfte.

Der junge Inquisitor geht auf ihn zu und flüstert ihm etwas ins Ohr.

»Dummkopf!«, schimpft der hohe Meister und versetzt ihm einen Rippenstoß. »Drei Männer kommen mit mir. Alle anderen bewachen die Ausgänge!«

Er zieht seine Pistole und öffnet die Tür mit einem Fußtritt. Unter den Sehschlitzen der Kapuze weiten sich seine Augen entsetzt, als er die Leiche seines Begleiters vor der Treppe liegen sieht.

Die Gäste am Tisch verfolgen die Szene wie versteinert. Auch der Gastwirt und seine Frau stehen stocksteif am Tresen. Der hohe Meister ist außer sich.

»Was zum Teufel ist hier …?«

Draußen peitschen zwei Schüsse. Der Inquisitor wirbelt herum, stürzt ins Freie und rempelt einen seiner Männer an, der auf die Straße zeigt.

Dort hinten, im Nebel kaum noch sichtbar, verschwindet die Gestalt eines Pferdes in der Nacht. Am Boden liegen zwei tote Männer.

Und ein Hut mit breiter Krempe.

Dicht an den Rücken ihres Retters geschmiegt, die Arme

fest um seine Brust, beißt sich Lisbeth Wickford schluchzend auf die Lippen. Sie weiß nicht, ob sie aus Verzweiflung, Angst oder Erleichterung weint. Sie glaubte sich in diesem Wald in Sicherheit, doch nun ist eine Welt für sie zusammengebrochen. Ihre Tränen mischen sich mit den Regentropfen; der Wind treibt sie davon.

Es ist fast schon ganz dunkel. Einzig ein milchiger, von Wolken verhüllter Fleck wirft einen schwachen Schein auf den Weg. Doch der Mann, mit dem sie soeben aus dem Fenster des ersten Stockwerks gesprungen ist, der Mann, der sie in die Arme genommen und so schnell fortgerissen hat, dass ihre Füße kaum den Boden berührten, der ihr seine beiden Hände um die Taille legte und sie auf sein Pferd setzte, ehe auch er auf das bereits antrabende Tier aufsprang, dieser Mann, und das weiß sie genau, ist nicht wie alle anderen. Er wäre selbst mit verbundenen Augen in der Lage, seinem Pferd die richtige Richtung zu weisen.

Wer mag er sein?

Er hat noch kein einziges Wort gesprochen.

Im Galopp folgen sie einem Pfad, der an der Bergflanke entlangführt. Manchmal müssen sie sich ducken, um hängenden Zweigen auszuweichen. Ab und zu sieht der Söldner sich um, ohne das Tempo zu verringern. Die Männer der Inquisition haben die Verfolgung aufgenommen. Schüsse fallen in der Nacht. Es regnet noch immer.

Der Söldner drückt Lisbeths Hände an sich.

»Ich folge Euch schon seit einiger Zeit«, schreit er.

»Das habe ich bemerkt.«

»Tut mir leid. Jemanden wie Euch findet man nur selten.«

Sie beugt sich zu seinem Ohr vor.

»Was meint Ihr mit ›jemanden wie mir‹?«

»Ihr seid eine Hexe, nicht wahr?«

»…«

»Doch, das seid Ihr. Ich wusste es vom ersten Moment an.«

»Was wollt Ihr von mir?«

»Ich will Euch helfen.«

Der Weg beschreibt eine scharfe Kurve. Die Bäume werden höher. Unten in der Schlucht braust ein Sturzbach. Sein Getöse ist trotz Regen und Donner deutlich zu hören.

»Mir helfen?«, schreit sie aus vollem Hals zurück. Es ist wie ein Spiel zwischen ihnen. »Ich brauche niemanden.«

»Falsch! Ihr könnt zwar sehen, doch alles andere müsst Ihr noch lernen.«

Sie lacht hell auf und schmiegt sich noch enger an ihn. Die Nacht ist so finster!

»Und Ihr wollt mein Lehrmeister sein?«

»Nichts würde mich glücklicher machen.«

Sie sagt nichts mehr. Nebelschwaden hüllen sie ein. Blitze durchzucken das Tal. Ohne Unterlass stürmen sie weiter durch die unendliche Nacht.

Hinter ihnen wird unentwegt geschossen, doch aus einem unerklärlichen Grund ist Lisbeth überzeugt, dass die Kugeln sie niemals treffen können. Das Pferd hält sich wacker. Aus seinen Nüstern sieht man den Atem in kleinen Wölkchen entweichen. Überall Regen.

Der Pfad liegt jetzt wie eine gerade Linie vor ihnen. Weit voraus bricht er am Abgrund einer Schlucht ab. Lisbeth runzelt die Stirn.

»Wo ist die Brücke?«

»Was?«

»Die Brücke! Es gibt doch eine Brücke, oder?«

Der Söldner antwortet nicht, sondern gibt seinem Pferd die Sporen. Die junge Frau wagt einen Blick zur Seite. Der Sturzbach schäumt über die Felsen und sucht sich tobend seinen Weg.Die Schlucht ist tief, mindestens hundertzwanzig Fuß, so schätzt sie.

»Haltet an!«

Ihre Gedanken überschlagen sich. Was ist geschehen? Es muss hier eine Brücke gegeben haben, denn der Pfad geht auf der anderen Seite weiter. Sie kann die Schneise im Wald gut erkennen.

Sie dreht sich um, klammert sich mit den Händen fest.

Die Inquisition ist ihnen immer noch auf den Fersen.

»Sie kommen näher!«

»Vertraut Ihr mir?«

»Ja, aber …«

»Dann gebt acht!«

Der Söldner gibt seinem Pferd die Zügel und treibt es weiter an. Er schüttelt die Zügel. Sie schmiegt sich an ihn und atmet in tiefen Zügen den Duft der Nacht. Ist sie etwa dabei, den Verstand zu verlieren? Bis zum Abgrund sind es keine hundert Fuß mehr.

»Ich kenne nicht einmal Euren Namen!«

»Warum sollte ich ihn verraten?«

Sechzig Fuß.

»Ich möchte wissen, wem ich mein Leben anvertraue.«

Die Schlucht liegt direkt vor ihnen, ganz nah. Der Regen trübt ihre Sicht, doch eins weiß sie ganz gewiss: Kein Pferd kann über eine solche Entfernung springen.

Vierzig Fuß.

»Sagt ihn mir!«

Er beugt sich tief über den Widerrist des Pferdes. Sie folgt seinem Beispiel.

Zwanzig Fuß.

Zehn.

Hinter ihnen zügeln die Verfolger ihre Pferde.

Sie schauen nur noch zu.

Fünf Fuß.

Der Söldner lässt die Zügel los und dreht sich um.

»Mein Name ist Rip van Winkle.«

Er legt eine Hand um Lisbeths Nacken und zieht sie an sich. Genau in diesem Augenblick verlassen die Pferdehufe den Boden. Der jungen Frau entweicht ein Aufschrei, doch der wird vom Mund ihres Retters aufgefangen und verliert sich darin. Alles scheint sich plötzlich ganz langsam abzuspielen: die Beine des Pferdes, die sich im Leeren bewegen, der wohltuende Regen, der Tropfen für Tropfen ihre Haut netzt. Ihre Zungen begegnen einander und beginnen einen wilden Tanz. Ein Gefühl unendlicher Freude überkommt die Hexe, doch gleichzeitig erfasst sie namenloses Entsetzen.

Ganz gleich, was geschehen mag, sie kann nicht mehr zurück. Und so beginnt meine Geschichte.